DROEMER

Mona Nikolay

SCHREBER-
GARTEN-
KRIMI

HOCH-
MUT
KOMMT
VOR DEM
FARN

DROEMER

Besuchen Sie uns im Internet:
www.droemer.de

Aus Verantwortung für die Umwelt hat sich die Verlagsgruppe Droemer Knaur zu einer nachhaltigen Buchproduktion verpflichtet. Der bewusste Umgang mit unseren Ressourcen, der Schutz unseres Klimas und der Natur gehören zu unseren obersten Unternehmenszielen. Gemeinsam mit unseren Partnern und Lieferanten setzen wir uns für eine klimaneutrale Buchproduktion ein, die den Erwerb von Klimazertifikaten zur Kompensation des CO_2-Ausstoßes einschließt. Weitere Informationen finden Sie unter: www.klimaneutralerverlag.de

Originalausgabe März 2023
Droemer Taschenbuch
Ein Imprint der Verlagsgruppe
Droemer Knaur GmbH & Co. KG, München

Diese Werk wurde vermittelt durch die AVA international GmbH
Autoren- und Verlagsagentur, München. www.ava-international.de
Redaktion: Nina Hübner
Covergestaltung: Carola Bambach
Coverabbildung: Collage von Carola Bambach
unter der Verwendung von Bildern von Shutterstock.com
Illustrationen im Innenteil von Shutterstock.com:
Beskova Ekaterina (Farn), Vorobiov Oleksii 8 (Kaninchen)
Satz: Adobe InDesign im Verlag
Druck und Bindung: GGP Media GmbH, Pößneck
ISBN 978-3-426-30923-0

2 4 5 3 1

KAPITEL 1

Es war wieder einmal spät geworden. Solche Tage waren lang und kräftezehrend, gehörten aber zu ihrem Alltag. Ihr Hals kratzte vom vielen Sprechen, und sie hatte Sodbrennen von dem verflixten Büfett. Wann würde sie endlich lernen, dass selbst auf höchster Ebene noch grottenschlecht gekocht wurde? Der einzige Unterschied zur Pommesbude bestand darin, dass die Scheiße hier auf weißen, gestärkten Tischdecken serviert und mit reichlich Champagner runtergespült wurde. Vielleicht hatte sie auch vom Champagner Sodbrennen. Wer wusste das schon?

Aber immerhin, sie war erfolgreich gewesen. Hatte Leute in ihre Schranken gewiesen, alte Absprachen eingehalten und Dinge auf den Weg gebracht; ihrer Karriere mal wieder mehr Schliff und Profil verliehen. Da würde sie auch den Reflux und die hämmernden Kopfschmerzen verkraften. Am Ende würde sich alles auszahlen. Und die vielen Konferenzen und Gespräche dieses Tages waren ja gar nicht das Schlimmste gewesen, das heute auf ihrer Liste stand. Das Schlimmste kam jetzt erst. Allein beim Gedanken daran wurden ihre Knie weich. Aufs Ganze zu gehen hatte sich noch immer ausgezahlt, das galt im Leben wie im Job. Nach der Devise hatte sie immer gehandelt und war damit gut gefahren. Nicht ohne Komplikationen, aber gut. Natürlich, Opfer mussten gebracht werden, und das war nicht immer schön. Doch sie hatte sich noch nie gescheut, sich die Hände schmutzig zu machen. Dieses eine Opfer hätte sie allerdings niemals bringen dürfen. Das wusste sie jetzt.

Bis auf den Nachtwächter war sie vermutlich die letzte Person in dem riesigen Gebäude, aber das machte ihr keine Angst. Die Dinge, die einem wirklich etwas anhaben konnten, kamen meist harmlos daher. Ein Kribbeln im linken Arm, ein geschwollener Lymphknoten. Ein gutes Glas Wein vor der Autofahrt, ein nettes Lächeln, ein attraktives Angebot. Ein schöner Mann. Schlimme Dinge passierten so gut wie nie in leeren, dunklen Gebäuden oder Straßen, und Monster lauerten nicht im Schatten oder unter dem Kinderbett, sondern in maßgeschneiderten Anzügen. In der echten Welt kündigten sich Katastrophen nicht selbstbewusst an. Das Böse hatte gelernt, sich anzupassen. Und sie hatte es auch.

Sie betätigte den Seifenspender und betrachtete sich im Spiegel, während sie die Finger ineinander verschränkte und alles kräftig einseifte. Man sah ihr die Strapazen der letzten Tage und Wochen kaum an, nur wer sie kannte, wusste, dass die Schatten unter ihren Augen ein wenig dunkler und die feinen Linien um ihren Mund tiefer geworden waren. Gut so.

Rasch krempelte sie die Ärmel ihrer Bluse hoch und seifte zusätzlich ihre Unterarme ein. Der Wasserhahn stand auf eiskalt, doch die Kälte stieg ihr leider nicht in den Kopf. Ihr Blick war ruhig und entspannt, aber ihr Herz raste wie seit Jahren nicht mehr. Zum ersten Mal seit Langem spürte sie wieder nagende Angst. Wie hatte sie dem nur jemals zustimmen können?

Doch es war noch nicht zu spät. Endlich würde sie sich wie eine erwachsene, erfolgreiche Frau verhalten und dem Spuk ein Ende machen. Und wenn es nötig war, würde sie auch die Konsequenzen tragen. Ab heute war Schluss. Und was morgen war, würde sie sehen.

Sie fuhr sich mit den feuchten Fingern durch ihr dichtes Haar und band es sorgsam am Hinterkopf zusammen. Dann nahm sie ihren Schmuck ab und legte ihn vorsichtig in die Seitentasche der großen Handtasche, aus der sie nun eine schwarze Kurzhaar-Perücke, Make-up und einen Beutel mit Kleidung zog. Sie hatte sich den Kram auf verschiedenen Webseiten zusammengesucht. Es war nicht perfekt, aber es musste reichen.

Sie prüfte, ob das Pfefferspray auch wirklich in ihrer Tasche lag – zum hundertsten Mal an diesem Tag. Nachdem sie sich umgezogen hatte, stopfte sie ihre Arbeitskleidung achtlos in den mitgebrachten Beutel und dann alles in ihre Handtasche. Die Akten hatte sie ausnahmsweise auf ihrem Schreibtisch zurückgelassen, um Platz für alles andere zu schaffen. Sie wusste nicht, wann sie dieses Haus das letzte Mal ohne Akten verlassen hatte. Im letzten Jahrtausend vielleicht.

Nachdem sie sich verwandelt hatte, betrachtete sie sich noch einmal kritisch im Spiegel und war zufrieden. Es würde funktionieren.

Als sie sich gerade entschlossen hatte, die Damentoilette zu verlassen und es hinter sich zu bringen, hörte sie Schritte auf dem Flur. Schnelle, feste, energische Schritte. Alles in ihr gefror zu Eis. Das war nicht der Nachtwächter. Der schlenderte, seinen Gang kannte sie gut. Außerdem drehte er seine erste Runde erst in etwa dreißig Minuten. Leute, die so schlecht bezahlt wurden, machten sich keine extra Arbeit.

Wenn sie jemand jetzt so sah, dann war alles futsch. Instinktiv schloss sie sich in einer der Kabinen ein und presste sich an die hintere Wand. Kurz darauf hörte sie, wie die Tür zu den Toiletten geöffnet wurde.

Sie war nicht mehr allein.

KAPITEL 2

Gibt es denn überhaupt nichts, das wir noch tun können?«, fragte Petra zum hunderttausendsten Mal, und Manne seufzte. Seine Frau war gerade dabei, die Küchenschränke in ihrer Laube auszumisten, und er sah ihr mit einer Mischung aus Belustigung und Melancholie dabei zu. Manche der Tassen und Becher, die sie gerade rausräumte und auf die abgegriffene Arbeitsplatte stellte, waren älter als ihr gemeinsamer Sohn Jonas und stammten noch aus der Laube seiner Eltern. Ob das Ding in Falkensee noch stand? Er hatte nie nachgeschaut.

»Was denn?«, fragte er und rieb sich die Stirn. »Wir haben protestiert, Abgeordnete eingeschaltet, Banner von Autobahnbrücken hängen lassen, mit der Klein gesprochen, den Bezirksvorstand genervt, Unterschriften gesammelt und den Landvermessern den Zutritt verwehrt.«

Caro, die in der Ecke am Tisch saß und sich an einer Tasse Tee festhielt, kicherte leise. Ganz offensichtlich waren seiner Kollegin die Erinnerungen daran nicht halb so unangenehm wie ihm. »Das war super«, sagte sie und klang fast schon wehmütig.

Manne schüttelte den Kopf. »Das war kindisch und peinlich und es ist mir heute noch unangenehm, dass wir so tief gesunken sind.«

»Die meisten Sachen, die richtig viel Spaß machen, sind kindisch und peinlich«, gab Caro unbekümmert zurück, und Manne brummte. Zumindest ließ sich mit dieser Einstellung Caros Hang zu bunt gemusterten Gummistiefeln erklären.

»Der Punkt ist, dass wir alle Möglichkeiten des zivilen Ungehorsams und der politischen Einflussnahme ausgeschöpft haben«, erklärte er ruhig und hatte dabei das Gefühl, diesen Satz in den letzten Tagen viel, viel zu oft haargenau so von sich gegeben zu haben. In Einzelgesprächen, auf der Vorstandssitzung, während der Vollversammlung vorgestern Abend.

»Wir könnten die Klein umbringen«, schlug Caro vor und nahm mit absoluter Unschuldsmiene noch einen Schluck Tee. »Habt ihr eigentlich Kekse oder so was da?«

Manne kramte in der Anrichte herum und holte eine Rolle Doppelkekse hervor, aus der er sich zwei Stück herausnahm und sie anschließend Caro zuwarf. »Die Politikerin zu töten würde uns gar nichts bringen.«

»Außer Genugtuung«, warf Caro ein, und Manne grunzte.

»Mehr aber auch nicht. Das Projekt ist durch, die Harmonie wird plattgemacht. So oder so.«

»Das ist einfach falsch«, hörte er seine Frau flüstern. Er ging zu ihr rüber und nahm sie in die Arme.

»Wir wussten immer, dass das passieren kann.« Manne streichelte Petra über den Rücken. »Ich hab schon seit Jahren damit gerechnet.«

»Du bist aber auch ein alter Schwarzmaler«, murrte Petra, und er drückte sie noch ein bisschen fester an sich.

Es stimmte. Manne war ein Schwarzmaler, auch, weil er nicht gern unangenehm überrascht wurde. Lieber ließ er sich vom Gegenteil überzeugen. Und diesmal hatte er einfach recht behalten. Berlin wuchs und wuchs, die Lage auf dem Wohnungsmarkt war unglaublich angespannt. Platz war eine endliche Ressource, und der Grund und Boden, auf dem die Kleingartenanlage stand, gehörte ihnen nun mal nicht.

Überall in der Stadt mussten Kleingartenanlagen weichen. Für Turnhallen und Wohngebäude und Schulen, aber auch für Infrastrukturprojekte. Der öffentliche Nahverkehr wurde ausgebaut, um die Belastung durch Autos in der Innenstadt zu senken. Durch eine benachbarte Kleingartenanlage würde in Zukunft beispielsweise eine Trambahn nach Norden fahren. Manne fürchtete, dass die Tage der Laubenpieper über kurz oder lang gezählt waren. Sie waren nicht modern oder zukunftsorientiert, nicht smart oder effizient. Eher was für Nostalgiker.

»Aber das ist so absurd!«, schniefte Petra, und er tätschelte ihr die Schulter. Das war es tatsächlich.

Denn ihre Kleingartenanlage musste nicht etwa einem Wohnprojekt oder einer Bildungseinrichtung weichen, sondern …

»Das ist es allerdings«, schaltete Caro sich wieder ein. »Ich meine: Warum baut ein australischer Investor eine Fabrik für Indoor-Gärten in Pankow? Von allen Orten dieser Welt?«

Petra runzelte die Stirn. »Was soll das überhaupt sein? Indoor-Gardening? Gewächshäuser?«

Gute Frage. So ganz hatte Manne das auch noch nicht verstanden.

Caro tippte eine Weile auf ihrem Handy herum. »Na endlich! Die Seite ist online. Sie war seit Wochen *under construction.*« Sie hielt ihm das Handy hin, und Manne nahm es entgegen. Über das Display lief ein Werbevideo, das auf der Startseite des Unternehmens automatisch abgespielt wurde. Eine langsame Kamerafahrt über abgerundete Ecken, gebürsteten Stahl und streifenfrei sauberes Glas. Am Ende sah man das gesamte Gerät.

Aha, dachte Manne.

Was sie hier auf dem Gelände ihrer geliebten Harmonie produzieren wollten, sah aus wie ein Weinschrank für Gemüse. Ein verglaster Kühlschrank voll mit schicken Salaten. Erde sah er keine.

»Aha«, sagte Petra, die nun ebenfalls mit zusammengekniffenen Augen auf das Video starrte. »Und was sind Microgreens?«

»Sprossen, glaub ich«, antwortete Caro mit einem Schulterzucken und nahm ihr Handy wieder entgegen.

»Wieso nennen sie das dann nicht einfach Sprossen?«, fragte Petra, und Manne lachte.

»Weil sie Australier sind. Deshalb.«

Caro seufzte. »Eines ist klar: Ein Unkrautproblem hast du mit so einem Ding nicht.« Sie nahm noch einen Schluck Tee und fing fast augenblicklich an, zu husten. »Achttausend Euro?«

Manne nickte grimmig. »Das ist was für Leute, die gar nicht wissen, wie man sich die Hände schmutzig macht.«

»Achttausend Euro, damit ich mir jeden Morgen mit einer Nagelschere frische Kresse abschneiden kann?« Caro war ganz offensichtlich fassungslos.

»Das kann doch auch keine Freude machen«, murmelte Petra, und Caro gab ein zustimmendes Schnauben von sich.

Manne hingegen wunderte sich über sich selbst. Dass er so ruhig bleiben würde, hätte er nicht gedacht. Die Tatsache, dass die Kleingartenanlage Harmonie e. V. dem Erdboden gleichgemacht werden sollte, erschütterte ihn nicht in seinen Grundfesten, und das fand er schon kurios.

Natürlich hatte auch er gewütet und getrauert. Anfangs, als sie die ersten Briefe bekommen hatten und Manne eine Ahnung davon, was ihnen nun bevorstand. Die Anlage war die letzten zehn Jahre mehr sein Zuhause gewesen als ihre Dachgeschosswohnung in Rosenthal. Und doch konnte er nachts ruhig schlafen.

Vielleicht lag es daran, dass er schon einmal sein Leben hatte neu denken müssen. Nach der Netzhautablösung, als er den Polizeidienst verlassen musste. Damals hatte er das Gefühl gehabt, von nun an zum alten Eisen zu gehören. Aussortiert worden zu sein und nicht mehr von Interesse. Ein Fall für den Wühltisch. Vielleicht lag es auch an der Erfahrung, des Mordes an einem Freund verdächtig zu sein. Um ein Haar wäre er im Gefängnis gelandet, jedenfalls hatte es sich zu dem Zeitpunkt verdammt danach angefühlt. Das war eine existenzielle Erfahrung für Manne gewesen. Trotzdem hatte sich beide Male alles irgendwie gefügt, und er vertraute darauf, dass es sich auch jetzt wieder fügen würde. Die Frage war nur, wie.

Wie gesetzlich vorgeschrieben würden den Pächtern der Harmonie woanders in Berlin Parzellen angeboten werden, um neue Gärten aufzubauen. Neue Lauben, neue Beete. Aber Manne wusste nicht, ob er das noch mal wollte: komplett von vorne anfangen. Allein beim Gedanken daran, eigenhändig eine Laube zu bauen, brach ihm der Schweiß aus.

In ihrer Anlage hatte er ein paarmal bei so etwas mitgeholfen und wusste daher, was für eine Heidenarbeit das war. Manne wollte diese, seine Laube und Schluss. Allerdings war ihm klar, dass ihn kindischer Trotz nirgendwohin führen würde. Seine Finger schlossen sich gedankenverloren um einen Motivbecher der Fußball-WM von 1994.

Er zuckte zusammen, als jemand hektisch gegen seine Laubentür hämmerte.

»Manne, bist du da?«, hörte er eine Stimme rufen und runzelte die Stirn.

»Die Tür ist offen«, antwortete er und löste sich von Petra. Seine Nackenhaare stellten sich auf.

Im nächsten Augenblick flog die Tür auf und Eckhard, der Kassenwart, stand schnaufend vor ihnen. Allein der Anblick war alarmierend. Der Kassenwart war ein gemütlicher, sehr massiger Mann, der sich eigentlich nie schneller bewegte als unbedingt nötig. Jetzt sah es so aus, als wäre er tatsächlich gerannt, er bekam kaum Luft und stützte sich japsend auf seine Oberschenkel.

»Was ist denn los?«, fragte Manne, und Eckhard wischte sich den Schweiß von der Stirn.

»Ihr müsst kommen. Caro und du. Jetzt gleich. Wir … da ist … also … haben ein Problem.«

»Was für ein Problem denn?«, fragte Caro, doch Eckhard schüttelte nur den Kopf. Er rang nicht nur nach Luft, sondern auch nach Worten.

»Ich … das … das müsst ihr euch selbst anschauen.«

Petra legte ihr Handtuch zur Seite und setzte sich in Bewegung.

»Nein«, rief Eckhard ungewöhnlich scharf und hob die rechte Hand. Mannes Frau blieb abrupt stehen.

»Petra, bitte. Tu dir selbst einen Gefallen und bleib hier«, sagte Eckhard, ein wenig ruhiger. »Es ist … nichts, woran man sich erinnern möchte. Mir jedenfalls wäre das deutlich lieber.«

In Mannes Magen bildete sich ein dicker Knoten. Er drückte die Hand seiner Frau und nickte ihr zu. Sie nickte zurück, merklich blasser als noch vor wenigen Minuten.

Das hier war mehr als nur ein Streit zwischen Nachbarn oder eine Protestaktion, die aus dem Ruder gelaufen war. Viel mehr. Er tauschte einen kurzen Blick mit Caro. Mittlerweile kannten sie sich so gut, dass er in ihrer Miene lesen konnte. Und sie dachte gerade dasselbe.

KAPITEL 3

Das war eine Hinrichtung«, schoss es ihr durch den Kopf, als sie mit Manne und Eckhard bei der großen Birke ankam, um die ein paar Gartenfreunde mit bleichen Mienen standen und ihnen entgegenblickten – mit den Rücken zu der Frau, die jemand an den Stamm gebunden hatte. Es dämmerte bereits und das Licht zwischen den Bäumen war schummrig, trotzdem konnte sie selbst von Weitem erkennen, wie zerschunden der Körper war, der dort – ja, was eigentlich? Hing? Stand? Klemmte?

Jemand hatte die Frau mit einem dicken Spanngurt am Baum so befestigt, dass ihre bleiche Gestalt weithin sichtbar war und nur der Kopf nach vorne hing. Caro war dankbar dafür. Ein Gesicht hätte sie gleichzeitig nicht auch noch verkraftet, sie hatte schon Mühe, zu begreifen, was sie hier eigentlich sah.

Die Gartenfreunde brummten erleichterte Grüße in ihre Richtung, und Caro wunderte sich im Stillen, was sie eigentlich alle hier zu suchen hatten. Insgesamt zählte sie zehn Leute. An einem kalten Freitagabend im Frühling.

Sie selbst war noch nie in diesem Bereich der Anlage gewesen. Warum auch? Das Wäldchen trennte die Kleingartenanlage Harmonie e. V. von der nahen Autobahn und war wenig einladend. Sie hatte während des Sommers so manchen Kleingärtner mit einem Spaten darin verschwinden sehen; wahrscheinlich, wenn die Abwassergrube voll und die Toilette deshalb nicht benutzbar gewesen war. Von vielen Anwohnern wurde der »Grünstreifen« überdies zum Müllabladen zweckentfremdet. Mehrere gute Gründe also, die dagegensprachen, die Baumreihen zu durchwandern.

Unweit der großen Birke lag ein kaputter Kühlschrank im Unterholz, und irgendetwas an dieser Tatsache machte die Situation für Caro noch schlimmer. Die Frau war nackt und wehrlos und gut sichtbar zwischen einem Haufen Müll platziert worden. Geschunden und eingeschnürt und verdreht.

Respektloser ging es wohl kaum. Caro dachte daran, dass in vergangenen Zeiten die Hingerichteten an den Stadtmauern aufgehängt worden waren. Zur Abschreckung. Um dort von Getier zerfressen zu werden. Hektisch fischte sie in ihrer Handtasche nach den Pfefferminzbonbons. Mittlerweile hatte Caro herausgefunden, dass die richtig scharfen Bonbons gut gegen diese spezielle Übelkeit waren, die der Anblick toter Menschen bei ihr hervorrief. Sie steckte sich gleich drei in den Mund und biss beherzt darauf, weil sie fühlte, dass ihre Eingeweide rebellierten. Auf keinen Fall wollte sie hier noch irgendwo hinkotzen. Mit dem scharfen Pfefferminzgeschmack auf der Zunge konnte sie wieder etwas freier atmen. Auf Dauer war dieses Vorgehen sicher nicht gut für die Magenschleimhaut, aber irgendwas war ja immer.

Sie hörte, wie Manne neben ihr tief Luft holte. »Okay. Also, wer von euch hat sie entdeckt?«

Heide, die Wirtin der Kneipe, hob die Hand. »Ich. Und dann hab ich erst mal 'nen Kurzen gebraucht und na ja. Hatte auch kein Handy dabei. Bin ich also zurück in den Schankraum.«

Caro nickte. Das erklärte zumindest die Ansammlung von Leuten. Wahrscheinlich war es aus Heide herausgeplatzt, und daraufhin hatte sich die gesamte Kneipe auf den Weg hierher gemacht. »Wann war das?«, fragte sie.

Heide zuckte die Schultern. »Vor 'ner halben Stunde? Oder wie lange könnte das insgesamt gedauert haben?« Sie schaute ihren Mann Walter an, und der nickte. »Zwanzig Minuten vielleicht auch nur.«

»Was hattest du überhaupt hier zu suchen?«, wollte Manne wissen. Heide schoss ihm einen garstigen Blick zu, als fände sie die Frage allein ungebührlich.

»Wenn wir altes Brot haben, bring ich es immer hierher. Für die Vögel und Rehe«, antwortete sie und schob trotzig ihre Unterlippe vor.

»Ich bin nicht sicher, ob das gut für die Tiere ist«, sagte Manne stirnrunzelnd.

Motte von Parzelle 31 schnalzte mit der Zunge. »Is' es sicher nicht. Die können das nicht gut verdauen, das weiß man doch mittlerweile.«

»Ist das jetzt nicht egal?«, fragte Heide.

Caro nickte. »Finde ich auch. Aber Heide, die Polizei wird da nachhaken. Hast du das Brot noch?«

Die Wirtin deutete auf eine große Plastiktüte.

»Gut. Da müssen die Rehe heute eben leer ausgehen. Hat jemand von euch hier irgendwas angefasst?«, fragte Caro, und alle schüttelten den Kopf.

»Wir wissen doch, dass man das nicht soll«, bemerkte Eckhard. »Hab auch drauf geachtet, dass wir nicht zu nah rangehen. Kenn ich ja von meiner Arbeit.«

Der Kassenwart der Harmonie e. V. war Inhaber eines Schlüsseldienstes und wurde somit auch öfter von der Polizei gerufen, wenn eine Wohnung aufgebrochen werden musste. Er war neben Manne und ihr selbst wohl der Einzige, der es schon mal mit einem Tatort zu tun gehabt hatte.

»Gut. Also hat niemand sie angefasst?«, fragte Manne, und Caro grub in ihrer Tasche nach der Tüte mit den Einmalhandschuhen, die sie seit Gründung ihrer Detektei immer bei sich hatte.

Wortlos reichte sie Manne ein Paar, während Motte »Hast du uns etwa nich' zugehört?« fragte.

»Ich will nur ganz sichergehen, Motte. Das ist wichtig. Nehmt es mir bitte nicht übel.«

Caro holte die Stabtaschenlampe hervor und knipste sie an.

»Wer sich das nicht antun möchte, sollte jetzt besser gehen. Ich finde, ihr habt schon genug gesehen«, sagte Manne an niemand Bestimmtes gerichtet. »Aber bleibt bitte in der Kneipe. Wir kommen gleich.«

In der Runde ertönte zustimmendes Brummen, doch niemand rührte sich. Caro schmunzelte verstohlen. Nichts war größer als die Neugier eines Kleingärtners. Nicht mal die Angst.

Sie tauschte einen kurzen Blick mit Manne, der nickte, und sie setzten sich in Bewegung.

Es war einer der ersten warmen Frühlingstage gewesen, doch sobald die Sonne weg war, wurde es schnell empfindlich kalt, gerade zwischen den Bäumen. Caro fröstelte, während sie die wenigen Meter bis zum Baum überbrückten und sich im Schein der Taschenlampe das gesamte Ausmaß des Schreckens zeigte. Dieser Körper wies so viele klaffende Wunden auf, dass sie kurz die Augen schließen und bis drei zählen musste. Sie war froh, dass die Kleingärtner nicht zurück in die Kneipe gegangen waren. Je mehr Menschen um sie herum, desto besser für ihre Nerven. Denn die geschundene Leiche im Dämmerlicht umgeben von dunklen Bäumen – das war haargenau wie in einem Horrorfilm. Das Licht der zahllosen Autoscheinwerfer, das immer wieder zwischen den Baumstämmen hindurchzuckte, half auch ganz und gar nicht. Der Gedanke, dass gerade jede Menge Pendler an ihnen vorbei aus der Stadt heraus zu ihren Familien fuhren und vielleicht genau jetzt ihren Lieblingssong voll aufdrehten, machte sie fertig. Ihr gesamter Körper überzog sich mit Gänsehaut. Das war grotesk.

Gleichzeitig hatte die Leiche etwas an sich, das sie unecht wirken ließ, wie eine Requisite. Zu bleich war sie. Zu sauber. Caro schüttelte den Kopf und versuchte, sich zu konzentrieren.

»Meine Güte, das ist ein Schlachtfeld«, murmelte Manne, und sie nickte.

»Hier hat jemand ganze Arbeit geleistet.«

Vorsichtig tasteten ihre Augen jeden Zentimeter der Leiche genau ab. Langsam, aber sehr aufmerksam. Blaue Flecken und Schürfwunden zogen sich über die Vorderseite des Körpers dieser Frau, doch das Schlimmste waren die tiefen Fleischwunden. Am Bauch, den Beinen, den Armen, am Hals. Caro wollte nicht wissen, wie die Rückseite des Körpers wohl aussah. Dass so etwas Monströses nur wenige Meter von ihrer Anlage entfernt hatte geschehen können, brachte sie völlig aus der Fassung.

Zwar hatte Caros Mann Eike gleich an ihrem ersten Tag in der Kleingartenanlage eine Leiche in ihrem Gemüsebeet gefunden, doch der Körper des Toten namens Karl Wischnewski war im Vergleich zu diesem hier geradezu ein Fall für die Sesamstraße gewesen. Und Maik Reuters Leiche hatte sie nur ganz, ganz kurz gesehen, weil sie sich nach wenigen Sekunden in die Büsche übergeben hatte. Doch Caro war bewusst, dass sie hinsehen musste. Und zwar ganz genau. Das war sie sich selbst schuldig und auch der Frau, die sie vor sich hatte. Sie musste schließlich lernen, mit allen Aspekten ihrer Arbeit umzugehen. Das schaffte sie mit ruhigen, tiefen Atemzügen und einer gehörigen Portion Pfefferminzbonbons. Sie steckte sich noch einmal drei Stück in den Mund.

»Es sieht aus wie eine Hinrichtung«, murmelte Caro, und Manne umrundete den Baum.

»Der Körper zeigt zur Anlage; sobald man das Wäldchen betritt, kann man sie kaum übersehen«, gab Manne zurück.

»Versteckt hat der Täter sie jedenfalls nicht.«

Caro nickte und stellte sich neben die Frau. Von der Birke konnte man den beleuchteten Apfelstieg erkennen, der die Anlage nach außen abgrenzte, und die Rückseite zweier Lauben. War das das Letzte, das diese Frau hatte sehen müssen?

»Keine Handtasche, keine Klamotten, keine Schuhe«, brummte Manne. »Der Täter war nicht kopflos, so viel kann man sagen. Der Spanngurt scheint gebraucht zu sein.«

Caro nickte. »Die werden bei Transportunternehmen viel genutzt. Oder in der Baubranche. Um Paletten zu sichern.«

»Ja, aber die kannst du für alles Mögliche benutzen.«

Caro warf einen flüchtigen Blick auf den schmutzigen Gurt, dann wandte sie sich wieder der Leiche zu.

»Die sind alle ungefähr gleich groß«, murmelte sie, während ihr Blick über den Körper und von Wunde zu Wunde glitt. Es gelang ihr tatsächlich, auszublenden, dass sie ein menschliches Wesen vor sich hatte. Jemanden, der Eltern hatte, vielleicht Geschwister, vielleicht eigene Kinder. Eine Frau mit einer Geschichte. Es ging besser, wenn man das vergessen konnte.

»Ist mir auch aufgefallen«, sagte Manne. Ohne etwas zu berühren, hatte er sich direkt vor die Leiche gestellt. Das lange, schmutzig verfilzte Haar der Frau hing in Strähnen herunter und war von Blättern und kleinen Ästen durchzogen. Sie verdeckten das Gesicht zusätzlich. Manne duckte sich und versuchte, der Leiche ins Gesicht zu sehen. Dann runzelte er die Stirn.

»Gib mir mal die Taschenlampe, Caro«, forderte er mit ausgestreckter Hand, doch Caro trat neben ihn und leuchtete den hängenden Kopf an.

»Mach mal ein bisschen Platz«, sagte sie, während sie mit ihrer freien Hand einen Kugelschreiber aus der Tasche zog. Mit diesem schob sie vorsichtig den Vorhang aus Haaren zur Seite und erstarrte, als sie nun endlich in das Gesicht blickte, das ihnen mit milchigen Augen entgegenstarrte. Caro kannte dieses Gesicht. Es war ihr in letzter Zeit sogar vertrauter geworden, als ihr lieb war. Und damit war sie nicht allein.

»Das darf doch nicht wahr sein«, flüsterte Manne ungläubig und zog Caro am Arm ein paar Schritte zurück, als hätte er Angst, attackiert zu werden. Sie blickte in seine vor Schreck geweiteten Augen. Dann fuhr er sich mit der flachen Hand durchs Gesicht und sah aus, als wollte er am liebsten ganz laut schreien.

Caro hingegen fühlte, wie ihr die Tränen kamen. Die Emotionen, die alle gleichzeitig in ihr hochstiegen, überforderten sie enorm. Scheiße. Vor nicht einmal einer Stunde hatte sie noch gewitzelt, diese Frau selbst umbringen zu wollen, dabei war sie da schon längst tot und ganz in der Nähe gewesen. Und jetzt stand Caro vor dem geschundenen Leichnam der Abgeordneten, die das Ende ihrer Kleingartenanlage besiegelt hatte, und fand keine Worte. Durch ihren Kopf schossen eine Million Gedanken gleichzeitig. Sie konnte nicht glauben, dass das hier gerade passierte. Warum rief denn niemand »Cut« und machte dem Spuk ein Ende?

»Was ist denn los, Manne?«, hörte sie Heides Mann Walter rufen, doch der Angesprochene schüttelte nur ungläubig den Kopf, den Blick fest auf die Leiche gerichtet.

Caro drehte sich um und holte tief Luft.

»Das ist Hanneke Klein«, sagte sie laut, und in dem Moment, in dem sie es aussprach, spiegelte sich das gesamte Ausmaß der Katastrophe in den Gesichtern der Umstehenden.

»Scheiße, bist du sicher?«, fragte Motte. Der hartgesottene Kleingärtner hatte die Augen aufgerissen, und Walter schloss seine wimmernde Frau in die Arme.

»Hundertpro«, gab sie nickend zurück und schluckte. »Es gibt keinen Raum für Zweifel.«

»So eine verfluchte Scheiße!«, brüllte Manne da aus voller Kehle, schob sich an ihr vorbei und trat mehrfach mit ganzer Wucht gegen den am Boden liegenden, kaputten Kühlschrank. Dabei stieß er Laute aus, die sie von ihm noch nie gehört hatte. Kurz darauf ließ er sich ächzend neben das kaputte Gerät sinken. Bei dem Anblick musste Caro trotz allem lächeln. Ach, Manne.

Sie hockte sich neben ihn zwischen die Blätter.

»Das war nicht die beste Idee, die du je hattest, oder?«, fragte sie und sah, dass Manne vor Schmerz die Tränen in die Augen getreten waren.

Er schnaufte und schüttelte den Kopf. »Ich hatte aber auch schon schlechtere«, presste er hervor, während er seine schmerzende Fußspitze umfasste. »Es hat irgendwie gutgetan.«

»Wir müssen Lohmeyer anrufen«, raunte sie, worauf Manne nickte.

»Ich weiß«, brummte er. »Aber ich will nicht.«

»Ich will auch nicht. Aber wenn wir es nicht tun, sieht es noch schlimmer aus, als es sowieso schon aussieht.«

»Ich weiß.«

»Wir gehen jetzt erst mal in die Harmonie und besorgen dir Eis für deinen Fuß«, sagte Caro.

»Und 'n Kurzen«, ergänzte Manne.

»Oder zwei.« Sie tätschelte ihm den Arm. »Kannst du laufen?« Manne stemmte sich, anstatt zu antworten, mit seinem gesamten Gewicht auf ihre Schulter.

»Na, dann los«, sagte sie und zog sich hoch, nachdem Manne sie losgelassen hatte. »Lösen wir diese Versammlung hier erst mal auf.«

KAPITEL 4

Die Stimmung war ungefähr so ausgelassen wie auf einer Beerdigung. Der Kneipenraum, der sonst erfüllt war von Gemurmel und Tellergeklapper, beherbergte jetzt nur blanke Fassungslosigkeit.

Die Uhr über dem Tresen zeigte zehn nach acht, und draußen war es so kühl, dass sie davon ausgehen konnten, dass sich nicht noch jemand in die Vereinskneipe Harmonie 2 verirren würde. Außer natürlich das LKA. Ihm war das ganz recht so. Er wollte den Moment, in dem er anderen erklären musste, was geschehen war, so lange wie möglich hinauszögern.

Jan Lohmeyer war nicht an sein Telefon gegangen, was ihm ebenfalls ganz recht so war. Also hatte er in der Zentrale des LKA angerufen, und die Kollegen hatten ihm zugesichert, jemanden zu schicken.

Manne, der mit einem Eisbeutel auf dem geschwollenen Fuß auf einer der Eckbänke saß und sich an einem schaler werdenden Bier festhielt, ahnte, warum seine Laubenpieper, die sonst vor nichts und niemandem haltmachten und nicht gerade für ihr Taktgefühl bekannt waren, nun schwiegen. Sie wussten genauso gut wie er, dass eine tote Hanneke Klein auf ihrem Gelände eine waschechte Katastrophe war. Man konnte es drehen und wenden, wie man wollte: Das hier deutete auf ihren Verein. Darauf, dass einer von ihnen der Täter gewesen war. Wie sonst ließ sich diese schreckliche Szene draußen im Birkenwäldchen erklären? Hanneke Klein hatte in dieser Anlage unzählige, teils verbitterte Feinde. Sie würden durchleuchtet werden. Einer nach dem anderen und ohne Ausnahme. Und das war natürlich auch gut so; Manne hatten der Trubel und das Ungemach der letzten Monate aber locker für den Rest seines Lebens gereicht. Auch ohne eine tote Politikerin.

Ihm gegenüber machte sich Caro geschäftig Notizen. Manne kannte das schon von ihr, sie war einer von diesen Menschen, die der Meinung waren, völligem Chaos mit Listen, Notizen und einem hohen Maß an Organisation Herr werden zu können. Manne glaubte nicht so recht dran, wünschte sich aber im Stillen, sich eine Scheibe von Caros Pragmatismus abschneiden zu können. Statt in düsteren Gedanken versank sie gerade in ihrem Notizbuch, das sie wie immer beinahe mit der Nasenspitze berührte. Die Haltung seiner Kollegin war eine absolute Katastrophe. Das war sicher schlecht für den Rücken. Und die Augen.

»Wir müssen herausfinden, wer die letzten Tage hier auf dem Gelände war«, murmelte sie mehr zu sich selbst, und Manne schmunzelte.

Sie ging ganz selbstverständlich davon aus, dass sie in diesem Fall wieder ermitteln würden; so wie sie es in den letzten beiden Mordfällen getan hatten, die Berliner Kleingartenanlagen betrafen. Ihre Anlage, ihre Angelegenheit. Ganz einfach. Aber konnten sie das wirklich? Oder war eine Abgeordnete eine Nummer zu groß für sie, und überhaupt die Sache zu nah? Wollte er wirklich die eigenen Leute ins Visier nehmen?

Jeder in dieser Anlage hatte Hanneke Klein in den vergangenen Monaten den Tod an den Hals gewünscht. Wiederholt im Privaten und einige sogar in aller Öffentlichkeit. Er selbst und Caro eingeschlossen. Wenn das alles wieder von vorne losging, dann … Er rieb sich die Stirn und starrte in sein Glas.

»Mach dir nicht so viele Gedanken«, hörte er Caro sagen und hob den Blick. Sie zeigte vorwurfsvoll mit dem Kugelschreiber auf ihn.

»Ich kann dich bis hierhin grübeln hören, Manfred Nowak. Lass es. Kein Gedanke dieser Welt kann ungeschehen machen, was geschehen ist, und verhindern, was passieren wird.«

»Hast du das heute Morgen auf einem Teebeutel gelesen?«, fragte Manne mürrischer, als er beabsichtigt hatte.

»Auf diesen Teebeuteln stehen manchmal kluge Sachen drauf. Aber nein, habe ich nicht. Das ist von mir.« Sie hob die Brauen. »Ich brauche auch keine Teebeutel, um zu wissen, das Selbstmitleid wirklich nie hilft. Gute Vorbereitung allerdings schon.« Caro tippte auf ihre Notizen. Dann zeigte sie auf Mannes Glas. »Und ein Schluck Bier vielleicht.«

Manne hob gehorsam das Glas zum Mund und trank ein bisschen. Das Schulti schmeckte alt und abgestanden. Als wäre es noch von letztem Jahr.

Die Saison, die nun anbrach, würde die letzte in ihrer Anlage werden. Und sie fing echt beschissen an. Sein Blick fiel auf das Wirtsehepaar. Sie standen wie immer hinter dem Tresen, der vollkommen aufgeräumt war, die Gläser blitzeblank. Trotzdem fuhrwerkten sie da noch herum, als dürften sie sich nicht auch einfach mal hinsetzen. Ihre Hände brauchten immer etwas zu tun. Die Kneipe selbst war ihr Motor, das wusste Manne. Sehr gut sogar, denn er kannte dieses spezielle Gefühl, das einem nur eine gute Aufgabe geben konnte. Er fühlte sich schlecht, weil er die beiden noch nicht gefragt hatte, wie es für sie nächstes Jahr weiterging. Die Kneipe war nicht ihre Existenz, hatte ihnen aber immer ein schönes Zubrot zu ihrer Rente beschert. Und einen Ort, an den sie gehörten. Außerdem hatte Heide die Leiche entdeckt. War als Erste da gewesen. Allein.

»Hör auf damit!«, forderte Caro erneut und trat ihn unterm Tisch gegen den heilen Fuß.

Manne verzog gequält das Gesicht und nahm noch einen Schluck Bier. »Schönen Dank auch, jetzt tun mir beide Beine weh.«

»Es geht doch nichts über vollendete Symmetrie«, gab Caro ungerührt zurück und legte den Kopf schief. »Seit wann bist du so grüblerisch?«

Er hatte keine Ahnung, was er ihr auf diese Frage antworten sollte.

»Also, das bist du ja immer, aber im Moment ist es besonders schlimm. Aber vielleicht brauchst du auch nur etwas zu essen.«

Sie stand auf und ging zum Tresen. Manne schaute ihr hinterher. Es stimmte, er war in sich gekehrter in letzter Zeit, aber war das wirklich ein Wunder? Sein Sohn würde in Kürze heiraten und Vater werden. Er wurde Opa. Die Harmonie wurde abgerissen. Und jetzt hatten sie eine tote Politikerin in ihrem Wäldchen. Da würde doch jeder verrücktspielen, oder übertrieb er?

Manne hatte viel von der sogenannten Midlife-Crisis gehört, aber die war völlig spurlos an ihm vorbeigegangen. Gab es etwas Ähnliches, das später kam, eine Zweidrittelkrise?

Caro kam mit einem Schälchen gesalzener Erdnüsse zurück, und Mannes Magen knurrte fast wie auf Kommando. Nachdem er sich zwei Hände voll genehmigt hatte, ging es ihm tatsächlich schon besser. Er lächelte, und Caro grinste breit.

»Du bist nicht du selbst, wenn du Hunger hast«, sagte sie.

Manne lachte. »Gesprochen wie eine echte Werbefachfrau.«

Caro nahm sich auch eine Erdnuss und hob die Brauen. »Sagst du mir jetzt, was dich umtreibt?«

»Ist einfach ein bisschen viel im Moment.« Er zuckte die Schultern und wünschte sich, Caro würde nicht immer solche Fragen stellen. Er kam sich vor wie unter dem Mikroskop. Aber sie konnte es einfach nicht lassen.

Sie setzte schon wieder an, diesmal mit diesem warmen, wissenden Glanz in den Augen, den er so gar nicht mochte. Ein klebriger Blick, dem er nicht entrinnen konnte. Doch er wurde gerettet, denn in diesem Moment ging die Tür auf, und ein Gesicht schob sich durch den Spalt, das Mannes Stimmung tatsächlich ein bisschen hob. Und auch seine Kollegin ließ endlich von ihm ab.

»Carsten!«, rief Caro fröhlich und winkte wild in Richtung des

LKA-Beamten, wie Forest Gump auf dem Krabbenkutter. Als wäre es schwer, sie in dem großen und beinahe leeren Raum zu entdecken.

Manne merkte, wie sich auch auf sein Gesicht ein Lächeln schob. Offenbar kamen sie um die schreckliche Laune und den bohrenden Blick des LKA-Hauptkommissars Lohmeyer, seines Zeichens humorlosester Mensch der Welt, zumindest heute Abend herum. Und das war definitiv eine gute Sache.

»Tut mir leid, ich hab 'ne Weile gebraucht, um die Kneipe zu finden!«, sagte Carsten, hinter dem noch zwei andere Beamte den Raum betraten. »Mit Google Maps kommt man hier ja nicht weiter.«

»Nein, man muss sich schon auskennen«, sagte Manne vergnügt und reckte dem jungen Kriminaler die Hand hin.

»Ich habe die KT schon mitgebracht, das hat auch ein bisschen gedauert, aber bevor wir hier alle einzeln herumfahren …«

Er gab ihnen beiden mit einem Lächeln die Hand, und Caro fragte: »Nicht, dass ich mich beschweren möchte, aber: Wieso bist *du* hier und nicht dein Terrier von Chef?«

Carsten Blume lachte gutmütig.

»Lohmeyer ist krankgeschrieben«, sagte er. »Schon seit Wochen. Wir wissen nicht, was da los ist. Scheint was Größeres zu sein.«

»Hm«, machte Manne und wusste nicht, ob Jan Lohmeyer ihm jetzt leidtun sollte oder nicht. Dieser Mann hatte ihm bei den letzten beiden Gelegenheiten, zu denen sie aufeinandergetroffen waren, das Leben zur Hölle gemacht. Einmal hatte er es allerdings auch gerettet.

»O Mann, das klingt ja gar nicht gut«, sagte Caro und verzog mitfühlend das Gesicht, womit sie ihm die Verpflichtung zu einer angemessenen Reaktion abnahm.

»Wir werden sehen. Er ist ein zäher Hund.« Carsten zeigte auf Mannes Fuß: »Und was ist mit dir passiert?«

»Ich bin mit einem Kühlschrank in Konflikt geraten«, antwortete der, und Carstens Brauen schossen in die Höhe.

»Was Manne sagen möchte, ist, dass er wie ein frustrierter Teenager auf das Ding eingetreten hat«, fühlte sich Caro berufen, mit zuckersüßem Augenklimpern zu erklären.

Carsten schüttelte amüsiert den Kopf. »Und warum dieses unerwachsene Verhalten? Weil Union abgesoffen ist?«

Himmel, das Spiel hatte Manne in der Aufregung völlig vergessen. Na, schönen Dank auch.

Er schüttelte den Kopf. »Nein, weil die Leiche von Hanneke Klein an einem unserer Birkenbäume hängt.«

»Ich verstehe, entschuldige. Das war wahrscheinlich selbst für so einen erfahrenen Ermittler wie dich ein Schock. Eure Anlage zieht Unglück magisch an, was?« Er musterte Mannes Fuß. »Kannst du denn laufen?«

Manne wusste es nicht genau, doch er nickte. Auf keinen Fall wollte er sich vor dem Jüngeren eine Blöße geben. Und er hatte sich den Schmerz selbst zuzuschreiben, jetzt musste er da auch durch.

»Dann los«, sagte Carsten und erhob seine Stimme, um den gesamten Raum anzusprechen. »Und Sie geben meinen beiden Kollegen bitte Ihre Kontaktdaten und alles, was Sie berichten können, zu Protokoll. Dann können Sie nach Hause fahren. Sollten Sie in den nächsten Wochen eine Reise geplant haben, geben Sie das bitte ebenfalls an, die Osterferien stehen ja vor der Tür. Ansonsten muss ich Sie bitten, vorerst mit niemandem über den Tod der Abgeordneten zu sprechen, egal, wie schwer es Ihnen fällt. Je länger wir die Presse auf Abstand halten können, desto besser.«

Carsten sah sich langsam im Raum um und nahm sich die Zeit, jeden der zehn Kleingärtner einzeln zu fixieren. Niemand sagte ein Wort oder wagte es auch nur, sich zu bewegen.

»Ich muss Ihnen nicht erklären, wie brisant das Ganze ist. Bitte überlassen Sie die Verbreitung der Nachrichten den Leuten, die sich damit auskennen. Vielen Dank fürs Warten, ab hier übernehmen jetzt die Kollegen.« Er zeigte auf die beiden Beamten, die er mit in die Kneipe gebracht hatte, und die nickten freundlich.

Manne erhob sich und stellte erleichtert fest, dass sein Fuß zwar wehtat, die ganze Sache jedoch halb so wild zu sein schien. Im Laufe seines Lebens hatte er schon ziemlich oft vor Wut gegen etwas getreten, auch wenn es in den letzten Jahren immer seltener vorgekommen war. Nachher würde er die verletzten Zehen mit Panzertape aneinanderkleben, wie er es schon immer getan hatte, und damit gut.

Draußen warteten bereits die Kriminaltechniker mit mehreren Handwagen voll Equipment. Sie hatten auf jeden Fall gut mitgedacht, das musste man ihnen lassen. Mit dem Auto kam man auf der Anlage nicht weit und in einem Birkenwäldchen schon gar nicht.

Manne nickte in die Runde, und die Techniker nickten zurück. »Habt ihr Flutlicht dabei?«, fragte er.

»Natürlich. Aber wir brauchen von irgendwo noch Strom!«, sagte Carsten.

Manne war regelrecht erleichtert, das zu hören. So hatte er eine Entschuldigung, sich kurz rarzumachen. Er musste mal ein bisschen allein sein. »Ich kümmere mich darum. Zeigst du ihnen den Weg, Caro?«

Ohne eine Antwort abzuwarten, verschwand er zwischen den Hecken.

Es dauerte etwas, bis er in seinem Schuppen die Trommel mit dem extralangen Kabel gefunden hatte, die er früher immer zum Rasenmähen gebraucht hatte. Bevor sie sich einen Akkurasenmäher zugelegt hatten. Zwischendurch hatte er sich schon Sorgen gemacht, Petra könnte sie verliehen oder aussortiert haben, doch schließlich fand er sie unter einem luftleeren Planschbecken, das seine Frau letztes Jahr für Caros kleine Tochter Greta gekauft hatte. Er steckte das Kabel in die einzige Steckdose und hielt inne. Ihm schoss durch den Kopf, dass auch dieser Werkzeugschuppen bald Geschichte sein würde. Wie alle ihre Lauben. Und damit etwas Unwiederbringliches verschwinden würde.

Da sie sich mit ihrer Anlage auf dem Gebiet der ehemaligen DDR befanden, genossen ihre kleinen Häuschen mit Schlafzimmern, Badezimmern, Werkzeugschuppen und gern mal fünfzig Quadratmetern Grundfläche noch Bestandsschutz, obwohl sie nach bundesdeutschen Maßstäben viel zu groß und komfortabel waren. So etwas durfte heutzutage nicht mehr in einem Kleingarten errichtet werden. Diejenigen, die sich entscheiden würden, eine der Ausweichparzellen zu pachten, die die Stadt bereitstellte, würden sich neue Lauben bauen müssen. Mit maximal 24 Quadratmetern Grundfläche und ohne Badezimmer oder Werkzeugschuppen. Vielleicht sogar ohne Toilette. Keine schöne Vorstellung.

Und Hanneke Klein war das Gesicht dieser Misere. Es war ihre Idee gewesen, das Grundstück der Kleingartenanlage freizugeben. Sie hatte den Kontakt nach Australien hergestellt, sie hatte für das Projekt im Abgeordnetenhaus geworben. Das alles trug ihren Stempel. Daran gab es nichts zu rütteln. Es war schwer, die Frau, für die er so viel Wut empfand, mit dem Leichnam zusammenzubringen, dessen Anblick extremes Mitleid in ihm auslöste. Etwas in ihm sträubte sich bei diesem Widerspruch. Nun konnte er sie nicht mal mehr guten Gewissens verachten.

Mit der Trommel in der Hand umrundete er die Laube. Durch die Fenster konnte er Petra sehen, wie sie mit einem Buch auf den Knien vor dem Gasofen saß, eine Tasse Tee neben sich. Er hätte zu ihr reingehen können, doch noch wollte er ihr nicht erzählen, welche ganz spezielle Hölle gerade über sie alle hereinbrach. Vor wenigen Stunden hatte er noch gedacht, eine lebendige Hanneke Klein wäre sein größtes Problem.

Missmutig stapfte er zurück Richtung Wäldchen und sah schon von Weitem die Lichtkegel der Taschenlampen um den großen Baum tanzen. Augenblicklich schämte er sich für sein billiges Selbstmitleid. Was dachte er sich eigentlich? Vielleicht war es sogar besser, wenn die Harmonie plattgemacht wurde. Hier passierten eindeutig zu viele Verbrechen – und der Vorsitzende war zu allem Überfluss ein selbstbezogener Grummler.

Die Kriminaltechniker nahmen die Kabeltrommel dankbar entgegen, und Manne hoffte, dass seine alten Sicherungen hielten. Wenn seine Laube abbrannte, war auch keinem geholfen.

Binnen Minuten wurde ihr vermülltes Wäldchen in gleißend helles Licht getaucht. Ebenso wie die Leiche. Nun blieb leider wirklich gar nichts mehr der Fantasie überlassen. Manne vermied es, allzu genau hinzusehen, doch der Spanngurt, der sich an diversen Stellen in das geschwollene Fleisch der nackten Frau schnitt, würde ihm wohl ewig im Gedächtnis bleiben. So etwas bekam man nie mehr aus dem Kopf.

Caro und Carsten waren schon ins Gespräch vertieft, als er sich zu ihnen gesellte.

»Manne, wann hast du die Abgeordnete zum letzten Mal gesehen?«, fragte Caro ohne Umschweife. »Letzte Woche?«

Manne nickte. »Als wir die Unterschriften zum Abgeordnetenhaus gebracht haben. Da konnte ich noch mal kurz mit ihr sprechen.«

»Sie hat sich nicht entschuldigen lassen?«, fragte Carsten mit hochgezogenen Brauen, und Manne schüttelte den Kopf. Aus dem Augenwinkel beobachtete er, wie die KT die Leiche fotografierte. Die Männer und Frauen in ihren weißen Ganzkörperanzügen wirkten immer wie effiziente, fleißige Ameisen auf ihn. Sie kamen, dokumentierten alles akribisch, nahmen einen Haufen Kram mit und verschwanden wieder, ohne eigene Spuren zu hinterlassen. Wenn jemand in der Lage war, den perfekten Mord zu begehen, dann ganz sicher ein Mitglied der Kriminaltechnik. Kein schöner Gedanke. Er wandte sich wieder seinen Gesprächspartnern zu.

»Nein. So war sie nicht. Hanneke Klein saß schon ewig im Stadtparlament, ich habe sie im Laufe der Jahre immer mal wieder getroffen. Sie hat sich nicht weggeduckt und sich auch nicht verbogen. Eine toughe Frau. Geradeheraus.«

»Und welchen Eindruck hattest du von ihr ganz persönlich?«, wollte Casten wissen.

Manne machte eine abwägende Handbewegung. »Sie war immer freundlich, aber bestimmt. Es gibt so Leute, neben denen man sich klein fühlt, selbst wenn man ihnen auf den Kopf spucken kann. So eine war sie. Aber das mochte ich eigentlich. Weil ich mir Politiker immer genau so vorgestellt habe.«

»Wie eine Schuldirektorin«, ergänzte Caro.

»Exakt. Jemand, der die Zügel in der Hand hält.«

Carsten nickte. »Ich wohne in Schöneberg, mir sagt Hanneke Klein ganz wenig. Wisst ihr, ob es Skandale gab? Feinde? So was?«

Caro lachte laut auf. »Na ja. Sie hat unsere Anlage zum Abschuss freigegeben, also dürfte sie im nahen Umkreis schon wirklich viele Feinde haben.«

Nun sah der Kriminaler überrascht von seinem Notizbuch auf. »Sie hat was?«

»Wie? Das wusstest du nicht?« Caro klang regelrecht fassungslos.

»So was steht in keiner Zeitung, Caro«, bemerkte Manne. »Unsere Harmonie interessiert den Rest der Stadt nicht die Bohne.«

Carsten runzelte nachdenklich die Stirn. »Doch, doch, irgendwas habe ich da gelesen. Ist es wegen diesem Australier?«

»Genau dem«, bestätigte Manne grimmig.

»In dem Artikel ging es hauptsächlich um diesen Investor und die Tatsache, dass er in Berlin ein Werk bauen möchte. Die Kleingartenanlage war dabei nur eine Randnotiz, deshalb habe ich es mir nicht gemerkt«, erklärte Blume entschuldigend, und Manne schnaubte. Das war genau das Problem.

Der Kriminalbeamte dachte eine Weile schweigend nach, wobei sein Blick von Caro zu Manne und wieder zurück huschte.

»Das sind verdammt viele Probleme auf einmal, dabei haben wir noch nicht mal angefangen, zu ermitteln. Was machen wir jetzt?«, fragte er.

Manne zog irritiert die Brauen hoch. »Wie meinst du das?«

Carsten gestikulierte in Richtung der Leiche. »Na, euch muss doch klar sein, wie das aussieht. Da hängt eine angesehene Politikerin, die eure Kleingartenanlage wirtschaftlichen Interessen und wahrscheinlich ihrer eigenen Karriere geopfert hat. In unmittelbarer Nähe zur Anlage. Sehr …«

»Tot?«, half Caro nach, und über Carstens Gesicht huschte ein winziges Lächeln.

»Mehr als das … geschunden trifft es wohl eher.« Er kratzte sich am Kopf. »Die Sache ist delikat, die Präsidentin wird ordentlich Druck machen und von der Presse will ich gar nicht erst sprechen. Wenn ich eines gelernt habe in den letzten beiden Fällen, an denen ihr beteiligt wart, dann, dass wir ohne euch gegen einen Haufen Wände rennen werden. Kleingärtner sind …« Er ließ das Ende des Satzes erneut hilflos in der Luft hängen und tat Manne fast schon ein bisschen leid.

»Stur«, beendete er für den Kriminaler den Satz, und der nickte heftig.

»Ich könnte mir vorstellen, gerade weil Hanneke Klein eine gemeinsame Feindin war, wenn man so will, dass es noch schwieriger für uns werden wird, da durchzudringen. Bei euch herrscht doch sicher gerade jetzt besondere Solidarität.«

Manne und Caro tauschten einen kurzen Blick.

»Du brauchst uns«, stellte Caro nicht ohne Genugtuung fest.

Carsten nickte. »Ich fürchte, ja. Ihr habt auch das ganze Hintergrundwissen, könnt uns sagen, wie die Sache bisher gelaufen ist und so weiter. Und außerdem kann ich ja wohl nicht davon ausgehen, dass ihr euch zurücklehnen und uns einfach das Feld überlassen werdet, oder? Wir werden sowieso ständig in euch reinlaufen, so wie immer.«

Caro grinste. »Und wir werden euch einen Schritt voraus sein. So wie immer.«

»Das würde ich gerne vermeiden«, sagte Carsten und zwinkerte Caro zu. »Wie heißt es so schön? Wenn du sie nicht schlagen kannst, verbünde dich. Aber diesmal würde ich es gerne richtig machen. Natürlich müssten wir zuallererst den Zeitstrahl aufstellen und eure Alibis überprüfen, falls ihr welche habt. Wenn ich mir die Leiche so anschaue, betrifft das höchstens die letzten 24 Stunden.«

Manne nickte. »Lückenlos nachweisbar, sofern du Aussagen meiner Frau, meiner Kollegin und anderer Vereinsmitglieder belastbar genug findest.«

Caro nickte. »Dasselbe bei mir. Plus Gretas Grundschullehrer und zwei Hausnachbarn.«

»Wir nehmen das gleich noch auf und überprüfen es direkt als Erstes«, versprach Carsten. »Immerhin kommt ihr offiziell ebenso als Täter infrage wie alle anderen Kleingärtner hier. Wenn sich alles nachvollziehen lässt, dann hätte ich euch gerne an Bord. Ich könnte es allerdings verstehen, wenn ihr das nicht wollt. Gegen die eigenen Leute ermittelt man nicht gern.«

»Es sagt ja auch niemand, dass wir das müssen«, versetzte Manne.

»Ihr müsst überhaupt nichts. Ihr seid im Gegensatz zu mir freiberuflich tätig und könnt Aufträge annehmen oder ablehnen.« Der junge Kommissar legte den Kopf schief. »Klingt eigentlich ganz verlockend, wenn ich so darüber nachdenke. Vielleicht sollte ich bei euch einsteigen.«

»Du hast mich falsch verstanden«, sagte Manne. »Ich meinte nur: Ob wir gegen unsere eigenen Leute ermitteln müssen oder nicht, wird sich noch zeigen. Frau Klein war eine erfolgreiche, parteilose Politikerin. Sie hat sicher im Laufe ihrer Karriere mächtigeren Leuten als uns ans Bein gepinkelt.«

»Stimmt«, gab Carsten zu. »Nur dass die anderen Angepissten wahrscheinlich keine Parzelle hier in diesem Kleingartenverein haben.«

»Hm«, machte Manne. »Da sprichst du ein wahres Wort gelassen aus. Gut. Ich möchte nur nicht, dass voreilige Schlüsse gezogen werden. Das ist immer schlecht.« Er warf Carsten einen scharfen Blick zu, woraufhin der schnell wegschaute. Der Kommissar dachte wohl ebenso an den ersten Fall, als sie Kontakt zueinander hatten und Manne direkt zu Beginn in den Fokus der Ermittlungen geraten war. Kein schönes Erlebnis. Und Grund genug, sich hier einzumischen. Sei es auch nur, um seinen Gartenfreunden dieses Schicksal zu ersparen, wenn er konnte.

»Da hast du natürlich recht. Entschuldigt, ich bin auch etwas nervös. Das sind die ersten Ermittlungen, die ich im Alleingang leite. Ich bin es normalerweise gewohnt, herumkommandiert zu werden. Das ist zwar nicht immer schön, aber unkompliziert. Also. Machen wir es diesmal richtig, und ich schaue, ob ich einen Beratervertrag für euch bekomme, wenn wir eure Alibis überprüft haben. Okay?«

Caros Augen begannen zu leuchten. »Heißt das, wir arbeiten zusammen? So richtig?«

»Wenn ich das dem Staatsanwalt schmackhaft machen kann. Auf den Kindergarten vom letzten Mal habe ich keine Lust, und bei so einem Fall können wir externe Hilfe gut gebrauchen. Ich schwöre, an dem Tag, an dem wir illegal in diese Wohnung eingestiegen sind, haben meine Haare angefangen, grau zu werden.«

Manne schmunzelte bei der Erinnerung daran, wie nervös Carsten Blume an dem Morgen gewesen war, an dem sie sich ohne Erlaubnis oder Durchsuchungsbeschluss und nur mithilfe seines Kassenwarts Eckhard Zugang zu einer Wohnung verschafft hatten. Was allerdings eine gute Entscheidung gewesen war und dem Bewohner schlussendlich sogar das Leben gerettet hatte.

Carstens Blick wanderte zur Leiche, und er runzelte die Stirn. »Ihr habt nichts angefasst?«

Manne und Caro schüttelten die Köpfe.

»Sicher?«

Sie nickten beide.

»Gut. Sonst noch irgendwas, was ich wissen sollte?«

Manne zeigte auf den kaputten Kühlschrank. »Könnte sein, dass ich den vorhin verschoben habe«, sagte er und grinste schief.

Carsten stutzte. »Wieso habe ich nur das Gefühl, einen gewaltigen Fehler zu machen?«

KAPITEL 5

Sie fühlte sich wie ein Eindringling. Caro hatte sich ein Herz gefasst und sich unter die Mitarbeiter der Kriminaltechnik gemischt. Einfach nur, um ihnen ein wenig über die Schulter zu schauen, ein paar Fragen zu stellen und vielleicht selbst einige Fotos zu machen.

Forensik war schon immer der Teil der Polizeiarbeit gewesen, der sie besonders faszinierte. Vermeintliche Kleinigkeiten, die am Ende eine große Rolle spielten; winzige Partikel, die einen Mörder zweifelsfrei überführen konnten, Asservate, die noch nach Jahren oder Jahrzehnten neue Geheimnisse offenbarten. Die Landkarte des Verbrechens. Wie ein Code, der geknackt werden musste. Ihre Neugier, was diesen Bereich der Polizeiarbeit betraf, war grenzenlos.

So wie sie gerade angeschaut wurde, wann immer sie sich einem der Beamten in Weiß auch nur ein paar Schritte näherte, traute sie sich allerdings überhaupt nicht, irgendetwas nachzufragen. Aber sie konnte wenigstens beobachten, was passierte.

Nachdem die Leiche abfotografiert worden war, hatten die Beamten angefangen, die Umgebung sowie den Baum selbst und auch den Spanngurt genau zu untersuchen. Hatten im Laub herumgestochert und unzählige Spuren, hauptsächlich Zigarettenkippen, eingetütet. Caro ahnte, dass einige davon mit Sicherheit zu Menschen aus ihrer Kleingartenanlage gehörten. Wie oft hatte sie gesehen, dass jemand auf dem Weg zur Kneipe, in einen anderen Garten oder zum Kompostplatz geraucht hatte? Bestimmt waren viele Zigaretten dann anschließend im Wäldchen gelandet. Von denen, die aus fahrenden Autos auf der nahen Autobahn geschnipst wurden, mal ganz abgesehen. Konnten die nicht theoretisch auch hier landen?

Caro überlegte, was das bedeutete. Ob es einen Speicheltest mit allen Gartenfreunden der Harmonie geben würde?

»Du bist die Detektivin, richtig?«, hörte sie eine Stimme fragen und zuckte zusammen. Schräg hinter ihr stand eine junge Frau, vielleicht Mitte zwanzig, im weißen Ganzkörperanzug und grinste sie aus einem offenen, sommersprossigen Gesicht an. Diese unübersehbare Freundlichkeit war eine echte Abwechslung.

Sie nickte. »Ja, ich bin Caro.« Sie wusste nicht, ob sie der Frau die Hand zur Begrüßung hinhalten sollte. Konnte das auch Spuren kontaminieren? Himmel, es gab so viel, das sie nicht wusste.

»Livia. Carsten hat gerade angekündigt, mit euch zusammenarbeiten zu wollen.« Sie lächelte. »Er ist mutiger, als ich gedacht hätte.«

»Wie meinst du das?«, fragte Caro.

Livia zuckte die Schultern. »Das LKA ist ein eingeschworener Haufen. Eine Institution, die so uralt und verkrustet ist, dass sich ihre Mitarbeiter ganz schön was auf sich selbst einbilden. Die besten Berlins, bla, bla.«

Caro entfuhr ein Lachen. »Solltet ihr das nicht auch sein?«

»Schon. Aber sich da groß was drauf einbilden sollte man trotzdem nicht, oder? Auch bei uns gehen Sachen schief, es gibt Skandale, wir machen Fehler. Wer sagt denn, dass ihr beide nicht auch einen tollen Job macht?«

»Deine Kollegen?«, mutmaßte Caro, und jetzt lachte Livia.

»Tatsächlich. Ich versteh schon, dass sie so einen hochkarätigen Fall nicht teilen wollen, allerdings bin ich persönlich derselben Meinung wie Carsten. Der Druck wird immens sein, die Arbeitslast auch. Da können zwei Schultern mehr wirklich nicht schaden. Die anderen geben aber nicht offen zu, dass es um diesen Promi-Fall geht, sondern meinen, nur wer eine Ausbildung genossen hat, sollte an Tatorten herumlaufen dürfen. Und eigentlich auch nur im Anzug. Diese Auffassung teile ich allerdings ausdrücklich.«

Die Beamtin hob ihren Arm und hielt tatsächlich einen der weißen Ganzkörperanzüge mit Kapuze und Überzieher für die Schuhe in der Hand.

Caro nahm ihn bereitwillig entgegen. »Ich zieh den gerne an, wenn es hilft.«

»Zumindest macht es nicht noch mehr kaputt und zeigt Respekt vor unserer Arbeit.«

Caro begann, sich den Anzug überzustreifen. Was zum Glück kein Problem war. Weil sie so zierlich gebaut war, konnte sie ihn mühelos über ihre Straßenkleidung ziehen. »Wie meinst du das?«

»Na ja, wenn ihr hier rumrennt und fröhlich eure Spuren verteilt, macht ihr uns das Leben zusätzlich schwer. Und diese Auffindesituation ist schon die reinste Katastrophe. Mundschutz bitte auch.«

Caro gehorchte, zog sich den Mundschutz und schließlich die Kapuze über. Sie fühlte sich in diesem Aufzug zwar nicht unbedingt wohler, aber sehr viel weniger als Eindringling.

»Und deine Kollegen finden, wir dürften nicht ermitteln, weil wir keine Qualifikation haben?«

Livia machte eine abwägende Handbewegung. »Na ja. Kannst du es ihnen verdenken? Wir durchlaufen eine echt lange Ausbildung und dann noch eine Zusatzausbildung und haben wirklich beschissene Arbeitszeiten. Niemand nimmt groß Notiz von uns, und im Fernsehen werden wir immer als Nerds dargestellt, die irgendwelche Spurenkarten mit kleinen Nädelchen anlegen und mit großen Worten erklären oder wahlweise mit einem Teleskopstab auf eine Tafel zeigen. Oder wir sind Experten vor einem riesigen Touchscreen, der eigentlich nur aus Fensterglas besteht, auf dem wir Analysen hin und her schieben und beseelt gucken, wenn zwei riesige DNA-Stränge deckungsgleich sind.«

Caro lachte. »Klar, da ist es besser, die Leute zu vergraulen, die echtes Interesse an eurer Arbeit zeigen. Klingt in meinen Ohren total logisch.«

Livia grinste. »Wir sind nicht alle so. Sonst hättest du von mir wohl kaum einen Anzug bekommen, oder?«

Caro schüttelte den Kopf. Fragte man sie, so war Livia ein leibhaftiger Engel in einem weißen Schutzanzug, der ihre geheimsten Wünsche erhörte.

»Gut. Wenn du magst, zeig ich dir, was wir schon haben und was wir jetzt noch machen.«

Caros Herz klopfte schneller. »Vielen Dank! Das interessiert mich sehr. Ich wollte schon immer sehen, wie ihr arbeitet.«

Livia hob amüsiert die Brauen. »Ach echt?«

»Ja! Das ist doch der spannendste Teil«, sagte sie enthusiastisch, und die Brauen der dunkelhaarigen Frau wanderten noch etwas höher in Richtung Haaransatz.

»Die meisten Leute vergessen einfach, dass es uns gibt. Und trampeln zum Beispiel ohne Sinn und Verstand durch unsere Tatorte, weil wir ihrer Meinung nach einfach nur Müll in kleine Tütchen packen.«

»So sehe ich das aber gar nicht. Ich glaube, ihr wisst viel mehr über die Beziehung zwischen Mensch und Umwelt als irgendjemand sonst. Man braucht einen Blick für Details, kreatives Denkvermögen, Genauigkeit, naturwissenschaftliche Kenntnisse und Geduld für diese Arbeit.«

»So in etwa lautet unsere Jobbeschreibung, ja«, sagte Livia mit einem Schmunzeln und führte Caro zu einem kleinen Klapptisch, auf dem sie die bereits eingesammelten Proben nummerierten und in eine Liste eintrugen. Es waren viele. Große und kleine. Vor allem Müll. Kronkorken, Zigarettenkippen, ein Schnürsenkel, eine alte Plastiktüte. Aber auch eine Unmenge an Blättern.

»Glaubst du, hier ist irgendwas dabei? Die meisten Dinge sehen doch so aus, als lägen sie schon länger hier.«

»Stimmt. Aber auch sie können neuere Anhaftungen aufweisen. Der Schnürsenkel lag zum Beispiel direkt neben dem Baum. Vielleicht ist der Täter draufgetreten und wir finden ein partielles Muster einer Schuhsohle. Oder ein Haar. Oder, oder, oder. So ein Waldstück ist immer besonders undankbar, weil es uferlos ist. Es kann uns blühen, dass wir das ganze Laub, das hier rumliegt, einsammeln und jedes Blatt einzeln anschauen müssen, wenn bei diesen Spuren«, sie deutete auf den Tisch, »nichts Brauchbares dabei ist. Deshalb suchen wir immer primär nach der Tatwaffe, die in diesem Fall ziemlich groß sein dürfte. Aber ich glaub nicht, dass wir was finden.«

»Ach nein?«, Caro machte sich gerade Notizen und versuchte, nicht über ihre eigenen Füße zu stolpern, als sie Livia zur Leiche von Hanneke Klein folgte.

Die Kriminaltechnikerin deutete auf die tiefen Wunden, die sich unregelmäßig über den ganzen Körper verteilten. Sie waren groß und klaffend und doch irgendwie ordentlich.

»Wonach sieht das für dich aus?«, fragte Livia.

Caro sah sie überrascht an. »Wie meinst du das?«

»Na, was glaubst du? Was könnte solche Wunden verursachen?«

Caro kniff die Augen zusammen. Die Wunden hatten einen ziemlich großen Durchmesser, konnten also keine Messerstiche sein. Und die meisten waren an der Unterkante ausgefranst, hatten aber ansonsten einen klaren Rand. Außerdem sahen sie tief aus.

»Ein Eispickel oder so was?«

»Die sind schmaler, aber es geht in die richtige Richtung, denke ich. Irgendein Werkzeug würde ich mal tippen. Weniger Eispickel und mehr etwas, das unsere Großväter in ihren Geräteschuppen hatten.«

Oder Kleingärtner, dachte Caro und schluckte schwer.

»Fällt dir noch was auf?«, fragte Livia.

»Die Wunden sind so ordentlich«, sagte Caro. »Zu wenig Blut, und irgendwie sieht alles aus wie bei einer Requisite für einen Film.«

»Sehr gut«, lobte Livia, und Caro fühlte, wie ihre Wangen rot wurden.

Livia zeigte auf drei oder vier Wunden. »Ich bin zwar keine Rechtsmedizinerin, aber das hier ist eindeutig zu wenig Blut für so krasse und viele Verletzungen. Wenn du mich fragst, dann ist sie nicht hier gestorben. Auf jeden Fall wurden ihr diese Wunden nach ihrem Tod zugefügt, weshalb ich nicht denke, dass wir hier so was wie eine Tatwaffe finden werden.«

Caro nickte. Das klang logisch und erklärte auch, warum das ganze Bild so inszeniert auf sie wirkte. Wie eine Botschaft. Die Leiche der Abgeordneten erinnerte sie an Darstellungen in skandinavischen Krimifilmen, in denen hochintelligente Serienkiller eine makabre Schnitzeljagd mit der Polizei veranstalteten.

»Schaut euch das mal an!«, ertönte eine Stimme aus dem hinteren Teil des Wäldchens.

Caro und Livia drehten sich beinahe zeitgleich um, und Caro blieb der Mund offen stehen, als sie sah, dass der Beamte der Spurensicherung eine Spitzhacke in die Höhe hielt.

»Die war dahinten unter einem Berg Laub vergraben!«, rief er, und in seiner Stimme schwang enthusiastischer Finderstolz mit. »Vorne sind Anhaftungen dran«, ergänzte er noch.

»Tja, so kann man sich täuschen«, sagte Livia trocken, und Caro fühlte, wie ihr das Herz in die Hose rutschte.

Das war eine Gartenhacke.

KAPITEL 6

Es sah schlicht und ergreifend aus wie ein Kaufhaus. Das hatte Manne schon immer gedacht. Nichts an diesem Ding hatte die Ehrfurcht einflößende Ausstrahlung, die eine solche Institution haben sollte. Ganz anders als zum Beispiel das Strafgericht in Moabit oder die Polizeidirektion in der Eberswalder Straße. Dort bekam man schon Herzklopfen, wenn man nur die Fassade sah. Dieser Zweckbau hingegen verursachte, wenn überhaupt, nur leichtes Sodbrennen.

»Ist das ein Parkhaus?«, hörte er Caro neben sich fragen und musste grinsen.

»Nein. Das ist das Landeskriminalamt«, antwortete er.

»Oh. Ach so.« Caro sah aufrichtig enttäuscht aus. »Na ja. Es ist groß.«

»Das ist es. Und für einen Zweckbau verdammt unübersichtlich. Aber keine Sorge: Ich kenne mich aus«, versicherte Manne und lief zielstrebig in die Richtung, in der er den Haupteingang vermutete. Zu Unrecht, wie sich wenig später herausstellte. Es war wirklich nicht leicht, Caros albernes Gekicher, das darauf folgte, zu ignorieren.

Trotzdem erreichten sie den Besprechungsraum rechtzeitig, wenn auch als Letzte. Zehn Augenpaare schnellten in ihre Richtung, als Manne die Tür öffnete.

»Da seid ihr ja«, sagte Carsten und nickte ihnen zu, während er auf die einzigen freien Plätze im hinteren Teil des Us zeigte, das aus Tischen und Stühlen mit Blick auf ein großes Smartboard angeordnet war. Aha. Im Gegensatz zu normalen Polizeidirektionen hatte das LKA also Geld für so etwas. Nicht, dass Manne das Bedürfnis gehabt hätte, sich während seiner aktiven Zeit bei der Polizei mit solcherlei Technik vertraut zu machen. Aber Flipcharts, bei denen ständig Papier fehlte, und Korkplatten, die so alt waren, dass man kaum einen nicht durchlöcherten Platz fand, an den man etwas pinnen konnte, waren auch nicht das Wahre.

Manne und Caro nickten sich durch den Raum, und Manne entging nicht, dass ihnen der eine oder andere wenig freundliche Blick entgegenschoss. Es hatte sich also schon herumgesprochen. Aber sie ernteten auch freundliches Nicken und Lächeln.

»Was hat *der* Typ denn für ein Problem?«, raunte Caro, als sie sich niederließen. Er brauchte ihrem Blick nicht zu folgen, um zu wissen, wen sie meinte. Am rechten Ende des Us saß ein dunkelblonder Mann mit breiten Schultern leicht gebeugt über einem Laptop und warf ihnen immer wieder grimmige Blicke zu.

»Ich schätze, das werden wir gleich erfahren«, raunte Manne zurück und wappnete sich innerlich. Denn er hatte so eine Ahnung.

»Guten Morgen«, sagte Carsten. »Ich werde mich kurzfassen, denn wir haben viel zu tun. Wie ihr bereits wisst, wurde die Politikerin Hanneke Klein gestern am frühen Abend ermordet in einem Birkenwäldchen zwischen der Kleingartenanlage Harmonie e. V. und der Autobahn A114 aufgefunden. Sofort wurde der Tatort von der Kriminaltechnik untersucht, es wurden zahlreiche Spuren gesichert und eine Waffe sichergestellt, zu der wir später noch kommen werden. Die Leiche wurde in die Rechtsmedizin gebracht, die Hacke zur Untersuchung in die KT. Ich habe vorhin mit Dr. Thießen-Kaiser gesprochen, die Obduktion ist noch nicht abgeschlossen. Mit ihrem vorläufigen Bericht können wir aber im Laufe des Tages rechnen. Bevor wir allerdings unsere Erkenntnisse, Beobachtungen und Gedanken zusammentragen und unsere Strategie besprechen, möchte ich euch Manfred Nowak und Caroline von Ribbek vorstellen und euch bitten, sie im Team willkommen zu heißen.«

Carsten wies auf Manne und Caro. Caro lächelte breit, und Manne ahnte, dass sie sich nur mit Mühe davon abhalten konnte, zu winken. Manne nickte noch einmal in die Runde.

»Einige hier im Raum kennen Nowak und von Ribbek bereits. Die beiden führen die Detektei Nowak und Partner, die uns in der Vergangenheit mehrfach hilfreich zur Seite gestanden hat.«

Carsten Blume machte eine kleine Pause, doch als niemand etwas sagte, fuhr er fort: »Staatsanwalt Rot und ich sind uns einig, dass es sinnvoll ist, bereits an diesem sehr frühen Punkt der Ermittlungen Fachleute einzuschalten, die sich mit dem Milieu, in dem wir zu ermitteln haben, auskennen.«

Der Mann mit dem Laptop schnaubte verächtlich und murmelte so laut, dass es der ganze Raum hören konnte: »Milieu.«

Carsten Blume schenkte seinem Kollegen einen ruhigen Blick. »Wie würdest du es denn nennen, Christian?«

»'ne Schrebergartenkolonie?«, schlug dieser mit hochgezogenen Brauen vor, und einige Beamte lachten.

Carsten nickte. »Natürlich ist die Harmonie eine Schrebergartenkolonie, aber wir mussten in der Vergangenheit feststellen, dass Kleingärtner nicht gerade auskunftsfreudig sind. Die Zusammenarbeit mit den Behörden lief jedes einzelne Mal eher schleppend. Frau von Ribbek und Herr Nowak hingegen hatten weniger Probleme, an Informationen zu gelangen.«

»Weil sie selbst einen Schrebergarten haben«, ergänzte eine junge Frau.

»Und was kommt als Nächstes?«, wollte dieser Christian wissen. »Haben wir hier dann demnächst drei Huren sitzen, wenn wir einen Mord im Rotlichtmilieu ermitteln? Oder eine Bande Motorradrocker?«

Wieder ertönten vereinzelte Lacher, und Manne hatte das starke Bedürfnis, aufzustehen und zu gehen. Für so etwas hatte er immer weniger Geduld.

»Manfred Nowak ist ein sehr erfahrener Ermittler. Und Frau von Ribbek hat sich als fähige Mitarbeiterin erwiesen. Sie wurden beide von der IHK geprüft, führen eine eingetragene Detektei und sind somit mehr als befähigt, eine beratende Position in diesem Fall einzunehmen.«

»Kann ja alles sein. Aber wir brauchen keine Hilfe.«

Die beiden Männer tauschten ein paar Sekunden lang schweigend Blicke. Als Mannes Aufmerksamkeit zu Caro wanderte, bemerkte er, dass sie sich an der Tischplatte festklammerte. Die Situation war ihr mehr als unangenehm, und Manne tat es leid, dass sie da durchmusste. Er hatte so ein Gezänk schon derart oft gesehen, dass er einfach nur genervt war.

»Offenbar schon«, schaltete er sich ein. »Anders kann ich mir nicht erklären, wieso gerade aus Stolz oder Eitelkeit irgendwelche albernen Kindergartenstreits ausgetragen werden und währenddessen in einem hochkarätigen Fall wertvolle Ermittlungszeit flöten geht.«

Im Raum hätte man eine Stecknadel fallen hören können. Alle Augen waren auf ihn gerichtet. Manne holte tief Luft. »Ich habe keine Zeit und keine Lust, meine Kompetenz und die meiner Kollegin infrage stellen zu lassen und mitanzuhören, wie über uns gesprochen wird, als wären wir gar nicht da. Wer Fragen hat, nur zu. Und wer ein Problem mit uns hat, sagt es uns bitte direkt. Wir sitzen ja hier.«

Er schaute einmal auffordernd und, wie er hoffte, freundlich in die Runde. Doch niemand erwiderte etwas.

»Herr Nowak hat vollkommen recht«, sagte Carsten. »Eine Frau wurde brutal ermordet. Und zwar nicht irgendeine, sondern eine beliebte und hochgeachtete Abgeordnete. Ich leite diesen Fall und habe entschieden, hier nicht nur auf ein hervorragendes Team, sondern auch auf externe Berater zu setzen. Diese sind qualifiziert und haben für die Tatzeit validierte Alibis vorzuweisen. Der

Staatsanwalt hat die Sache genehmigt, und damit ist die Diskussion beendet. Wenn du was dagegen hast, kannst du Staatsanwalt Rot gerne anrufen. Aber wir vergeuden jetzt keine Zeit mehr.«

»Du pinkelst Jan damit gehörig ans Bein«, murrte Christian. »Ich finde das geschmacklos.«

»Ich pinkle niemandem ans Bein, am wenigsten Jan, der lediglich krankgeschrieben und nicht etwa den Märtyrertod gestorben ist. Jan Lohmeyer ist ein Mann, der den Weisungen der Staatsanwaltschaft immer mit voller Professionalität Folge geleistet hat. Dasselbe möchte ich dir ans Herz legen.«

Der Kriminaler versuchte noch eine Weile erfolglos, seinen Teamleiter mit Blicken zu töten, sagte aber nichts mehr.

Manne musste zugeben, dass er beeindruckt war. Der junge Kommissar hatte die Situation souverän gemeistert. So viel Rückgrat und Führungsqualität hätte er Carsten Blume überhaupt nicht zugetraut. So konnte man sich täuschen.

Aus dem Augenwinkel sah er, dass Caro ein breites Grinsen zurückhalten musste, während sie Blume zuzwinkerte.

»Einer der Hauptgründe, warum ich die beiden heute Morgen hergebeten habe, ist, dass sie sich in einer Sache auskennen, die wir mühsam hätten recherchieren müssen.« Er räusperte sich. »Hanneke Klein war für den Verein Harmonie e. V. von besonderer Bedeutung, weshalb es nicht unwahrscheinlich ist, dass wir den Täter oder die Täterin innerhalb der Kleingartenanlage finden werden. Sie hat im weitesten Sinne zu verantworten, dass die gesamte Anlage, deren Vorsitzender Manfred überdies ist, Ende des Jahres dem Erdboden gleichgemacht wird. An ihrer Stelle soll eine Produktionsstätte für Indoor-Gärten entstehen.«

Manne sah, dass sich im Raum ein paar Brauen hoben und Augen vor Überraschung weiteten.

»Manfred, darf ich dich bitten, uns die genauen Hintergründe zu erläutern?«

Nun war es an ihm, Carsten Blume einen grimmigen Blick zuzuwerfen. Hätte er ihn darauf nicht wenigstens vorbereiten können?

»Am besten, du gibst uns auch einen kurzen Einblick in die Historie des Ganzen. Seit wann wisst ihr davon, was habt ihr dagegen unternommen, inwieweit war eure Anlage mit der Abgeordneten in Kontakt und so weiter. Wie ist so was überhaupt möglich, und was bedeutet das für eure Kleingärtner?«

Das war ganz schön viel auf einmal. Doch Manne nickte und erhob sich. »Das mache ich gerne. Ich weiß nur nicht, ob es mir gelingt, mich kurzzufassen.«

»Nimm dir so viel Zeit wie nötig und so wenig wie möglich«, sagte Carsten, und Manne räusperte sich.

»Ich geb mein Bestes.«

KAPITEL 7

Die Cafeteria war beeindruckend und schöner als das gesamte restliche Gebäude. Hell und riesengroß, mit gemütlichen Stühlen und einer schicken Terrasse. Außerdem roch es gut, und Caro konnte sich bei dem reichhaltigen Angebot kaum entscheiden. Es klang alles so lecker.

»War das Essen in eurer Kantine auch so gut?«, fragte sie Manne, während sie mit einer Zange gegrilltes Gemüse aus der Antipasti-Bar auf ihren Teller legte.

»Welche Kantine?«, gab er zurück. »Wir hatten gar keine. Stullen pflasterten meinen Arbeitsweg.«

Caro kicherte und schaute auf sein Tablett. Manne hatte sich schon entschieden. Für Kartoffelpüree mit Würstchen und Leipziger Allerlei. Ein typisches Manne-Nowak-Essen. Sie fragte sich, ob er so etwas einfach am liebsten aß oder ob die Auswahl ihn schlicht überfordert hatte.

Caro liebte eine große Auswahl. Für sie gab es kaum etwas Schöneres, als ein fremdes Angebot an Speisen zu studieren. Allerdings brauchte das Zeit, die sie eigentlich gar nicht hatte, weil die Schlange an Hungrigen hinter ihr nach vorne drängte und sie unter Druck setzte.

»Pilzrisotto«, sagte sie schließlich und arbeitete sich zur Ausgabe vor. Zum Glück war die schlechter besucht als der Schalter, an dem es deftigere Speisen gab. Würstchen mit Kartoffelpüree zum Beispiel.

»Du kannst ja schon mal schauen, was es für Kuchen gibt«, forderte sie Manne auf. »Ich will irgendwas mit Schokolade.«

»Kuchen?« Mannes Blick schoss neugierig umher. »Hier gibt es Kuchen?«

Caro grinste und zeigte auf eine Wand voller kleiner Glaskästen in der Nähe der Kasse. »Wenn ich das richtig sehe, gibt es sogar Karottenkuchen mit Creme.«

Das ließ Manne sich nicht zweimal sagen. Ohne ein weiteres Wort verschwand er in Richtung der Nachtische.

Sie sah ihm nachdenklich hinterher. Irgendetwas stimmte nicht mit ihm. Caro machte sich schon seit ein paar Wochen Sorgen um ihren Kollegen. Er wirkte häufig abwesend, manchmal regelrecht unglücklich. Manne sprach weniger und schien oft in sich gekehrt. Ob das alles mit dem Ärger um ihre Anlage zu tun hatte? Oder war da noch mehr?

Beim Gedanken an die Zukunft der Schrebergärten entfuhr ihr ein tiefer Seufzer. Sie hatten vier Jahre auf eine freie Parzelle gewartet und jetzt wurde sie ihnen schon wieder weggenommen. Fair war das nicht. Aber was war schon fair? Mit tausend Fleischwunden nackt an einer Birke zu hängen jedenfalls auch nicht. Beim Gedanken an die zugerichtete Leiche drehte sich Caros Magen um.

»Hier, bitte sehr«, sagte die nette Frau mit einem Lächeln und hielt Caro den Teller hin. »Guten Appetit.«

Na bravo. Jetzt hatte sie sich selbst das Mittagessen verdorben. Dabei duftete das Risotto auf ihrem Teller ganz verlockend. Wie machten das all die anderen, die hier arbeiteten? Gab es einen Trick?

Nachdem es ihr gelungen war, diesen Stinkstiefel von Christian auszublenden, hatte Caro die vergangenen Stunden im Besprechungsraum sehr genossen. Abgesehen von den düsteren Erinnerungen und dem Mitgefühl, das sie nicht abschütteln konnte, war es genauso gewesen, wie sie es sich immer vorgestellt hatte. Das Zusammentragen der Informationen, wie diese dann strukturiert wurden und auf dem Smartboard ein Schaubild ergaben, hatte sie fasziniert. Das war etwas anderes als ihr eigenes Gekritzel, über das sich Manne immer lustig machte.

Und erst die Mittel, die dem LKA zur Verfügung standen! Die Kameraaufzeichnungen aus dem Abgeordnetenhaus, Funkzellenabfrage und so weiter. Die gesamte Klaviatur der Forensik.

Manne hatte ihnen einen Tisch nahe der Terrasse gesichert. Sie setzte sich ihm gegenüber und stellte verwundert fest, dass in der Mitte des Tisches Salz, Pfeffer, Ketchup, Senf, Zucker und Chilisoße standen. Fehlte nur noch ein Töpfchen mit frischem Basilikum.

»Wie geht es nach der Pause eigentlich weiter?«, fragte sie und stach mit ihrer Gabel vorsichtig in eine Scheibe gegrillte Aubergine.

Manne zuckte die Schultern. »Vermutlich hofft Carsten, dann ein bisschen mehr Fakten an der Hand zu haben. Dass die KT mit der Spitzhacke weitergekommen ist oder Svenja inzwischen fertig mit der Obduktion. Ein bisschen mehr zu wissen wäre schon nützlich. Ewig kann er sich ja nicht vor der Pressekonferenz drücken.«

Caro schluckte. Stimmt. Die Pressekonferenz. Darum beneidete sie die Kollegen vom LKA wiederum überhaupt nicht.

Die Nachricht von Hanneke Kleins Tod war gestern am späten Abend noch durchgesickert. Offenbar wusste niemand, wie und an welcher Stelle, aber es interessierte auch keinen. Insgeheim hatten sowieso alle jemanden von der Kleingartenanlage im Verdacht. Die Pressestelle des LKA hatte ein kurzes Statement abgegeben, und Kleins Familie war zu diesem Zeitpunkt schon informiert gewesen, also war, soweit man das sagen konnte, alles normal gelaufen.

Caro fand nichts daran normal. Die Hauptstadtpresse überschlug sich förmlich in der Berichterstattung. Und in Spekulationen. Denn Fakten waren kaum welche nach außen gedrungen, was ebenfalls für einen der Gartenfreunde als Whistleblower sprach.

Plötzlich kam ihr ein Gedanke, und sie riss die Augen auf. »Meinst du, die Presse ist schon bei uns in der Anlage?«

Manne, der sich gerade eine ordentliche Portion Kartoffelbrei auf die Gabel gehäuft hatte, nickte grimmig. »Du kannst darauf wetten, dass die ersten Journalisten seit heute früh um fünf an den Toren campen, um jeden zu nerven, der das Gelände betreten will.«

Natürlich. So weit hatte sie gestern Abend gar nicht mehr gedacht. Caros Kopf war zu beschäftigt damit gewesen, zu verarbeiten, was geschehen war, und die nächsten Schritte zu planen.

»Hast du dazu 'ne Rundmail geschrieben?«

Manne schüttelte den Kopf. »Ich habe kurz darüber nachgedacht. Aber ganz ehrlich? Die meisten unserer Mitglieder lesen ihre Mails sowieso nicht regelmäßig oder haben gar keine Mailadresse. Darüber hinaus möchte ich nicht, dass sich irgendjemand verstellt. Die zehn Leute, die gestern Abend dabei waren, wissen nicht mehr als das, was sie mit eigenen Augen gesehen haben. Und das weiß Kleins Familie mittlerweile auch. Alles andere sind Gerüchte, die so oder so entstehen. Jeder muss selbst entscheiden, ob er mit der Presse spricht oder nicht. Dass unsere Anlage zur Zielscheibe wird, ist sowieso nicht zu verhindern.«

»Hm.« Nachdenklich spießte Caro eine Olive auf. »Aber hättest du die anderen nicht besser vorwarnen sollen?«

»Das hat doch so oder so schon die Runde gemacht. Und das Letzte, was wir gebrauchen können, ist, den Eindruck zu erwecken, wir würden etwas verbergen.« Nach einer kurzen Pause fügte Manne hinzu: »Außerdem will ich nicht, dass es heißt, der Vorsitzende ruft seine Mitglieder zum Schweigen auf oder so was Blödes.«

»Stimmt, das wäre gar nicht gut.« Sie betrachtete ihren Freund eine Weile schweigend. Dann zog sie ihr Handy heraus und gab ein paar Begriffe in die Suchmaschine ein. Gleich unter den ersten Bildern fand Caro, was sie befürchtet hatte. In ihrem Magen bildete sich ein unangenehmer Knoten.

»Manne«, sagte sie langsam. »Man muss nur *Hanneke Klein*

und *Harmonie e. V.* in die Suchmaschine eingeben, und schon kommt …«

»Ein Foto, auf dem sie und ich zu sehen sind«, sagte Manne. »Ich weiß. Ich übergebe ihr den Stapel mit den gesammelten Unterschriften.«

»Puh«, sagte Caro. »Das ist ziemlich ungünstig.«

»Ich weiß.«

Sie schwiegen eine Weile, und Caro probierte das Risotto. Es war köstlich.

»Bist du deshalb so griesgrämig?«, fragte sie schließlich, und Manne lächelte.

»Ach, das ist dir aufgefallen?«

»Haha. Ich verbringe seit einem knappen Jahr beinahe jeden Tag mit dir. Wenn es mir nicht aufgefallen wäre, dann wäre ich wohl eine schlechte Detektivin.«

Manne griff nach seiner Serviette und begann, sie in kleine Teile zu zerrupfen. Als er sprach, schaute er auf seine Finger. »Es belastet mich natürlich. Alles. Petra kommt um vor Sorge um mich, und irgendwie nervt mich das. Jonas' Hochzeit steht an, und Mala ist ja auch noch schwanger. Ich habe Angst, dass die Presse sich an meine Familie ranmachen wird, und das will ich nicht. Aber wenn ich eines gelernt habe, dann das, dass man so was ohnehin nicht verhindern kann. Die Frage ist nur, wie man mit den Stürmen des Lebens umgeht. Nicht, wann sie kommen.«

»Jetzt bist du aber der Teebeutel«, sagte Caro, und Manne entspannte sich ein wenig. Er ließ den letzten Serviettenfitzel auf das Häufchen fallen.

»Jedenfalls bin ich froh über Carstens Angebot. Und froh darüber, dass ein anderes Team vom LKA unsere Alibis bereits geprüft hat. So sind wir der Presse ein paar Schritte voraus und können sagen: Leute, ihr braucht in diese Richtung überhaupt nicht zu schielen. Hier gibt es nichts zu holen.«

»Das stimmt natürlich. Aber ihm jetzt so weisungsgebunden zu sein, nervt auch. Ich meine: Wie wahrscheinlich ist es, dass wir die Angehörigen oder irgendwelche wichtigen Zeugen treffen?«

Manne verzog nickend das Gesicht. »Wir werden die Laufarbeit in der Kleingartenanlage übernehmen. Und da viele noch gar nicht auf ihren Parzellen sind, werden wir durch ganz Nordberlin gurken müssen, um die Gespräche zu führen. Carsten ist nicht blöd, er weiß, dass er sich mit unserem Einsatz jede Menge Zeit und frustrierende Kleinarbeit erspart.«

»Der Fuchs.«

»Ich habe ihn unterschätzt, das muss ich wirklich sagen. Aber er macht seine Sache gut und mit viel Feingefühl für so einen wichtigen Fall. Wenn die Ermittlungen sauber laufen und er schnell Ergebnisse liefert, dann wird das der Fall, der seine Karriere definiert.«

»Gönnen würde ich es ihm ja. Carsten hat sich lange genug herumkommandieren lassen, finde ich.« Sie grinste. »Ob Lohmeyer sich jetzt gerade schwarzärgert, dass Carsten den Fall hat und nicht er?«

»Hoffen wir für ihn, dass er sich über so was noch ärgern kann«, sagte Manne. »Das hieße, dass es ihm nicht so schlecht geht.«

Caro nahm noch eine Gabel Risotto. »Hatte eigentlich irgendjemand außer dir mit der Klein Kontakt? Von unserer Anlage, meine ich?«

»Nein, das war mein Job als Vorsitzender. Schmittchen hat, soweit ich weiß, ein paarmal mit ihr oder ihrem Büro Kontakt gehabt, als sich der Bezirksvorstand eingeschaltet hatte. Aber mehr pro forma, als Unterstützung für uns.«

Caro nickte. Sie konnte sich noch gut daran erinnern, weil sie persönlich auch keine großen Hoffnungen in Schmittchen gesetzt hatte. Zwar hatte sie ihn nach dem Brand auf seiner Anlage und den darauffolgenden Ermittlungen gut kennengelernt und ins

Herz geschlossen, aber im Vergleich zur verstorbenen Politikerin war Schmittchen doch eher ein kleines Licht. Hanneke Klein war charismatisch und präsent gewesen, wohingegen Schmittchen das übersprudelnde Temperament einer Nacktschnecke hatte.

»Aber was bringt es dann, wenn wir mit allen sprechen? Es ist anders als in den letzten Fällen. Die Klein hatte mit unserer Anlage ja eigentlich gar nichts zu tun! Kein Mensch hat sie gekannt.«

»Ja, das ist ja das Problem. Die Spitzhacke in der Nähe der Leiche und der Fundort sprechen erst mal Bände. Alle Kleingärtner der Harmonie sind verdächtig, und ich muss sagen, dass ich das ganz klar auch so sehe, selbst wenn es mir nicht gefällt.«

»Aber wer immer die Frau getötet hat, muss doch irgendwie an sie herangekommen sein.«

»Das liegt auf der Hand«, bestätigte Manne mit gerunzelter Stirn.

»So meine ich das nicht!« Caro lachte auf. »Mir ist schon klar, dass eine gewisse räumliche Nähe für diesen Mord erforderlich war. Aber auch eine Nähe im Sinne von persönlichen Informationen. Der Mörder muss schließlich gewusst haben, wie ihr Tag aussah, wo er sie würde abpassen können. Ich meine: Es wird sich wohl niemand die letzten Tage in unserem Birkenwäldchen auf die Lauer gelegt haben in der Hoffnung, dass sie vielleicht doch mal vorbeikommt.«

»Ja, natürlich. Und an solche Informationen kommt man ja auch nicht ohne Weiteres ran. Vor allem als Kleingärtner der Harmonie nicht. Unsere Namen standen bei ihrem persönlichen Assistenten wahrscheinlich auf einer sehr langen roten Liste. Hm. Es wäre gut, bald mit ihm sprechen zu können.«

»Liegt der noch in der Charité?«, fragte Caro besorgt und Manne nickte. Severin Freund, der langjährige Sekretär von Hanneke Klein, hatte einen Nervenzusammenbruch erlitten, als er vom Tod seiner Chefin erfahren hatte. Er wurde in der Charité betreut, und es war nicht klar, wann er vernehmungsfähig sein würde. Was natürlich ein Problem darstellte; Freund hatte jeden Tag mehrere Stunden mit Klein zugebracht und kannte sie gut. Sie mussten mit ihm sprechen. Doch noch wurde er von den Ärzten abgeschirmt, und an denen kam man nicht vorbei.

Manne schob die Reste auf seinem Teller mit Messer und Gabel zu einem beachtlichen Berg zusammen, und Caro schoss sofort das Wort »Radlader« in den Kopf. Fasziniert sah sie dabei zu, wie Manne das Ganze auf seine Gabel bugsierte.

Aus dem Augenwinkel sah sie eine junge Frau aus dem Ermittlerteam mit ihrem Tablett aufstehen. Sie nickte ihr zu und zeigte nach oben in Richtung des Einsatzraumes. Caro nickte ebenfalls.

»Ich glaub, wir sollten langsam zurück.«

Mannes Blick fiel auf den Kuchen. Er hatte ein Stück Karottenkuchen und ein Stück sahnige Schokoladentorte für sie beide ausgewählt.

»Die können wir ja mitnehmen«, sagte Caro und hoffte inständig, dass Svenja mit der Obduktion immer noch nicht fertig war.

Carsten wirkte angespannt, als sie den Raum betraten. Es waren noch nicht alle Mitglieder des Teams wieder eingetroffen, doch die meisten saßen schon. Vor Carsten auf dem Schreibtisch standen eine halbe Tasse Kaffee und ein Teller, auf dem wahrscheinlich eines dieser fürchterlichen, abgepackten Croissants gelegen hatte. Die Krümel auf dem Tisch und Carstens Hemd waren verräterisch. Caro gab ihm mit einem Handzeichen zu verstehen, dass er sich besser mal abklopfen sollte.

»Ich habe mit dem Staatsanwalt, der Frau Präsidentin und dem Abgeordnetenhaus telefoniert«, erklärte Carsten, als sie wieder vollzählig waren. »Der Tenor ist, dass die Bevölkerung und die Presse so wenig wie möglich von unseren Ermittlungen mitbekommen sollen. Wie so oft ein frommer Wunsch. Natürlich verlässt man sich bei der Umsetzung komplett auf unsere Kreativität.« Er rieb sich die Schläfen und seufzte. »Da es sich bei dem Opfer um politische Stadtprominenz handelt, weiß ich noch nicht genau, wie wir das anstellen sollen, aber zwei Dinge sind beschlossen: Wir werden während unserer Ermittlungen mit unseren Privatautos fahren, falls vorhanden. Die Kilometer werden eingereicht und abgerechnet. Und wir werden so viel wie möglich hier im LKA selbst erledigen. Wir parken ausschließlich in der Tiefgarage und betreten und verlassen das Gebäude nie über den Hauptausgang. Damit die Presse nicht anhand unserer Aktivitäten Rückschlüsse auf die Ermittlungen ziehen kann. Weshalb sich Frau Dr. Thießen-Kaiser auch gerade auf dem Weg hierher befindet und nicht wir sie, wie üblich, in der Rechtsmedizin besuchen. Das hier soll unser Bunker sein, die kompetente Schaltzentrale. Ich muss euch wahrscheinlich nicht erklären, wie oft ich in den Telefonaten beteuern musste, dass wir professionell, sorgfältig und verschwiegen vorgehen werden.«

»Weshalb es eine besonders gute Idee ist, Externe ins Boot zu holen«, murrte Christian, ohne von seinem Bildschirm aufzublicken.

Carsten ignorierte den Einwurf. »Außerdem war dem Präsidenten des Abgeordnetenhauses sehr daran gelegen, uns sehr nachdrücklich an unsere Pflicht zur Amtsverschwiegenheit zu erinnern.« Er verzog säuerlich das Gesicht. »Wenn wir weitere externe Experten hinzuziehen wollen, müssen wir das vorher genau abklären, die Leute sorgfältig durchleuchten. Es ist uns allen strengstens untersagt, in unserer Freizeit über den Fall zu sprechen. Weder mit unseren Familien noch mit Freunden und am allerwenigsten mit der Presse. Das dürfte klar sein.« Sein Blick wanderte zu Manne und Caro. »Ihr beide müsst mir nachher bitte noch eine Verschwiegenheitserklärung unterzeichnen.«

Carsten kniff sich müde in die Nasenwurzel. Caro hatte den Eindruck, die Mittagspause hatte den Kommissar um Jahre altern lassen.

»Ich vertraue jedem Einzelnen in diesem Raum und hoffe, ihr enttäuscht mich nicht. Dass alles, was hier passiert, auf meine Kappe geht, muss ich ja nicht extra betonen, oder?«

Er hob den Kopf und sah Caro und Manne direkt an. »Die Staatsanwaltschaft begrüßt euren Einsatz ausdrücklich«, sagte er, und Christian ließ ein Grunzen hören. Caro indes war froh, jetzt von so offizieller Stelle bestätigt worden zu sein. Mit jeder Minute, die verstrich, wurde ihr bewusster, welche Tragweite das hier hatte, und dass der Druck, der in den kommenden Tagen und vielleicht Wochen auf dem gesamten Team lasten würde, enorm war. Ganz Berlin würde ihnen auf die Finger schauen.

»Aber sie erwarten eine engmaschige Supervision durch uns.«

Nun grunzte Manne neben ihr und verdrehte die Augen. Himmel, so viele Befindlichkeiten auf so engem Raum.

»Und das heißt?«, fragte Manne leicht gereizt.

Caro sah den Anflug eines Lächelns auf Carstens Gesicht. »Das heißt, dass euch immer einer von uns begleiten wird.« Er zeigte zu seiner Linken. Dort saß die junge Frau, die Caro gerade in der Kantine gesehen hatte.

»Das hier ist Wiebke Hellmann. Sie ist eine erfahrene Ermittlerin und wird euch bei den Befragungen in der Kleingartenanlage unterstützen. Ein paar eurer Gärtner kennen sie schon von gestern Abend.«

»Ich dachte, wir sind hier, weil ihr unsere Unterstützung mit den Gartenfreunden braucht«, bemerkte Caro erstaunt. »Der Effekt geht doch verloren, wenn wir jemanden vom LKA dabeihaben.«

»Wiebke wird sich im Hintergrund halten.«

Na toll. Das führte die ganze Idee ad absurdum. Doch Caro hielt den Mund. Nach dem Gespräch, das sie mit Manne während des Mittagessens geführt hatte, begriff sie, dass sie sich zurückhalten mussten.

»Vielleicht hilft es, dass ich auch einen Schrebergarten habe«, sagte die Beamtin lächelnd und zuckte die Achseln. »Ich bin in so einer Anlage aufgewachsen.«

»Hm«, machte Manne, aber Caro erwiderte das Lächeln der jungen Frau.

»Wo ist denn dein Garten?«, fragte sie.

»In Lichtenberg.«

»Dafür habt ihr später noch genug Zeit«, schnitt Carsten ihnen die Konversation ab. »Jetzt müssen wir erst mal die Bestandsaufnahme beenden, das ist wichtig. Und dann ist um 16 Uhr die Pressekonferenz. Wir treten zusammen mit dem Bürgermeister vor die Kameras.«

»Wir?«, fragte Wiebke und blickte etwas indigniert.

»Natürlich nicht wir alle.« Carsten schluckte. »Mir wird nichts anderes übrigbleiben. Dann wird der Staatsanwalt mitkommen und natürlich die Polizeipräsidentin.«

Herrje, dachte Caro. Kein Wunder, dass Carsten weiß war wie eine Wand. Sie wollte sich gar nicht ausmalen, wie es sich anfühlte, vor so vielen Kameras zu stehen.

In dem Moment klopfte es an der Tür, die beinahe gleichzeitig aufschwang. Im Türrahmen erschien ein hagerer Mann um die fünfzig, der für diese Institution auffallend geschmackvoll und modern gekleidet war. Er trug knallenge, schwarze Jeans, ein ausgewaschenes Ramones-Shirt und dazu ein leuchtend orangefarbenes Sakko. Der Typ war mit Sicherheit der stylishste Mann im gesamten LKA.

»Entschuldigt, dass ich euch störe, aber ich muss mal kurz«, sagte der Mann und kam herein.

»Sind die Herrschaften von der Kleingartenanlage noch hier?«, fragte er und blickte sich mit derart großer Geste suchend im Raum um, dass man den Eindruck bekam, er suche nicht in einer Gruppe von zwölf Leuten, sondern unter Hunderten.

»Sie sind«, sagte Manne, und der Blick des gut gekleideten, hektischen Herrn schoss in ihre Richtung.

»Ah ja«, sagte er. »Dann möchte ich mich kurz vorstellen. Mein Name ist Tobias Leitner, ich bin Pressesprecher hier im LKA.«

»Manfred Nowak und Caroline von Ribbek«, sagte Caro freundlich.

Leitner nickte nur, als wüsste er das alles schon längst. »Herr Nowak, Sie leiten die Anlage, in der die Tote gefunden wurde, sehe ich das richtig?«

Manne nickte. »Ich bin der Vorstand. Das ist …«

Leitner winkte ab. »Gut. Herr Nowak, ich möchte gerne wissen, ob Sie eine eigene Pressekonferenz in der Sache geplant haben.« Leitners perfekt geschwungene Augenbrauen waren fragend nach oben gewandert, und die Stirn lag in akkuraten, parallel verlaufenden Falten.

»Nein, ich habe nichts dergleichen geplant«, antwortete Manne sichtlich verdattert.

Das Gesicht des Pressesprechers wurde von einem breiten Lächeln erhellt. »Na, umso besser. Wir hätten Sie sonst auffordern müssen, die Konferenz abzusagen. Sie werden nämlich auf unserer Presskonferenz eine Erklärung abgeben. Die Präsidentin wird Sie kurz vorher noch in Kenntnis über den Inhalt setzen. Das Ganze findet nach der Erklärung des Bürgermeisters statt, während der Sie aber gebeten werden, im Hintergrund schon zu flankieren. Alles klar?«

»Glasklar«, antwortete Manne matt, während Caro von Aufregung erfüllt wurde. Wow. Selbst der Bürgermeister würde eine Erklärung abgeben!

Der Mann seufzte erleichtert. »Schön. Eine Sache weniger, um die ich mich an diesem verrückten Tag kümmern muss.« Er lächelte in die Runde. »So, dann macht mal weiter. Wir sehen uns nachher. Ermittelt schön!«

Und mit diesen Worten war er auch schon wieder aus der Tür. Caro warf Manne einen flüchtigen Blick zu, doch der war noch vollauf damit beschäftigt, dem Pressesprecher ungläubig hinterherzustarren.

»Ich hasse das LKA«, murmelte er schließlich, und Caro konnte nicht anders. Wie immer, wenn sie vollkommen überfordert war, fing sie an zu kichern.

KAPITEL 8

Als Svenja den Besprechungsraum betrat, war Manne regelrecht erleichtert. Denn so wichtig die politische Dimension des Falls und der Umgang mit der Presse auch sein mochten, so waren sie für seinen Geschmack in der vergangenen Stunde viel zu weit vom Mord selbst abgekommen. Darüber hinaus hatte er auch keine Lust, allzu viel über die Pressekonferenz nachzudenken. Er hatte so etwas noch nie gemacht, und hatte es auch nie vorgehabt. Auf seiner Löffelliste stand es jedenfalls nicht. Er, Manfred Nowak, im Fernsehen? In der Abendschau, vielleicht sogar in den bundesweiten Nachrichten? Allein beim Gedanken daran wurde ihm übel. Aber schon am Vorabend, als er schlaflos neben Petra in seinem Bett gelegen hatte, war ihm klar gewesen, dass er so oder so nicht um den Kontakt mit der Presse herumkommen würde. Schließlich war er Vorstandsvorsitzender des Vereins. Er hatte allerdings eher an so etwas wie ein kurzes Statement gedacht, nicht an einen gemeinsamen Auftritt mit dem Bürgermeister und der Polizeipräsidentin. Wozu war er denn in den Vorruhestand gegangen, verflucht?

Svenja nickte in die Runde und lächelte Manne kurz zu. Sie sah müde und ziemlich angespannt aus. Die Rechtsmedizinerin stellte sich neben das Smartboard und verschränkte die Arme vor der Brust, was den gesamten Raum augenblicklich zum Schweigen brachte. Carsten nickte ihr zu, und sie ergriff das Wort.

»Hallo zusammen. Schön, dass ich so viele von euch mal an einem Ort versammelt sehe, ich war schon ewig nicht mehr hier. Auch wenn der Anlass natürlich wenig erfreulich ist. Also, ich versuche, mich kurzzufassen, was bei der Menge der Verletzungen gar nicht so einfach sein wird.« Sie öffnete ihren Laptop und verband ihn mit geübten Handgriffen mit dem Smartboard. Schon nach wenigen Sekunden erschien ein Bild der Leiche auf der weißen Fläche, und Manne zuckte zusammen. Es war noch einmal etwas anderes, die Politikerin so stark ausgeleuchtet und flach auf dem Tisch liegend zu sehen. Das Gesicht genauso gut erkennbar wie die zahlreichen Wunden, die sich über ihren Körper zogen. Eine Landkarte der Grausamkeit. Die Einschnürungen, die der Spanngurt verursacht hatte, sahen ohne diesen noch grotesker aus, und die Nacktheit der Frau berührte ihn unangenehm.

»Der Körper der Verstorbenen weist, wie ihr unschwer erkennen könnt, die unterschiedlichsten Traumata auf, davon eine Reihe stumpfer und eine Reihe spitzer Verletzungen, einige davon wurden ihr posthum beigebracht, was ihr euch sicher schon gedacht habt, ihr seid ja erfahren.«

»Zu wenig Blut«, flüsterte Caro neben ihm und nickte wie eine fleißige Schülerin.

»Insgesamt finden sich auf dem Körper der Verstorbenen einundzwanzig Fleischwunden, auf die ich hier näher eingehen muss. Denn sie sind extrem interessant. Vierzehn davon wurden ihr posthum zugefügt. Ihre beiden Handflächen weisen tiefe Schnittwunden auf, wahrscheinlich handelt es sich um Abwehrverletzungen. Die restlichen fünf Wunden am Torso sind eine Kombination aus vor dem Tod beigebrachten und ebenfalls todesursächlichen sowie posthum zugefügten Wunden.«

Mannes Brauen schossen nach oben, und Caro setzte eine verwirrte Miene auf.

»Hä?«, hörte er es neben sich flüstern, während Carsten die Stirn runzelte und sagte: »Eine Kombination? Kannst du das bitte näher erklären, Svenja?«

Die Rechtsmedizinerin nickte. »Das ist die herausragende Besonderheit in diesem Fall, so viel kann ich sagen. Ich konnte es erst nicht glauben, deshalb habe ich sehr lange gebraucht, bis ich meinen Bericht abschließen konnte. Wir haben es bei Frau Klein mit teils sehr tiefen Verletzungen zu tun. Die fünf besagten Kombinationswunden sind alle rund sechzehn Zentimeter tief. Die anderen nur zwischen fünf und zehn Zentimeter. Bevor wir sie geöffnet haben, haben wir die Leiche ins MRT geschoben, um uns die Wundkanäle genauer anzusehen. Und da bot sich uns ein ungewöhnliches Bild. Aber seht es euch selbst mal an.«

Svenja tippte auf die Tastatur ihres Laptops, und ein Bild vom MRT erschien. Darauf mit Pfeilen sichtbar gemacht der Wundkanal, von dem sie gesprochen hatte. Es war das merkwürdigste Verletzungsbild, das Manne je gesehen hatte. Die Wunde war lang und lief spitz zu, wurde nach außen hin aber deutlich breiter. Die Ränder verliefen auch nicht fließend; stattdessen befand sich zwischen dem schmalen und dem breiten Bereich der Wunde eine Art … Stufe.

»Das sieht aus wie ein Holzbein«, sagte Caro laut und einige lachten, doch Svenja nickte nur.

»Das ist gar kein schlechtes Bild. Ich dachte an einen langen Trichter, aber Holzbein ist eigentlich noch besser. Diese Wunde wurde, genau wie die anderen, ähnlich aussehenden vier, von zwei verschiedenen Waffen oder Werkzeugen verursacht. Der obere Teil der Wunde wurde von einem spitz zulaufenden, stumpfen Gegenstand mit etwa fünf Zentimetern Durchmesser beigebracht. Die Spitzhacke, die am Fundort gefunden wurde, passt genau zum Wundbild. Dieser Teil der Verletzung wurde Frau Klein posthum zugefügt. Der tiefer gehende Teil wurde von einer scharfen, schmalen Klinge verursacht. Einer Klinge von mindestens sechzehn Zentimetern Länge bei zwei Zentimetern Breite.«

Sie tippte erneut auf ihren Rechner, und das Diagramm eines weiblichen Körpers erschien. Fünf Punkte waren rot eingezeichnet worden.

»Diese fünf Wunden im Brustkorb und am Hals sind Wunden,

die zuerst von einer Klinge beigebracht wurden und im Nachhinein mit der Spitzhacke an der Oberfläche geweitet wurden. Es fällt auf, dass die Spitzhacke bei diesen Wunden nicht so tief eingedrungen ist, was darauf schließen lässt, dass es der Täterin oder dem Täter speziell darauf ankam, die Stichwunden zu verdecken, was er oder sie mit großer Sorgfalt und Präzision getan hat. Wahrscheinlich wurden sie Frau Klein mit weniger Kraft und aufgesetzt beigebracht. Ich könnte mir vorstellen, dass es geschah, während sie auf dem Boden lag. Die anderen wurden dann mit voller Kraft geschlagen, nachdem der Körper an den Baum gefesselt wurde. Am Verlauf der Wundkanäle lässt sich das sehr gut ablesen. Die Winkel sind unterschiedlich. Das sieht man hier eindeutig.«

Eine Aufnahme vom gesamten Rumpf erschien, auf der man die verschiedenen Wundkanäle genau nachvollziehen konnte. Die tiefen Wunden der Spitzhacke verliefen auffallend schräger als die anderen. Manne atmete einmal tief durch. Das war ja mal interessant.

»Das bedeutet also, die Hacke, die ihr am Ablageort gefunden habt, war nicht die Mordwaffe, wohl aber eine, die der Täter genutzt hat. Oder vielmehr, die *die* Täter benutzt haben. Denn zum einen erscheint es mir fast unmöglich, eine Frau wie Hanneke Klein allein durch einen dichten Birkenwald zu transportieren und posthum an einen Baum zu fesseln, zum anderen …«

»Stopp, stopp, Svenja, Moment«, rief Wiebke, die junge Kommissarin, während sie die Hand wie zu einer Wortmeldung in die Luft reckte.

Svenja hielt inne und sah Wiebke abwartend an.

»Ist es ganz sicher, dass sie posthum an den Baum gebunden wurde?«

Die Rechtsmedizinerin nickte. »Dazu wollte ich gleich kommen, da hab ich vorgegriffen. Aber ja, ich bin mir ganz sicher und sage euch auch gleich, warum. Ich wollte nur noch ausführen, dass es mehrere Täter gewesen sein müssen meiner Auffassung nach, weil es uns nur zu zweit gelungen ist, die eins sechsundsiebzig große und knapp achtzig Kilogramm schwere Frau auf unserem Tisch zu drehen. Daher ist es unwahrscheinlich, dass es ein einzelner Täter war. Zumal die sechzehn durch die Spitzhacke verursachten Wunden teils mit der rechten und teils mit der linken Hand geschlagen wurden, was natürlich auch immer der Ablenkung dienen kann. Und jetzt zu deiner Frage, Wiebke. Hanneke Kleins Halsschlagader wurde verletzt, sie ist an dem hohen Blutverlust gestorben. Allerdings ist euch sicherlich auch schon aufgefallen, dass die Leiche dafür vergleichsweise sauber ist. Es ist kaum Blut zu finden. Was wir aber an einigen Stellen entdeckt haben, ist eingetrocknetes Blut, in dem sich textile Abdruckmuster finden ließen.«

Sie drückte noch einmal auf die Tastatur, und ein neues Bild erschien. Dort war auf der Haut des Opfers tatsächlich verkrustetes Blut in einer Art Muster zu erkennen.

»Das hier sieht unter dem Mikroskop aus wie Spitze, zum Beispiel von einem BH. Weiter unten fanden sich Abdrücke einer feinen Strickstruktur. Es ist natürlich möglich, dass Hanneke Klein am Baum stehend getötet und danach erst entkleidet wurde, aber es ist unwahrscheinlich, zumal sich unter dem Spanngurt kein Blut befand. Weshalb sie unserer Auffassung nach posthum an den Baum geschnallt wurde. Und vom Wundbild her würde ich sagen, nachdem die fünf Wunden mit der Spitzhacke geradezu kaschiert wurden.«

Sie atmete einmal tief durch und blickte in die Runde. »Dazu passen auch die Verletzungen an ihrem Rücken.«

Svenja rief ein neues Bild auf, und Manne schnappte nach Luft. Er konnte nicht genau sagen, warum, aber dieser Anblick machte ihm besonders zu schaffen.

Im extrem zerkratzten Rücken der Politikerin steckte eine ganze Menge kleiner Zweige, außerdem war er stark verdreckt und stand somit im krassen Gegensatz zu ihrer Vorderseite. Allerdings erklärte dieses Bild auch, warum ihre Haare so in Mitleidenschaft gezogen waren.

»Sie wurde geschleift«, sagte Carsten, und Svenja nickte.

»Ja, und zwar an den Füßen. Die Spuren sprechen eine eindeutige Sprache. Also stellt es sich für uns so dar, dass sie mit einem spitzen Gegenstand, wahrscheinlich einem Messer, getötet wurde. An einem Ort, der nicht das Birkenwäldchen bei der Kleingartenanlage ist. Ihr Angreifer muss von vorne gekommen sein, sie war bei vollem Bewusstsein und hat sich gewehrt. Sie hatte ein bisschen Alkohol im Blut, aber nichts, was ihre Reaktionsfähigkeit beeinträchtigt hätte. Ihre Abwehrversuche scheiterten, sie wurde in Brust und Hals gestochen. Dabei muss sie sehr viel Blut verloren haben, die Halsschlagader wurde bei einem der Stiche angerissen, große Arterien wurden verletzt. Hanneke Klein ist verblutet. Nach einer Weile wurde sie entkleidet und gesäubert, was erklärt, dass wir vor allem im Brust- und Lendenbereich noch Anhaftungen haben. Wahrscheinlich hat der Täter oder die Täterin die Unterwäsche noch länger angelassen, während er oder sie den Rest der Leiche gesäubert hat.«

»Komisch«, bemerkte Christian. »Sie wurde ja nackt gefunden, da denkt man, es geht um die Demütigung. Oder um Sex.«

Svenja zuckte die Schultern. »Da fragt ihr am besten einen forensischen Psychologen. Auf jeden Fall wurde kein Geschlechtsverkehr durchgeführt, Sperma haben wir auch keines gefunden. Ein sexuelles Motiv ist eher unwahrscheinlich. Aus meiner Perspektive. Ich kann euch nur sagen, wie sich die Sache für mich darstellt. Ihre Fingernägel sind sehr kurz geschnitten, die Finger selbst wurden gründlich gereinigt. Das lässt den Schluss zu, dass sie den Täter auch in irgendeiner Weise verletzt haben muss und dieser sich sorgte, dass man sein Blut oder seine DNA dort vorfinden könnte.«

»Wenn das stimmt, dann ist hier jemand sehr gründlich vorgegangen und hatte auch ein gewisses forensisches Wissen«, bemerkte Manne.

»Und er muss Zeit und Ruhe gehabt haben, die Leiche zu säubern und zu entkleiden. Einen Ort, an dem er sich sicher gefühlt hat. Sicher genug, um sich die Zeit zu nehmen«, ergänzte ein Kollege, dessen Namen Manne leider auch schon wieder vergessen hatte, und alle nickten.

»Wir haben so gründlich gesucht, wie wir konnten, aber es ist uns nicht gelungen, etwas unter den Fingernägeln hervorzuholen. Meine Kollegen arbeiten momentan daran, die Fingernägel ein Stück weit freizulegen, um sie noch mal abschneiden zu können. Vielleicht findet das Labor dann noch etwas. Die haben eh viel zu tun. Denn so gründlich der Täter gewesen sein mag: Wir haben einiges gefunden.«

Carsten setzte sich gerader hin, und die Beamten des LKA wirkten allesamt maximal angespannt.

»Und wir sind auch noch nicht fertig. Ich habe es vorhin schon mit Carsten und dem Staatsanwalt besprochen: Wir bekommen Unterstützung von eurer KT in der Rechtsmedizin, um zu sichern und zu priorisieren. Denn vor allem in den Haaren und den Schleifwunden der Politikerin findet sich eine Unzahl an Partikeln, Dreck und anderen Dingen. Aber ein paar Sachen können wir hervorheben.«

Ein neues Bild erschien, und zu sehen waren vor allem … »Fasern«, sagte die Rechtsmedizinerin. »Sie wurde transportiert, es ist also möglich, dass diese Fasern Aufschluss darüber geben, wie das geschehen ist. Ein paar davon dürften zu ihrer eigenen Kleidung gehört haben; sie lassen sich eventuell abgleichen mit den Kleidungsstücken, die sie nach eurem Kenntnisstand zuletzt getragen hat.«

Carsten nickte. »Sind wir dabei.«

Svenja klickte noch einmal, und ein neues Bild erschien. Sofort fingen alle an, aufgeregt durcheinanderzumurmeln.

»Ist das ein Haar?«, fragte Caro.

Svenja nickte. »Nun, das bleibt zu hoffen, nicht wahr? Es ist ziemlich dick und dunkel. Mal sehen, was eure KT da herausfinden kann. So. Alle weiteren Infos gibt es in meinem Bericht, ich setze mich sofort dran, nachdem ich ein bisschen geschlafen habe.«

Wie auf Kommando gähnte Svenja herzhaft und klappte ihren Rechner zu.

»Das ist nach meiner Auffassung das Interessanteste. Der Rest ergibt sich aus dem Zusammenhang.« Sie lächelte traurig. »Falls es ihrer Familie ein Trost ist: Nach dem Halsschnitt dürfte es sehr schnell gegangen sein.«

»Aber wie lange sie davor um ihr Leben gekämpft hat, wissen wir nicht«, murmelte Manne, und Caro schüttelte den Kopf.

Svenja lächelte müde. »Wenn noch was ist, meldet euch. So in sieben Stunden dürfte ich wieder ansprechbar sein.«

»Danke, Svenja«, sagte Carsten und blickte, nachdem die Rechtsmedizinerin den Raum verlassen hatte, ernst in die Runde. »Wir haben sehr viel zu tun und wenig Zeit. Eine extrem ungünstige Kombination. Also los.«

KAPITEL 9

»Mach das aus, bitte!«, forderte Manne, als Caro zum wiederholten Mal den Mitschnitt der Pressekonferenz über ihr Handy laufen ließ.

»Ja, gleich«, antwortete sein persönlicher Sargnagel und wedelte in seine Richtung, als sei er nicht mehr als eine lästige Fliege. Ihre Nasenspitze hing so dicht über dem Handy, das man meinen konnte, sie wollte hineinkriechen.

Die beiden saßen im leeren Schankraum der Kneipe Harmonie 2, die bis auf Weiteres offiziell geschlossen hatte. Heide und Walter hatten ihnen erlaubt, dort eine Art Hauptquartier einzurichten und darüber hinaus sich an Essen und Getränken zu bedienen.

Es war gar nicht so unpraktisch. Hier hatten sie viel Platz und Raum zum Denken und außerdem noch die Möglichkeit, die Rollläden herunterzulassen und hinter sich abzuschließen. Und eine Heizung. Der Frühling war noch etwas schwach auf der Brust, in ihren Hütten war es, vor allem in den Abendstunden, noch sehr frisch.

Aufgrund der Vertraulichkeitsvereinbarung konnten sie die Unterlagen nicht bei einem von ihnen in der Wohnung lagern, und unpraktisch wäre das obendrein gewesen; hier hatten sie beide Zugriff darauf. Darüber hinaus wusste Manne noch nicht, wie er mit dieser Schweigepflicht umgehen sollte. Immerhin wusste jetzt dank dieser dämlichen Pressekonferenz noch der letzte Berliner, dass Manne und Caro an den Ermittlungen beteiligt waren. Um nicht ständig darauf angesprochen zu werden, müsste er wohl in einem Zelt irgendwo in Brandenburg schlafen.

Er schielte auf Caros Display und erschrak nicht zum ersten Mal über sich selbst. Normalerweise sah er sein Gesicht morgens nur zum Rasieren und Zähneputzen im Badezimmerspiegel. Ein vertrautes, nicht allzu großes Rechteck, das seinen Kopf einrahmte und den Rest gnädig im Verborgenen hielt. Doch sich so im Ganzen zu sehen und zu hören, war etwas völlig anderes.

Caro hatte ihm geholfen, sich auf die Konferenz vorzubereiten, so gut es in der Kürze der Zeit möglich war. Außerdem hatte er von einem Kollegen des LKA, der Mannes Konfektionsgröße teilte, einen Anzug leihen dürfen, den er für Notfälle immer im Büro hängen hatte. Einerseits war er dankbar dafür gewesen, nicht in Jeans und Polohemd von Union Berlin vor die Kameras treten zu müssen, auf der anderen Seite hatte er sich mehr als je zuvor gefühlt wie ein Clown.

War er wirklich so grau, klein und alt? Sagte er wirklich so oft »äh« in einem Satz? Oder »tatsächlich«?

»Caro«, quengelte er, und endlich machte sie das Handy aus, wobei sie ihn streng ansah.

»Was ist? Ich wollte es noch einmal ganz durchgucken, um mir die Details einzuprägen und Notizen zu machen.«

»Das kannst du doch auch nachher ohne mich erledigen«, murrte Manne. »Das würde mir einiges an Demütigung ersparen.«

»Ich weiß wirklich nicht, was du hast, Manne. Du warst großartig! Total souverän und glaubwürdig.«

»Quatsch. Ich sehe aus wie ein Affe in Nadelstreifen.«

»Es ist scheißegal, wie du aussiehst, Manne, es ist viel wichtiger, was du gesagt hast. Außerdem hat dieser Anzug überhaupt keine Nadelstreifen. Die sind längst nicht mehr in Mode.«

»Du weißt, was ich meine.«

Caro schenkte ihm einen mitfühlenden Blick. »Muss so ähnlich sein, wie seine Stimme im Radio oder auf einem Anrufbeantworter zu hören. Aber du warst wirklich gut. Versprochen. Petra platzt bestimmt vor Stolz. Hat sie sich schon gemeldet?«

Manne schaute schuldbewusst auf sein Handy. »Bestimmt schon tausendmal.«

»Na siehst du!«

»Ich weiß noch nicht, wie ich das mit der Schweigepflicht bei ihr machen soll. Wenn sie was herausfinden will, dann findet sie es heraus. Das weißt du.«

Caro lächelte. »Solange nichts eure Wohnung verlässt, ist das doch unproblematisch. Eike und ich kennen das schon. Als Arzt unterliegt er ja selbst der Schweigepflicht.«

»Hm. Das ist aber schon was anderes.«

»Ist das so?« Caro zwinkerte ihm verschmitzt zu. »Wenn du wüsstest, wie viele Spieler von Union schon auf seiner Liege lagen …«

Manne wurde hellhörig. Dass Eike Sportmediziner war, wusste er ja, aber dass er so hochkarätige Patienten hatte, war ihm vollkommen neu. »Echt jetzt?«

Caro grinste. »Mehr kann ich dazu nicht sagen. Schweigepflicht.«

Manne schüttelte halb verärgert, halb amüsiert den Kopf. »Du treibst mich noch in den Wahnsinn. Und das mit voller Absicht!«

»Was soll ich sagen? Ich bin ein schlechter Mensch.«

Manne zog sich eine kleine Packung Gummibärchen heran und öffnete sie. »Wollen wir mal zusammentragen, was wir wissen?«

Seine Kollegin gähnte, doch sie nickte. »Auch wenn ich nicht weiß, was uns das bringen soll. Die anderen machen das doch auf ihrem schicken Board im LKA sowieso und viel besser als wir. Wir sind nur kleine Lichter.«

»So oder so ist es eine gute Übung«, bemerkte Manne und sah sie abwartend an.

Schließlich blätterte Caro in ihrem Notizbuch zurück und räusperte sich. »Also. Das Opfer ist Hanneke Klein, sechsundfünfzig Jahre alt, parteilose Abgeordnete. Geschieden, keine Kinder, aber einen Lebensgefährten. Wohnhaft in Pankow, Majakowskiring. Zuletzt gesehen am Donnerstag im Preußischen Landtag nach einer Sitzung zur Aufstellung von Ladesäulen für Elektroautos oder so, die sich bis 21 Uhr 30 hingezogen hat, weil auch mehrere Vertreter von Energiekonzernen vor Ort waren. Teilnehmerliste wurde angefragt. Videoaufzeichnungen des Landtagsgebäudes auch, allerdings ist das wohl ein ziemlicher Akt, da ranzukommen. Die Abgeordneten sind besonders geschützt und müssen die Aufzeichnungen eventuell einzeln freigeben. So.« Sie atmete tief durch und strich sich eine Haarsträhne aus der Stirn. »Aufgefunden wurde die Leiche am späten Freitagnachmittag von unserer Heide im Birkenwäldchen. Besonders heikel daran ist, dass die einzigen beiden Möglichkeiten, in das Wäldchen selbst zu gelangen, die Autobahn und unsere Anlage sind. Und die Autobahn ist doch eher unwahrscheinlich, weil die Leiche im Birkenwäldchen geschändet wurde, wenn Svenja mit ihrer Theorie richtig liegt.«

Manne fuhr sich mit der flachen Hand durchs Gesicht. »Und sie liegt bestimmt richtig, es ist zumindest nach jetzigem Stand der plausibelste Tathergang.«

»Ja, das denke ich auch. Was uns wieder vor ein Problem stellt, das wir bei Kalle schon mal hatten.«

»Wie transportiert man eine Leiche durch unsere Kleingartenanlage?« Manne nickte. Das hatten sie sich damals auch gefragt, als herausgekommen war, dass sein Freund Kalle nicht auf seiner Parzelle gestorben war, sondern dort zum Vergraben hintransportiert worden sein musste. Bis auf den Hauptweg waren sämtliche Wege ihrer Anlage zu schmal, um mit dem Auto befahren zu werden. Der Täter hatte das damals sehr kreativ mit einem Bus und einer geliehenen Kleinmaschine aus dem Baumarkt gelöst.

Manne runzelte die Stirn. »Stand damals irgendwas darüber in den Zeitungen?«

»Nicht dass ich wüsste.« Caro schüttelte den Kopf.

»Das spricht nicht gerade für die Kleingärtner der Harmonie«, murmelte Manne, doch Caro widersprach.

»Es spricht weder für noch gegen sie. Jeder Täter hätte das Transportproblem, auch solche, die hier in der Anlage eine Parzelle haben. Und wenn es wirklich mehrere Täter waren, dann können sie sie auch einfach gemeinsam getragen oder geschleift haben. Ich kann mir kaum vorstellen, dass Hanneke Klein mitten in der Nacht mit einem unserer Gartenfreunde in die Laube spaziert wäre. Warum hätte sie das tun sollen? Vor allem, weil sie gewusst haben muss, dass die Gartenfreunde der Harmonie jetzt nicht die beste Meinung von ihr haben. Sie war ja nicht blöd. Keine Frau wäre so leichtsinnig, und eine gestandene Politikerin schon gar nicht.«

Manne nickte beeindruckt. »Da hast du natürlich recht. Ich habe nur daran gedacht, wie es auf den ersten Blick aussieht.«

»Das ist ein gutes Stichwort. Denn es gibt noch etwas, das ziemlich scheiße aussieht. Die Spurensicherung fand eine Hacke mit organischen Anhaftungen an der abgeflachten Seite unweit der Leiche im Unterholz. Die organischen Anhaftungen werden derzeit mit der DNA des Opfers abgeglichen, Ergebnis morgen früh. Außerdem wurden diverse Fasern und organische Kleinteile gefunden, die Spusi arbeitet mit der Rechtsmedizin zusammen, um alles zu sichern.«

Manne lächelte und nickte anerkennend. »Gesprochen wie eine echte Kriminalkommissarin.« Caro grinste breit. Manne entging nicht, dass ihre Ohren an den Spitzen feuerrot wurden. »Du hast sogar Spusi gesagt.«

»Stimmt. Dabei ist das so ein blödes Wort.«

»Die Spusi hat auf jeden Fall diverse Fingerabdrücke vom Hackenstiel sichern können. Unsere Aufgabe ist jetzt also, nicht nur Alibis und Hinweise von allen Vereinsmitgliedern aufzunehmen, sondern auch die Finger- und Handabdrücke zu besorgen. Und uns unauffällig in so vielen Lauben wie möglich umzusehen. Vielleicht fällt uns ja noch was auf.«

»Wir sollten auch alle darum bitten, ihre Werkzeugschuppen zu checken. Es ist nicht auszuschließen, dass der Täter die Hacke bei einem von uns unbemerkt geklaut hat.«

»Das ist ein guter Punkt«, pflichtete Manne ihr bei.

Caro sah ihn eine Weile nachdenklich an. »Hast du schon daran gedacht, dass der Mörder sich die ganze Arbeit gemacht haben könnte, um den Verdacht auf unseren Verein zu lenken?«

Manne zuckte die Schultern. »Klar hab ich daran gedacht. Aber woher soll ich wissen, ob das nicht reines Wunschdenken ist? Ich versuche, mir solche Theorien zu verkneifen, damit ich nicht auf dem falschen Auge blind werde. Verstehst du, was ich meine?«

»Natürlich. Aber merkwürdig ist es doch«, erwiderte Caro. »Wenn es jemand aus unserer Anlage war, warum hat er sie dann hier an einen Baum gebunden und nicht woanders abgelegt? Warum so plakativ?«

»Wenn es wirklich aus Groll darüber geschah, dass wir unsere Gärten verlieren, dann liegt das doch auf der Hand. Aus symbolischen Gründen. Damit jeder weiß, dass es sich um Rache handelt. Symbole können bei geplanten Morden eine wichtige Rolle spielen. Das Motiv ist da viel stärker ausgeprägt als bei Affekttaten beispielsweise. Vielleicht wollte er der ganzen Welt zeigen, dass sie sterben musste, weil sie uns die Anlage weggenommen hat.«

»Stimmt.« Caro machte sich ein paar Notizen. »Aber meinst du wirklich, dass die Leute so an ihren Gärten hängen, dass sie jemanden deshalb töten würden?«

Manne sah Caro fast schon mitleidig an. »Für viele Menschen ist der Garten der schönste Ort der Welt. Ihr Rückzugsort. Schon lange in Familienbesitz und so weiter. Einige haben hier die Sommer mit ihren Kindern verbracht, die längst ausgezogen oder in zwei Fällen sogar bereits verstorben sind. Das sind nicht einfach nur Gärten.«

»Aber wenn es jemand ist, der seit vielen Jahren hier im Verein ist und so sehr an seinem Garten hängt – wäre er dann nicht zu alt, um so eine Tat zu begehen? Und überhaupt: Du hast Svenja gehört. Sie geht davon aus, dass es nicht ein Täter allein gewesen sein kann, sondern mindestens ein zweiter. Wenn das Motiv emotionaler Natur ist, dann ist es doch umso schwerer, jemanden dazu zu bewegen, oder? Als wenn es jetzt zum Beispiel finanzielle oder politische Gründe sind.«

Manne dachte, dass manchmal auch alles zusammenkam, dachte an Heide und ihren Mann und sagte es nicht. Er nickte nur.

»Schon. Aber das bedeutet ja nicht zwingend, dass der Mord von mehreren auch geplant und begangen wurde. Sondern nur, dass die Leiche von mehreren Leuten vom Tatort zu uns ins Birkenwäldchen transportiert und geschändet wurde.«

»Auf jeden Fall ist es schon merkwürdig mit den Verletzungen. Dass die Wunden mit der Hacke quasi nachbearbeitet wurden, um die Dolchstiche zu verdecken.«

»Ja, aber das kann viele Gründe haben«, gab Manne zu bedenken. »Beispielsweise könnte diese Waffe eine spezielle Verbindung zum Täter haben. Er hat sie geerbt, sie ist wertvoll, sie hängt in seinem Wohnzimmer über der Couch und jeder weiß, dass er sie hat oder so. Das heißt noch gar nichts.«

Caro seufzte und kaute nachdenklich am Ende ihres Kugelschreibers herum. »Also, wie wir es drehen und wenden, alles deutet ein bisschen zu sehr auf unseren Verein hin.«

»Und leider ist es nicht wie im Film«, ergänzte Manne nickend. »Leider ist im echten Leben die naheliegendste Lösung oft auch die richtige.«

»Wie viele Mitglieder hat der Verein eigentlich?«, fragte Caro.

Manne lachte. »Hundertsiebzig. Aber wir können ein Drittel

bestimmt ausschließen. Einige sind sowieso im Urlaub. Dann scheiden für mich noch alle aus, die zu alt sind, im Frühjahr ihre Kartoffeln ordentlich auszubringen – und die jungen Mitglieder, die nur auf der Liste stehen, um später mal 'ne Parzelle übernehmen zu können, würde ich auch erst mal außen vor lassen. Wir konzentrieren uns auf aktive Mitglieder, die mit dem Beschluss, die Harmonie plattzumachen, wirklich etwas verloren haben.«

Caro warf ihm einen besorgten Blick zu. »Ich habe echt Schiss davor, wie sie es aufnehmen werden. Es wird doch bestimmt Leute geben, die meinen, dass wir ihnen in den Rücken fallen.«

»Ganz sicher sogar«, pflichtete Manne bei. »Das macht mir auch Bauchschmerzen, aber ich kann es nicht ändern.«

»Wäre eine Vollversammlung nicht sinnvoll? Zumindest für die Fingerabdrücke und überhaupt?«

Manne wusste, dass eine solche Versammlung sogar extrem sinnvoll wäre. Und gleichzeitig war es genau das, was er ganz und gar nicht wollte. Die Pressekonferenz hatte ihm gereicht.

»Wir werden sehen«, wich er aus. »Morgen befragen wir erst mal die Gartenfreunde, deren Parzellen nah am Tatort liegen. Und dann … ja. Dann schauen wir weiter.«

KAPITEL 10

Jemand schob von außen einen Schlüssel ins Schloss der Kneipentür. Die Tür ging auf, und Petra streckte den Kopf in den Schankraum. An ihrem Arm baumelte ein großer Korb. »Hier seid ihr also. Dürfen wir reinkommen?«

Manne warf ihr einen fragenden Blick zu, und Caro nickte. Es war nach neun. Heute würde sicher nichts Bahnbrechendes mehr passieren, und sie war dankbar für die Zwangspause. Caro war müde und hatte Kopfschmerzen, ihre Gedanken begannen bereits, sich immer wieder im Kreis zu drehen.

»Natürlich«, sagte sie und strahlte vor Freude, als sie sah, dass ihr Mann Eike hinter Petra den Raum betrat. Er trug ihre gemeinsame Tochter Greta auf dem Arm.

»Sie ist todmüde, hat aber darauf bestanden«, sagte Eike mit einem Lächeln und küsste Caro auf die Stirn, während er Greta wie einen nassen Sack neben ihr auf die Bank fallen ließ. Ihre Tochter gähnte herzhaft und präsentierte dabei ihre zwei frischen Zahnlücken.

»Hast du schon Zähne geputzt?«, fragte Caro mit Blick auf Gretas Schlafanzug und die dicken Socken.

»Hmmm«, machte diese und lehnte sich an ihre Mutter.

»Hausaufgaben gemacht?«

»Und Ranzen für morgen gepackt.« Eike grinste. »Wir haben alles im Griff.«

Caro strich ihrer Tochter über den Rücken.

»Ich sehe schon«, sagte sie liebevoll und ein bisschen wehmütig. Die Abende mit Greta hatte sie schon immer gemocht. Dieses Bewusstsein dafür, dass wieder ein Tag geschafft war, dass gleich Ruhe einkehren würde. Der Geruch nach frisch gebadetem Kind, nach Abendessen. Gutenachtgeschichten und körperlicher Nähe. Wie eine Kapsel in der Zeit. Es fehlte ihr.

»Wir dachten, ihr könntet was zu essen und ein bisschen Gesellschaft gebrauchen«, sagte Petra, die ganz selbstverständlich begann, Brot, Aufstrich, Cocktailtomaten, Gläser, Teller, Aufschnitt, Messer und alles, was man für eine gemütliche Brotzeit noch so brauchte, auf dem Tisch zu verteilen.

»Ihr esst ja sonst nur Müll«, fügte sie kopfschüttelnd hinzu, und Caro bemerkte mit einem Schmunzeln, wie Manne versuchte, die Kekspackung sowie die kleinen Chipstüten zu entsorgen, die ihnen in den letzten Stunden zum Opfer gefallen waren.

Greta kicherte und drückte ihre Kuschelente Watson ganz fest an sich. Caro griff nach ihrem dünnen Übergangsmantel und breitete ihn über ihrer Tochter aus. In wenigen Minuten würde sie einschlafen. Es war eine von Gretas so zauberhaften wie praktischen Eigenschaften, dass sie überall schlafen konnte. Da kam sie komplett nach Eike. Ihre Tochter hatte schon – abgesehen von Bett, Kinderwagen, Auto- und Fahrradsitz – auf einer Spielplatzschaukel, dem Rücken eines Ponys, auf der Toilette, in einem Einkaufswagen, auf diversen Restaurantbänken und mit aufgespießtem Fischstäbchen in der Hand am Esstisch geschlafen, während um sie herum die Familienfeier in vollem Gang gewesen war.

Wie erwartet wurde ihr Atem binnen kürzester Zeit tief und gleichmäßig, während Caro ihr sanft den Kopf streichelte. Wie gut, dass die einzige Sorge ihrer Tochter momentan war, wie viele Kinder sie zu ihrem Geburtstag einladen durfte. Im September.

»Es ist schön, dass ihr da seid«, sagte Caro und lächelte Eike zu. Wie immer trug er die Tatsache, dass Manne und sie plötzlich einen großen Fall hatten, mit Fassung. Manchmal hatte sie sogar das Gefühl, ihr Mann genoss es, mehr Zeit mit Greta verbringen zu müssen. Als hätte er nur auf eine Gelegenheit gewartet, seine Stunden in der Praxis zu reduzieren. Wie viele Patienten Caro hassen würden, wenn sie wüssten, dass sie nur wegen ihr jetzt deutlich länger auf einen Termin warten mussten. Facharztversorgung in Berlin war eine einzige Katastrophe.

»Wenn der Prophet nicht zum Berg kommt«, sagte Petra, die zwischendurch wie selbstverständlich hinter die Bar gegangen war und dort eine Flasche Weißwein und zwei Bier aus dem Kühlschrank gezogen hatte.

Während sie die Getränke verteilte, schmierte sich Caro eine Scheibe Brot und merkte, dass es genau das war, was sie jetzt gebraucht hatte. Zu viel Müll war auch für sie auf Dauer nicht gut. Sie steckte sich eine Tomate in den Mund und war enttäuscht. Hm. Das Ding schmeckte nach gar nichts. Wenn es um Tomaten ging, dann war der Unterschied zwischen Garten und Supermarkt besonders heftig. Gartentomaten schmeckten nach so viel mehr und je nach Sorte so unterschiedlich, dass es Caro ein Rätsel war, wie die wässrigen roten Früchte aus Holland sich dermaßen hatten durchsetzen können. Diese Wasserbomben hatten kaum etwas mit einer richtigen Gartentomate gemeinsam, bis auf Farbe und Form natürlich.

»Wie schlimm ist es?«, fragte Eike.

Caro zog eine Grimasse. »Die Tomate schmeckt nach gar nichts«, sagte sie.

Eike lachte. »Das habe ich nicht gemeint.«

»Ich habe es befürchtet«, entgegnete sie und warf Manne einen fragenden Blick zu.

»Wir dürfen nicht darüber sprechen«, sagte er knapp.

Petra runzelte unwillig die Stirn. »Ich verstehe ja, dass es da um die Privatsphäre von Frau Klein und pikante Details und so weiter gehen kann. Sachen, die nicht an die Öffentlichkeit gelangen sollen. Aber ist das nicht ein bisschen nutzlos, wenn sowieso alles in der Klatschpresse landet, völlig egal, ob es wahr ist oder nicht?«

Caro seufzte. »Das Schlimmste konnte man jedenfalls schon

nachlesen. Und ich will mir gar nicht ausmalen, was in den nächsten Tagen an Spekulationen noch obendrauf kommen wird.« Sie strich Greta übers Haar und murmelte: »Zum Glück hatte Hanneke Klein keine Kinder. Für den Partner muss das schon schlimm sein, aber stellt euch mal vor, was das mit einem Teenager machen würde.«

Allein der Gedanke ließ sie frösteln. Sie griff nach der Weinflasche, goss sich einen kleinen Schluck in ihr großes Glas und füllte dann mit Wasser auf. Eigentlich war noch kein Weinschorlenwetter, aber so ein bisschen Sommertrotz konnte bei den düsteren Gedanken nicht schaden.

Eike nickte. »Nicht auszudenken. Da ist Hanneke Klein den ganzen Tag im Parlament, wird abends noch vom Wachpersonal im Gebäude gesehen und taucht dann keine vierundzwanzig Stunden später vollkommen geschunden in unserer Kleingartenanlage auf. Das muss man auch erst mal in seinen Kopf bekommen.«

»Du weißt aber schon so einiges«, murrte Manne.

Eike lächelte. »Ich habe den Tag über immer mal wieder im Netz nachgelesen. Einige Abgeordnete haben sich schon zu Wort gemeldet, auf Twitter, auf Facebook, auf Instagram. Nachrufe kursieren.«

Caro schnappte sich ihr Handy vom Tisch und rief den Instagram-Kanal ihrer Detektei auf. Beinahe hätte sie sich an ihrer Weinschorle verschluckt, als sie sah, was sich dort in den letzten Stunden getan hatte.

»Da sag noch mal einer, du wärst kein Medienprofi, Manne«, bemerkte sie kopfschüttelnd.

»Wieso? Was meinst du damit?«, fragte er alarmiert, und Caro musste grinsen.

»Wir haben seit der Pressekonferenz fast dreitausend neue Follower, unzählige Verlinkungen und fast hundert Nachrichtenanfragen.«

»Zeig!« Manne streckte den Arm aus, und Caro gab ihm ihr Handy.

»Das gibt's doch nicht«, brummte er und tippte auf ihrem Bildschirm herum. »Hey! Dürfen die Leute das einfach so teilen?«, fragte er und zeigte ihr empört einen Ausschnitt aus der Pressekonferenz.

»Natürlich dürfen sie«, sagte Caro. »Das war eine öffentliche Konferenz. Die Informationen sind dafür da, gestreut zu werden.«

»So viel zur Geheimhaltungsklausel«, murrte Manne.

»Wie wollt ihr denn aus unseren Gartenfreunden irgendwas rausbekommen, wenn ihr mit niemandem über den Fall sprechen dürft?«, fragte Petra, und Caro erschrak. Darüber hatten sie noch gar nicht nachgedacht.

»Kleingärtner sind die vielleicht neugierigste Spezies der Welt«, bemerkte Manne mit einem Seufzen. »Sie werden uns wohl kaum vom Haken lassen.«

»Ihr solltet euch jedenfalls eine gute Taktik überlegen. Denn in spätestens zwei Wochen muss der Fall gelöst sein.«

»Wieso in zwei Wochen?«, fragte Manne, während er gedankenverloren eine Gewürzgurke auf seinem Teller hin und her rollte.

Petras Gesicht verzog sich. »Weil dein Sohn in zwei Wochen heiratet. Oder hast du das schon vergessen?«

Manne wurde rot, und auch Caro fühlte sich ertappt. Es waren wirklich nur noch zwei Wochen, auf den Tag genau, bis ihr Flug ging.

»Natürlich nicht«, murmelte Manne, und Caro konnte Petra ansehen, dass sie ihrem Mann kein Wort glaubte.

Sie tauschte einen Blick mit Eike. Auch der fände es sicherlich wenig erquicklich, wenn ihre Pläne für den Kurztrip ins Wasser fallen würden, doch er lächelte ihr nur zu. Nach anfänglichen Schwierigkeiten hatte er mittlerweile akzeptiert, dass Ermittlungsarbeit für Caro genau das war, was die Medizin ihm bedeutete.

»Wir sind in diesem Fall nur externe Berater«, sagte Caro jetzt. »Wenn er in zwei Wochen noch nicht gelöst ist, steigen wir eben aus.«

Petra schnaubte nur ungläubig.

Manne streckte seine Hand aus und legte sie auf ihre. »Kein Fall der Welt kann mich davon abhalten, bei diesem Ereignis dabei zu sein.«

»Du hast in deinem Leben aber schon sehr viel verpasst, Manne«, gab sie zurück. »Hochzeitstage und Geburtstage. Die Taufe deines Patenkindes.«

»Martin hat das verstanden«, protestierte Manne. »Der ist selbst Polizist.«

»Du aber nicht mehr und kannst trotzdem nicht aufhören.«

Caro schlug schuldbewusst die Augen nieder. Dass Manne wieder als Ermittler arbeitete, war zu großen Teilen auf ihrem Mist gewachsen.

»Das hier ist was anderes«, beteuerte er. »Es ist Jonas' Hochzeit und ich will verdammt sein, wenn ich da nicht in erster Reihe stehe. Auch wenn ich eine Scheißangst vor Malas Familie habe.«

Petra lachte und nahm sich ein Radieschen.

»Ich glaube sowieso nicht, dass wir sehr lange mit im Team sein werden«, fügte Manne hinzu. »Die haben uns mit ins Boot geholt, um gleich zu zeigen, wie professionell sie das Ganze händeln. Wir dürfen die Befragungen hier im Verein machen, unsere Ergebnisse abliefern und dann wieder gehen. Du glaubst doch nicht, dass das LKA uns beide richtig ranlässt. Bei so einem prestigeträchtigen Fall.«

Wie auf ein Stichwort ging die Tür zum Schankraum erneut auf und Carsten steckte seinen Kopf hindurch. Verflixt, sie hatten vergessen, wieder abzuschließen.

»Wie gut, dass ich euch gefunden habe. Darf ich reinkommen?«

KAPITEL 11

Manne hatte ein schlechtes Gewissen. Er hätte gut und gern auf ihn verzichten können, bat Carsten aber natürlich dennoch herein. Zwar war er es gewesen, der Carsten gegenüber fallen gelassen hatte, dass sie sich in der Vereinskneipe ausbreiten würden, doch er hätte nicht damit gerechnet, dass Blume tatsächlich hier aufschlagen würde. Und das auch noch zu so später Stunde. Nun wurde das ruhige, späte Abendessen gestört.

Manne stellte Petra, Eike und die schlafende Greta vor und holte dem Kommissar ein Glas und einen weiteren Teller. Der sah abgekämpft und müde aus und nahm die Einladung dankend an.

»Wieso bist du noch mal hergefahren, wenn du doch in Schöneberg wohnst?«, erkundigte sich Caro, nachdem sich Carsten den Teller vollgeladen hatte.

Damit hatte sie gleich die wohl wichtigste Frage gestellt, und Carsten verzog das Gesicht, als hätte er sich an einer heißen Herdplatte verbrannt.

»Ich war gerade in der Gegend«, antwortete er.

»Der Lebensgefährte?«, wollte Manne wissen.

Carsten schüttelte den Kopf.

»Nein, der saß bis vor wenigen Minuten noch in einem Flugzeug. Er war die ganze Woche geschäftlich in New York City. Ich war beim Staatsanwalt. Geheime Privataudienz.«

Manne wurde hellhörig.

»Aha. Was wollte er denn?«

Carsten blickte von einem zum anderen. Er schien zu überlegen, wie viel er sagen durfte und konnte.

»Das hier ist unsere Familie, Carsten«, sagte Caro freundlich, aber bestimmt. »Mein Mann Eike ist Arzt und kennt die Bedeutung des Wortes Schweigepflicht ebenso wie Petra als Rektorin eines großen Oberstufenzentrums. Wir werden sie jetzt ganz sicher nicht bitten, vom Tisch aufzustehen. Außerdem isst du gerade ihren Aufschnitt.«

Carsten nickte. »Wenn in diesem Fall irgendwas schiefgeht, fällt das eh auf mich zurück. Ich muss euch vertrauen, sonst kann ich nachts nicht mehr schlafen.«

»Wenigstens seid ihr verbeamtet«, sagte Caro. »In den USA muss man da ja gleich Angst um seinen Job haben.« Sie legte den Kopf schief. »Was wollte der Staatsanwalt denn jetzt *off the record* von dir?«

Carsten verzog entschuldigend das Gesicht. »Seine Kollegen sind wohl nicht glücklich mit der Entscheidung, euch ins Boot zu holen. Er wurde stark kritisiert dafür, Externe zu involvieren. Der Oberstaatsanwalt wurde eingeschaltet.«

Manne schnaubte. Es wunderte ihn nicht, dass die Staatsanwälte so reagierten, aber es ärgerte ihn.

»Rot meinte, er hätte sich heute ganz schön was anhören dürfen. Aber natürlich kann er jetzt keinen Rückzieher machen, die Pressekonferenz ist schon gelaufen, ihr seid offiziell Teil des Teams. Ihm ist auch klar, dass es das falsche Signal wäre, euch gleich wieder rauszuschmeißen.«

»Wir stünden wie die letzten Idioten da«, sagte Caro und schnaubte. »Das würde aussehen, als würdet ihr uns das Vertrauen entziehen.«

»Genau«, bestätigte Carsten. »Und Rot steht inhaltlich nach wie vor hinter der Idee. Allerdings hat wohl auch er nicht mit den Ausmaßen gerechnet, die dieser Fall so schnell annehmen würde. Seine Kollegen sitzen ihm genauso im Nacken wie die Presse und das Präsidium des Abgeordnetenhauses, und der Investor aus Australien hat auch schon angerufen. Offenbar ist die Nachricht sogar bis Down Under vorgedrungen.«

»Der Typ hat bei der Staatsanwaltschaft angerufen?«, fragte Manne. Er konnte es nicht glauben. Wollte der sich jetzt etwa einmischen mit seinen Microgreens?

»Wenn ich das richtig verstanden habe, nicht er direkt, sondern sein Sekretariat«, sagte Carsten mit einem entschuldigenden Schulterzucken. »Und was macht ein Mensch, der von oben Druck bekommt?«, setzte er nach und nahm einen Schluck Bier.

»Er gibt ihn nach unten weiter«, sagte Eike ruhig.

»Ganz genau.« Carsten nickte. »Ich habe mal gelesen, dass der Mensch so gerne Fahrrad fährt, weil er am liebsten nach oben buckelt und nach unten tritt. Rot hat mir jedenfalls unmissverständlich klargemacht, dass ich für euch verantwortlich bin. Weshalb wir jetzt eine Planänderung vornehmen müssen, die so mit ihm abgesprochen ist. Darüber möchte ich mit euch beiden reden. Denn am Ende ist es eure Entscheidung.«

Carsten blickte von Manne zu Caro und wieder zurück. Er war gespannt, was jetzt kam. Er hatte noch nicht mal einen Verdacht.

»Ich habe euch ein bisschen kennenlernen dürfen im Sommer«, sagte Carsten, und ein leichtes Lächeln umspielte seine Mundwinkel. »Ihr arbeitet unorthodox. Kreativ und … unvorhersehbar. Das ist okay, solange ihr nur für euch selbst verantwortlich seid, aber in diesem Fall könnt ihr nicht immer so, wie ihr vielleicht wollt. Dafür sind zu viele Augen auf unsere Arbeit gerichtet.«

»Du meinst auf dich«, sagte Caro freundlich, und Carsten Blume grinste ertappt.

»Gut, bitte. Auf mich. Und deshalb werden wir drei jetzt eng zusammenarbeiten, solange ihr bei uns im Team seid. Vergesst Wiebke. Ihr untersteht mir direkt und werdet mich begleiten. Und keine Alleingänge.«

Manne hätte sich fast an seinem Bier verschluckt, und Caro wurde ganz aufgeregt. Gut, dass Greta schlafend auf ihrem Schoß lag, sonst wäre sie jetzt sicher auf der Bank auf und ab gehüpft.

»Echt jetzt?«, fragte sie.

Der Kommissar grinste. »Echt jetzt. Wenn der Staatsanwalt mir so deutlich zu verstehen gibt, dass ich auf euch aufpassen muss, dann werde ich genau das tun. Wir sind ab jetzt ein Team. Das bedeutet aber auch, dass wir doppelt so viel Arbeit haben werden, weil die Befragungen der Gartenfreunde genauso wichtig sind wie die Aufgaben, die ich als Leiter der Soko Birkenwäldchen persönlich übernehmen muss.«

»Schöner Name«, bemerkte Eike, und Carstens Lippen kräuselten sich zu einem Lächeln.

»Danke.«

»Das heißt, wir machen jetzt wirklich alles zusammen?«, fragte Caro.

Carsten nickte. »Das ist der Plan. Rot hat es zwar nicht explizit eingefordert, aber er hat es auch nicht verboten und er weiß davon. Ich mag euch und habe gesehen, wie ihr in Krisen agiert. Das hat mir imponiert. Außerdem sehe ich keinen anderen Weg, euch einerseits immer im Auge zu behalten und euch andererseits nicht komplett zu blockieren. Denn egal, wie sehr ihr beteuert, dass ihr nur das macht, was ich euch sage: Ich glaube euch nicht. Dafür ist die Anlage viel zu betroffen. Also lösen wir es jetzt so. Und was eure Kleingärtner angeht: Die Kollegen telefonieren gerade eure Liste ab. Es wird eine Vollversammlung zur Aufnahme von Aussagen, Fingerabdrücken und so weiter geben. Damit sparen wir hoffentlich ein bisschen Zeit.«

Manne brummte zustimmend. Zwar wusste er nicht, ob es gut war, dass die Polizei diese Versammlung offiziell einberief, doch er war froh, dass er es nicht selbst tun musste.

»Heißt das, wir müssen von jetzt an auch unter deinem Schreibtisch schlafen, damit du uns immer im Auge hast?«, fragte Caro mit einem Lächeln.

Manne sah, dass Eike die Gesichtszüge kurzzeitig entglitten. Er konnte es ihm nicht verdenken. Carsten Blume war ein attraktiver Mann, wenn auch auf eine ganz andere Weise als Eike von Ribbek.

»Jetzt streu noch Salz in die Wunde«, sagte Carsten lachend. »Nein, ich hoffe einfach, dass wir gemeinsam so schnell vorankommen, dass ihr gar kein Bedürfnis habt, irgendwelche Abkürzungen zu gehen. Und dass ihr mich vielleicht sogar ein bisschen gernhabt und es mir zuliebe bleiben lasst, wenn ich euch drum bitte.«

Manne fühlte, wie freudige Nervosität in ihm aufstieg. Es war, als könnte er sich endlich an einer Stelle kratzen, an der es ihn schon seit Jahren juckte. Und so ähnlich war es ja auch. Seit er den Polizeidienst verlassen hatte, hatte er Heimweh. Oder Jobweh, wie auch immer. Es schmerzte ihn, kein Polizist mehr zu sein. Die Arbeit mit Caro hatte ein bisschen geholfen, schon richtig, aber es war etwas anderes, systematisch und im Team zu arbeiten, als die meiste Zeit im Auto vor irgendwelchen Häusern zu hocken und Mails zu beantworten.

»Das hoffen wir auch«, sagte er und konnte nicht glauben, wie bewegt er war. Seine ganzen Sorgen traten in den Hintergrund, und auch die Verbindung zur Kleingartenanlage Harmonie verblasste angesichts dieser Aussichten.

Carsten lächelte, und Caro sah aus, als käme Weihnachten dieses Jahr früher. Nur eine schaute besorgt drein, und das war seine Frau Petra. Er wusste, was sie dachte. Sie sorgte sich um Jonas' Hochzeit. Und um Mannes Sicherheit. Er war in den letzten beiden großen Fällen in größere Gefahr geraten, als er sich hatte ausmalen können, und er war nicht mehr der Jüngste.

Doch die heiße Phase der Ermittlungen in so einem Fall dauerte nie lange. Bis zur Hochzeit war der Mörder entweder gefasst oder Carsten konnte sie für ein langes Wochenende entbehren. Sicherlich hatte auch das LKA keine Lust, zwei Externe bis ins nächste Jahr hinein zu bezahlen. Und was seine Sicherheit anging:

Er war in Begleitung hochrangiger LKA-Beamter besser geschützt als ohne sie.

Carsten trank sein Bier aus und klopfte vergnügt auf den Tisch. »Na dann. Los geht's!«

Manne tauschte einen verwirrten Blick mit Caro.

»Wie? Jetzt?«, fragte sie, und ein schelmisches Glitzern trat in Carstens Augen.

»Der Lebensgefährte hat gesagt, wir sollen heute Abend noch vorbeikommen. Er hat sowieso einen Jetlag und möchte mit uns reden.«

Caro blickte mit einem wehmütigen Gesichtsausdruck auf ihre schlafende Tochter hinab, die, den Kopf in ihren Schoß gebettet, dalag und schlief. Doch Eike war bereits aufgestanden, um sie vorsichtig auf die Arme zu nehmen.

»Kann ich dich mit dem hier allein lassen?«, fragte er Petra, und die nickte.

»Natürlich.«

»Dann bringe ich Greta jetzt nach Hause.«

Er hauchte Caro einen Kuss auf die Lippen und ging ohne ein Wort des Abschieds nach draußen. Manne kannte solche Szenen. So unbekümmert Eike immer wirkte, ihn nahm der neue Beruf seiner Frau merklich mit. Er war nur klug genug, seine Bedenken für sich zu behalten.

Manne wusste nicht, wie es war, mit einem Polizisten zusammen zu sein. Wie es sein musste, spätabends oder nachts wach zu liegen und sich zu fragen, wie es dem anderen gerade ging, in dieser großen, dunklen Stadt. Wie es sich anfühlte, wenn der Partner wochenlang abtauchte in das Leben völlig fremder Menschen, besessen von nur noch einer einzigen Frage. Einer Frage, die das Alltagsleben der Familie überhaupt nicht berührte. Aber ihm war klar, dass so etwas nicht spurlos am Partner vorüberging.

Wann immer ein großer Fall über eine Familie hereinbrach,

wurde ein Schleier hochgezogen, der die zwei Leben eines Ermittelnden voneinander trennte. Und der lichtete sich erst wieder, wenn alles vorbei war.

Manne ging zu Petra und nahm sie fest in die Arme.

»Bleibst du hier oder fährst du nach Hause?«, fragte er.

»Nach Hause«, sagte Petra. »Wenn ich schon wach liege, dann wenigstens auf einer guten Matratze.«

Er lächelte und drückte ihr einen Kuss auf die Wange.

»Es dauert bestimmt nicht lange.«

Petra lachte nur, dann drückte sie seine Hand. »Wie oft ich das gehört habe, kann ich auch nicht mehr zählen. Na, geh schon!«

KAPITEL 12

Sie waren hier fast schon bei ihr zu Hause, doch die Nachbarschaft hätte nicht unterschiedlicher sein können. Die großen Einfamilienhäuser und ausladenden Villen im Majakowskiring hatten kaum etwas mit den normalen Mietshäusern bei ihr in der Florastraße zu tun.

Caro war in der Gegend schon oft spazieren gegangen und hatte sich gefragt, welche Art von Leuten hinter den hohen Hecken, den Eisentoren und dicht bewachsenen Vorgärten wohl lebte. Nun würde sie es herausfinden.

Carsten hielt vor einem modernen Betonbau mit großen Fenstern, von denen eines hell erleuchtet war.

Auf dem Gehsteig gegenüber lungerten einige Reporter herum und unterhielten sich. Caro wurde flau im Magen, als sie darüber nachdachte, wie es wohl war, in so einer Situation nach Hause zu kommen und diese Leute dann auch noch vor der Tür hocken zu haben.

»Wie heißt er noch mal?«, fragte sie in dem Moment, in dem sie die Hand an den Türöffner legte. Wie peinlich, dass sie das nicht mehr wusste. Der Lebensgefährte war während ihrer Besprechung nur am Rande erwähnt worden. Da er zur Tatzeit in einer anderen Zeitzone gewesen war, stand er wohl weniger im Fokus der Ermittlungen.

»Jörn Leberecht«, antwortete Carsten und warf ihr einen amüsierten Blick zu. Sie fühlte sich ertappt. Caro hatte bisher überhaupt keinen Gedanken an den Lebensgefährten der Toten verschwendet, so voll war ihr Kopf gewesen von den Dingen, die in den letzten vierundzwanzig Stunden geschehen waren.

»Der Feinkost-Leberecht?«, fragte Manne erstaunt, und sie

fühlte sich sofort besser. Offenbar hatte er es auch nicht gewusst.

Die Firma Leberecht betrieb in Berlin mehrere Läden mit sauteurer Feinkost, Frischetheke und Bäckerei. Caro hatte sich einmal einen Nudelsalat in der Mittagspause geholt – nie wieder. Der Inhalt des kleinen Schälchens war zwar lecker gewesen, aber sicherlich nicht neun-Euro-lecker.

»Ja, genau der«, sagte Carsten. »Mit Kleins Bezügen allein hätten sie sich diese Villa wohl nicht leisten können. Kommt. Und überlasst mir bitte das Reden!« Er stieß die Fahrertür auf. Als den Reportern klar wurde, dass das LKA angekommen war, wurden sie plötzlich sehr munter. Sie kamen alle gleichzeitig in Richtung des Wagens gerannt. Caro hörte das Geräusch von Kameraauslösern, und Blitze zuckten vor ihren Augen. Natürlich, damit hätten sie rechnen müssen.

»Kommissar Blume, können Sie uns sagen, warum Sie hier sind?«, rief eine Journalistin, während ein anderer fragte: »Steht Leberecht unter Verdacht?«

Carsten hob die rechte Hand und sagte laut: »Sie werden heute Abend nichts von mir hören. Für Informationen wenden Sie sich bitte an die Pressestelle. Und wenn ich Ihnen einen Rat geben darf: Fahren Sie nach Hause und lassen Sie Herrn Leberecht ein bisschen Luft in dieser Situation. Das Haus selbst dürften Sie ja hinreichend abgelichtet haben. Und mehr gibt es heute Abend hier nicht mehr zu sehen, das kann ich versprechen.« Dann drehte er sich um und drückte auf die flache Klingel neben dem Törchen.

»Das hast du gut gemacht«, raunte Caro ihm zu, doch das Summen des Türöffners übertönte sie.

Noch während sie den Kiesweg entlang zum linker Hand gelegenen Hauseingang liefen, schwang die schwere Haustür auf, und warmes Licht fiel aus dem Flur auf die Stufen der Eingangstreppe.

Die Silhouette eines großen Mannes zeichnete sich im Türrahmen ab, aber da es schon sehr dunkel war, konnte Caro sein Gesicht nicht erkennen. Allerdings fiel ihr auf, dass er den Rahmen fast vollständig ausfüllte.

»Herr Leberecht? Mein Name ist Carsten Blume, vom LKA. Das sind meine Kollegen Caroline von Ribbek und Manfred Nowak.«

Caro nickte dem Schatten zu.

»Kommen Sie rein«, sagte dieser müde, aber nicht unfreundlich, drehte sich ohne ein weiteres Wort um und ging ihnen voran in ein großes, offenes Wohnzimmer. Caro musste an sich halten, um nicht staunend auf der Schwelle stehen zu bleiben.

Sie war schon einmal in einem großen, sehr prächtigen Einfamilienhaus gewesen. In ihrem letzten Mordfall hatte das Opfer Unmengen ergaunertes Geld in eine teure Hässlichkeit von Haus investiert, aber das hier war etwas völlig anderes. Dieses Haus wäre perfekt gewesen, um als Filmkulisse zu dienen oder als Vorbild für Pinterest. Die Böden waren genau wie die Wände aus poliertem Beton, und Caro war verzückt, als sie die drei gemütlich aussehenden Sofas in Petrol auf einem senfgelben Teppich vor einem offenen Kamin stehen sah. An dem langen Esstisch, der mit Freischwingern bestuhlt war, hatten zwölf Personen Platz, und die Kochinsel dahinter hätte direkt aus einem ihrer Träume stammen können.

Über einem schwarzen Klavier hing ein großformatiges Gemälde, das verdächtig nach Neo Rauch aussah. Sie wollte sich gar nicht ausmalen, was das hieße, falls es wirklich einer war.

Neben der Kochinsel stand ein großer Schalenkoffer, über einem der Stühle hing ein Kamelhaarmantel. Leberecht war tatsächlich gerade erst angekommen.

»Ich bin seit zehn Minuten hier«, sagte er, als hätte er Caros Gedanken gelesen, und bat sie mit einer Handbewegung, auf den Sofas Platz zu nehmen.

Im warmen Wohnzimmerlicht, das von mehreren kleinen Steh-

und Tischlampen ausging, konnte sie den Mann näher in Augenschein nehmen. Leberecht war vielleicht Ende fünfzig und leicht untersetzt, was aber aufgrund seiner ungewöhnlichen Körpergröße kaum auffiel. Der dunkle und von Grau durchzogene, gelockte Haarschopf hatte deutliche Geheimratsecken, und auf der Nase thronte eine moderne Kunststoffbrille in Knallrot, die aussah, als wäre sie ziemlich teuer gewesen. Er trug eine leicht zerknitterte Chino-Hose und einen dunkelblauen Strickpullover, seine Füße steckten in Budapestern. Leberechts markantes Gesicht war müde, ein grauer Bartschatten zog sich um den Mund, und die Müdigkeit um die geröteten Augen herum rührte nicht nur vom langen Flug, das war deutlich zu sehen.

Ein attraktiver, nicht unsympathischer und wohlhabender Mann, dem all sein Geld gerade überhaupt nicht weiterhalf.

»Vielen Dank«, sagte sie mit einem Lächeln, als sie sich niederließ, und plötzlich war sie froh, dass Carsten darum gebeten hatte, das Reden ihm zu überlassen. Sie selbst wusste nämlich überhaupt nicht mehr, was sie sagen sollte. Dem Kommissar vom LKA schien es allerdings ähnlich zu gehen. Er saß mit hilfloser Miene auf dem Rand des Sofas und knetete seine Finger. Richtig. Es war sein erstes Mal in dieser Rolle. Caro beneidete ihn nicht.

Sie ließ den Blick durch den Raum schweifen. Wenn man genauer hinsah, fielen einem die kleinen Details ins Auge, die darauf hindeuteten, dass in diesem Haus nun für immer ein Mensch fehlen würde.

Auf einem kleinen Beistelltisch zwischen zwei Sofas standen gerahmte Fotos. Einige zeigten Hanneke Klein und Jörn Leberecht. Im Urlaub, zu Hause, bei Freunden und in der Natur. Auf dem größten Sofa lag links ein kleines Kissen, rechts ein größeres, zwei graue Filzpantoffeln, die eindeutig nicht zu Jörn Leberecht gehörten, standen unter dem Couchtisch, ganz so, als hätte Hanneke Klein sie abgestreift, um die Beine hochzulegen, und sie dann vergessen. Eine senfgelbe Wolldecke wartete wie eben erst aufgeschlagen am Fußende des Sofas.

Hier hatte jemand das Haus verlassen, der felsenfest damit gerechnet hatte, gleich wieder zurückzukommen.

Leberecht ging wortlos in die offene Küche und stellte langsam, mit schleppenden Bewegungen, Gläser und Wasser auf ein Tablett, dann schüttete er Erdnüsse in ein Schälchen und platzierte es ebenfalls darauf.

Caro kam es so vor, als wäre er dabei am liebsten rückwärtsgelaufen. Sie konnte das verstehen. Vertraute Bewegungen gaben einem Sicherheit, die Bewirtung der Gäste eine Pause vor dem Unvermeidlichen.

Doch schließlich hatten alle ein Glas Wasser, das sie in den Händen drehen konnten, und Leberecht saß in einem Ohrensessel, der schräg zur Sitzgruppe ihnen gegenüberstand.

Carsten räusperte sich. »Nochmals unser herzliches Beileid zu Ihrem Verlust«, sagte er, und Leberecht nickte.

»Danke.« Der Unternehmer schüttelte den Kopf. »Verlust. Verlust klingt so harmlos.« Seine Stimme klang heiser. »Beiläufig. Als hätte ich einfach nicht richtig auf sie aufgepasst. Als müsste ich nur zum Alexanderplatz ins zentrale Fundbüro fahren, um sie wiederzubekommen.«

Caro schluckte. Die Traurigkeit dieses Mannes war beinahe mit den Händen zu greifen.

»Haben Sie schon einen Rundgang durchs Haus gemacht?«, fragte Carsten.

Leberecht nickte. »Darum haben Sie mich doch gebeten. Es ist alles in Ordnung, nichts auffällig. So, als würde sie jeden Augenblick wieder nach Hause kommen.«

Seine Stimme brach, und er drückte sich Daumen und Zeigefinger in die Augenwinkel, wahrscheinlich, um mit aller Macht die Tränen zurückzudrängen, die nach oben wollten.

»Sind Sie sicher, dass Sie nicht mit unserer Seelsorgerin sprechen wollen?«, fragte Carsten mit besorgter Miene. »Am Telefon sagten Sie …«

Leberecht winkte ab. »Meine Schwester ist auf dem Weg hierher, zusammen mit ihrer Familie. Hannekes Bruder ist auch schon auf der Autobahn. Wir stehen das als Familie durch, irgendwie. Ich brauche keine fremde Hilfe.«

»Lebt Ihre Schwester denn in Berlin?«

Leberecht schüttelte den Kopf. »Hamburg. Und obwohl es gar nicht so weit ist, sehen wir uns nur selten. In so einer Situation ist es aber schön, sie zu haben.«

Carsten nickte.

»Herr Leberecht, können wir Ihnen jetzt ein paar Fragen stellen? Fühlen Sie sich dazu in der Lage?«

Leberecht setzte sich gerade hin und straffte die Schultern.

»Natürlich. Wenn ich einen Wunsch habe momentan, dann zu erfahren, wer das getan hat und warum. Wenn ich Ihnen irgendwie helfen kann, dann werde ich das tun.«

»Sie haben keine Ahnung, wer das getan haben könnte?«, fragte Manne, und Leberecht fuhr sich mit der flachen Hand durchs Gesicht.

»Nein, ich habe keine Ahnung. Aber ich kann mir nicht vorstellen, dass die Gründe im Privaten liegen. Wir haben sehr zurückgezogen gelebt, unsere wenigen Freunde haben wir seit Jahren, da ist nichts vorgefallen. Das Verhältnis zu unseren Familien ist gut und unkompliziert. Meine einzige Erklärung ist, dass es mit ihrer Arbeit zusammenhängt. Und in die habe ich so gut wie keinen Einblick. Wir haben wenig über die Arbeit des jeweils anderen gesprochen. Unser Zuhause war arbeitsfreie Zone, außerdem war Hanne immer sehr diskret. Ihre Verschwiegenheit und Loyalität wurden von ihren Kolleginnen und Kollegen sehr geschätzt.«

»Wie lange haben Sie beide zusammengelebt?«, fragte Carsten, und Caro angelte ihr Notizbuch aus der Tasche. Offenbar hielt es keiner der anderen beiden für nötig, irgendetwas aufzuschreiben.

»Hanne ist vor zwölf Jahren zu mir gezogen. Zusammen sind wir seit fünfzehn Jahren. Waren wir.« Er schluckte und nippte an seinem Wasser. Caro wäre am liebsten aufgesprungen und hätte ihn umarmt, so verloren sah er aus. Fünfzehn Jahre. So lange war sie auch mit Eike zusammen.

Carsten nickte. »Dann starten wir doch mal mit der Familie. Wer gehört alles dazu?«

»Auf meiner Seite gibt es nur noch meine Schwester Mareike mit ihrem Mann Christoph und den Kindern Nils und Finja. Die sind sechzehn und zwölf Jahre alt. Unsere Eltern sind gestorben, zu anderen Verwandten besteht sporadischer Kontakt.«

»Und wie war der Kontakt Ihrer Schwester und deren Familie zu Hanneke?«

Jörn Leberecht zuckte die Schultern. »Gut. Normal, würde ich sagen. Wir haben einander an Weihnachten besucht oder wenn die Kinder was Besonderes hatten. Zum Hafenfest waren wir manchmal in Hamburg, sie kamen zu Konzerten nach Berlin und haben ab und zu hier geschlafen. Ich erinnere viele gute Gespräche am Kamin oder draußen auf unserer Terrasse. Hanne mochte Christoph nicht sonderlich, aber da war sie nicht allein. Sie hat es ihn meiner Meinung nach aber nie spüren lassen.«

»Warum mochte sie ihn nicht?«, fragte Caro interessiert.

Leberecht seufzte. »Mein Schwager ist ein Blender. Meine Schwester hat er vor über zwanzig Jahren geblendet. Sie weiß es auch, er hat viele gute Seiten, aber er macht sich größer, als er ist. Ein Schwätzer, der das, was er großspurig verkündet, nicht einhält und jede Geschäftsidee zusammen mit dem Geld meiner Schwester in den Sand setzt. Wenn Christoph spricht, dann kommt man kaum dazwischen. An einem Tisch mit Hanneke, seiner Frau und mir war er immer das kleinste Licht, aber das hielt ihn nicht davon ab, sich großzutun. Wahrscheinlich hat es ihn eher verunsichert.«

»Was macht er denn beruflich?«, wollte Manne wissen, und Leberechts Mundwinkel zuckten missbilligend.

»Gerade verkauft er T-Shirts mit lustigen Sprüchen.« Die letzten beiden Worte setzte er mit den Fingern in Anführungszeichen. Caro konnte es sich bildlich vorstellen, was das für lustige Sprüche waren.

»Sind Hanneke und er mal aneinandergeraten?«

Leberecht schüttelte den Kopf. »Nein. Wie jede gute Familie haben wir uns nur hinter verschlossenen Türen über Christoph empört und vielleicht mal mit den Augen gerollt. Das war's.«

Carsten nickte. »Und Hanneke?«

»Hanneke hat noch einen Bruder. Mikkel. Er ist achtzehn Jahre jünger als sie und war schon immer ihr Ein und Alles. Mikkel ist ebenfalls Politiker, im Ruhrgebiet. Hanne und er haben sich sehr selten gesehen, aber ständig telefoniert und geschrieben. Die beiden standen sich sehr nahe. Sie war so was wie seine Mentorin, Ratgeberin und Vertraute. Und wahrscheinlich auch so was wie sein privater Anker. Mikkel hat sein Glück noch nicht gefunden. Meistens ist er Single, momentan, glaube ich, auch. Wir haben schon ein paar Partnerinnen kennengelernt, aber er hatte nie was Festes. Er arbeitet viel.«

»Das heißt, wenn jemand weiß, was bei Hanne politisch so lief, dann Mikkel?«

Leberecht nickte. »Würde ich sagen. Und natürlich Severin, ihr Assistent. Auch wenn Hanne sehr korrekt war und ich nicht weiß, ob sie mit ihm offen über ihre Projekte gesprochen hat.«

Carsten nickte ernst. »Das hoffen wir, aber Herr Freund ist derzeit noch nicht ansprechbar.«

Leberechts Brauen schossen in die Höhe. »Wie meinen Sie das?«

»Er hatte einen Nervenzusammenbruch und liegt in der Charité.«

»Das wusste ich nicht, erklärt aber, warum er sich noch nicht bei mir gemeldet hat. Das hat mich offen gestanden ein wenig gewundert.« Leberecht seufzte. »Dass er einen Nervenzusammenbruch hatte, wundert mich hingegen überhaupt nicht. Der Job bei Hanneke war eigentlich nichts für Severin, aber sie hat ihn unbarmherzig mitgeschleift. Eigentlich schon seit dem Studium. Er ist sehr sensibel. Hochintelligent, aber ein bisschen kauzig. Sie standen sich sehr nahe.«

»Und Sie?«, fragte Caro rundheraus. »Wie nahe stehen Sie Severin Freund?«

»Ich mag Severin. Er gehört quasi zur Familie. Aber wenn er hier war, haben wir über alles Mögliche gesprochen, hauptsächlich über seine Familie und seine Liebschaften. Er ist eine wandelnde Großbaustelle. Um Hannekes Projekte ging es auch in meinen Gesprächen mit ihm nie.«

»Apropos Projekte: Hat Hanneke mit Ihnen über den Bau der Indoor-Gardening-Fabrik auf dem Gelände des Kleingartenvereins Harmonie gesprochen?«, wollte Manne wissen.

Leberecht schaute ihn an, als sähe er ihn zum ersten Mal. »Sie sind der Vorsitzende«, sagte er dann, und Manne nickte, wobei er unbehaglich auf seinem Platz hin und her rutschte. »Ich habe Sie auf der Pressekonferenz gesehen. Sie arbeiten mit dem LKA zusammen, wenn ich das richtig verstanden habe. Als Detektiv?«

»Meine Kollegin Caroline von Ribbek und ich führen eine eigene Detektei«, bestätigte Manne.

Leberecht brummte und sah kurz aus, als wollte er das kommentieren, ließ es dann aber bleiben. »Es hat ihr leidgetan, dass Ihre Kleingartenanlage weichen muss, aber sie stand hinter dem Projekt«, sagte er nur. »Und wenn ich das richtig verstehe, bekommen die betroffenen Pächter auch neue Gärten?«

»Das stimmt. Aber es ist nicht dasselbe«, sagte Manne, und Caro konnte ihm ansehen, dass er gern noch mehr zu dem Thema losgeworden wäre.

»Jedenfalls kein Grund, jemanden umzubringen, oder?« Leberechts Gesichtszüge wurden hart.

»Ich kann mir überhaupt keinen Grund vorstellen«, entgegnete Manne ruhig, und der Feinkostunternehmer nickte.

»Sie haben recht. Entschuldigen Sie. Ich …« Er massierte sich die Schläfen. »Das ist alles so ein Albtraum. Unwirklich. Als ich vor vier Tagen nach New York aufgebrochen bin, war alles noch vollkommen normal. Wir hatten Pläne fürs Wochenende. Dann klingelt mein Handy in einem Meeting, und plötzlich ist nichts mehr wie vorher. Nichts.«

Er schluckte. »Ich habe das noch nicht kapiert.«

»Das wird auch noch ein bisschen dauern«, sagte Carsten mitfühlend. »Was haben Sie eigentlich in New York gemacht?«

»Ich war auf einer Messe. Der *Food and Wine*. Zusammen mit meiner Assistentin Claudia Hohenstein und meinem Kollegen Werner Bäcker. Ich gebe Ihnen gleich die Kontakte. Frau Hohenstein kann Ihnen eine Liste mit den Terminen anfertigen, die wir wahrgenommen haben.«

Carsten nickte, und Caro notierte sich die Namen.

»Hatten Sie Kontakt zu Hanneke in der Zeit?«

»Nicht viel. Wir haben es kaum geschafft, einander zu schreiben. Messe ist immer sehr stressig, und außerdem ist da noch die Zeitverschiebung. Aber wir haben uns immer wieder kurze Lebenszeichen geschickt. Hanne bekommt immer gerne Fotos aus New York.« Er lächelte. »Wir waren da schon mehrfach zusammen. In der Sommerpause.«

Caros Blick huschte zu dem Tischchen mit den Fotos, und tatsächlich: Eines davon zeigte das Paar auf einer Fähre, im Hintergrund die Freiheitsstatue.

»Wussten Sie denn, was sie am Donnerstag vorhatte?«

Leberecht machte eine vage Handbewegung. »Ich wusste nur, dass sie einen langen Tag hatte. Einen Projekttag zur Elektromobilität, wenn ich mich richtig erinnere.«

Carsten nickte. »Und danach?«

»Danach hatte sie nichts mehr vor. Solche Tage schlauchen. Hanneke wollte dann nur noch auf der Couch sitzen und bei einem Glas Wein ihre Unterlagen durchsehen.«

»Das kann ich sehr gut verstehen«, rutschte es Caro heraus, und Leberecht schenkte ihr ein kleines Lächeln.

»Ich auch. Wir haben sehr aneinander geschätzt, dass wir ein ähnliches Bedürfnis nach Ruhe und Rückzug hatten. Wenn man den ganzen Tag mit vielen verschiedenen Menschen spricht, ist einem abends nicht mehr unbedingt danach.«

»Hatte Hanneke denn auch ein Büro hier im Haus?«

Leberecht nickte. »Ja, im Obergeschoss. Aber ich fürchte, das kann ich Ihnen nicht ohne Weiteres zeigen. Ich weiß nicht, ob vertrauliche Unterlagen da oben sind, und der Parlamentspräsident hat mich bereits kontaktiert und angewiesen, nichts herauszugeben. Das müssen Sie direkt mit dem Präsidium klären, denke ich.«

Carsten nickte, sah aber ein bisschen enttäuscht aus. Dass die Tote im Landesparlament gewesen war, machte den Fall wirklich um einiges komplizierter.

»Wenn Sie nicht viel über ihre Arbeit gesprochen haben, können Sie uns vielleicht sagen, ob Hanneke in letzter Zeit nervös oder bedrückt auf Sie gewirkt hat?«

Leberecht runzelte die Stirn. »Sie hatte viel zu tun. Und sie wirkte müder als sonst, aber das hatte sie manchmal. Hanne hat sich oft zu viel zugemutet und wollte nicht einsehen, dass auch sie älter wurde. Sie war stur wie ein Esel, müssen Sie wissen.«

»Aber aufgefallen ist Ihnen nichts?«

»Was meinen Sie denn?«

»Nun, das könnte alles sein.« Carsten kaute innen auf seiner Wange herum und maß Leberecht mit Blicken, als wollte er dessen Zustand einschätzen. »Darf ich offen zu Ihnen sein?«

»Ich bitte darum«, antwortete der Unternehmer und setzte sich aufrecht hin, als wollte er sich wappnen für das, was jetzt kam.

»Ihre Lebensgefährtin wurde nicht, und verzeihen Sie mir bitte diese Umschreibung, ich weiß, wie zynisch das in Ihren Ohren klingen mag – sie wurde nicht einfach nur umgebracht. Es war kein sauberer Schuss, kein Schlag von hinten, keine kalte, rationale Handlung. Dieser Mord war persönlich. Sehr persönlich. So wie sie zugerichtet wurde, müssen wir davon ausgehen, dass jemand Rache an ihr geübt hat. Da waren starke Emotionen im Spiel. Das war kein ausländischer Auftragskiller, geschickt von einem Investor, dem Hanneke auf die Füße gestiegen ist, oder ein politischer Feind, der sie einfach nur loswerden wollte. Das war jemand, der ihr nahestand, im Guten oder Schlechten. Und die Beziehung stand ganz offensichtlich gewaltig unter Druck. Sie können das nicht von sich fernhalten, auch wenn ich den Impuls verstehe. Der Mörder war eng mit Hanneke verwoben, und wir müssen unbedingt herausfinden, auf welche Weise. Und nur die Menschen, auf die das ebenfalls zutrifft, können uns helfen, ihn zu finden.«

Carsten lehnte sich auf dem Sofa zurück und nahm einen Schluck Wasser, als wollte er signalisieren, dass seine kurze Ansprache zu Ende war.

Jörn Leberecht saß mit verschränkten Armen und steinerner Miene da. Irgendwann nickte er langsam. »Ich verstehe, was Sie mir sagen wollen«, antwortete er. »Und ich verstehe Ihren Ansatz. Das tue ich wirklich. Ich versuche, ehrlich mit Ihnen zu sein und alles zu bedenken, aber ich bin auch auf mein Sicherheitsnetz angewiesen. Die Menschen, die uns immer nahestanden, sind die, die mich jetzt auffangen müssen. Sie können nicht von mir verlangen, dass ich eigenhändig daran herumsäble. Natürlich kann ich nicht ausschließen, dass ich verblendet bin und manches einfach nicht sehen will, aus Zuneigung oder weil ich Scheuklappen trage. Mithilfe meiner Familie kann ich vielleicht ein paar Dinge klarer sehen. Wir werden darüber sprechen, und wenn mir etwas einfällt oder auffällt, dann werde ich mich natürlich direkt mit Ihnen in Verbindung setzen.«

»Mehr können wir nicht verlangen«, sagte Manne, und Carsten nickte.

»Das denke ich auch.«

»Können Sie uns denn noch mehr über dieses Netz erzählen? Wer gehört noch dazu? Wir kennen jetzt Ihre Familien, aber wie sieht es mit Freundschaften aus?«

»Hanneke und ich sind viel gereist, durch meine geschäftlichen Beziehungen sind im Laufe der Jahre viele, zum Teil sehr enge Freundschaften entstanden. So gerne wir hier allein waren, so sehr haben wir die Kontakte zu unseren Freunden gepflegt. Hanneke und ich sind beide sehr gut darin, via Mail und Nachrichten Freundschaften aufrechtzuerhalten. Unser Familienbetrieb besteht schon in der dritten Generation, manche Verbindungen habe ich sozusagen geerbt. So war mein Vater zum Beispiel einer der Ersten, die vor Ort in Italien Nudeln und Feinkost eingekauft haben, ohne Zwischenhändler direkt vom Erzeuger.«

Caro dachte an den Nudelsalat und fragte sich jetzt erst recht, warum der so teuer war, wenn man noch nicht einmal irgendwelche Zwischenhändler hatte bezahlen müssen.

»Zu einer italienischen Familie besteht ein besonders enges Band. Sie stellen auf ihrem Hof wundervolle Olivenprodukte her. Mit dem Sohn Ludovico bin ich praktisch aufgewachsen, wir waren jeden Sommer dort. Die Kooperation hat beide Familien finanziell wachsen lassen, wir sind eng verbunden. Und solche Verbindungen gibt es viele. Hanneke hat von ihrer Zeit am Europaparlament politische Freunde überall auf der Welt. Ich weiß gar nicht, wo ich anfangen soll.«

»Bei Ihrem Netz in Berlin und den Leuten, die Ihnen beiden besonders wichtig waren«, sagte Caro. »Mit wem sollten wir sprechen, um uns ein möglichst klares Bild von Hanneke, ihrem Leben und ihrer Arbeit zu machen. Wer könnte etwas beobachtet haben? Wer könnte etwas wissen?«

Leberecht fuhr sich durchs Gesicht. »Wir haben einen guten Draht zu unseren Nachbarn, das Haus rechts von uns. Wolfgang und Josefina Mierau. Sie gießen unsere Blumen und holen unsere Post aus dem Briefkasten, wenn wir nicht da sind. Es sind auch die einzigen Menschen mit einem Ersatzschlüssel für dieses Haus und den Zugangsdaten für unsere Alarmanlage.« Na, das war doch mal eine interessante Information.

»Ich muss wohl nicht dazu sagen, dass sie über beides verfügen, weil sie unser vollstes Vertrauen genießen«, fügte Leberecht fast mahnend hinzu.

»Natürlich«, sagten Carsten und Caro wie aus einem Mund.

»Sie sind beide in Rente und wissen, dass sie ein wachsames Auge auf unser Haus haben sollen. Wenn hier auf unserem Grundstück etwas Merkwürdiges oder Außergewöhnliches vorgefallen ist, dann dürften sie es wissen. Josefina bleibt abends lange auf und bekommt es auch mit, wenn wir nach Hause kommen und die Beleuchtung über der Garage anspringt. Sie sind die Menschen, mit denen wir uns wohl am häufigsten treffen, wir essen gerne gemeinsam zu Abend und spielen auch mal Karten.«

»Kommen sie heute Abend auch noch rüber?«, wollte Manne wissen, und zum ersten Mal, seit sie angekommen waren, wirkte Jörn Leberecht verunsichert. Sein Blick flackerte zum Nachbarhaus.

»Ich habe noch keinen der beiden erreicht. Vielleicht sind sie im Kino. Oder im Theater. Wir hatten also noch keine Möglichkeit, miteinander zu sprechen. Ich weiß nicht, auf welchem Stand Wolf und Josi sind.«

Caro dachte im Stillen, dass es ihnen wohl kaum entgangen sein konnte, dass ihre Freundin umgebracht worden war – die Presse war voll davon. Und im Radio brachten sie es zuverlässig alle dreißig Minuten. Ob sie wohl ins Kino oder Theater gehen würden, wenn ihre Freundin ermordet worden war? Wohl kaum!

»Könnten sie auch in den Urlaub gefahren sein?«, fragte sie deshalb, doch Leberecht schüttelte den Kopf.

»Das wüsste ich. Unser Arrangement gilt auch in umgekehrter Richtung.«

»Das heißt, Sie haben einen Schlüssel?«, fragte Manne, dessen Gedanken offenbar mal wieder in ähnlichen Bahnen liefen wie ihre eigenen.

»Ja.« Leberecht nickte bedächtig. »Aber wir können da doch nicht einfach rübergehen.«

»Doch«, sagte Carsten, der einen ähnlichen Gedankengang angestellt haben musste. »Wir können. Verzeihen Sie, dass ich insistieren muss, aber wenn Sie einander so nahestanden, dann müssen wir checken, ob bei Ihren Nachbarn alles in Ordnung ist. Nur um sicherzugehen. Es steht Ihnen natürlich frei, uns zu begleiten. Aber wir möchten in dieser Ausnahmesituation lieber einmal öfter unnötig kontrollieren als etwas übersehen.«

Kleins Lebensgefährte nickte. »Sie haben recht, es ist schon auffällig. Wir gehen gemeinsam. Durch den Garten. In dem stehen hoffentlich noch keine Reporter herum.«

KAPITEL 13

Sie gaben eine merkwürdige Prozession ab, wie sie durch den pechschwarzen Garten hintereinander herstapften. Es ging mittlerweile auf Mitternacht zu, und in diesem Teil Pankows war Ruhe eingekehrt. Nur am leisen Gemurmel, das von der Straße vor dem Haus kam, erkannte Manne, dass die Journalisten noch immer da waren. Er wusste ja, dass sie bloß ihren Job machten, genau wie Carsten, Caro und er, und trotzdem störten sie ihn. Manchmal kam es Manne so vor, als ernährten sie sich vom Elend anderer Leute. Natürlich waren sie wichtig, und er war albern, doch er fragte sich immer, was einen Menschen dazu bewegen konnte, journalistisch zu ermitteln und nicht kriminalistisch. Gut. Wenn er das wüsste, wäre er vermutlich Journalist geworden.

Gerade war das sowieso kein nützlicher Gedanke, denn er musste sich darauf konzentrieren, nicht über irgendetwas zu stolpern; er sah nämlich so gut wie nichts. Die Folge seiner Netzhautablösung, die das Ende seiner aktiven Polizeikarriere markiert hatte, war eine partielle Nachtblindheit. Wenigstens beleuchtete der Vollmond die Gärten und ermöglichte ein Minimum an Orientierung. Doch er musste sich schon sehr konzentrieren.

»Brauchst du Hilfe?« Caro hatte sich zurückfallen lassen und hakte sich, wie so oft, wenn es dunkel war, bei ihm unter.

»Danke«, brummte Manne. »Ich hasse das. Man fühlt sich so hilflos.«

»Kann ich mir vorstellen«, sagte Caro und drückte seinen Arm. »Ich bin nervös. Du auch?«

»Hm«, machte Manne.

»Wenn meine Freundin ermordet worden wäre, dann würde ich doch nicht ins Kino gehen!«

»Ich auch nicht. Wir gehen jetzt da rüber und schauen, ob alles in Ordnung ist«, sagte Manne. »Vielleicht gibt es für alles eine vernünftige Erklärung.«

»Na hoffentlich.« Caro drückte noch einmal seinen Arm.

Sie hielten an einem schmalen Holztor, das in den weißen Holzzaun eingelassen war, der die beiden Grundstücke voneinander trennte, und Manne hörte das charakteristische Klappern eines Schlüsselbundes.

»Sie stehen einander offenbar sehr nahe«, sagte Carsten. »Wenn Sie so ein Törchen haben.«

»Das erwähnte ich doch bereits. Außerdem teilen wir uns sowohl die Gartengeräte als auch den Gärtner. Das ist kostengünstiger und praktisch obendrein. Wir haben also alle was davon.« Leberecht öffnete das Törchen und deutete auf eine pechschwarze Stelle neben dem schmalen Weg. »Vorsicht, da ist ein Teich.«

Sie gingen ein paar Schritte, und Manne zuckte zusammen, als überall im Garten kugelförmige Lampen ansprangen. Allerdings war er dankbar für das Licht, so konnte er endlich wieder sehen, wohin er trat.

Das gesamte Grundstück sowie das Haus der Mieraus stand in krassem Kontrast zum Haus von Jörn und Hanneke. Wo Leberecht klare Linien, Struktur und Minimalismus zu bevorzugen schien, gab es hier von allem zu viel. Die Wege waren geschwungen, das Grundstück verwinkelt, der Garten voller Bäume, und das Haus wirkte schon von außen sehr gemütlich. Das hier war mehr nach Mannes Geschmack, der in Leberechts Haus die ganze Zeit allein dank des Grundgefühls, das dort herrschte, gefroren hatte.

Diese opulente Stadtvilla war sicherlich genauso groß und teuer wie das Haus der Nachbarn, strahlte im Gegensatz dazu jedoch eine gewisse Wärme aus.

Sie schlängelten sich an einer großen Sitzecke aus Teakmöbeln vorbei in Richtung der rechts vom Haus liegenden Garage, die über eine Hintertür verfügte.

Manchmal war es merkwürdig, wie Ermittlungen verliefen. Eigentlich waren sie nur hergekommen, um Leberecht kennenzulernen und ihm ein paar Fragen zu stellen, ein Gefühl für Kleins Lebensumfeld zu bekommen. Und jetzt verschafften sie sich zu viert Zutritt zum Haus der Nachbarn. Mitten in der Nacht, während draußen auf der Straße ein paar versprengte Journalisten ihren Zigarettenqualm in die Nachtluft bliesen.

»Kommen Sie erst mal herein, dann mache ich das Licht an«, sagte Leberecht, und sie quetschten sich durch die schmale Metalltür in einen riesigen Garagenraum, in dem zwei Autos standen.

Der Unternehmer schaltete das Deckenlicht an. »Hm«, sagte er mit Blick auf zwei blitzblanke, schwarze Limousinen. »Die Wagen stehen beide in der Garage.«

Mannes Unbehagen wuchs. Die Leute gingen nicht ans Telefon, und ihre Autos standen hier. Leberecht wusste nicht, wo sie sein konnten. Etwas stimmte hier nicht.

»Ich gehe vor«, sagte Carsten und nahm seine Waffe aus dem Holster. »Ihr kommt erst hinterher, wenn ich das Haus gesichert habe.«

Manne und Caro tauschten einen alarmierten Blick.

»Sei vorsichtig, Carsten«, sagte er, und Leberecht nickte nur. Ihm war die Anspannung vom Gesicht abzulesen, der große Mann war ganz grau vor Sorge und Leid.

Sie hörten, wie Carsten schnellen Schrittes den Flur durchmaß und immer wieder Türen aufstieß. Manne wusste, was da gerade vor sich ging, auch ohne es zu sehen. Carsten sicherte das Haus im Alleingang.

Das war nicht gut. Sie sollten zu zweit sein, sodass sie einander den Rücken zukehrend 360 Grad abdecken konnten. Wenn sie jetzt zusammenarbeiteten, sollte er vielleicht auch eine Dienstwaffe bekommen. Nur für alle Fälle. Lohmeyer hatte ihm letztes Mal auch eine gegeben. Er konnte ja schießen, wenn es nicht zu dunkel war.

»Es ist alles gesichert!«, hörten sie Carsten rufen, und Manne atmete erleichtert aus. »Ihr könnt kommen.«

KAPITEL 14

Manne und Caro ließen Leberecht den Vortritt. Sie gingen durch einen engen Flur, der Garage und Haus verband. Offenbar war das Objekt nicht unterkellert, da die Türen links und rechts des Flures zu Heizungs- und Hausanschlussräumen führten. Carsten hatte sie natürlich nicht alle wieder geschlossen, sodass auch die privaten Räume offen dastanden.

Kurze Zeit später standen sie zu viert in einem gemütlichen, sehr großen Wohnzimmer, das von einem riesigen Bücherregal und einladend aussehenden Sofas dominiert wurde. Wie im Flur auch lagen hier viele große und kleine Teppiche auf dem hellen Holzfußboden.

»Es ist niemand hier«, stellte Carsten fest und kratzte sich am Kopf. »Und auch sonst sieht alles normal aus.«

»Nicht ganz«, widersprach Jörn Leberecht und zeigte auf die Sitzgruppe. »Der kleine Couchtisch steht eigentlich in der Mitte, der Sessel viel weiter innen. Es sieht so aus, als wären sie zur Seite geräumt worden. Und der zweite große Teppich fehlt.« Er deutete auf einen Bereich vor der Terrassentür. »Irgendwas stimmt hier nicht.«

Die Art, wie Kleins Lebensgefährte das sagte, jagte Caro eine Gänsehaut über den Körper. Er war ehrlich besorgt, das konnte man ihm ansehen. Seine Augäpfel huschten immer wieder im Raum umher auf der Suche nach irgendetwas, das ihn beruhigen konnte. Doch da war nichts.

»Es muss nichts Schlimmes passiert sein«, sagte Carsten. »Es kann alle möglichen Erklärungen dafür geben, dass Sie die beiden nicht erreichen.«

»Und was ist mit dem Teppich? Dass ihre Autos in der Garage

stehen, gefällt mir auch nicht. Sie fahren überallhin. Es war der einzige Punkt, über den sie sich mit Hanne jemals gestritten haben. Die fand das nämlich nicht so toll.«

»Wenn es Sie beruhigt, können wir die Krankenhäuser abfragen«, schlug Carsten vor, und Leberecht nickte.

Als im nächsten Moment Geräusche aus Richtung der Haustür kamen, drehten alle überrascht die Köpfe. Es kam jemand! Kurz darauf humpelte eine ältere Frau mit langen, schwarzen Haaren auf Krücken zur Tür herein. Das musste Josefina Mierau sein. Als sie die Gruppe bemerkte, blieb sie wie angewurzelt im Türrahmen stehen und riss die Augen auf.

»Jörn!«, rief sie aus, und Leberecht eilte zu seiner Nachbarin, um sie in die Arme zu schließen. Dabei polterten die Krücken zu Boden. Caro huschte eilig hin, um sie aufzuheben und an die Wand zu lehnen. Die Szene war so intim, dass sie sich am liebsten in Luft aufgelöst hätte, doch da war nichts zu wollen.

Dieser Teil der Ermittlungsarbeit machte ihr immer am meisten zu schaffen. Nicht die Leichen, nicht die durchwachten Nächte. Sondern die Tatsache, dass man ständig in das intime Leben von Menschen eindrang, die man nicht kannte, um dann darin herumzustochern. Sie waren ungebetene Gäste, auf die jeder lieber verzichtet hätte. Begleiter des gewaltsamen Todes, des Ehestreits, eines Verschwindens. Und niemand konnte sich gegen sie wehren.

»Gott, Jörn, es tut mir so leid!«, stammelte die Frau, die von den drei Fremden in ihrem Wohnzimmer so gut wie keine Notiz nahm. »Es ist alles so … so …« Sie schüttelte den Kopf und hielt inne. »Wo ist denn mein Teppich?«

»Jetzt setz dich erst mal«, sagte Leberecht ruhig und drückte ihre Schulter. »Was ist denn mit dir passiert? Geht es Wolfgang gut?«

»So kann man das nicht sagen.« Mierau verzog traurig das Gesicht.

Unter Leberechts besorgtem Blick und mit seiner Unterstützung humpelte die Frau Richtung Sitzecke und ließ sich schwer in die Polster fallen. Mit einer zittrigen Hand wischte sie sich den Schweiß von der Stirn.

»Was ist passiert?«, wiederholte Leberecht seine Frage, aber Josefina schüttelte den Kopf. Caro konnte sehen, dass sie die Tränen zurückhalten musste.

»Wolfgang hatte einen Herzinfarkt. Am Mittwochabend. Eben noch saßen wir auf der Couch und haben gelesen, im nächsten Moment liegt er am Boden und wird ganz blass und krampfig.«

»Gott, Josi, das tut mir leid«, sagte Leberecht, doch sie winkte schniefend ab. »Jetzt hör aber auf. Das ist nichts im Vergleich zu dem, was du gerade durchmachst. Es ist nur ein Herzinfarkt, er lebt noch.«

»Jetzt lass uns da keinen Wettbewerb draus machen, es ist doch alles schlimm genug.«

Sie zuckte die Schultern. »Und dann bin ich vor lauter Dusseligkeit auch noch gestürzt, als ich mein Handy geholt habe. Ich habe mir den Knöchel gebrochen, ist das zu glauben? Sie mussten einen zweiten Krankenwagen für mich rufen. Wir konnten gar nichts packen. Kein Handykabel, nichts hatte ich dabei. Das mit Hanne habe ich aus den Nachrichten erfahren.« Nun weinte sie doch. Dicke Tränen liefen der attraktiven Frau über die Wangen.

»Sie hielten mich danach nicht für stabil genug, um mich allein nach Hause zu entlassen. Mein Handyakku war auch längst leer, Wolfgangs Telefon lag zu Hause. Und mit Wolfgang durfte ich überhaupt nicht darüber reden. Sie haben seinen Fernseher im Zimmer abgeschaltet, weil sie ihm diese Neuigkeiten noch nicht zumuten wollen. Gott, Jörn. Ich habe mir solche Sorgen um dich gemacht.«

»Ich komme schon zurecht, auch wenn es mir mal besser ging. Es ist alles so schrecklich und so surreal. Ist Wolfgang denn stabil?«

»Er wurde direkt operiert. Hat einen Bypass bekommen. Er ist auf dem Weg der Besserung, es ist alles gut verlaufen, so weit. Aber es wird dauern. Wie oft haben wir ihm gesagt, dass er nicht so viel Süßkram essen soll? Tausendmal?«

Jörn Leberecht nickte. »Mindestens.«

Caros Blick flackerte kurz schuldbewusst zu Manne. Sie dachte an all die Kekse, die sie ihm in den letzten zwölf Monaten zugeschoben hatte, und bekam es mit der Angst zu tun.

Die beiden Nachbarn hielten einander an den Händen und sagten eine Weile nichts.

Caro ertrug die Anspannung nicht mehr. Um etwas zu tun zu haben, ging sie in die angrenzende Küche, um ein Glas Wasser für Frau Mierau zu holen. Wenn sie schon hier war, dann konnte sie sich wenigstens nützlich machen, fand sie.

Die Küche war riesig, aber im Gegensatz zum Nachbarhaus separat und ein bisschen altmodisch. Sie selbst mochte lieber klare Formen, aber die Geräte, die hier blitzten und blinkten, zeugten von einer großen Kochleidenschaft und auch von sehr viel Geld.

Als sie zur großen Keramikspüle ging, um das Glas zu füllen, bemerkte sie verdutzt, dass darin ein schwarzes Handtuch lag, das leicht nach Eisen roch.

Sie drückte mit dem Finger darauf. Es war an der Oberfläche trocken, musste jedoch klatschnass gewesen sein, da an der Unterseite hellrotes Wasser austrat und Richtung Ausguss lief. War das etwa Blut?

Sie stellte das leere Glas auf die Arbeitsplatte und ging zurück ins Wohnzimmer.

»Hat sich Ihr Mann beim Sturz verletzt?«, fragte sie Josefina Mierau behutsam.

»Wie meinen Sie das?«

»Na, hat er geblutet? Oder Sie?«

Manne warf ihr einen fragenden Blick zu.

Die Hausherrin schüttelte irritiert den Kopf. »Nein, er ist auch gar nicht gestürzt, sondern eher so vom Sofa gerutscht. Ich bin gestürzt, aber geblutet habe ich auch nicht, wieso fragen Sie?«

Statt zu antworten, wandte Caro sich mit klopfendem Herzen an Carsten. »Kommst du bitte mal kurz?«

Der Kommissar folgte ihr in die Küche, und sie schloss die Tür hinter ihnen. Gut, das war wirklich ein Vorteil an separaten Küchen.

Sie zeigte auf das Handtuch. »Glaubst du, das könnte Blut sein?«

Carsten schnupperte mit gerunzelter Stirn daran, dann drückte auch er mit dem Zeigefinger auf das Handtuch. Überrascht riss er die Augen auf. »Ich fress 'nen Besen, wenn nicht.«

Sofort ließ er sich auf die Knie nieder, und Caro tat es ihm gleich. Sie wusste, wonach er suchte. Blutspuren, die auf den ersten Blick nicht zu sehen waren.

Es dauerte nicht lange, bis sie fündig wurden.

Carsten hatte eine der Blenden abgenommen, die bei Einbauküchen den Bodenabschluss bildeten, und leuchtete mit seinem Handy in den Bereich unter dem Schrank.

»Volltreffer«, murmelte er.

Caro wurde kalt, als sie die getrocknete Blutlache sah, die sich unter dem Schubladenschrank befand.

Es klopfte, und Manne steckte vorsichtig seinen Kopf in die Küche. »Was denkt ihr euch dabei, mich einfach im Wohnzimmer sitzen zu lassen?«, fragte er verärgert, bevor er innehielt und mit gerunzelter Stirn fragte: »Und was macht ihr zwei auf dem Fußboden?«

Carsten rappelte sich hoch. Er sah deutlich wacher aus als noch vor wenigen Minuten. Gut für ihn. Diese Nacht würde noch sehr lang werden.

»Einen Tatort finden«, beantwortete er Mannes Frage.

Ihr Kollege hob überrascht die Brauen. »Bitte? Hier? Wie kommt ihr denn darauf?«

»Sieh es dir an«, sagte Caro und deutete auf den Bereich unter den Schränken.

»Und fass bloß nicht noch mal die Türklinke an«, ergänzte Carsten mit strenger Miene. »Livia bringt uns um.«

Manne ging zwar nicht in die Hocke, sondern beugte sich lediglich mit aufgestützten Händen nach unten, doch offenbar reichte ihm das, was er so zu sehen bekam.

»Heilige Scheiße, das sieht ja furchtbar aus. Könnte es altes Blut sein?«

»In der Spüle liegt ein blutiges Handtuch. Es ist noch feucht. So kamen wir überhaupt erst drauf. Außerdem sieht es für mich nicht sehr alt aus.«

»Welcher Depp macht denn hier sauber und vergisst dann das Handtuch in der Spüle?«, fragte Manne, und Caro schnaubte.

»Offenbar jemand, der weder gut geplant noch mit guten Nerven vorgegangen ist«, sagte sie.

»Wir müssen auf jeden Fall die Spurensicherung rufen. Wenn die Mieraus letzte Woche kein Schwein in ihrer Küche geschlachtet haben, dann dürfte das hier der Ort sein, an dem Hanneke Klein gestorben ist. Wie und warum auch immer.«

Carsten stemmte die Hände in die Hüften. »Das bringt uns schon mal ein ganzes Stück weiter.«

Hm. Caro ließ sich von Carsten auf die Beine helfen. Ihr Blick wanderte durch die Küche.

Die Wände waren mit einer hochwertig wirkenden Vliestapete ausgestattet, auf der Feldblumen abgebildet waren. Kornblumen, Klatschmohn, Fingerhut, Butterblumen, Schafgarbe und Allium. Ein bisschen stolz war Caro ja schon, dass sie die Blüten mittlerweile zuordnen konnte.

Und da, links hinter dem Lichtschalter, entdeckte sie einen

Fleck, der nicht in das Muster der hübschen Tapete passte. Sie ging dichter heran. Bei näherer Betrachtung war es nicht nur ein Fleck, sondern eine Ansammlung kleiner, längs verlaufender Spritzer. Doch ob das Blut war oder etwas völlig anderes, sollte die Spurensicherung herausfinden.

»Kommt, wir gehen wieder ins Wohnzimmer. Und lasst uns versuchen, beim Rausgehen so wenig wie möglich anzufassen, okay?«

Carsten öffnete die Küchentür, indem er mit seinem Ellbogen die Klinke herunterdrückte. Mit einem großen Schritt war er wieder draußen im Flur, wo er sich in weiteren großen Schritten von Läufer zu Läufer bewegte, um schließlich auf dem riesigen Teppich bei der Sitzgruppe anzukommen. Er sah ein bisschen aus wie ein Kind, das von Stein zu Stein sprang, um einen Fluss zu überqueren.

Manne und sie taten es ihm gleich. An den Mienen von Leberecht und Mierau konnte Caro ablesen, wie alarmiert und verwirrt die beiden waren.

»Hatte Hanneke einen eigenen Schlüssel zu diesem Haus?«, fragte Manne ohne Umschweife, und Josefina Mierau nickte.

»Ja, das war praktischer so.«

»Und haben Sie diesen Schlüssel heute schon gesehen?«, wandte er sich an Leberecht, der den Kopf schüttelte.

»Hanne hatte ihn an ihrem Schlüsselbund. Genau wie alle anderen Schlüssel.«

»Verstehe«, sagte Carsten. Er kratzte sich nachdenklich am Kopf, dann fragte er: »Frau Mierau, können Sie mir bitte sagen, in welchem Krankenhaus Sie und Ihr Mann die letzten Tage verbracht haben?«

»In der Heimsuchung«, antwortete sie. »Warum?«

Carsten nickte nur und zog sein Handy aus der Tasche. »Ich muss das nur schnell überprüfen. Und noch ein paar weitere Anrufe tätigen.«

Der Kriminalkommissar ging ein Stück den Flur entlang Richtung Garage und betrat den ersten Raum links. Heizkessel und Waschmaschine, erinnerte sich Caro. Wenig später konnte sie ihn dort drin gedämpft sprechen hören.

»Was ist denn hier los?«, wollte Leberecht wissen.

»Ich fürchte, wir müssen mit Erklärungen warten, bis Kommissar Blume zurückkommt«, antwortete Manne angespannt. »Er muss Ihre Angaben prüfen, Frau Mierau. Sie verstehen das sicher. Das ist reine Routine und hat nichts mit Misstrauen unsererseits zu tun.«

Die Hausherrin winkte ab. »Natürlich«, sagte sie. »Ich würde nichts anderes wollen.« Sie verzog das Gesicht. »Bin mal gespannt, ob sie auch bestätigen, dass ich heute den halben Tag auf einem Plastikstuhl auf dem Flur sitzen musste, um endlich meine Entlassungspapiere zu bekommen. Ich wollte eigentlich schon heute Nachmittag hier sein. Es war ein Desaster. Dass dort über Leben und Tod gewacht wird, kann einem schon Angst machen, wenn nicht mal der Kaffeeautomat im Wartebereich funktioniert.«

Caro nickte und schenkte der Frau ein verständnisvolles Lächeln. »Ich habe dort mal sechs Stunden mit meiner verletzten Tochter in der Notaufnahme gewartet. Sie hatte ein gebrochenes Schlüsselbein, wie sich hinterher herausgestellt hat. Sechs Stunden. Damals war sie drei.«

Allein bei der Erinnerung an diesen Tag schüttelte es Caro. Greta war bei ihnen im Haus die lange Treppe hinuntergefallen. Ein Anblick, den sie niemals vergessen würde. Dann hatten sie ewig in der Notaufnahme verbracht, ohne Essen, ohne Getränke. Ohne Schmerzmittel. Nur, um schließlich mit ein paar Zäpfchen wieder heimzufahren.

Josefina Mierau schüttelte den Kopf. »Da sollte man doch meinen, dass kleine Kinder bevorzugt behandelt werden. Wirklich unverständlich.«

»Die anderen sind schon auf dem Weg«, hörten sie Carsten sagen, der wieder seinen merkwürdigen Teppichtanz vollführte, um zu ihnen zu gelangen. »Und das Krankenhaus hat Frau Mieraus Angaben bestätigt. Sie wurden am Mittwochabend eingeliefert. Mit Herzinfarkt und gebrochenem Knöchel. Frau Mierau wurde heute Abend um 23 Uhr 08 auf eigenen Wunsch entlassen. Ihr Mann erholt sich in der Klinik noch von der Operation.«

Carsten ließ sich auf einem der Sofas nieder und verschränkte die Hände.

»Das ist jetzt sicherlich ein großer Schock für Sie, aber ich kann Sie nicht davor bewahren. Frau von Ribbek hat in Ihrer Küche ein paar Entdeckungen gemacht, die sehr stark darauf hindeuten, dass Hanneke hier gestorben ist«, sagte er mit gedämpfter Stimme, während er immer wieder von Jörn Leberecht zu Frau Mierau und zurück sah. »Wir müssen Ihr Haus leider wie einen Tatort behandeln.«

Josefine presste sich die rechte Hand auf den Mund und wimmerte. Es sah aus, als wollte sie einen Schrei mit aller Macht zurück in ihren Mund stopfen. Was ihr nur halb gelang. Der Schmerz bahnte sich als Tränen den Weg nach draußen.

»Sie ist hier gestorben?«, flüsterte sie, und Carsten nickte.

»Wir können natürlich erst ganz sicher sein, wenn unser Labor seine Arbeit gemacht hat, aber wir haben Erfahrung, und es sieht ganz danach aus, als wäre in Ihrer Küche unlängst ein Mensch gestorben. Wenn man sich die Faktenlage so anschaut, dann kann es nur Hanneke gewesen sein.«

Mierau schüttelte den Kopf und krallte ihre rechte Hand in eines der hübschen Zierkissen. Caro hatte Angst, sie könnte in Ohnmacht fallen. Leberecht strich seiner Nachbarin mechanisch über den Rücken, den Blick starr auf die Küchentür geheftet. Auch er sah noch schlechter aus als zuvor. Was er wohl gerade dachte?

»Ich habe mit dem Bereitschaftsrichter gesprochen«, fuhr Carsten fort. »Er stellt uns in dieser Minute einen Durchsuchungsbeschluss für Ihr Haus aus.«

Josefina Mierau nickte benommen, die Hand immer noch fest auf den Mund gepresst.

»Lassen Sie mich betonen, dass Sie nicht unter Verdacht stehen. Sie waren im Krankenhaus, und das bereits zu einem Zeitpunkt, zu dem Hanneke ganz sicher noch am Leben war. Unsere Ermittlungen hier im Haus richten sich also nicht gegen Sie. Es geht einzig und allein darum, zu ergründen, was in diesen vier Wänden vorgefallen ist.«

»Wir waren nicht da«, flüsterte Josefina. »Jörn, was ist, wenn sie herkam, weil sie Hilfe brauchte? Und wir waren nicht da? Wenn sie sich in Sicherheit bringen wollte. Weil sie in Gefahr war. Und wir …«

Die Frau fing jetzt an, richtig zu weinen, und Caro lief es eiskalt den Rücken hinunter. Der Gedanke war logisch. Sogar sehr.

»Wir können Ihnen natürlich nicht vorschreiben, was Sie tun sollen«, sagte Carsten sanft. »Aber ich würde Ihnen empfehlen, ein paar Sachen zu packen und in ein Hotel zu gehen. Vielleicht kann das Krankenhaus Ihnen auch ein Bett in das Zimmer ihres Mannes stellen. Wenn Sie das wünschen, kann ich mich auch darum kümmern.«

Frau Mierau zog hörbar die Nase hoch. Caro beugte sich zu ihrer Handtasche, die neben dem Couchtisch stand, und zog ein Päckchen Taschentücher hervor, das sie der Frau reichte.

»Du kannst auch bei mir schlafen. Ich habe Platz genug«, sagte Leberecht.

Caro tauschte einen kurzen Blick mit Manne, der missbilligend den Mund verzog. Auch sie hielt das für keine so gute Idee, doch natürlich konnten sie sich da nicht einmischen.

Zu ihrer Erleichterung schüttelte Josefina den Kopf. »Danke, aber ich denke, ich nehme mir ein Taxi und fahre zu Rocío.«

»Rocío?«, fragte Caro. »Wer ist das?«

»Unsere Tochter. Sie wohnt in Prenzlauer Berg mit ihrem Mann und unserer Enkelin.« Sie schüttelte den Kopf. »So viel Unglück. So viel Tod. Das Einzige, was ich will, ist jetzt meine beiden Kleinen in den Arm zu nehmen.«

Caro verstand so gut, was sie meinte. Sie sammelte die Krücken auf, die neben der Couch auf den Boden gerutscht waren, und hielt Josefina die Hand hin. »Das klingt nach einer sehr guten Idee. Kommen Sie. Mein Kollege ruft Ihnen ein Taxi. Und ich helfe schnell beim Packen.«

Nachdem Josefina abgeholt worden und Leberecht zurück in sein Haus gegangen war, machte sich die Stille zwischen ihnen breit. Es ging mittlerweile auf zwei Uhr zu, und Caro überlegte, ob sie sich auf der Couch langlegen und für ein paar Minuten die Augen zumachen konnte. Doch erstens waren so kurze Schläfchen meistens schlimmer, als die Sache einfach durchzuziehen, und zweitens war hinter der Küchentür, auf die sie die meiste Zeit starrte, unlängst ein Mensch zu Tode gekommen. Da konnte sie sich schlecht hier entspannen.

Dieser Fall war ein absolutes Rätsel. Nun hatten sie einen unwahrscheinlichen Auffindeort und einen noch unwahrscheinlicheren Tatort. Warum ausgerechnet hier? Was war passiert? Wie passte das alles zusammen?

»Das ist wirklich eine merkwürdige Verkettung von Umständen«, murmelte sie und rieb sich die Stirn.

»Wie meinst du das?«, wollte Carsten wissen, und auch Manne reckte den Hals.

»Na ja. Das Treffen von Hanneke und ihrem Mörder wird wohl kaum geplant hier stattgefunden haben, oder? Und Josefina hat sie nicht angerufen, um zu berichten, was passiert ist. Hanneke konnte nicht wissen, dass ihre Nachbarn nicht zu Hause sein würden. Warum war sie also hier? Was ist passiert?«

»Vielleicht war es wirklich so, wie Josefina vermutet. Hanneke war in Not und brauchte Hilfe. Sie wusste, dass Jörn noch unterwegs war, also ist sie bei ihren Nachbarn ins Haus«, sagte Manne, und Caro fröstelte.

Die Theorie hatte natürlich etwas für sich. Dieser Mord war anders als die beiden, mit denen sie es in der Vergangenheit zu tun gehabt hatte. Brutaler. Verzweifelter. Gruseliger. Wie im Film.

Wenn es stimmte, dass Hanneke auf der Flucht vor jemandem gewesen war, dass sie hier nach Sicherheit und Hilfe suchte, dann hatte sie bereits einen langen Weg hinter sich gebracht, aber …

»Wo ist ihr Auto?«, fragte sie laut.

»Hm?«, machte Carsten, der gerade etwas auf seinem Handy tippte.

»Wenn du der Spurensicherung schreibst, dann sag ihnen, dass sie Kaffee mitbringen sollen«, brummte Manne, der sich die Augen rieb und nervös hin und her rutschte.

»In meiner Handtasche sind noch Kekse, bedien dich«, sagte sie abwesend zu ihm, weil sie wusste, dass er sich gerade wahrscheinlich nicht traute, danach zu fragen.

Mit dankbarem Blick streckte sich Manne nach Caros großer Tasche, doch die beschäftigte etwas ganz anderes.

»Wo ist Hanneke Kleins Auto? Hatte sie eins?«

Carsten runzelte die Stirn. »Ja, ein hellgrauer Mercedes-Hybrid ist auf sie zugelassen.«

Sie konnte ihm ansehen, dass es hinter seiner Stirn arbeitete.

»Aber wo ist der Wagen? Sie muss doch von ihrer Sitzung irgendwie hierhergekommen sein am Donnerstagabend. Wieso steht das Auto nicht auf der Straße, wenn sie hier Zuflucht suchen wollte? Oder in der Einfahrt? Steht es drüben bei Leberecht?«

Carsten runzelte die Stirn. »Keine Ahnung. Leberecht ist mit dem Taxi gekommen, der war bestimmt noch nicht in der Garage, es …«

Manne stand auf. »Ich gehe fragen«, sagte er, und Carsten nickte dankbar, das Telefon in der Hand. Manne verließ das Haus durch die Eingangstür, die er einen Spaltbreit offenließ, und schon hörte Caro wieder die Rufe der wackeren Reporter, die noch vor der Tür ausharrten. Viele waren es nicht mehr, aber sie würden in wenigen Minuten reich belohnt werden, wenn der ganze Trupp des LKA hier anrückte.

»Ja, ich bin's«, hörte sie Carsten sagen. »Du, Wiebke, wissen wir, wo Kleins Auto steht? Wie war sie Donnerstag unterwegs? Hm … hm … ja. Okay gut, danke. Setz es bitte ganz dringend auf die Fahndungsliste, ja? Such Fotos vom Modell heraus, Kennzeichen und so weiter, und schick es überall rum. Auch zum Bundesgrenzschutz und ins SIS II.«

Er legte grußlos auf und sah Caro kopfschüttelnd an. »Ich kann nicht glauben, dass wir uns diese Frage erst jetzt stellen. Klein hat am Donnerstag die Tiefgarage des Abgeordnetenhauses um genau 22 Uhr 13 verlassen. In ihrem Auto.«

Die Tür ging wieder auf, und Manne trat ins Haus. Er schüttelte den Kopf. »Drüben in der Garage ist es nicht, und auf der Straße steht auch kein Hybrid.«

»Klein war am Donnerstag aber mit ihrem Auto unterwegs. Scheiße. Das ist Tage her. Wer immer es hat, kann unbemerkt bis nach Marbella damit gefahren sein. Verdammt noch mal!«

Carstens Kopf lief rot an, und Caro konnte seine Aufregung verstehen. Das Auto zu übersehen war ein grober Ermittlungsfehler. Angesichts des schrecklichen Zustands des Leichnams und des Status der Toten ein verständlicher Fehler, aber vielleicht ein unverzeihlicher. Dieses Auto hatte eine Rolle gespielt in der Todesnacht von Hanneke Klein. Das war so gut wie sicher.

Oder jemand hatte sich die Situation zunutze gemacht und das Gefährt gestohlen, was natürlich auch möglich war.

»So was wäre Jan nie passiert«, murmelte Carsten, der schon wieder nervös auf seinem Handy herumtippte.

»Jan Lohmeyer hat viel falsch gemacht, Carsten. Mach dich nicht fertig. Wir sind ein zwölfköpfiges Team, und Caro ist jetzt die Erste, die daran denkt.«

Carsten Blume nickte, doch er wirkte nicht sehr überzeugt auf Caro.

Sie hörten Autos vorfahren und die Reporter zum zweiten Mal innerhalb kürzester Zeit munter werden. Das konnte nur eines bedeuten: Die Spurensicherung kam.

Caro stand auf, um sie einzulassen, wobei sie darauf achtete, nur auf die Teppiche zu treten.

»Ich werde einen Antrag stellen, der jeden Beamten in Zivil dazu zwingt, sich einen Ganzkörperanzug in den Kofferraum zu legen«, sagte Livia mit einem Augenzwinkern anstelle einer Begrüßung, während sie eine Rolle mit festem Filzstoff auf die Treppe vor der Tür fallen ließ. Caro musste zur Seite springen, um Platz zu machen.

»Zu unserer Verteidigung: Wir sind nur auf die Teppiche getreten. Also, nachdem wir das Blut entdeckt haben«, gab Caro zurück. »Vorher leider nicht.«

»Setz dich da drüben hin und warte mal bitte, bis wir gesichert haben«, entgegnete die Kriminaltechnikerin und lächelte. »Carsten sagt, es ist die Küche?«

»Die Küche ist mit an Sicherheit grenzender Wahrscheinlichkeit der Tatort«, kam Carstens Stimme aus dem Wohnzimmer. »Aber das heißt natürlich noch lange nicht, dass der Rest des Hauses irrelevant ist.«

»Sherlock«, sagte Livia trocken und zeigte auf die geschlossene Tür. »Da ist die Küche?«

Caro nickte.

Livia betrat das Haus, hinter ihr kamen noch vier Beamte mit ihren großen Rollkoffern sowie die Polizeifotografin, die Caro bereits von Freitagnacht kannte.

»Tust du mir einen Gefallen, Fernanda?«

Die Fotografin drehte sich zu Carsten um, der inzwischen neben Caro getreten war.

»Hm?«

»Machst du bitte Weitwinkelaufnahmen von der Küche, vor und nach der Behandlung mit Luminol? Vom gleichen Punkt aus?«

Die Fotografin, eine Frau mittleren Alters mit berückend vielen Lachfältchen an den Augen, nickte. »Geht klar, Carsten.« Sie zeigte hinter sich. »Draußen im Bus ist eine Thermoskanne. Wir haben auch Becher. Ihr seht aus, als könntet ihr einen Schluck Kaffee gebrauchen.«

»Das war der charmanteste Rausschmiss seit Langem«, sagte Carsten mit einem müden Lächeln, und Livia steckte grinsend den Kopf aus der Küchentür.

»Ihr dürft wieder reinkommen, wenn wir uns einen Überblick verschafft haben. Oder ihr euch umgezogen habt. Oder am besten beides.«

Carsten sah Caro auffordernd an. »Na dann. Holen wir Manne und gehen Kaffee trinken.«

KAPITEL 15

Die Vans des LKA waren zum Glück mit dunklen Fensterfolien verkleidet, sodass sie vor der Presse recht gut geschützt waren. Zumindest vor deren Blicken; die Fragen, die die Reporter in Richtung der Vans und der Haustür riefen, hörten sie trotzdem. Manne saß auf einem Materialkoffer und drehte die Tasse mit heißem Kaffee in den Händen, die anderen beiden kauerten ihm gegenüber auf zwei umgedrehten Eimern.

»Dabei hast du Petra noch gesagt, es würde nicht so lange dauern«, sagte Caro mit einem Lächeln und ließ zum dritten Mal die Packung mit den Doppelkeksen rumgehen.

»Und sie hatte recht mit ihrer Skepsis«, gab Manne zurück und steckte sich einen Keks in den Mund. »Wie immer.«

Himmel, er wurde wirklich langsam zu alt für das hier. Zwar half ihm das Adrenalin, wach zu bleiben, von Kaffee und Zucker unterstützt, doch sein Körper schmerzte und wollte dringend ins Bett. Andererseits wollte er das hier jetzt auf gar keinen Fall verpassen. Den Tatort zu finden war einer der großen Durchbrüche in dem Mordfall – und dieser Tatort war zudem recht ungewöhnlich. Nie im Leben wären sie darauf gekommen, die Küche der Nachbarn zu untersuchen, da war Manne sich ganz sicher. Vielleicht hätte Josefina Mierau irgendwann beim Putzen die alten Blutflecken entdeckt. Vielleicht auch nicht.

Es war drei Uhr morgens, und vor einer halben Stunde war Hanneke Kleins Bruder bei seinem Schwager angekommen. Der dunkle Audi mit Essener Kennzeichen parkte quer vor der Auffahrt.

Kurz hatten sie überlegt, hinüberzugehen und sich dem Bruder vorzustellen, dann aber beschlossen, dass sie die Familie in Ruhe lassen würden bis zum nächsten Morgen. Bevor sie wieder mit Jörn Leberecht sprachen, wollten sie abwarten, was die Spurensicherung im Haus der Mieraus fand.

»Verdächtigen wir die Mieraus?«, fragte Caro nun, ihre Stirn in spekulative Falten gelegt. »Oder Leberecht?«

»Die Mieraus sicher nicht«, entgegnete Carsten. »Die waren die ganze Zeit im Krankenhaus und außerdem körperlich nicht in der Lage, die Tote zu bewegen. Ein Motiv sehe ich jetzt auch nicht. Und Leberecht war in New York.«

»Wäre aber nicht der erste Lebensgefährte, der seine Partnerin hat umbringen lassen«, gab Caro zurück, und Manne staunte, in welchen Bahnen seine Partnerin da so seelenruhig dachte, während sie an ihrem Keks knabberte.

»Ganz ausschließen würde ich ihn auch nicht«, bestätigte Carsten. »Aber Auftragskiller sind doch eher ein Fall für die Mafia. Und für verheiratete Paare, wenn sehr viel Geld auf dem Spiel steht. Soweit ich weiß, waren hier die Partner finanziell voneinander unabhängig und nicht verheiratet, insofern wäre Leberechts Vermögen gar nicht in Gefahr gewesen.«

»Er wirkt auch sehr erschüttert auf mich«, sagte Manne, dem ganz kalt wurde bei der Erinnerung an den Schmerz des Mannes. Egal, wie lange er diesen Job schon machte – er konnte den Gedanken daran, was er tun würde, wenn Petra etwas zustieße, einfach nicht abschütteln.

»Ja, schon«, sagte Caro. »Aber wir sind uns einig, dass heftige Gefühle im Spiel gewesen sein müssen. Und die tauchen öfter bei Partnerschaften auf.«

»Was mehr gegen Leberecht spricht als für ihn«, gab Manne zurück. »Denn ein Auftragsmörder hätte diese Wut nicht. Er würde ein- oder zweimal abdrücken und dann die Leiche verschwinden lassen.«

»Auch wieder wahr«, räumte Caro ein.

Die Haustür ging auf, und ein oranger Lichtstreifen fiel auf die Treppe vor der Tür. Livias Kopf erschien in der Öffnung, sie winkte ihnen zu. Blitze von diversen Kameras durchzuckten die Nacht. Die Schar der Journalisten war in der letzten Stunde deutlich angewachsen. Sie verstopften die gesamte Straße.

Dieses Foto würde morgen durch die Presse gehen.

Sie zogen sich weiße Anzüge über, nahmen sich Schuhüberzieher mit und gingen schnellen Schrittes durch das Blitzlichtgewitter zurück ins Haus.

»Beeilt euch bitte ein bisschen, das Luminol hält nicht ewig. Aber wir sind der Meinung, ihr solltet euch das ansehen«, sagte Livia, und Manne atmete einmal tief durch.

Was er sofort bereute. Im Haus roch es beißend, wie in einem Frisiersalon, in dem zehn Menschen auf einmal blondiert wurden. Da Luminol gemeinsam mit Wasserstoffperoxid und Spülmittel zum Einsatz kam, war das kein Wunder. Doch gerade stank es derart, dass ihm die Augen zu tränen begannen. Caro fing an, zu niesen.

»Ja, es ist ziemlich heftig«, sagte Livia. »Aber es verfliegt auch schnell wieder. Wenn wir fertig sind, lüften wir kräftig durch. Also.«

Sie deutete auf einen Weg aus durchsichtigen Plastikquadraten, den die Kriminalistiker ausgelegt hatten, damit möglichst wenige Spuren zerstört wurden.

»Bitte immer nur auf die Platten treten, die sich links befinden. Das sind eure. Unsere sind die auf der anderen Seite. Bleibt bitte an der Küchentür stehen. Okay?«

Manne, Caro und Carsten nickten. Er fing Caros Blick auf und sah, wie aufgeregt sie war. Sie hatte etwas, das ihm immer gefehlt hatte: kriminalistischen Eifer. Manne war Polizist geworden, weil er einen ausgeprägten Gerechtigkeitssinn und Beschützerinstinkt besaß und sich keinen Bürojob hatte vorstellen können. Auch er hatte immer gern ermittelt, wobei es ihm aber immer um das Ergebnis gegangen war. Ein Fall, der in einem halben Tag Ermittlung abgeschlossen war, war ihm immer lieber gewesen als große Rätsel. Caro hingegen kam erst richtig in Fahrt, wenn es knifflig wurde.

Das hier war für sie ein Crashkurs in ihrem Lieblingsfach, sie sog jedes Detail der kriminalistischen Arbeit in sich auf. Jetzt funkelten ihre Augen regelrecht, und ihre Neugier war ansteckend.

Sie liefen vorsichtig die Platten entlang, die sich in einem weiten Bogen von der Küchen- zur Haustür zogen. Überall standen die gelben Nummern der Spurensicherung auf dem Boden, obwohl mit dem bloßen Auge nichts zu erkennen war. Manne ahnte, was jetzt kommen musste.

Sie blieben direkt am Eingang zur Küche stehen und spähten hinein. Zwei Kriminaltechniker waren noch an den Türklinken zugange, verzogen sich aber in den Flur und platzierten sich dort neben zwei Lichtschaltern.

»Zum Glück ist es draußen noch dunkel, sodass wir nichts extra abdunkeln müssen«, sagte Livia, die sich auf eine Platte in der Mitte der Küche gestellt hatte, eine große UV-Lampe in der Hand. »Bereit?«, fragte sie, dann nickte sie ihren Kollegen zu, ohne eine Antwort abzuwarten.

Die Lampen in Wohnzimmer, Flur und Küche gingen aus, und im nächsten Augenblick hörte Manne das Klicken von Livias Lampe. Dann wurde seine Welt in Schwarz und fluoreszierendes Blau getaucht.

»Ach du Scheiße!«, flüsterte er.

KAPITEL 16

Caro dachte an den Diaprojektor ihres Vaters. Wenn der besonders sentimental gewesen war, hatte er das Gerät und unzählige Plastikboxen mit Dias ausgepackt, das Wohnzimmer abgedunkelt und Caro die großen, bunten Fotos gezeigt.

Hier waren wir am Gardasee, erinnerst du dich, Schatz?

Und hier, dein erster Besuch im Zoo?

Ihr Vater hatte sie auf den Schoß genommen und im leuchtenden Dunkeln Geschichten aus einer Zeit erzählt, an die sie sich nicht erinnern konnte, weil sie zu klein gewesen war.

Schöne Geschichten. Lustige Geschichten. Geschichten eines Lebens.

Die leuchtenden Bilder, die sie jetzt gerade umgaben, erzählten die Geschichte eines Mordes. In allen grausamen Einzelheiten.

Die schreckliche Dramaturgie von Hanneke Kleins Tod wurde in der Dunkelheit sichtbar, strahlte ihnen mit schrecklicher Deutlichkeit von dort entgegen, wo eben noch teurer Landhaus-Chic gewesen war. Caro fühlte, wie ihr die Tränen kamen. Es war wie ein böser Zaubertrick, eine Art schwarzer Magie.

Der Fußboden der Küche leuchtete beinahe komplett blau. Verschmierte Schlieren gingen über in scharfe Ränder unter den Schränken, wo das Blut getrocknet war. Die Spüle war knallblau. An den Wänden und der Decke erstrahlten einzelne, blaue Punkte.

»Innen am Türblatt gibt es auch noch ein deutliches Spurenbild«, erklärte Livia geschäftsmäßig. »Vor allem an der Klinke. Jetzt weiter ins Wohnzimmer.« Sie leuchtete den Weg entlang, an dem sie auf den Platten standen, und Caro schlug die Hand vor den Mund. Durch das Wohnzimmer zog sich eine leuchtend blaue, chaotische Spur, die zum Teil aus Fußabdrücken bestand.

»Das ist 'ne Schleifspur«, bemerkte Carsten.

»Sieht ganz so aus.« Livia richtete die Lampe auf die Eingangstür, auf der noch ein riesiger, strahlend blauer Fleck erschien. »Und man erkennt auch gut, dass es zwei Paar Schuhe waren. Ziemlich große Füße, aber leider keine Turnschuhe.«

Caro betrachtete die Abdrücke und nickte. Tatsächlich erkannte man, wenn man genauer hinsah, dass es spitz zulaufende und vorne eher runde Abdrücke gab.

»Ihr könnt das Licht wieder anmachen!«, rief Livia nun, und im nächsten Moment standen sie wieder im Wohnzimmer der Mieraus. Es erinnerte Caro an eines dieser Kippbilder, bei denen je nach Winkel etwas anderes zu sehen war. Im Dunkeln ein leuchtendes Schlachthaus. Im Hellen ein ganz normales Zuhause.

»Rein von der Spurenlage sieht es so aus, als sei Hanneke Klein in der Küche gestorben. Wir müssen natürlich den offiziellen Abgleich abwarten, aber es handelt sich eindeutig um Blut, und besonders alt sind die Spuren auch nicht. Also, wer sollte es sonst gewesen sein? Na, jedenfalls ist sie in der Küche gestorben. In der Messerschublade fehlt ein Messer, es gibt eine klare Aussparung, aber in der Spülmaschine ist es nicht. Ich würde einiges darauf verwetten, dass dieses Messer die Tatwaffe ist.« Livia sprach so schnell, dass Caros Kopf kaum hinterherkam. Wie konnte ein Mensch mitten in der Nacht derart wach sein?

»Der oder vielmehr die Täter haben Hanneke Klein dann durchs Wohnzimmer zur Tür geschleift und dabei die Teppiche wohl ordentlich zur Seite geräumt, die haben nämlich nur kleinste Anhaftungen auf der Unterseite. Rein vom Spurenbild würde ich schätzen, dass die Tote auf oder in Müllsäcke gelegt wurde. Eher auf, das würde den großen Fleck an der Tür erklären. Schätze, da wurde sie angelehnt.«

»Josefina Mierau hat festgestellt, dass einer ihrer Teppiche fehlt«, schaltete Carsten sich ein. »Wahrscheinlich haben sie also eher einen Teppich benutzt.«

Livia verdrehte die Augen. »Und das sagst du mir jetzt? Wie sah der Teppich denn aus?«

»Das wissen wir nicht«, entgegnete Carsten, und Livia stemmte die Hände in die Hüften. »Seid so lieb und findet es schnell raus, damit wir die Fasern mit denen abgleichen können, die wir gefunden haben.« Die Kriminaltechnikerin seufzte nachdrücklich und deutete dann den Flur hinab. »Wir haben noch Blutspuren im ersten Büro und im kleinen Badezimmer entdeckt, dort vor allem im Waschbecken, schätzungsweise vom Hände- oder Handschuhwaschen.«

»Und die Blutspuren im Büro?«, wollte Caro wissen, die versuchte, alle Informationen zu verarbeiten und einzuordnen.

»Das sind kleine Tropfen im Bereich des Schreibtisches, auf ein paar Unterlagen und auf dem Boden. Die können theoretisch auch von den Bewohnern stammen, das müssen wir abgleichen.«

»Können wir da schon rein?«, fragte Carsten, und Livia hob tadelnd die Brauen.

»Ihr wart da doch sicher schon drin, oder?«

»Ich hab nur reingeschaut, als ich gesichert habe«, erklärte Carsten. »Ganz kurz.«

Livia schnalzte mit der Zunge. »Solange ihr in voller Montur bleibt, könnt ihr euch weiter umsehen. Geht bitte möglichst nah an den Wänden, berührt sie aber nicht. Vermeidet allzu engen Kontakt zu … egal was.«

Caro schmunzelte. Hatte diese junge Frau wohl das gesamte Team so gut im Griff? Sie hatte eine Ausstrahlung, dass man es schlicht nicht wagte, ihr zu widersprechen. Selbst der Leiter der Ermittlungen hatte wenig zu melden. Die Vorstellung, dass Livia auch mit Jan Lohmeyer so gesprochen hatte, amüsierte sie enorm.

»Der Täter hat nur schlampig sauber gemacht und stand unter Zeitdruck. Oberflächlich wurde die Wohnung zwar gereinigt, aber allein das Handtuch in der Spüle zeigt, dass jemand die Nerven verloren hat. Es gibt hier wirklich einen Haufen Spuren zu sichern. Um uns die Arbeit ein bisschen zu erleichtern, möchten wir euch bitten, Schuhabdrücke bei meinem Kollegen Mirko abzugeben.«

Livia zeigte zu einem Mann, der in der Ecke des Wohnzimmers hockte und Tütchen beschriftete. Schon im Wald hatte Caro gemerkt, wie groß der Aufwand bei einer solchen Spurensicherung war. Uferlos.

Sie gingen zu ihm, streiften ihre Schoner ab und traten erst auf ein großes Stempelkissen, dann auf ein Blatt Papier, damit ihre Fußabdrücke identifiziert werden konnten. Anschließend sahen sie sich im Rest des Hauses um.

Der Bungalow war weitläufig. Die Mieraus hatten nicht nur ein, sondern zwei separate Arbeitszimmer, drei Schlafzimmer, von denen nur eines in Benutzung zu sein schien, ein Ankleidezimmer, einen Sportraum und zwei Bäder. Alles war luxuriös, ein bisschen plüschig und ordentlich.

Wolfgang Mierau, so hatten sie mittlerweile herausgefunden, hatte mit einem großen Autohaus mit mehreren Filialen in Berlin Geld gemacht, Josefina übersetzte Literatur aus Lateinamerika ins Deutsche. Allein ihre Bücherregale erzählten von einem bewegten, vollen Leben. Mit der einzigen Tochter des Ehepaars, Rocío, würden sie auch noch sprechen müssen, da sie ebenfalls über einen Schlüssel für das Haus verfügte.

Das Büro, das dem Wohnzimmer am nächsten lag, war das von Josefina Mierau und sah aus, als sei es noch in reger Benutzung. Die Bücherregale reichten bis an die Decke, und hinter dem massiven Holzschreibtisch stand ein gemütlich wirkender Sessel mit Schafsfell. Notizen und ausgedruckte Manuskriptseiten lagen kreuz und quer um einen Laptop herum. Bei näherer Betrachtung stellte Caro fest, dass es sich um ein Modell der neuesten Generation handelte.

Auf diesen Notizen hatten die Kriminaltechniker Blutspuren gefunden, die sie mit gelben Aufstellern markiert hatten. Auf dem Schreibtisch lag noch eines der Winkelmaße.

»Das ist zwar unordentlich, aber nicht durchwühlt«, stellte Manne fest, und Caro nickte.

»Wirkt eher wie kreatives Chaos auf mich.«

»Es ist sowieso die Frage, was der Täter hier drin suchte«, bemerkte Carsten nachdenklich und sah sich um. »Er wollte sich ja wohl kaum ein Buch ausleihen.«

»Na ja, die zentrale Frage ist ja sowieso: Warum hier? Was wollte er in diesem Haus?«, sagte Caro, die noch ein paar Schritte in den Raum hineinging, vorsichtig darauf bedacht, nirgendwo anzustoßen.

»Angenommen, Hanneke ist hierhergekommen, um sich vor dem Täter zu schützen, zu verstecken. Dann wird dieser sich nach der Tat umgeschaut haben, um herauszufinden, wo er eigentlich genau ist.«

Carsten nickte. »Dazu passt der große Blutfleck an der Haustür. Der Täter hält noch mal inne und geht ins Haus zurück, um alles zu säubern und herauszufinden, mit wem er es eigentlich zu tun hat. Und benutzt den Körper der Toten dabei als Notfallbarrikade.«

Caro runzelte die Stirn. »Aber irgendwie passt das doch nicht, oder? Wenn Hanneke Angst vor einem Verfolger hatte, muss der oder die doch bewaffnet gewesen sein. Wieso dann mit einem Messer aus Mieraus Küche töten?«

»Gute Frage.« Manne nickte nachdenklich.

»Und warum ist es ihr dann nicht gelungen, sich hier zu verstecken?«, dachte Caro laut. »War ihr derjenige so dicht auf den Fersen? Sie hatte einen Schlüssel, aber dann ist es ihr nicht gelungen, die Tür rechtzeitig zu schließen?«

Sie ging zurück in den offenen Wohnbereich, durch den kurzen Flur über die Platten bis zur Haustür. Carsten und Manne folgten ihr.

»Können wir die Türklinke anfassen?«, rief sie in Richtung der Küche.

»Wenn es sein muss!«, antwortete Livia. »Aber nur dann.«

Caro befand, dass es sehr wohl sein musste, und drückte mit ihrem Zeigefinger vorsichtig die Klinke herunter. Die Tür öffnete sich einen Spaltbreit, und da setzte das Blitzlichtgewitter wieder ein. Zu dritt betrachteten sie das Türblatt und vor allem die Zarge genauer. Unterhalb des Schließblechs konnte man frische Abriebspuren erkennen, und ganz unten, wo die Tür mit dem Fußboden abschloss, waren ein paar ebenso junge Splitter zu sehen.

»Sieht aus, als hätte sie jemand daran gehindert, die Tür zu schließen. Jedenfalls könnte es so gewesen sein«, stellte Carsten nachdenklich fest.

Manne fuhr sich durch die Haare. »Wenn jemand die Tür zudrücken will und ich möchte das verhindern, stelle ich meinen Fuß dazwischen und strecke meinen Arm oder was anderes hindurch. Die Splitter lassen darauf schließen, dass Klein mit aller Macht versucht hat, ihren Verfolger noch auf der Türschwelle loszuwerden.«

Caro ging über die Platten zurück zur Sitzgruppe, holte ihre schwere Stabtaschenlampe aus der Handtasche und nahm sie mit vor die Tür, wo sie sie anknipste.

Der Eingangsbereich des Bungalows wurde von einer großen, gemauerten Treppe im mediterranen Stil dominiert, die links und rechts üppig mit Buchsbaum bepflanzt war. Sie wusste nicht, warum sie der Anblick ausgerechnet jetzt so traurig machte. Eigentlich hatte sie sich für ihren Garten auch so kleine, kugelige Buchsbäume gewünscht. Doch jetzt brauchte sie damit auch nicht mehr anzufangen. Ein ehrgeiziger Australier würde ihre Beete plattmachen, um ein Werk daraufzusetzen, durch das er bei seinen seltenen Besuchen zukünftig mit einem Golfcaddie fahren würde. Jedenfalls stellte Caro es sich so vor.

Sie leuchtete die Bereiche links und rechts der Eingangstür ab, bog vorsichtig die Zweige und Blätter der Pflanzen zur Seite und versuchte zu ignorieren, dass sie dabei wieder und wieder fotografiert wurde.

»Was machst du da eigentlich?«, fragte Manne, der seinen Kopf kurz zu ihr nach draußen streckte.

»Ich suche was«, gab Caro zurück, die Augen fest auf den Lichtkegel der Taschenlampe geheftet.

»Aha. Und was, wenn ich fragen darf?«

»Ich weiß ni… da!« Sie hatte etwas entdeckt. Zwischen den hellen Kieseln, die den Haussockel säumten, lag etwas Dunkles. Caro streckte die Hand aus und hatte kurz darauf einen Messergriff mit kurz hinter dem Schaft abgebrochener Klinge in der Hand.

Sie musste grinsen. »Da. Genau das habe ich gesucht.«

KAPITEL 17

Könnt ihr euch nicht wenigstens für diese paar Stunden am Riemen reißen?«, rief Manne entnervt und nicht zum ersten Mal. Von dem ganzen Geschrei war er schon richtig heiser.

Am liebsten hätte er einen Hammer gehabt, mit dem er wütend und sehr laut auf den Tisch hauen konnte, wie ein Richter. Er war übermüdet und am Rande der Geduld.

Schon seit über einer Stunde steckten sie mitten in dem chaotischen Versuch, von allen Gartenfreunden der Harmonie Alibis, Finger- und Handabdrücke sowie eine Speichelprobe einzutreiben. Zwar wusste Carsten noch nicht, ob er die Freigabe für einen großen Abgleich bekommen würde, doch was sie hatten, das hatten sie, und die meisten Kleingärtner stellten keine Fragen.

Caro und der leitende Ermittler saßen an einem kleinen Tisch und nahmen die Daten der Parzellen 1 bis 30 entgegen, Wiebke und Christian vom LKA an einem zweiten Tisch die der Parzellen 31 bis 60. So weit die Theorie. In der Praxis knäuelten sich alle vor Mannes Tisch in der Mitte und redeten auf ihn ein. Durcheinander und ohne Luft zu holen.

Livia und deren Kollege Veit koordinierten die Probenentnahme und sahen auch schon einigermaßen genervt aus. Wieso gelang es erwachsenen Menschen nicht einmal, sich zivilisiert in einer Reihe aufzustellen? Manne schämte sich das erste Mal ein bisschen für seine Laubenpieper.

Natürlich war die Aufregung unter den Kleingärtnern groß. Viele von ihnen hatten noch nie eine Aussage machen oder Fingerabdrücke abgeben müssen. Als vor einem Jahr Kalle tot in Caros Garten gefunden wurde, war der Verdacht dermaßen schnell auf Manne gefallen, dass es allen anderen Vereinsmitgliedern erspart geblieben war, sich auch nur annähernd verdächtig zu fühlen. Das sah jetzt ganz anders aus. Und natürlich passte es ihnen gar nicht.

»Manne, jetzt mal ehrlich: Müssen wir da wirklich mitmachen?« Motte von Parzelle 31 hatte sich zu ihm durchgekämpft und stützte sich auf der Tischplatte ab, der Kopf hochrot.

Manne seufzte. »Was willst du von mir hören? Natürlich kann dich niemand zwingen, Angaben zum Tatabend zu machen und Proben für die Forensiker abzugeben. Wir leben nicht in einer Diktatur. Allerdings ist die Mitarbeit in einem solchen Fall Bürgerpflicht, und natürlich musst du dir auch überlegen, was für ein Licht es auf dich werfen würde, wenn du dich weigerst.«

Motte riss die Augen auf. »Das ist schäbig, Manne.«

Himmel, er hatte solche Kopfschmerzen. »Es ist die Wahrheit, Motte, ob es dir gefällt oder nicht.«

»Mir gefällt hier überhaupt nichts mehr«, gab der Kleingärtner zurück.

»Ich verstehe dich ja, aber hättest du mir zugehört, dann wüsstest du, dass eure Proben nicht gespeichert werden. Sie werden nicht in irgendwelche Datenbanken eingespeist, sondern nach dem Abgleich vernichtet, sollte überhaupt einer gemacht werden.«

»Bekomme ich das schriftlich?«

Manne nickte. »Ja. Und wenn du mir zugehört hättest, dann wüsstest du auch das.«

»Ich hätte dir ja gerne zugehört, allerdings habe ich mein eigenes Wort schon kaum verstanden«, gab Motte aufgebracht zurück. Er war einer, der sich schnell und über alles aufregte.

»Ist schon gut. Mach einfach deine Angaben und gib die Proben ab, dann bist du hier auch gleich wieder draußen und die Sache ist für dich erledigt.«

Motte nickte, doch er blieb noch eine Weile stehen und sah Manne durchdringend an.

Irgendwann fragte er: »Wie ist das denn so?«

»Was?«

»Gegen die eigenen Leute zu ermitteln? Ein Maulwurf zu sein?«

Manne seufzte und rieb sich die müden Augen. Er hatte nur vier Stunden Schlaf bekommen. »Wir ermitteln nicht gegen euch. Sondern für die Tote.«

»Die unsere Anlage auf dem Gewissen hat«, erwiderte Motte hitzig. Allmählich hatte Manne genug. Genug von der Lautstärke, genug von der Kratzbürstigkeit der anderen Gartenfreunde, genug von der feindseligen Stimmung, die hier im Vereinsheim herrschte.

»Und du glaubst, dafür hat sie den Tod verdient?«, fragte er ätzend und hob herausfordernd die Brauen. »Du meinst, weil sie ihren Job gemacht hat, hätte sie es nicht verdient, weiterzuleben?«

Motte fiel alles aus dem Gesicht und er wich ein paar Schritte zurück. »Nein, natürlich nicht, ich meine nur …«

Manne brachte ihn mit einer Handbewegung zum Schweigen.

»Ist dir schon mal in den Sinn gekommen, dass Caro und ich uns deshalb so ins Zeug legen, um sicherzustellen, dass hier keiner willkürlich unter Verdacht gerät? Dass wir auf euch aufpassen? Auf euch und den Ruf unserer Anlage? Dass wir deshalb diesmal auf der anderen Seite des Tisches sitzen?«

An Mottes Miene war abzulesen, dass ihm das tatsächlich noch nicht in den Sinn gekommen war. Doch der Gartenfreund von Parzelle 31 war keiner, der einen Fehler zugab oder sich entschuldigte, das hatte Manne im Laufe der Jahre gelernt. Motte war ein streitsüchtiges Lästermaul, aber Manne hielt ihn wenigstens für grundehrlich. Was auf die anderen Leute in seiner Anlage allerdings auch zutraf.

Motte nickte knapp und trollte sich endlich, und Manne sah mit grimmiger Zufriedenheit dabei zu, wie er sich in die Schlange vor Livias Tisch stellte. Seinen Platz hatte allerdings bereits ein anderer Gartenfreund eingenommen.

»Gönnt ihm mal 'ne Pause«, hörte er plötzlich eine vertraute Stimme sagen, und dann sah er, wie sich seine Frau Petra mit einem großen Stück Streuselkuchen mit Sahne wie ein Engel durch die Umstehenden zu ihm an den Tisch schob.

»Ich liebe dich«, sagte er, als sie ihm den Teller hinstellte und sich neben ihm niederließ.

»So schlimm?«, fragte sie halb amüsiert, halb geschockt, während sie die Szenerie in sich aufnahm.

»Die sind schlimmer als 'ne Horde Teenager auf Klassenfahrt«, brummte Manne. Seine Laune hob sich ein wenig, als er die Sahne auf dem Kuchenstück verteilte.

»Oh, das ist aber eine hohe Messlatte«, sagte Petra lachend. »Im Gegensatz zu mir warst du noch nie mit einer Horde Teenager auf Klassenfahrt. Gott, wenn ich an die Abschlussfahrt nach London denke, wird mir jetzt noch schlecht.«

Manne kicherte. Die letzte Fahrt, die Petra als Lehrerin mitgemacht hatte, bevor sie beschlossen hat, das als Rektorin nicht mehr zu müssen, war ein Desaster gewesen. Am Ende musste sie vier ihrer Schüler bei der Polizei abholen, weil diese versucht hatten, besoffen auf das London Eye zu klettern.

»Jetzt nicht. Stell dich gefälligst für deine Aussage an, wie alle anderen auch«, herrschte seine Frau, wahrscheinlich noch von der peinlichen Erinnerung getragen, Gerlinde von Parzelle 22 an, die gerade Anstalten gemacht hatte, sich ihrem Tisch zu nähern.

»Ich hätte dich gleich mitnehmen sollen«, murmelte er zwischen zwei Bissen. »Du bist ein Naturtalent.«

Petra grinste und goss sich einen Kaffee aus der Thermoskanne in einen herumstehenden Becher ein. Dann zog sie eine Liste zu sich heran.

»Sind denn wenigstens alle da?«, fragte sie, und Manne schüttelte den Kopf. »12, 29, 36 und 51 fehlen. Rita ist entschuldigt, die liegt mit gebrochenem Knöchel zu Hause. Zwei vom Team sind schon zu ihr unterwegs. 12 und 36 sind ein bisschen knifflig. Die haben gekündigt, direkt nachdem wir erfahren haben, dass die Harmonie plattgemacht wird. Sie scheiden als Verdächtige natürlich nicht aus, aber haben keine Obligation mehr, meiner Aufforderung zu folgen. Außerdem wirkten sie so, als hätten sie mit dem Garten schon abgeschlossen, es war ziemlich undramatisch.«

Petra nickte. »Gott, ich hoffe, ihr findet hier nichts«, sagte sie, und Manne konnte ihr da nur zustimmen.

Seine Frau hob das Klemmbrett mit der Liste an. »Was ist denn das?«

Manne hob den Kopf. Er hatte gerade das letzte Stück Kuchen auf die Gabel gespießt und genoss die Ruhe und Konzentration, die der Zucker in seinen Organismus spülte.

»Hm?«

Er sah zu, wie Petra einen kleinen, gefalteten Zettel erst zwischen den Fingern drehte, dann auseinanderfaltete und mit gerunzelter Stirn las, was darauf stand.

»Was ist das denn?«, fragte Manne, und Petra hielt ihm den Zettel hin.

Ihr solltet das wissen, stand da in Druckbuchstaben über einer Webadresse.

Petra hatte schon ihr Handy in der Hand und tippte die Buchstaben ins Feld ihres Browsers. Mit gerunzelter Stirn wartete sie ab, bis sich die Seite aufgebaut hatte. Dann weiteten sich ihre Augen.

»Das ist nicht gut«, sagte sie. »Das ist gar nicht gut.«

KAPITEL 18

Sie standen in der Küche der Vereinskneipe und starrten auf ihre Telefone. Jeder auf sein eigenes. Sie brauchten eine Weile, um die Absurdität dessen zu begreifen, was sie da sahen.

Die Seite hieß *kleineshühnchenhanneke.de* und war nichts anderes als ein Computerspiel, bei dem es einzig und allein darum ging, ein Huhn abzuschießen, das den fotomontierten Kopf von Hanneke Klein trug. Caro hatte es noch nicht ganz durchdrungen, weil sie es nicht über sich brachte, auf das Huhn zu zielen, aber die Landschaft, durch die es lief, war ihrer Kleingartenanlage nachempfunden.

»Das ist schon sehr makaber«, sagte Carsten nach einer Weile. »Hier hat jemand sehr viel Aufwand betrieben, um seinen Hass auf Hanneke Klein ausleben zu können.« Er hob den Blick und schaute Manne an. »Offenbar jemand aus deiner Kleingartenanlage.«

»Wahrscheinlich«, seufzte Manne und kratzte sich am Kopf. »Und wahrscheinlich wussten einige Gartenfreunde davon, sonst hätte mir wohl kaum jemand den Zettel zugeschoben. Wer immer das war, wollte nicht als Nestbeschmutzer gelten.«

»Das ist natürlich hoch verdächtig. Kann verstehen, dass man so was nicht laut aussprechen möchte«, sagte Caro und musste im nächsten Moment gegen ihren Willen laut auflachen.

»Was ist denn jetzt?«, wollte Manne wissen, und sie hielt ihr Telefon so, dass die anderen beiden draufschauen konnten.

»Haha«, sagte Manne, als er erkannte, was sie so zum Lachen gebracht hatte. Denn gerade lief ein Zeichentrick-Manne mit roten Schlappen und Union-Berlin-Shirt über ihren Telefonbildschirm, der ein Schild mit der Aufschrift *Jetzt reißt euch mal zu-*

sammen! trug. Offenbar war es auch möglich, Manne oder das Schild abzuschießen.

»Es ist aber schon sehr gut gemacht«, sagte Carsten, der sich mit Mühe ein Grinsen zu verkneifen schien. »Das musst du zugeben.«

»Ich bin begeistert«, knurrte Manne.

»Hast du eine Ahnung, wer das programmiert haben könnte?«, fragte Caro, und ihr Kollege legte den Kopf schief. »Nicht wirklich. Hier gibt es ein paar Leute, die Ahnung von Computern haben, aber ich weiß nicht, ob das für so was reicht. Um das einzuschätzen, habe ich selbst nämlich zu wenig Ahnung von Computern.«

»Eigentlich muss auf jede Seite ein Impressum«, sagte Caro nachdenklich. »Aber das hat man hier einfach missachtet. Hm.«

»Unsere IT findet sicher heraus, wer dahintersteckt«, sagte Carsten, »aber es dauert ein bisschen. Ich schicke es mal weiter.«

»Ist sonst irgendwas Interessantes passiert?«, fragte Caro. »Hast du was erfahren können?«

Manne schüttelte den Kopf. »Alles nur Säbelrasseln, nichts, was ich für verwertbar halte. Dieser Zettel war die größte Ausbeute bislang.«

»Und ein Stück Kuchen mit Sahne«, ergänzte Caro mit einem Lächeln. »Ich hab's genau gesehen.«

»Und ein Stück Kuchen mit Sahne«, gab Manne zu.

Es klopfte an der Küchentür, und im nächsten Moment betrat Mannes Freundin Tine Reichelt die Küche. Sie kam Caro müde und abgekämpft vor. Und irgendwie traurig. Oder ängstlich?

»Ach, hier seid ihr. Habt ihr einen Moment?«

Eigentlich war die zweite Vorsitzende des Vereins immer gut gelaunt und ausgeglichen. Caro hatte stets das Gefühl gehabt, Tine könne nichts erschüttern. Doch gerade war sie eindeutig erschüttert. Sie war blass und drückte ihren Dackel Knorke an sich, als könnte er sie gegen die Gefahren der Welt abschirmen.

»Natürlich«, sagte Manne. Caro sah die Besorgnis in seinem Blick. »Was ist denn los?«

»Könnt ihr mit zu mir kommen? In meine Laube?«

Die drei tauschten einen Blick. Zwar waren sie fast fertig, aber die Aktion war noch nicht abgeschlossen. Eigentlich konnten sie jetzt nicht einfach die Kneipe verlassen.

»Es ist wirklich wichtig«, sagte Tine. »Ich möchte, dass ihr es selbst seht. Mit eigenen Augen.«

»In Ordnung«, sagte Carsten. »Die KT ist ja auch noch da. Und Wiebke und Christian können den Rest allein machen. Ich kläre das kurz, wartet draußen auf mich, ja?«

Manne und Caro gingen mit Tine vor die Tür, die draußen so tief durchatmete, dass man das Gefühl bekam, sie hätte sehr lange die Luft angehalten.

»Mensch, Tine, was ist denn?« Manne legte ihr eine Hand auf die Schulter, doch die zweite Vorsitzende schüttelte nur den Kopf.

»Es ist besser, ihr seht es selbst.«

Die Tür ging auf, und Carsten kam aus der Harmonie 2. Ohne ein weiteres Wort drehte Tine sich um und lief quer über die Wiese vor der Kneipe in Richtung Hauptweg und bog dann in den Tulpenweg ab. Ihre Parzelle lag am Ende des Weges, nur einen Steinwurf vom Birkenwäldchen entfernt.

Caro stellte irritiert fest, dass sie noch nie in diesem Bereich der Anlage gewesen war. Tine hing so viel in Mannes Garten herum, dass sie schlicht noch nie auf die Idee gekommen war, sie in deren eigenem Garten zu besuchen.

Tines Parzelle war ganz anders aufgebaut als die anderen, und Caro schaute sich voller Bewunderung um. Hier bestand alles aus gemauerten Rondellen. Im Prinzip handelte es sich nur um eine Wiese voller Naturstein-Hochbeete und sich in die Höhe schraubender Pflanzschnecken. Es musste eine Heidenarbeit gewesen sein, den Garten anzulegen. Zwar war das nicht unbedingt Caros

Geschmack, aber sie konnte sich vorstellen, wie eindrucksvoll es hier aussah, wenn im Sommer alles blühte und wuchs.

Tine schloss hinter ihnen wieder ab und setzte dann Knorke ab, der sofort bellend in Richtung der Beerensträucher verschwand.

»Er hat Stress mit einem Grünspecht«, erklärte Tine mit einem Seufzen und bedeutete ihnen, ihr zu folgen. Sie gingen quer über den Rasen, und jetzt verstand Caro auch, was sie so irritiert hatte: Dieser Garten hatte keine Wege. Es gab nur Rasen und Rondelle. Ungewöhnlich.

»Ich schwöre, ich habe es eben erst entdeckt«, sagte sie und klang angespannt. »Wegen all dem, was passiert ist, stand mir der Kopf in den letzten Tagen so gar nicht nach Gartenarbeit, aber heute wollte ich …«

Sie ließ den Satz in der Luft hängen und Caro schluckte.

»Vielleicht hätte ich aufmerksamer sein sollen. Ich war einfach nicht mehr hinten. Seit Tagen nicht. Ach, Scheiße.«

Sie folgten Tine hinter ihre hübsche, grau angestrichene Hütte, wo sich, dem Auge des Spaziergängers komplett verborgen, der Eingang zu einem Werkzeugschuppen befand. Und augenblicklich wurde klar, warum Mannes Freundin so aufgewühlt war.

Die Tür zum Schuppen stand sperrangelweit offen, und im Inneren lagen gut sichtbar mitten auf einer selbstgebauten Werkbank zwei gelbe, dunkel verschmierte Gummihandschuhe, wie man sie auch zum Putzen trug. Caro schnappte nach Luft, und Manne stieß einen leisen Fluch aus. Das sah verdammt nach getrocknetem Blut aus.

»Meine Hacke ist weg«, sagte Tine leise. »Und der Spanngurt, den ich mal für den Kirschbaum gekauft habe, Manne. Erinnerst du dich?«

Manne neigte langsam den Kopf. »Ich erinnere mich. Scheiße, daran hätte ich auch denken können, Tine. Fehlt sonst noch was?«

Tine bejahte, und nun liefen Tränen ihre Wagen hinab. »Ein Fäustel. So ein schwerer Hammer, weißt du?«

Manne und auch Caro nickten. Bei dem Gedanken daran, wozu der Fäustel wahrscheinlich benutzt worden war, drehte sich ihr der Magen um. Natürlich. Irgendwie musste der Täter die Hacke ja präzise in die Stichwunden getrieben haben.

»Jedenfalls liegt er nicht da, wo er hingehört. Ich … ich hab mich noch nicht getraut, reinzugehen.«

Tine sah erst Manne, dann Caro und schließlich Carsten flehend an. »Aber ich habe nichts mit Hanneke Kleins Tod zu tun. Das schwöre ich. Jemand will mir das anhängen.«

Manne schenkte Tine nur ein trauriges Lächeln.

»Du hast aber keine Idee, wer das gewesen sein könnte?«, fragte er. »Immerhin muss man deinen Schuppen kennen, um zu wissen, dass er überhaupt existiert.«

Tine schüttelte nur den Kopf. »Ich habe nicht die leiseste Ahnung.«

Manne zog sein Handy aus der Tasche, öffnete auf dem Browser www.dashühnchenhanneke.de und hielt es Tine unter die Nase.

»Hast du dann vielleicht eine Ahnung, wer das hier gewesen sein könnte?«

Die zweite Vorsitzende riss die Augen auf, dann verbarg sie ihr Gesicht in den Händen und brach in Tränen aus.

Manne nahm sie kopfschüttelnd in die Arme. »Ach Mensch, Tine.«

KAPITEL 19

Eine Stunde später saßen alle bei Tine in der Laube. Carsten, Caro, die zweite Vorsitzende und er selbst. Zusammen mit dem jungen Kerl, der sich als Urheber der Webseite herausgestellt hatte, und dessen Mutter.

Bei der Mutter handelte es sich um Tines beste Freundin Annika, und Manne ahnte, was hier passiert sein musste. Sein Blick huschte immer wieder nach draußen in den Garten, wo zwei Mitglieder der KT ihre Arbeit aufgenommen hatten.

Seine Stellvertreterin sah aus wie der Tod auf Latschen, so blass, wie sie war. Manne wusste genau, was sie gerade durchmachte, doch er konnte ihr nicht helfen. Da musste sie jetzt allein durch.

Und auch wenn er den Gedanken daran, Tine könnte etwas mit dem Tod der Politikerin zu tun haben, ganz weit von sich wies, so keimten in ihm doch leise Zweifel. Tine liebte ihren Garten. Und sie liebte den Verein. Natürlich traute Manne seiner Freundin eine solche Tat nicht zu, aber letztlich traute man so gut wie niemandem einen Mord zu. Bis er diesen beging. Nach fast jeder Verhaftung wunderten sich die Nachbarn darüber, dass der »nette XY von nebenan« zu so etwas fähig war. Mord war zutiefst menschlich, ob man das nun wahrhaben wollte oder nicht.

»So, Fabian, jetzt erzähl mir doch bitte mal, wie du dazu gekommen bist, die Webseite zu programmieren«, riss ihn Carstens Stimme aus seinen Gedanken. Der Junge räusperte sich verlegen. Er befand sich in dem Stadium männlicher Jugend, in dem alle Teenager wirkten, als wären sie zu groß für jeden Raum und jeden Stuhl. Fabians Knie schauten fast über die Tischplatte, während seine Arme bis knapp über den Boden hingen. Er hielt sich gebeugt und knibbelte am Nagelbett seines linken Daumens herum. Sein Blick huschte kurz zu Tine, die in aufmunternd anlächelte.

»Erzähl es ihnen ruhig. Dich trifft ja keine Schuld.«

Annika schnaubte, und Tine warf ihr einen warnenden Blick zu.

Fabian zuckte die Schultern und murmelte nur: »Tine war so traurig wegen dem Garten. Und sie hat sich so aufgeregt. Über diese Politikerin … Ehrlich gesagt hab ich das total verstanden. Die Frau hat alles kaputt gemacht. Einfach so. Ich fand das ungerecht und wollte Tine aufheitern.«

»Und wie kamst du auf die Idee, sie ausgerechnet mit einem Spiel aufzuheitern, in dem Hanneke Klein erschossen wird? Dir muss doch klar sein, wie das jetzt aussieht!«, empörte sich seine Mutter.

»Ich konnte doch nicht wissen, dass sie jemand tatsächlich umbringen würde!«, verteidigte sich der Teenager.

»Aber echte Menschen in einem Computerspiel umzubringen ist geschmacklos, völlig egal, ob sie dann tatsächlich umkommen oder nicht!«, hielt seine Mutter dagegen. »Das ist doch völlig logisch, oder nicht?«

Der Junge versuchte, sich noch kleiner zu machen. Unwillkürlich musste Manne an eine Schildkröte denken, die versuchte, den Kopf in den Hals zurückzuziehen.

»Ich hab die Frau nie getroffen, aber ich hab Fotos im Internet gesehen und fand, dass sie aussah wie ein Huhn. Ich musste an die Moorhuhnjagd denken und …« Er riss die Augen auf. »Aber getötet hab ich sie nicht!«

Carsten lächelte kurz. »Davon gehen wir nach jetzigem Stand auch gar nicht aus.«

»Ich hatte echt Schiss, als ich erfahren habe, dass die Frau ermordet wurde. Wollte die Webseite offline nehmen, aber der Customer Service bei dem Provider ist unterirdisch.« Fabian schluckte. »Meinen Sie, ich hab da jemanden auf Ideen gebracht?«

Carsten setzte einen gequälten Gesichtsausdruck auf, und Manne ahnte, was in ihm vorging. Was sollte er denn dazu jetzt sagen? Er zuckte hilflos die Schultern.

»Ich glaube nicht, Fabi«, schaltete sich Tine ein und lächelte den Jungen an. »Man weiß doch mittlerweile, dass es gut ist, seine Aggressionen online auszulassen. Dass die Leute dann eher weniger gewalttätig sind im echten Leben und nicht mehr. Mir hat es jedenfalls geholfen, meinen Frust abzulassen, und ich weiß, du hast es nur gut gemeint.«

»Wie vielen Leuten hast du von dem Spiel erzählt?«, wollte Caro nun von Tine wissen, und die zuckte die Schultern.

»Nach der hitzigen Hauptversammlung habe ich ein paar Leuten den Link geschickt, und von da an hat es sich irgendwie verselbstständigt. Zwischendurch hatte ich den Eindruck, jeder wisse Bescheid.«

»Nur wir nicht«, brummte Manne.

Tine warf ihm einen unsicheren Blick zu. »Tut mir leid. Ich hatte nicht das Gefühl, dass du das gutheißen würdest.«

»Wie auch?«, gab er zurück und ärgerte sich zum ersten Mal seit Langem wirklich über Tine. Was war das nur für eine selten blöde Idee von ihr gewesen?

»Wenn der Mörder davon wusste, hast du ihm eine Steilvorlage geboten, es dir anzuhängen. Das ist dir klar, oder?« Er klang schroffer als beabsichtigt, und Tine stiegen Tränen in die Augen, doch es war ihm egal.

»Es sieht jedenfalls insgesamt nicht so gut aus, Frau Reichelt«, sagte Carsten nun sehr förmlich. »Das muss Ihnen klar sein. Es zeigen sehr viele Fakten auf Sie.«

Manne sah, wie seine Freundin schluckte. Sie war alleinstehend und hatte für die Tatzeit kein Alibi. Sie hatte ein Motiv. Und ihr gehörte mit an Sicherheit grenzender Wahrscheinlichkeit die Spitzhacke.

»Wir werden jetzt schauen, ob wir zurückverfolgen können, wer die Seite in den vergangenen Wochen besucht hat und wie oft«, fuhr Carsten fort. »Dann werden wir veranlassen, dass sie offline genommen wird. Fabian, du gibst bitte auch zu Protokoll, was du zur Tatzeit gemacht hast, und Frau Reichelt, Sie müssen wir leider zur Aussage mit ins LKA nehmen.«

Tine wischte sich die Tränen ab und nickte. Ihr Blick fiel auf den Dackel.

»Petra kümmert sich schon um Knorke«, versicherte Manne brummend. »Da mach dir mal keine Gedanken.«

KAPITEL 20

Sie hatten sich mit einem Kaffee in eine Ecke der Kantine gesetzt. Um diese Uhrzeit war hier kaum noch ein Mensch, die Essensausgabe war geschlossen und der Boden gewischt. Caro mochte es gerade so. Nach dem Tag brummte ihr der Schädel gewaltig, sie war froh, mal nicht unter einem Haufen Menschen zu sein.

Die zurückliegende Nacht steckte ihr noch in den Knochen, doch sie wollte nicht ohne Manne nach Hause fahren, der wiederum bleiben wollte, bis die Vernehmung von Tine zu Ende war. Was dauerte da bitte so lange?

Ihr Kollege war angespannt und drehte immerzu den Kaffeebecher in den Händen, ohne einen Schluck zu nehmen.

»Einen Penny für deine Gedanken«, sagte Caro, als sie es nicht mehr aushielt, und Manne schaute hoch. Er lächelte müde.

»Ich dachte, ich wäre ein offenes Buch«, sagte er.

»Gerade nicht. Gerade bist du eher ein E-Book und der Akku meines Readers ist leer.«

Manne kicherte leise. »Schönes Bild. Ach, ich weiß doch auch nicht, Caro. Es ist alles so viel und durcheinander. Jonas und Mala heiraten bald, und anstatt mich auf diese Hochzeit vorzubereiten, stecke ich bis zum Hals im größten Schlamassel überhaupt.«

»Schlimmer als vor einem Jahr? Als du des Mordes verdächtig warst?«

»Irgendwie schon«, brummte Manne. »Damals ging es nur um mich, und ich hatte immer das Gefühl, ich würde schon klarkommen, egal, was passiert. Jetzt geht es um die Anlage. Um Tine.«

»Glaubst du denn ernsthaft, dass Tine was mit Hannekes Tod zu tun hat?«, fragte Caro und war gespannt auf seine Antwort. Manne kannte Tine gut und seit vielen Jahren.

Er zuckte hilflos die Schultern. »So langsam weiß ich selbst nicht mehr, was ich glauben soll. Ich möchte gerne überzeugt sein, dass sie nichts damit zu tun hat. Aber ich schaffe es nicht, mir selbst was vorzumachen.«

»Warum nicht?«, wollte Caro wissen.

Manne runzelte die Stirn. »Du bekommst den Mann aus der Polizei, aber die Polizei nicht aus dem Mann. Ich wurde ausgebildet, skeptisch zu sein und alles für möglich zu halten. Und jetzt zeigen mehrere Leuchtpfeile direkt auf Tine. Sie war richtig, richtig sauer, als sie erfahren hat, dass die Harmonie dran glauben muss, vielleicht erinnerst du dich noch daran? Sie ist Single, arbeitet nur halbtags von zu Hause aus. Der Verein ist so was wie ihre Familie. Sie war wirklich verzweifelt.« Er seufzte. »Es ist ernst. Als sie sich endlich zusammengerissen hatte, habe ich gedacht, sie hätte sich mit dem Ende der Kolonie abgefunden. Aber woher weiß ich denn, dass sie nicht stattdessen den Plan gefasst hat, Klein zu töten?«

»Weil sie eine kluge Frau ist«, konterte Caro, die überzeugt war, dass Tine rein gar nichts mit dem Mord zu tun hatte, auch wenn das vielleicht unprofessionell von ihr war. »Du hast es doch selbst gesagt: Die Abgeordnete zu töten hätte überhaupt nichts mehr geändert. Die Verträge sind durch, die Entscheidungen längst gefällt. Außerdem deuten die Umstände auf zwei Täter hin, und die Fußspuren in Mieraus Haus waren ziemlich groß.«

»Sie könnte Hilfe gehabt haben«, sagte Manne.

Caro nickte. »Natürlich. Allerdings hätte sie keinen Grund gehabt, uns über die Handschuhe und das Fehlen ihrer Werkzeuge zu informieren. Sie hätte die Handschuhe wegwerfen und die Schuppentür zumachen können und fertig. Bis die Lauben alle einzeln durchsucht werden, hätte es noch ewig gedauert, falls überhaupt.«

»Wenn sie es war, dann wäre es allerdings ein genialer Schachzug, um von sich abzulenken.«

Caro runzelte die Stirn. »Ja, ich weiß schon. Aber glaubst du das? Sie wirkte ehrlich erschüttert. Auf mich macht das Ganze eher den Eindruck, als hätte sich jemand gezielt Tine ausgesucht, um ihr den Mord anzuhängen.«

»Oder es war einfach nur Zufall. Tines Laube ist vor Blicken gut geschützt, weil sie keine direkten Nachbarn hat und gegenüber der Kneipe liegt. Von der Straße und den Parkplätzen ist sie nicht einsehbar. Und dass der Schuppen hinter der Laube liegt, hat dem Täter ja auch geholfen.«

»Vielleicht kennt sie den oder die Täter«, überlegte Caro laut. »Immerhin sieht man den Schuppen vom Weg aus gar nicht, das ist doch eigenartig.«

»Ja, vielleicht. Was aber wiederum heißen würde, dass es wahrscheinlich jemand aus dem Verein war.«

»Ach, hier verkriecht ihr euch!«

Manne und Caro zuckten zusammen, als Carstens Stimme durch die Cafeteria hallte. Er kam zu ihnen an den Tisch geschlendert, setzte sich aber nicht.

»Bist du fertig mit Tine?«, fragte Manne matt, und Carsten bejahte.

»Ich habe sie Livia zu treuen Händen übergeben. Sie hat eingewilligt, Haar- und Gewebeproben abzugeben, sich untersuchen und die Fingernägel schneiden zu lassen und so weiter. Frau Reichelt ist sehr kooperativ.« Er sah Manne an. »Und sie wirkt ehrlich auf mich.«

Manne nickte, sah aber nicht auf.

»Jemand vom Team wird sie anschließend nach Hause fahren, aber für uns ist noch kein Feierabend. Ich will heute noch unbedingt mit Hannekes Bruder sprechen und es gibt Neuigkeiten aus der Charité: Severin Freund ist vernehmungsfähig.«

Caro musterte den jungen Kriminalkommissar eingehend. Seine grauen Augen waren rot gerändert, er hatte doppelte Augenringe, und in seinem Gesicht standen an mehreren Stellen kleine Bartinseln, wie nach einer hektischen und eher schlechten Rasur. »Wann hast du eigentlich das letzte Mal geschlafen?«

»Zwischendurch mit dem Kopf auf dem Tisch vielleicht«, erwiderte er mit einem schiefen Lächeln.

»Okay«, sagte Caro. »Ich fahre. Und du machst die Augen zu. Erst in die Charité?«

Carsten nickte. »Erscheint mir sinnvoll. Nicht, dass es sich der Chefarzt noch mal anders überlegt. Ein Fleisch gewordener Zerberus ist das.«

Carstens dunkelblauer Skoda rollte durch den kalten Abend. Caro saß hinterm Steuer, Carsten schnarchte leise auf dem Rücksitz, den Kopf an einen Kindersitz gelehnt. Also hatte auch er Familie. Und noch kein Wort über sie verloren.

Überhaupt hatte sie das Gefühl, dass hier wenig Privates besprochen wurde. Wahrscheinlich war das auch besser so. Einen solchen Job trennte man von seinem Privatleben, so gut es ging. Sie tat das auch ganz instinktiv. Als hätte sie Angst, ihr Glück zu kontaminieren.

Manne, der neben ihr saß, tippte auf seinem Handy herum. Er chattete mit jemandem, wahrscheinlich mit Petra.

»Morgen früh müssen wir uns mal kurz ausklinken«, murmelte er, und Caro zog die Brauen hoch.

»Warum das denn?«

»Die Anprobe. Hast du das vergessen?«

»Shit. Hab ich«, gab Caro ehrlich zurück und seufzte.

Sie waren schon vor Monaten übereingekommen, dass es besser war, die Kleidung für die Hochzeit in Berlin zu kaufen und mit nach London zu nehmen. Nicht zuletzt auf das Drängen von Mala hin, die verhindern wollte, dass sie von ihren zahlreichen Verwandten durch die Geschäfte Little Indias geschleift wurden. Sie würden erst am Vortag der Hochzeit anreisen, und an dem Tag gab es schon genug offizielle Termine, sodass Caro allein beim Blick auf den Ablaufplan der Kopf gebrummt hatte. Insgesamt würde die Hochzeit drei Tage dauern, weshalb sie auch entsprechend drei verschiedene, traditionelle indische Outfits brauchten.

Wie gut, dass es in Berlin einen Laden gab, der solche Kleidungsstücke verlieh. Sonst hätte das Ganze locker ihr gesamtes Erspartes aufgefressen.

Da die Saris und Anzüge allerdings auf die jeweils Ausleihenden angepasst werden mussten, hatten sie schon mehrere Termine im Colours of India hinter sich gebracht. Morgen stand also der hoffentlich letzte an.

»Irgendwie muss es gehen«, raunte Manne mit besorgtem Blick auf den hinten schnarchenden Carsten.

»Zur Not nehmen wir ihn mit«, sagte Caro. »Dann kann er ein bisschen schlafen.«

Manne schmunzelte und schrieb Petra etwas zurück. »Ich hasse es, dass ich sie so viel alleinlasse«, murmelte er. »Gerade jetzt.«

»Hm«, machte Caro. Sie wusste genau, was er meinte.

»Sie mistet die Laube aus. Sie bucht unsere Flüge, telefoniert mit Malas Eltern, schafft sich indische Benimmregeln drauf, frischt ihr Englisch auf, was sie überhaupt nicht nötig hat, und isst nur noch fettarmen Joghurt, um im Sari gut auszusehen.«

Caro schnaubte. »Petra ist bildhübsch. Das soll sie mal lassen«, sagte sie, und Manne nickte.

»Ich weiß. Aber meinst du, sie würde auf mich hören? Es macht sie nervös, dass man beim Sari so viel Haut sieht.«

»Das macht mich allerdings auch nervös. Das letzte Mal habe ich in den Neunzigern bauchfrei getragen. In meiner Techno-Phase.«

»Gibt es davon Fotos?«, feixte Manne, und Caro schnalzte mit der Zunge.

»Selbst wenn, wärst du sicherlich der letzte Mensch, der sie zu Gesicht bekäme, Manne Nowak.«

»Und was ist mit mir?«, erklang eine müde Stimme vom Rücksitz.

Caro schüttelte den Kopf. »Du wärst der Vorletzte. Aber bauchfrei zu Gesicht bekommst du mich trotzdem. Und zwar morgen Vormittag.«

Carsten gähnte und rieb sich das Gesicht. »Wie komme ich denn dazu?«

»Wir müssen indische Hochzeitskleidung anprobieren. Es führt kein Weg daran vorbei. Morgen um neun.«

»Wenn kein Weg daran vorbeiführt, dann ist das wohl so«, sagte Carsten gähnend und schaute auf seine Uhr. »Halb sieben. Ich hätte gedacht, es ist Mitternacht oder so.«

»Deinem Zeitgefühl solltest du sowieso nicht mehr über den Weg trauen«, gab sie zurück. Sie bog in die Luisenstraße ein und scannte den Seitenstreifen. »Parken an der Charité«, murmelte sie. »Immer wieder ein Vergnügen.«

Caro musste das große Bettenhaus dreimal umrunden, bis sie eine freie Parklücke fand. Am Campus Virchow gab es ein Parkhaus direkt auf dem Krankenhausgelände. Hier, wo bei Vollbelegung über sechshundert Patienten auf Besucher warteten, hatte man es wohl nicht für nötig befunden. Bei Gretas Geburt waren sie mit dem Taxi gekommen. In weiser Voraussicht.

Severin Freund lag im elften Stock, aber Caro fühlte schon beim Betreten des Krankenhauses, wie sich die Härchen auf ihren Unterarmen aufstellten. Der Geruch machte etwas mit ihr.

»Ich hasse Krankenhäuser«, hörte sie Manne neben sich murren und lächelte.

»Ich auch«, gab sie zurück und rief einen Fahrstuhl. Wahrscheinlich waren Ärzte und Pflegepersonal die einzigen Menschen, denen Krankenhäuser nichts ausmachten. Die meisten anderen verbanden solche Gebäude doch eher mit Leid und Verlust. Carsten klopfte an der Tür mit der Nummer 1227.

Hanneke Kleins Assistent sah aus, als würde er am liebsten in der Matratze versinken, als sie das Zimmer betraten. Sein Gesicht war weiß wie sein Kopfkissen, doch er saß aufrecht, die moderne Nickelbrille auf der Nase und die Hände im Schoß gefaltet. Er erinnerte Caro an Onkel Heini, den Postboten aus dem Kinderfernsehen.

Sie stellten sich ihm nacheinander vor, und Freund begrüßte sie alle mit einem schwachen Lächeln.

»Es tut mir leid, dass ich noch keine Hilfe sein konnte«, sagte er matt. »Die letzten Tage sind für mich nur eine Wand aus Nebel.«

»Sie haben es sich ja nicht ausgesucht. Wie geht es Ihnen mittlerweile?«, fragte Carsten und zog sich den einzigen Besucherstuhl im Zimmer neben das Bett, Caro und Manne setzten sich auf das freie Bett dem Mann gegenüber.

»Ich weiß noch nicht«, antwortete der Assistent unsicher. »Ich bin körperlich unversehrt und trotzdem fühle ich mich, als würde ich auseinanderfallen. Es ist nicht leicht.«

»Das verstehen wir«, versicherte Caro. »Jörn Leberecht hat uns schon berichtet, wie nah Hanneke und Sie sich standen.«

»Das kann man wohl so sagen. Sie war meine älteste Freundin.« Freund lächelte matt. »Hanne und ich haben uns direkt im ersten Semester kennengelernt und waren seither unzertrennlich. Auch wenn wir so unterschiedlich waren, vom Temperament her und so. Man konnte wunderbar mit ihr lachen. Sie hat immer das Beste in mir gesehen und versucht, es hervorzuholen. Ohne sie hätte ich nicht bis zum Ende durchgehalten.«

»Was haben Sie beide denn studiert?«, wollte Caro wissen.

»Jura. Was ich niemandem empfehlen kann, der nicht absolut masochistisch veranlagt ist.«

Caro lächelte. »Ich hörte davon. Aber Sie haben es geschafft.«

Freund verzog das Gesicht. »Meine Eltern wollten es unbedingt. Und mein Vater war niemand, dem man Widerworte gegeben hat, das können Sie mir glauben. Hanne wusste das, deshalb hat sie getan, was sie konnte, um mich mitzuschleifen. Sie hat mich auch ein paarmal vom Feiern abgeholt, wenn am nächsten Tag Prüfungen anstanden. Ist einfach in den jeweiligen Klub reingestiefelt und hat mich nach draußen geschleift. Die strenge Hanne kannten bald alle aus meinem Freundeskreis.«

Severin Freund schloss kurz die Augen. Eine einzelne Träne rann seine Wange hinab.

»Sie hat immer auf mich aufgepasst. Dabei hätte ich besser mal auf sie aufpassen sollen.«

»Wie meinen Sie das?«, wollte Carsten wissen.

Severin Freund schluckte. »Das fällt mir jetzt sehr schwer«, sagte er.

Caro hielt den Atem an. Sie tauschte einen kurzen Blick mit Manne.

»Wenn Sie etwas wissen, das uns weiterhelfen könnte, dann sagen Sie es uns bitte«, drängte Carsten. »Wir suchen denjenigen, der Ihre Freundin brutal ermordet hat.«

Der Assistent nickte. »Und wenn einer was weiß, dann ja wohl ich, oder? Ich verstehe Sie, aber …« Er atmete ein paarmal tief durch und wischte sich fast schon verärgert die Tränen aus den Augen.

»Gott, das tut so verdammt weh«, murmelte er, und Caro zerriss es beinahe, dabei zuzusehen.

Doch schließlich faltete der schmale Mann wieder seine Hände im Schoß und sah sie der Reihe nach an.

»Wissen Sie, es tut mir wirklich leid, dass ich noch nicht mit Ihnen gesprochen habe. Ich konnte einfach nicht, mein Mund war wie zugeklebt. Doch ich habe mir Gedanken gemacht, das können

Sie mir glauben. Hanneke und ich, wir waren dreißig Jahre lang enge Vertraute. Und als ihr Assistent weiß ich mehr über ihre politische Arbeit als irgendjemand sonst. Die Frage, die mich in den letzten Tagen allerdings umgetrieben hat, das müssen Sie verstehen, ist, wie ich ihr jetzt am besten loyal sein kann.« Er lächelte traurig. »Denn normalerweise waren ihre Geheimnisse bei mir sicher. So wie die meinen bei ihr sicher waren. Ich konnte mich nicht entscheiden, was ich tun sollte. Doch jetzt, nachdem ich lesen musste, wie genau sie gestorben ist ... was man ihr angetan hat ...«

Er schluckte, und ein leises Wimmern verließ seine Kehle. »Jetzt muss ich wohl einsehen, dass ich ihr nicht gerecht werde, indem ich schweige. Auch wenn manches von dem, was ich weiß, sie in ein ungünstiges Licht rücken wird. Und mich gleich mit.«

Er machte eine Pause. Die Stille, die nun in dem Krankenzimmer herrschte, war beinahe elektrisch aufgeladen.

»Wir ermitteln nur im Mordfall Ihrer Freundin«, sagte Carsten irgendwann ruhig. »Was wir im Zuge dessen erfahren, das behalten wir für uns. So viel kann ich Ihnen hier und heute zusichern. Es sei denn natürlich, es handelt sich um schwere Straftaten.«

Severin Freund nickte. Er reckte sich nach dem Wasserglas, das auf dem Beistelltisch stand, und seine Hand zitterte, als er einen Schluck nahm.

»Sehen Sie, Hanneke war unglaublich stur. Zielstrebig, stark, mutig und ehrgeizig. Aber vor allem stur. Und wenn sie von etwas überzeugt war, dann ... dann ließ sie sich nicht vom Gegenteil überzeugen. Auch nicht durch Fakten.«

»Wie meinen Sie das?«, wollte Carsten wissen.

Freunds Blick zuckte kurz zu Manne und Caro, dann wieder zurück auf seine gefalteten Hände.

»Na, zum Beispiel im Fall der Schrebergartenanlage. Es gibt Gutachten vom Naturschutzbund über irgendeine seltene Froschpopulation in der Nähe und über den Stellenwert der Anlage für den Kaltluftaustausch und das lokale Klima der umliegenden Viertel. Außerdem haben Bohrungen ergeben, dass das Erdreich schwer belastet ist und nicht umgegraben werden sollte. Die Autobahn, die Bahntrasse. Außerdem stand da früher wohl mal eine Fabrik, die alles Mögliche ins Erdreich abgelassen hat.«

»Der Boden in unserer Anlage taugt nichts«, bestätigte Manne. »Wir müssen immer Erde kaufen, in der wir dann unser Gemüse anbauen, sonst futtern wir mit jeder Gurke noch einen Haufen Schwermetall.«

Freund nickte. »Der hohe Grundwasserpegel spricht auch gegen eine Großbaustelle. Das alles wusste Hanneke, hat das aber weder an ihre Kollegen im Ausschuss noch an die Australier weitergegeben. Sie wollte das Projekt nicht gefährden.«

»Pffff«, machte Manne.

Carsten stieß einen Seufzer aus. »Das ist schon ziemlich ungünstig.«

»Ich weiß. Aber Hanne maß diesen Gutachten nicht so viel Bedeutung bei. Sie war der Meinung, dass der Benefit für Berlin die negativen Seiten des Projekts komplett überstrahlen würde. Sehen Sie, es war nicht so, dass sie persönlich etwas davon hatte. Sie glaubte, es sei das Richtige für die Stadt. Weshalb sie sich über manche Dinge schlicht hinweggesetzt hat.«

»Das heißt, der Australier sollte auf dem Gelände unserer Anlage gar nicht bauen?«, fragte Manne, und Caro hörte die Aufregung in seiner Stimme.

Freund schüttelte den Kopf. »Vernünftigerweise hätte er sich einen anderen Standort suchen sollen. Aber dann hätten die Brandenburger den Zuschlag bekommen, so viele Randflächen, die gut liegen, haben wir nicht.«

Manne holte Luft, um etwas zu sagen, doch Caro fuhr dazwischen. Sie wollte verhindern, dass er sich an einem Thema festbiss, das für sie jetzt gerade gar nicht so wichtig war. »Kam so was öfter vor?«

»Im Laufe der Jahre schon. Bei jedem Projekt gab es den einen oder anderen Schandfleck. Auch wenn ich betonen muss, dass sie ganz sicher nicht die einzige Politikerin in dem ganzen Zirkus ist, die das so gehandhabt hat. Aber ich denke, wenn man sich den ganzen Schlamassel so anschaut, dann sollte man es nicht außer Acht lassen.«

»Wie finden wir heraus, was sie noch verschwiegen hat?«, fragte Carsten.

Freund hob den Blick. »Sind Sie schon ihre Unterlagen durchgegangen?«

Carsten schüttelte den Kopf. »Die Justizsenatorin hat den Durchsuchungsbeschluss für das Büro noch nicht freigegeben.«

Freund nickte. »Das kann ich mir denken. Hanneke war so lange Abgeordnete, dass ihre Aufzeichnungen eine echte Goldgrube sein dürften. Viele Leute sind jetzt verständlicherweise etwas nervös. Ich rufe die Justizsenatorin an und spreche mit ihr. Und dann komme ich mit Ihnen und sichte die Unterlagen. Ohne mich brauchen Sie ewig, um sich zurechtzufinden.«

»Vielen Dank«, sagte Carsten. »Das wissen wir sehr zu schätzen. Wenn wir eines in diesem Fall nicht haben, dann genug Zeit.«

»Das denke ich mir. Und ich werde vielleicht auch irgendwann wieder ohne Tabletten schlafen können, wenn der Mörder gefasst ist.« Er knetet seine Finger. »Ich habe nämlich auch Angst, wissen Sie? Wenn das Motiv politischer Natur war, dann könnte ich auch in Gefahr sein.«

»Sollen wir Ihnen Beamte zur Seite stellen, die Sie begleiten?«, fragte Carsten sofort, und Freund schaute überrascht auf.

»Geht das denn?«, fragte er.

»Natürlich. Sie haben ja einen guten Grund, besorgt zu sein, und wenn Sie das wünschen, gewähren wir Ihnen Schutz. Dafür sind wir schließlich da. Ich kann jetzt sofort einen Beamten abstellen, der Wache vor Ihrer Tür hält. Tag und Nacht. Wie klingt das für Sie?«

Der Blick des schmalen Mannes flackerte. Caro sah ihm an, dass er mit sich rang.

»Es ist wirklich kein Problem. Dafür haben wir die Bereitschaft schließlich. Und der Kaffee hier ist besser als auf jeder Dienststelle.«

»Das stimmt allerdings«, sagte Manne, und Severin Freund lächelte verhalten.

»Wenn es keine Umstände macht, dann gerne.«

Carsten Blume faltete die Hände im Schoß und beugte sich in seinem Stuhl nach vorne. »Und selbst wenn. Ihr Schutz darf Umstände machen, Herr Freund. Der Schutz eines jeden Menschen darf Umstände machen. Aber wo wir gerade von Schutz sprechen: Gab es Zeiten in Hannekes Karriere, in denen sie sich unsicher gefühlt hat? Hatten Sie selbst mal das Gefühl, sie sollte sich besser schützen?«

Freund lächelte matt. »Ich hatte meist ein ganz anderes Empfinden als sie«, sagte er fast schon entschuldigend. Caro konnte sich das lebhaft vorstellen. Bisher hatten alle Leute, mit denen sie gesprochen hatten, Hanneke Klein als selbstbewusst, wehrhaft, selbstsicher und entschlossen beschrieben.

»Die Sturheit«, setzte Freund nach und zuckte die Achseln. »Ich hätte es gern gesehen, wenn sie generell ein bisschen vorsichtiger gewesen wäre. Und Jörn hätte auch nichts dagegen gehabt. Die Mittel waren da, sich auch mal nach Hause fahren zu lassen oder auf öffentliche Termine jemanden mitzunehmen. Aber …«

»Sie wollte nicht?«, fragte Caro, und Freund schüttelte den Kopf.

»Sie hat es immer abgetan. Meinte, wir wären schließlich in Pankow und nicht in Neukölln, aber auch in unserem Bezirk gibt es Brennpunkte und Menschen, die unter die Räder kommen.

Hanneke war nicht bei allen beliebt, vor allem bei den sozial Schwächeren war der Unmut oft groß. Und es stimmt. Sie hat sich nie für diese Menschen eingesetzt.«

»Warum nicht?«, wollte Caro wissen.

Severin Freund verzog das Gesicht. »Ich weiß es nicht genau. Sie hat immer nur gesagt, dass alle profitieren, wenn es dem Bezirk besser geht. Wenn mehr Geld da ist, kann auch mehr in soziale Projekte fließen und so weiter. Aber ich glaube, es lag einfach an ihrem Hintergrund. Sie kommt aus wohlhabenden Verhältnissen und hat einen reichen Mann.« Er riss die Augen auf und korrigierte sich hastig. »Hatte, meine ich. Jedenfalls fiel es ihr schwer, sich das Leben weniger privilegierter Menschen vorzustellen. Sie war keine, die sich für Schulsanierungen, Spielplätze, Mietpreise oder Einrichtungen für sozial Schwache eingesetzt hat. Oftmals waren solche Einrichtungen eher das, was bei ihren Plänen unter die Räder kam.«

»Wie unsere Anlage«, stellte Caro fest.

Freund nickte. »Das ist mir jetzt sehr unangenehm.«

Sie hob abwehrend die Hände. »Das muss es nicht. Wir sind nicht glücklich über die Entwicklungen, aber Frau Klein war das ja auch nicht im Alleingang.«

Severin Freund musterte Caro mit geneigtem Kopf. Zum ersten Mal bemerkte sie Stärke und so etwas wie Widerstand in dem kleinen Mann. Er setzte sich gerader hin.

»Sie unterschätzen Hanneke, fürchte ich«, sagte er langsam und holte tief Luft. »Natürlich geht es in der Politik immer um Mehrheiten. Und natürlich wird keine Entscheidung im Alleingang gefällt. Aber Hanneke war gut darin, zu bekommen, was sie wollte.«

»Können Sie das bitte ausführen?«, bat Carsten, und Freund rückte sich die Brille zurecht.

»Nun. Politisch ist Berlin ein interessantes Pflaster. Die Mischung, die Sie hier vorfinden, ist einzigartig. Wer hier Politik macht, tut das auf Kommunal- und Landesebene, aber mit engem Kontakt zur Bundesebene. Die Übergänge sind fließend, man kennt sich. Lokalpolitik ist hier mondäner und internationaler, stärker verflochten. Wer im Roten Rathaus oder dem Landtag zu Rang und Namen kommt, kann viel mehr bewegen als jemand, der im Kölner Stadtparlament sitzt.«

»Und Hanneke war so jemand?«

»O ja. Im Landtag trägt sie den Spitznamen ›die Eminenz‹ nicht umsonst. Sie ist schon lange dabei, hat schon einige kommen und gehen sehen. Oder gehen lassen. Sie hat Kontakte gepflegt, die richtigen Leute miteinander bekannt gemacht, die richtigen Strippen gezogen, und viele stehen in ihrer Schuld. Hanne hat Geheimnisse gesammelt wie andere Leute Briefmarken. Im Laufe der Zeit hat sie gegen fast jeden irgendetwas in der Hand gehabt. Sei es, weil der oder die ihr etwas schuldete, sei es, weil sie etwas wusste. Und jedem war klar, dass sie auf diesem Schatz sitzt. Was ihr den Respekt ihrer Kollegen eingebracht hat, war allerdings, dass sie sehr umsichtig mit ihrem Wissen umgegangen ist und es nur eingesetzt hat, wenn es wirklich nicht mehr anders ging.«

»Zum Beispiel?«, fragte Carsten, und Caro dankte ihm im Stillen. Ihr war das alles auch viel zu vage. Es klang irgendwie, als spräche Freund vom Weißen Haus und nicht vom Berliner Abgeordnetenhaus.

»Sie hat Kesselring auffliegen lassen.«

»Der mit den abgelaufenen Medikamenten?«, fragte Caro und versuchte sich zu erinnern. Vor zwei oder drei Jahren hatte es einen Skandal um einen Berliner Politiker gegeben, der gemeinsam mit ein paar Mitarbeitern der Charité (welche Ironie, dachte Caro) abgelaufene Medikamente in die Dritte Welt verkauft hatte. Sie hatten sie umverpacken lassen und dann weiterverkauft. Der Skandal war kurz gewesen: Der Mann hatte seinen Hut genommen, und nach ein paar Tagen war der Sturm vorüber gewesen.

Severin Freund nickte. »Genau der. Sie hatte schon länger gewusst, was er trieb, und erst versucht, vernünftig mit ihm zu reden. Doch er hat sie nicht ernst genommen, und als der Posten des Gesundheitssenators neu zu besetzen war, weil Geib aus persönlichen Gründen seinen Hut genommen hatte, hat sie Kesselring hochgehen lassen, sodass der Weg frei war für Tanja Hürzig.«

»Und Hürzig weiß davon?«, fragte Caro, der allmählich dämmerte, wie die ganze Sache funktionierte. Sie war nicht überrascht, aber irgendwie angewidert.

»Natürlich«, bestätigte Freund ungerührt.

»Also hatte Hanneke bei der Gesundheitssenatorin was gut.«

»Sie stand bei Frau Hürzig in hoher Gunst«, sagte Freund salbungsvoll und rückte seine Brille zurecht.

»Verstehe ich das richtig, dass Hanneke Klein durch ihre langjährigen vertrauensvollen Kontakte an Informationen über ihre Kollegen geraten ist, mit denen sie diese dann erpresst hat?«, wollte Manne wissen, der offenbar noch deutlich geschockter war als Caro. Diese fragte sich, was er erwartet hatte. Ehrlichkeit und Bürgernähe?

»Sie hat die Leute wissen lassen, was sie von ihnen für ihr Stillschweigen erwartet«, sagte Freund ruhig, und Caro legte Manne vorsichtshalber beschwichtigend eine Hand auf den Arm. Dieser Mann war ihre wichtigste Informationsquelle, das wusste sie. Es war keine gute Idee, ihm auf die Füße zu steigen.

»Wir verstehen«, erwiderte Carsten freundlich, griff nach der Wasserflasche, die neben dem Nachttisch stand, und schenkte dem Assistenten neues Wasser ein. »Haben Sie eine ähnlich gute Stellung in der Berliner Politik?«

Freund lächelte sardonisch. »Nun, ich war jahrzehntelang Hannes Faktotum. Ich glaube, man hat mich ihr sozusagen zugerechnet.«

»Spielen Sie da Ihre Position nicht vielleicht ein bisschen herunter? Immerhin haben Sie mir eben angeboten, die Senatorin wegen des Durchsuchungsbeschlusses anzurufen.«

»Vielleicht.« Freund zuckte mit den Schultern. »Wahrscheinlich habe ich mir mit den Jahren auch eine gewisse Position erarbeitet.«

»Wenn Sie wetten müssten«, sagte Carsten langsam und malte mit seinem Finger Kreise auf sein Knie. »Was würden Sie schätzen, wer hat Hanne umgebracht?«

Severin Freund ließ seine Schultern wieder hängen und drückte sich zurück in sein Kissen. Er schüttelte nur den Kopf. Caro hielt den Atem an.

»Sie haben Angst«, raunte Carsten. »Und meiner Erfahrung nach haben die wenigsten Menschen vollkommen grundlos Angst.«

Eine Weile starrten die beiden Männer einander an. Freund hatte die Hände zu Fäusten geballt und die Lippen aufeinandergepresst. Es fiel ihm sichtlich schwer, dem Blick des Kriminalkommissars standzuhalten.

»Ich sage Ihnen, was ich kann. Sie haben mein Wort.«

Carsten sah den Sekretär noch eine Weile an, dann nickte er. »Gut. Können Sie uns vielleicht sonst noch erhellen? Wie war Hannekes Beziehung zu Jörn Leberecht? War da alles in Ordnung?«

»O ja«, beeilte sich Freund zu sagen, wobei er eifrig nickte. Dieses Terrain war ihm eindeutig lieber. »Die beiden waren geradezu ekelhaft harmonisch. Die reinste Qual für jemanden, der so viel Pech in der Liebe hat wie ich.«

Caro erinnert sich daran, wie Leberecht gesagt hatte, dass Severin eine einzige Großbaustelle war. Er war wie eines dieser Kippbilder. Mal erschien er ihr arrogant und unsympathisch, im nächsten Augenblick fragil und schützenswert. Merkwürdig. Sie bekam ihn nicht zu greifen.

»Und was ist mit ihrem Ex-Mann?«, wollte Caro wissen.

Freund sah überrascht auf. Dann winkte er ab. »Das ist doch Jahre her. Fast zwanzig oder so.«

»Rache ist bekanntlich ein Gericht, das kalt genossen werden sollte«, sagte sie ungerührt. »War es eine friedliche Trennung damals?«

»So würde ich das jetzt nicht ausdrücken«, entgegnete Freund und lächelte. »Aber Johannes hat sicherlich keinen Grund, sich zu beschweren. Hanne hat gezahlt, was sie zahlen musste, und er ist als wohlhabender Mann aus dem Gerichtssaal gegangen. Sie haben sich ordentlich gestritten, ordentlich übereinander geärgert und ordentlich Federn gelassen. So war das damals.«

»Was war denn der Grund für die Scheidung?«, wollte Manne wissen, und Severin Freund seufzte.

»*Ein* Grund? Es gab Tausende. Die beiden hätten gar nicht erst heiraten sollen. Zu explosive Mischung, das konnte gar nicht gut gehen. Johannes ist ein Mann, der die Gesellschaft starker Frauen zwar sucht, dann aber nicht damit umgehen kann. Und intellektuell konnte er Hanne nicht das Wasser reichen. Es war einfach zum Scheitern verurteilt.«

»Würden Sie ihn verdächtigen?«

»Soweit ich weiß, ist er nach Portugal ausgewandert. Vor Jahren schon. Also nein, ich würde ihn nicht verdächtigen. Um ehrlich zu sein, ich hatte ihn schon fast vergessen.«

»Und Hannekes Bruder?«, fragte Carsten, doch zu einer Antwort kam es nicht mehr.

Die Tür ging auf und eine resolut wirkende, kleine blonde Pflegerin, die ihre schmalen Lippen missbilligend aufeinanderpresste, betrat den Raum.

»Es ist jetzt wirklich genug, Herr Blume. Herr Freund muss sich ausruhen. Eine halbe Stunde hatten Ihnen die behandelnden Ärzte zugesagt, mehr nicht.«

Carsten nickte und stand auf. »Selbstverständlich. Frau …«, er schielte auf ihr Namensschild, »Kreitling, wie gut, dass Sie hier sind, dann müssen wir Sie nicht suchen. Wir werden zu Herrn Freunds Schutz Beamte abstellen, die sich vor der Tür positionieren, bis er hoffentlich morgen entlassen werden kann. Es geschieht ausschließlich zu seinem Schutz und auf seinen Wunsch hin. Unsere Beamten sind geschult und werden die Abläufe hier auf keinen Fall stören.«

Der Blick der Krankenschwester flackerte zu ihrem Patienten. Severin Freund nickte müde. »Ist gut. Ich sage dem Team Bescheid, die sollen alles vorbereiten.«

»Danke sehr«, erwiderte Carsten mit einem Lächeln. Dann wandte er sich an Severin Freund. »Wir überlassen Sie jetzt Ihrer wohlverdienten Ruhe. Vielen Dank, dass Sie sich so viel Zeit genommen haben.«

Caro und Manne standen vom Bett auf und verabschiedeten sich ebenfalls mit einem Nicken. Auf dem Weg zur Tür drehte sich Caro noch einmal um. »Und wenn Sie mit der Justizsenatorin sprechen: Wir bräuchten wirklich dringend die Überwachungsvideos von Donnerstagabend.«

Freund sah kurz aus wie vor den Kopf gestoßen, dann nickte er. »Ich werde schauen, was sich machen lässt.«

KAPITEL 21

Das war Ermittlungstheater vom Feinsten«, sagte Manne anerkennend, sobald sich die Aufzugtüren geschlossen hatten, und Carsten grinste.

»Haben wir gut gemacht, oder? Mit euch beiden klappt das aber auch hervorragend.«

Manne warf Caro ein Lächeln zu und musste schmunzeln, als er sah, dass ihre Wangen vor lauter Freude glühten.

»Also, was halten wir von Severin Freund?«, fragte sie und hüpfte dabei sogar ein bisschen auf und ab. So gut sie mittlerweile darin war, in entscheidenden Momenten den Mund zu halten – ihre Körpersprache hatte sie noch immer nicht unter Kontrolle.

»Was hältst du denn von ihm?«, fragte Carsten seinerseits, und Caro legte den Kopf schief. Sie trug ihre blonden Haare schon seit einer Weile hochgesteckt, und obwohl es ihr einen seriöseren Anstrich verlieh, vermisste Manne den Pferdeschwanz ein bisschen. Der hatte ihre Stimmung immer unterstrichen. Wie ein Seismograf.

»Ich halte ihn für eine Schlüsselfigur«, sagte Caro nachdenklich. »Aber was ich von ihm persönlich halten soll, weiß ich nicht. Mal war er mir sympathisch, mal tat er mir leid und mal hätte ich ihn am liebsten gegen die Wand geklatscht, so unangenehm war mir das, was er gesagt hat.«

Manne lachte auf. »Das hast du sehr gut zusammengefasst. Genauso ging es mir auch.«

»Ich schließe mich an, auch wenn ich nicht so hart mit ihm ins Gericht gehen würde wie ihr zwei. Immerhin hat er sich seit vielen Jahren auf seine Freundin verlassen, sich an ihr orientiert, hat seine Karriere nach ihr ausgerichtet. Er musste unkritisch werden.«

»Niemand muss wegschauen«, hielt Caro dagegen. »Ein erwachsener Mensch hat immer eine Wahl. Aber was du gesagt hast, Carsten, das hat, glaub ich, einen Nerv getroffen.«

»Was genau?«

»Na, dass er nicht grundlos Angst hat. Sondern mehr weiß, als er uns verraten hat. Der Typ hat einen Verdacht, den er sich nicht auszusprechen traut.«

»Hm. Einen Beamten abzustellen war nicht ganz uneigennützig. Ich möchte, dass Severin Freund bewacht und belauscht wird. Und ja: Falls ihm jemand ans Leder will, dann möchte ich ihn auch beschützen.«

»Und gleichzeitig herausfinden, wer ihm ans Leder will und warum«, ergänzte Caro.

»Ach, meinst du?« Carsten zwinkerte ihr zu.

Manne fühlte nicht zum ersten Mal einen kleinen Stich der Eifersucht. Wenn er den beiden zusah und zuhörte, kam er sich zunehmend überflüssig vor. Wie ein Stück Altmetall. Andererseits war es auch schön. So anstrengend diese Ermittlungen waren, es tat gut, auf diese Art zu arbeiten. Im Team mit der Polizei. Ihm war, als hätte jemand ein Pflaster auf seine Seele geklebt, an die Stelle, an der dieses komische Berufsheimweh seit Jahren saß.

Als sie auf die Straße traten, legte Manne den Kopf in den Nacken. Dieses riesige Bettenhaus war ein wahrer Schandfleck mitten in der Stadt, und die Sanierung hatte es wirklich nur ein klein wenig besser gemacht. Doch schon immer hatte ihn fasziniert, dass dort so viele kranke Menschen lagen. Hinter jedem beleuchteten Fenster mindestens einer. Das überstieg sein Vorstellungsvermögen.

»Willst du wieder fahren?«, fragte Carsten Caro gerade, während er mit der Fernsteuerung das Auto entriegelte.

»Wo müssen wir denn überhaupt hin?«

»Mikkel Klein wohnt im Hotel Athul am Rosenthaler Platz«, sagte Carsten.

Manne war überrascht. »Wieso übernachtet er nicht bei seinem Schwager?«

»Das werden wir ihn gleich fragen«, gab Carsten mit hochgezogenen Brauen zurück.

»Zum Athul können wir doch auch laufen«, sagte Caro. »Das ist wie dreimal hingefallen, und hier haben wir wenigstens einen Parkplatz.«

»Ja, aber dann müssen wir auch wieder zurücklaufen«, gab Manne zu bedenken, und Caro lachte.

»Ach, ihr armen Wesen.«

»Es ist schon spät, ich will auch irgendwann nach Hause«, sagte Carsten und gähnte. »Und ich muss noch in den tiefen Süden fahren. Das Athul hat eine Parkgarage, also tu uns den Gefallen, ja? Oder soll ich fahren?«

Caro schüttelte den Kopf und streckte die Hand aus. Carsten warf ihr den Schlüssel zu und sie fing ihn mit Leichtigkeit auf.

Der Weg vom Krankenhaus zum Hotel war wirklich ein Katzensprung, doch Manne genoss es, die Lichter der Stadt verschwommen an sich vorbeiziehen zu lassen. Manchmal überkam ihn die Wehmut, dann wünschte er sich, wieder besser sehen zu können. Doch meistens, so wie jetzt, fand er es auch ganz gut, dass seine Augen die Berliner Nächte weichzeichneten. So waren sie niemals hässlich.

Im Athul sagte man ihnen, dass Mikkel Klein sie in der Rooftop Bar erwartete. Manne war, gelinde gesagt, irritiert. War das nicht ein merkwürdiger Ort, um mit Ermittlern über die tote Schwester zu sprechen? Auf der anderen Seite hatte er im Laufe der Jahre gelernt, Trauernde nicht zu verurteilen. Jeder Mensch trauerte nun mal anders.

Als die Fahrstuhltüren aufglitten und den Blick auf die Bar freigaben, pfiff Manne leise. Dank der Lichterketten, die überall verteilt waren, konnte er gut sehen, und was er sah, beeindruckte ihn sehr. Es war einer dieser Orte, die zu besuchen er sich als junger Mensch mehrere Gliedmaßen ausgerissen hätte. Flache Sofas und Tische verteilten sich über eine Terrasse, die einen spektakulären Blick über die ganze Stadt bot.

Allerdings lag der eigentliche Bartresen im Dunkeln und auf den Sitzmöbeln fehlten die Polster. Es war auch verdammt kalt hier oben. Natürlich. Ende März war noch keine Saison für eine Rooftop-Bar.

»Ich dachte, die macht erst im Sommer auf«, sagte Caro neben ihm, als hätte sie seine Gedanken gelesen.

»Macht sie auch«, hörte er eine Stimme aus dem hinteren Teil der Terrasse rufen, und eine Hand hob sich und winkte ihnen.

Aha. Das war dann also Mikkel Klein.

KAPITEL 22

Er saß auf einem Sofa ganz am Rand der Sitzfläche direkt unter einer Lichterkette. Nur eine Glasscheibe trennte einen hier vom Abgrund und den glitzernden Lichtern der Stadt. Offenbar hatte der Politiker sich mit dem Personal des Hotels gut gestellt. Auf dem Tisch stand eine Flasche Rotwein mit mehreren Gläsern, Wasser, etwas Obst und eine Etagere mit Knabbereien. Sogar ein Heizlüfter war aufgestellt worden, nahm Caro erstaunt zur Kenntnis, und kuschelige Decken lagen herum. In eine davon hatte sich Mikkel Klein gewickelt.

Er sah müde und traurig aus, doch sie konnte erkennen, dass der gut aussehende Mann ein lebensfroher, schelmischer Zeitgenosse war. Als er lächelte, lächelte sein ganzer Körper mit.

»Vielen Dank, dass Sie zu mir auf den Turm steigen. Ich ertrage das Leben da unten momentan nicht.«

»Gern«, sagte Carsten. »Ich war noch nie hier oben. Der Blick ist spektakulär.«

Manne brummte. »Für mich nicht. Ich bin leider nachtblind, für mich sind das alles nur Schemen. Sollte ich also mal die Augen zusammenkneifen oder sehr müde wirken, liegt das nicht an Ihnen. Jedenfalls nicht zwingend.«

Mikkel Klein lachte und streckte Manne die Hand hin. Sie stellten einander der Reihe nach vor und setzten sich schließlich. Caro musste zugeben, dass es ihr sehr gut in den Kram passte, hier oben zu sein. Die kühle, frische Luft vertrieb ein wenig von der Müdigkeit und war gut für die Nerven. Sie konnte schon verstehen, warum man sich hierher zurückzog. Auch wenn Mikkel Klein mehr als nur einen Grund zu haben schien. Auf dem Glastisch befanden sich nicht nur ein Laptop und ein Tablet, sondern auch eine angebrochene Zigarettenschachtel sowie ein überfüllter Aschenbecher.

Klein folgte ihrem Blick und verzog entschuldigend das Gesicht. »Eigentlich hatte ich schon längst aufgehört. Es ist ja auch irgendwie nicht mehr zeitgemäß. Hanne hat mir immer zugesetzt, dass ich aufhören soll und … na ja. Aber gerade schaffe ich es einfach nicht.«

»Das kann ich gut verstehen. Ich überlege oft, wieder anzufangen, wenn die Arbeit zu heftig wird. Aber meine Frau würde mich umbringen«, sagte Carsten.

Mikkel lächelte, und Caro fiel auf, dass er dieses typische Politiker-Lächeln hatte. Er lächelte von Berufs wegen. Sie wollte ihm vertrauen.

Was ihr auch noch auffiel, war, wie verdammt ähnlich Mikkel Klein seiner Schwester Hanneke sah. Dieselben kornblumenblauen Augen, die dunkelblonden, leicht gewellten Haare, das runde Gesicht. Die breite Statur, die bei ihm deutlich passender wirkte, die gerade Nase. Er sah aus wie die jüngere, männliche Version seiner Schwester. Ob es das wohl schwerer oder leichter für ihn machte?

Er bot ihnen Getränke an, und Caro nahm gern einen Schluck Wein. Sie konnte von hier gut mit der Bahn nach Hause fahren.

»Sie müssen beim Hotel einen ganz schön dicken Stein im Brett haben«, sagte sie nach dem ersten Schluck, der teuer schmeckte, und legte sich eine Decke über die Beine.

»Nicht ich«, sagte Mikkel und seufzte. »Hanne hatte beim Gründer der Gruppe einen dicken Stein im Brett. Sie hat bei der Realisierung geholfen. Die beiden waren gut miteinander bekannt, und er ist auch ziemlich mitgenommen. Ich darf so lange bleiben, wie ich will, und bekomme alles, was ich brauche.« Er lächelte. »Es ist ein bisschen, wie von der Familie verwöhnt zu werden.«

»Da bieten Sie uns eine Steilvorlage«, sagte Carsten und nahm einen Schluck Wasser. »Wieso sind Sie nicht bei Jörn Leberecht?«

Mikkel kratzte sich am Kopf und zog Luft durch die Zähne. Er schien seine Worte abzuwägen.

»Jörn ist ein guter Mensch und ich mag ihn sehr. Wir kamen auch immer wunderbar miteinander aus, aber er ist auch sehr beherrscht. Ganz anders als ich. Seine Trauer ist eine Stille, die man mit den Händen greifen kann. Und eine mir unerträgliche Vernunft. Er stürzt sich in die Administration, die jetzt anfällt. Telefoniert mit Bestattungsunternehmen und so weiter. Ich ertrage das nicht.« Er nahm einen Schluck Wein. »Natürlich weiß ich, dass es erledigt werden muss, aber ... ich will eigentlich nur heulen und mich besaufen. Rauchen und schlaflos umhertigern.«

»Die Welt sollte wenigstens für ein paar Tage stillstehen«, sagte Caro sanft und erntete dafür von Manne einen strengen Blick. Es war ihr herausgerutscht. Er schimpfte sie oft dafür, dass sie so mitfühlend war und es ihr immer schwerfiel, das Schlechte im Menschen zu sehen. Ein solcher Blick auf die Welt war für Ermittlungen oft nicht hilfreich.

Doch manchmal erleichterte Empathie den Zugang zu Menschen. Mikkel Klein jedenfalls nickte heftig. »Ja, genau. Ich verstehe einfach nicht, wie man so beherrscht sein kann. Ich weiß, er hat sie geliebt! Warum sitzt er nicht in seinem Haus und hackt alles zu Kleinholz? Verflucht Gott oder schreit stundenlang?«

»Jeder trauert anders«, sagte Carsten. »Das eine ist nicht besser oder schlechter als das andere.«

»Mag sein«, entgegnete Mikkel. »Aber ich kann bei ihm nicht atmen. Das habe ich schnell gemerkt. Ich muss in Selbstmitleid versinken. Ins Kissen schreien, nachts an der Spree entlanglaufen. Ich muss ganz viel fühlen. Nicht ganz wenig.«

Caro verstand ihn so gut. Sie hatte erst einmal im Leben einen geliebten Menschen verloren. Und damals hatte sie sich gefühlt, als müsste die ganze Welt so brennen wie der Schmerz in ihr. Sie hatte den Inhalt ihres gesamten Geschirrschranks auf den Boden gefegt und war auf den Scherben herumgetrampelt. Dabei hatte sich eine Scherbe tief in ihre Fußsohle gebohrt. Die Narbe sah man heute noch. Damals hatte sie den Schmerz begrüßt, weil er kurzfristig alles überlagert hatte. Es hatte nicht viel gefehlt, und sie hätte sich damals die Haare ausgerissen.

»Sie standen Ihrer Schwester sehr nahe?«, fragte Manne. Natürlich wussten sie das schon längst, aber es war die beste Art, in so ein Gespräch einzusteigen.

»Das kann man wohl sagen. Natürlich war das nicht immer so. Wir sind schließlich nicht zusammen aufgewachsen.«

»Hanne war schon ausgezogen, als Sie geboren wurden?«, fragte Caro.

Mikkel schüttelte den Kopf. »Nein, aber sie ist ausgezogen, als ich drei war. Meine Eltern waren sicher nicht glücklich über ihre Entscheidung, nach Berlin zu gehen. Immerhin war unsere Mutter schon siebenundvierzig, als ich auf die Welt kam, Papa war über fünfzig. Die beiden hätten Hannes Hilfe gut gebrauchen können. Ein, nach Aussage meiner Mutter, *sehr lebhaftes Kleinkind* zu versorgen war bestimmt nicht so einfach.«

»Haben Ihre Eltern das gesagt oder schlussfolgern Sie das?«, wollte Manne wissen, und Mikkel schüttelte energisch den Kopf.

»Das hätten sie niemals laut ausgesprochen. Hanne war ihr Augenstern, sie waren so stolz auf sie. Aber meine Mutter hat manchmal durchblicken lassen, dass sie es damals nicht gut fand, als Hanne uns im Stich gelassen hat. Mama war sehr gut darin, Dinge in ohrenbetäubender Lautstärke unausgesprochen zu lassen.«

»Oh, so eine Mutter habe ich auch«, sagte Caro.

»Hanne war allerdings auch nicht viel besser. Ich musste immer gleich zwei strenge Frauen zufriedenstellen, die viel von mir erwartet haben. Das war alles andere als einfach.«

Es erklärt allerdings, woher er seinen Charme hat, dachte Caro.

»Sie sind also allein in Essen aufgewachsen«, lenkte Carsten das Gespräch wieder zurück in wichtigere Gefilde.

»Ja, aber Hanne kam oft. Die Zugverbindung ist ja gut.«

»Hat sie in Berlin studiert?«, wollte Caro wissen.

Mikkel nickte. »Ja, aber der Hauptgrund, warum sie hierherkam, war Markus König.«

Manne hob die Brauen. »Der Ex-Senator?«

»Genau der. Hanne hatte nach dem Abitur ein Praktikum bei ihm gemacht, in Westberlin, und als er ihr nach der Wende einen Job in seinem Büro angeboten hat, hat sie ihre Taschen gepackt. Von da an ging es nur noch bergauf.«

»Und wie oft haben Sie sie gesehen?«

Mikkel zuckte die Schultern. »Je älter ich wurde, desto öfter haben wir auch Zeit miteinander verbracht. Als ich so sechzehn, siebzehn war, wurde unser Verhältnis immer enger, und ich war öfter hier bei ihr in Berlin. Habe ein Praktikum im Roten Rathaus gemacht und in der Kanzlei von einem ihrer Freunde gejobbt. Mir wurde schnell klar, dass ich einige ihrer Talente teile. Und sie hat es auch gesehen und mich unterstützt, wo sie nur konnte.«

»Wollten Sie immer in die Politik gehen?«, fragte Caro, und Mikkel schüttelte den Kopf.

»Ne. Die ersten Sitzungen, an denen ich teilgenommen habe, haben mich eher abgeschreckt. Wie können so viele wichtige Leute in einem Raum nur so viel reden und trotzdem so wenig erreichen? Ich fand das sehr ermüdend. Doch Hanne hat mir die Augen für die schönen Seiten dieser Arbeit geöffnet.«

»Die da wären?«

Mikkel lachte. »Sehen Sie, ich bin ein theatralischer Mensch und entsetzlich eitel. Ich mache gern einen Unterschied und werde noch lieber dafür gelobt.«

Caro unterdrückte mit Mühe ein Kichern. Selbstkritisch war er, das musste man ihm lassen.

»Und ich kann gut mit den verschiedensten Menschen umgehen. Konservative alte Säcke bekommen bei einem Gespräch mit mir ein genauso gutes Gefühl wie die Leute, die mit mir über eine Neuausrichtung des Christopher Street Days sprechen möchten. Ich kann mit allen reden. Ich vorverurteile nicht. Das spüren die Leute. Und Hanne war genauso.«

»Severin Freund erwähnte, dass sie gut darin war, Geheimnisse in Erfahrung zu bringen«, sagte Carsten, und Caro hielt gespannt den Atem an. Solche Gespräche waren komplizierte Drahtseilakte zwischen persönlicher Plauderei und knallhartem Verhör.

Tatsächlich hob Mikkel Klein überrascht die Brauen. »So, hat er das gesagt?«

Carsten nickte.

»Nun, ganz falsch ist es nicht. Aber wenn Sie gut in Ihrem Job sind, wovon ich jetzt mal ausgehe, dann können Sie das auch. Anderen das Gefühl geben, der einzige Mensch im Raum zu sein. Hochinteressant, witzig, sympathisch. So kommen Sie vielleicht an Geständnisse oder wichtige Details. Wir kommen auf diese Weise an politisch brisante Informationen, die wir ins Marmeladenglas stecken, für später. Es ist normal, wenn man weiterkommen möchte in unserem Job. Es war eines der ersten Dinge, die Hanne mir beigebracht hat.«

»Sie hat Ihnen beigebracht, Ihre Kollegen zu erpressen?«

Nun lachte Mikkel laut auf und zündete sich eine Zigarette an. Caro konnte förmlich sehen, wie er in für sich sicheres Fahrwasser eintauchte. »Erpressung ist wirklich das falsche Wort. Es geht um Verhandlungspositionen. Aber ich gebe zu, je höher man kommt, desto delikater kann es werden.«

»Glauben Sie denn, Ihre Schwester könnte etwas gewusst haben, was sie das Leben gekostet hat?«

Nun riss der Essener Politiker die Augen auf. Die Frage überraschte ihn offensichtlich sehr.

»Sie meinen, ob ich glaube, dass ihr Mord politische Gründe hatte? Himmel, Hanne saß im Abgeordnetenhaus, nicht in Washington D.C.«

»Aber wenn sie etwas wusste, was sie nicht hätte wissen dürfen?«, fragte Manne mit gerunzelter Stirn, und Mikkel blies theatralisch Rauch in die kalte Nachtluft.

»Wir alle wissen Dinge, die wir nicht wissen dürften. Alle, verstehen Sie? Es ist ein Balanceakt, aber Ihnen wird doch sicher bewusst sein, was das bedeutet, Balance?«

Er nahm noch einen Schluck Wein.

»Wir wissen Dinge *übereinander*. Jeder sammelt Informationen über jeden. Das bedeutet, Hannes Kollegen haben auch Informationen über sie, die sie lieber für sich behalten hätte. So läuft das Spiel.«

»Sie meinen also, auch Ihre Schwester war erpressbar?«, wollte Manne wissen, und über Mikkels Nase furchte sich eine ärgerliche Falte in die Stirn.

»Jetzt hören Sie doch bitte mit dem Erpressungsunsinn auf. Wenn Sie lange genug mit denselben Leuten arbeiten, wissen Sie doch auch, wer beim Pinkeln die Brille nicht hochmacht. Aber würden Sie sagen, dass der Kollege dadurch ›erpressbar‹ wird?«

»Wenn wir Severin Freund richtig verstanden haben, ging es um deutlich mehr als eine dreckige Klobrille«, hakte Caro ein, die es langsam nervte, wie sehr Mikkel das Gespräch durch seine dominante Art beherrschte. »Sie hat Gutachten zurückgehalten und Informationen nicht weitergegeben. Das kann schon schwerwiegende Folgen haben.«

Mikkel lehnte sich zurück und schaute die drei der Reihe nach lange an.

»Worüber reden wir hier eigentlich?«, wollte er dann wissen. »Über den moralischen Kompass deutscher Politiker oder darüber, wer meine Schwester erstochen und bloßgestellt hat?«

»Nun, da Politik einen so großen Stellenwert in Hannekes Leben hatte, könnte beides durchaus zusammenhängen«, sagte Carsten ruhig.

Mikkel schüttelte den Kopf. »Da schauen Sie, glaube ich, in die falsche Richtung. Ich kann Ihnen nicht vorschreiben, wie Sie Ihre Arbeit zu machen haben, aber ich weiß, wie der Laden läuft. Wenn jemand Hanneke hätte loswerden wollen, hätte er oder sie das billiger haben können. Da braucht man zum Beispiel nur dem *Tagesspiegel* zuspielen, dass sie das Gutachten vom Naturschutz nicht weitergegeben hat, und schon ist sie weg vom Fenster.«

»Ach, Sie wissen von den Fröschen?« Manne starrte ihn grimmig an, und Mikkel erwiderte seinen Blick.

»Ich weiß von den Fröschen. Und genau das versuche ich Ihnen ja begreiflich zu machen. Denn ich bin sicherlich nicht der Einzige, der von den Fröschen weiß. Weil die Leute vom Naturschutz auch nicht blöd sind und sich bestimmt nicht darauf verlassen haben, dass meine Schwester die Informationen alle weitergibt. Ich bitte Sie.«

»Bei Ihnen klingt das alles so harmlos«, sagte Manne. »Der Assistent Ihrer Schwester hingegen fürchtet um sein Leben. Er hatte einen Nervenzusammenbruch und hat um Polizeischutz gebeten.«

Mikkel fuhr sich durchs Gesicht. »Sehen Sie, es kann natürlich sein, dass ich falschliege. Ich bin ein Bauchentscheider, und das ist nicht immer richtig. Zum Glück ist es nicht meine Aufgabe, Hannes Mörder zu finden, sondern Ihre. Was ich Ihnen sagen kann: Ich liebe Severin. Alle lieben Severin. Aber Severin hat tagsüber Angst, dass die Sonne nicht mehr untergeht, und nachts Angst, dass sie nicht mehr aufgeht. Wie er jemals hat glauben können, sich in einem Gerichtssaal zu behaupten, ist mir schleierhaft. Ich persönlich traue seinem Urteil in der Angelegenheit nicht. Nicht weil ich glaube, dass er lügt, sondern weil ich ihn kenne.«

Caro nahm noch einen Schluck Wein und genoss den pelzigbeerigen Geschmack auf der Zunge. Dieses Gespräch war auf jeden Fall interessant. Sie schlug einen versöhnlichen Ton an: »Wenn Sie nicht glauben, dass der Mord an Ihrer Schwester politischer Natur war, was glauben Sie dann?«

»Bleibt nur noch etwas Persönliches, oder?«

»Und haben Sie dazu eine Idee?«, fragte Carsten, der allmählich ebenfalls ungeduldig wirkte.

»Wie könnte ich? Ich lebe in Essen. Wir sehen uns selten. Führen unterschiedliche Leben.«

»Aber Sie standen in ständigem Kontakt. Und waren einander sehr vertraut. Vielleicht hat Hanne Ihnen mal etwas erzählt. Von einem Streit oder einem Problem?«

Mikkel lehnte sich auf der Couch zurück und schaute in die Sterne. »Die Frage stelle ich mir, seit ich weiß, was passiert ist. Wer könnte das gewesen sein und warum? Hanne war nicht unbedingt der zugänglichste Mensch, wirkte manchmal vielleicht zu tough. Aber das sind keine Gründe, sie umzubringen. Wer sie näher kennenlernte, der lernte sie auch schnell zu schätzen. Sie war sehr hilfsbereit und großzügig, intelligent und witzig, und ihr Allgemeinwissen war gigantisch. Wenn ich früher eine Hausarbeit zu erledigen oder einen Schulaufsatz zu schreiben hatte, habe ich immer meine Schwester angerufen. Das hat mir viel lästige Recherche erspart.« Er schüttelte den Kopf. »Nein, die Beziehung zu Jörn war gut und stabil, die zu ihren Freunden eng. Die zu ihrem Ex war okay, und Kinder hatte sie keine.«

»Wissen Sie, warum sie nie eine Familie gegründet hat?«, wollte Caro wissen.

Mikkel drehte sein Glas in den Fingern. »Nein. Vermutlich wollte sie ihre Karriere nicht aufs Spiel setzen. Sie ist immerhin sehr früh im Leben sehr weit gekommen. Aber das Thema war mit einer gewissen Schwere behaftet, das schon. Ich hatte das Gefühl, Nachfragen machten sie traurig. Also bin ich davon ausgegangen, dass sie es sich im Herzen eigentlich gewünscht hätte. Die unausgesprochenen Wahrheiten, Sie erinnern sich.«

Caro und Manne nickten.

»Fällt Ihnen vielleicht sonst noch etwas ein? Aus Hannes Studienzeit, ihrer Zeit bei Markus König …? Wirkte sie in letzter Zeit besonders besorgt oder bewegt?«

»Wenn ich etwas Konkretes wüsste, dann hätte ich es Ihnen schon längst gesagt. Sosehr ich dieses Gespräch genieße, ich möchte, dass Sie den Mörder meiner Schwester finden, und das lieber gestern als morgen. Aber es stimmt schon. Sie machte sich in letzter Zeit häufiger Sorgen. Allerdings eher um mich als um sich selbst.«

»Um Sie?«, echote Caro, und Mikkel nickte.

»Ja. Sie war immer ziemlich bevormundend, das habe ich Ihnen ja erzählt, aber in letzter Zeit wurde sie richtig gluckig. Wollte, dass ich zum Check-up gehe, wollte wissen, ob ich meine Vorsorgeuntersuchungen wahrnehme und so weiter. Ich hätte ihr nicht erzählen dürfen, dass ich nach dem letzten Wahlsonntag in NRW so fertig war, dass ich am nächsten Tag nicht aufstehen konnte. Na ja. Unsere Mutter ist gestorben, da war ich Anfang zwanzig, und unser Vater ist auch seit zwei Jahren tot. Ich schätze, Hanne hat sich für mich verantwortlich gefühlt.«

Langsam bröckelte die souveräne Politikermaske wieder, und Mikkel Kleins Gesicht verzog sich schmerzhaft.

»O Mann«, flüsterte er und drückte seine Fäuste auf die Augen wie ein kleines Kind. »Hanne, verdammt.«

»Wir lassen Sie gleich wieder allein«, versicherte Carsten und unterdrückte ein Gähnen. Er nestelte in den Taschen seines Sakkos herum und zog eine Visitenkarte hervor. Manchmal wunderte sich Caro, dass diese Dinger noch immer im Umlauf waren. Für Sie waren Visitenkarten ein Relikt der Vergangenheit. Wie Wählscheibentelefone.

»Wenn Sie etwas hören, Ihnen etwas einfällt oder Sie noch etwas ergänzen wollen, hier erreichen Sie mich Tag und Nacht. Zum Abschluss müssen wir Sie noch fragen, was Sie in der Nacht von Donnerstag auf Freitag gemacht haben.«

»Nun«, sagte Mikkel langsam und ein wenig zögerlich. »Kennen Sie Tinder?«

Es war das zweite Mal, dass sich Caro ein Lachen verkneifen musste.

»Sie hatten einen One-Night-Stand?«, fragte sie, und Mikkel bejahte mit einem schiefen Lächeln.

»Two nights, um genau zu sein. Und vielleicht wäre auch noch eine dritte Nacht daraus geworden. Wir haben gerade in ihrer WG-Küche zu Abend gegessen, als der Anruf kam. Ich gebe Ihnen den Kontakt, und zur Not zeige ich Ihnen auch den Verlauf unserer Bekanntschaft in der App.« Sein Blick zuckte zu Caro, dann zu Carsten. »Das würde ich dann aber nur Ihnen zeigen wollen.«

Carsten nickte. »Vielen Dank, aber der Kontakt reicht uns erst einmal vollkommen.«

Der junge Politiker zückte sein Handy, tippte darauf herum, und hielt es Carsten hin, sodass der sich Namen und Telefonnummer der Zeugin notieren konnte.

Dann wandten die Ermittler sich zum Gehen.

»Kommen Sie mit nach unten?«, fragte Caro, doch Mikkel schüttelte den Kopf.

»Keine Ahnung, wann ich bereit bin, mich der Realität wieder zu stellen. Bestimmt nicht, solange noch was in der Flasche ist.«

»Passen Sie auf sich auf und melden Sie sich, falls etwas ist«, sagte sie.

Klein nickte mit Tränen in den Augen. »Jetzt klingen Sie genau wie meine Schwester.«

KAPITEL 23

Ich kann nicht glauben, dass ich das hier gerade tue«, murmelte Manne und versuchte stillzuhalten, während die resolute Schneiderin mit sehr vielen spitzen Nadeln den Stehkragen seines festlichen Hemdes feststeckte.

»Beschwer dich bloß nicht. Du brauchst nur einen Sherwani und einen Anzug«, gab Petra zurück, deren Sari ebenfalls gerade festgesteckt wurde. »Wir brauchen zwei Saris und einen Salwar.«

Manne warf seiner Frau einen kurzen Blick zu und lächelte. Das nette Paar, das den indischen Festtagsmodenverleih im Wedding betrieb, hatte ihr einen wunderschönen dunkelgrünen Sari herausgesucht, in dem sie einfach zauberhaft aussah. Ihre rötlichen Haare fielen in Wellen auf ihre Schultern und boten einen reizvollen Kontrast zur satten Farbe des Kleidungsstücks. Seit sie wusste, dass Jonas und Mala heiraten, hat Petra sie wachsen lassen und überfärbte auch die grauen Strähnen. Manne mochte es sehr.

»Euch macht das aber Spaß«, sagte er. »Du scheinst ganz in deinem Element zu sein. Ich habe keine Ahnung, wie man das Ding nennt, in dem ich gerade stecke.«

»Sher-wa-ni«, sagte Petra mit einem leichten Lächeln auf den Lippen. »Ehrlich, es würde dir guttun, dich ein bisschen mit den Gepflogenheiten unserer Gastgeber zu beschäftigen. Wir haben bald sehr viele neue, indische Verwandte.«

O ja. Wenn man Mala glauben durfte, waren es sehr, sehr viele neue Verwandte. Zur Hochzeit waren über dreihundert Menschen geladen, und laut ihrer Aussage hatten sich ihre Eltern wirklich zurückgehalten. Petra und er hatten damals mit einer Flasche Sekt und ihren engsten Freunden und Familienmitgliedern vorm Rathaus Pankow angestoßen und waren anschließend in den Bürgerpark gegangen – und er hatte nichts vermisst. Wenn er seine Frau jetzt in diesem festlichen Kleid betrachtete, fragte er sich allerdings, ob er nicht vielleicht doch etwas verpasst hatte. Oder sie.

»Pass bloß auf, dass dich keiner aus Versehen wegheiratet«, sagte er. »Du siehst zauberhaft aus.«

»Indische Bräute tragen Rot«, erwiderte Petra. »Ich schätze, ich trage Grün, damit es keine Verwechslungen gibt.« Sie zwinkerte ihm zu. »Du machst allerdings auch keine schlechte Figur«, sagte sie und strahlte ihn an.

Manne musterte sich im Spiegel. Das lange, hemdartige und reich verzierte Kleidungsstück, das ihm bis zu den Knien reichte, wölbte sich in der Körpermitte beträchtlich nach außen. »Ich sehe aus wie ein Tennisball in einer Strumpfhose«, sagte er, und Petra prustete los.

Mannes Schneiderin zuckte zusammen und stach ihm aus Versehen mit der Nadel in den Hals. »Entschuldigung«, gluckste sie.

Manne grinste schief, während er sich den Hals rieb. »Dafür nicht. Mein Humor ist legendär.«

»Das ist mir neu«, ertönte eine Stimme von hinten. Caro war aus der nebenan liegenden Umkleidekabine in ihre geschlüpft. Sie trug einen dunkelblauen Sari, der die Farbe ihrer Augen widerspiegelte.

»Seht uns an!«, rief sie und fiel Petra um den Hals. »Das hätten wir schon viel früher machen sollen. Warum noch mal tragen wir ständig Jeans und Pullover?« Sie drehte sich um die eigene Achse und strahlte. »Ach, es ist so schön, dass wir das miterleben dürfen!«

Die Schneiderin lächelte. »Ihre erste indische Hochzeit?«, fragte sie und alle nickten.

»Unser Sohn heiratet«, sagte Petra aufgeregt, und die Brauen der Schneiderin schossen nach oben.

»Wirklich? Weiß er, worauf er sich da eingelassen hat?«

»Die Frau ist jede Strapaze wert«, erklärte Caro fröhlich, und die Schneiderin nickte.

»Okay, mal sehen, ob er das nach der Hochzeit immer noch so sieht«, sagte sie abgeklärt. »Ich habe drei gute Tipps für Sie. Erstens: bequeme Schuhe. Wenn Sie die einzigen nichtindischen Gäste sind, dann werden Sie tanzen, bis Sie Ihren Namen nicht mehr wissen. Alle werden Sie auffordern. Und Sie müssen ja ein paar Tage durchhalten. Deshalb der zweite Tipp: Unbedingt Mittel gegen Sodbrennen einpacken. Sie werden sehr scharf und sehr süß und sehr scharf und sehr süß und sehr, sehr fettig essen. Drittens: Sie sollten wirklich genug Bargeld dabeihaben. Sie werden es immer wieder brauchen.«

»Ja, das hat unsere Schwiegertochter auch schon gesagt.« Manne seufzte. »Gott, es fühlt sich an, als könnten wir so viel falsch machen, dass es ein Wunder wäre, wenn wir uns nicht blamieren.«

Die junge Frau klopfte ihm mitfühlend auf die Schulter. »Das wird schon, keine Sorge. Sie sehen auf jeden Fall top aus! Ich bin fertig, Sie können sich wieder umziehen. Aber passen Sie auf die Nadeln auf.«

»Noch nicht!«, rief Caro. »Greta will euch unbedingt in den Sachen sehen!« Sie zwinkerte Petra zu. »Vor allem ihre Blumenoma.«

Bei den Worten strahlte Petra noch ein bisschen mehr. Greta hatte vor ein paar Wochen angefangen, sie Blumenoma zu nennen, und seine Frau genoss es in vollen Zügen. Bald würde sie eine richtige Oma sein, und im Gegensatz zu Manne schien seine Frau davon überhaupt nicht verunsichert zu sein. Wie ging das? Sich einfach nur zu freuen und nicht sentimental zu werden angesichts des immer schneller fortschreitenden Alters? Er wusste es nicht.

»Bringt das nicht Unglück, sich vor der Hochzeit zu sehen?«, fragte Manne.

Caro hob die Brauen. »Willst du meine Tochter heiraten?«

Er lächelte. »Vielleicht. Wenn sie Rot trägt, könnte das leicht passieren!«

Petra boxte ihm im Vorbeigehen in die Seite, und Manne stellte fest, dass es ihm in diesem Moment so gut ging wie schon lange nicht mehr. Hinter dem Vorhang ertönte Eikes schallendes Lachen.

Wie sich herausstellte, trug Greta einen Sari in Knallpink und quietschte vergnügt, als sie Petra in ihrem grünen Kleid sah. »Wir passen perfekt zusammen!«, rief sie und musterte anschließend ihren Vater und Manne kritisch. »Wir sind viel hübscher als ihr.«

Eike lachte laut auf. »Das stimmt«, sagte er. »Du bist sowieso die Schönste!«

Greta strahlte, und Manne dachte im Stillen, dass Eike dem Urteil seiner Tochter zum Trotz wirklich gut aussah. Die schulterlangen Haare, die Manne immer ein bisschen albern gefunden hatte, passten hervorragend zu dem langen Hemd – Sawani? –, und weil er so schlank und groß war, sah er nicht halb so albern aus, wie Manne sich fühlte.

Die Glocke über der Ladentür bimmelte, und mit Carsten brach die Realität ihres Mordfalles wieder über Manne, Caro und ihre Familien herein.

Er sah aus, als hätte er auch diese Nacht nicht sonderlich viel geschlafen, und das Lächeln, das er bei ihrem Anblick aufsetzte, wirkte leicht gezwungen. Er blieb in der geöffneten Tür stehen.

»Wow, ihr schaut ja alle großartig aus«, sagte er und ließ seine Augen von einem zum anderen wandern. Dann warf er Manne einen auffordernden Blick zu. Greta spürte den Umschwung der Stimmung sofort und drückte sich an Eikes Bein, der in die Knie ging und sie auf den Arm nahm.

»Gibt's Neuigkeiten?«, fragte Manne.

Carsten nickte. »Das wird ein langer Tag.«

Rasch zogen sie sich um, und in weniger als drei Minuten saßen sie bei Carsten im Auto, Caro auf dem Beifahrersitz, er selbst auf der Rückbank.

»Unser Team war fleißig heute Nacht«, erklärte Carsten, dessen körperliche Unruhe sofort auf Manne übersprang. Er tippte Caro auf die Schulter, woraufhin sie wortlos eine Packung Lakritzkonfekt aus der Tasche zog und ihm nach hinten hielt. Ach ja, Freundschaften, bei denen man sich wortlos verstand, waren doch die besten.

»Zunächst mal gibt es schlechte Neuigkeiten, was deine Freundin Tine betrifft, Manne«, sagte Carsten, und Manne hätte sich fast an einem Kokos-Konfekt verschluckt. Er hatte mit allem gerechnet, aber nicht damit.

»Es sieht so aus, als würde die Domain des Ballerspiels auf ihren Namen laufen. Sie zahlt das Ganze. Auch die Plug-ins wurden von einem ihrer Konten bezahlt.« Carsten drehte sich um und verzog das Gesicht. »Es tut mir echt leid, aber es sieht nicht gut aus für sie. Von ihrem Mailkonto wurden auch mehrere Nachrichten an Hanneke Kleins Büro verschickt. Über zwanzig Stück in den letzten vier Monaten. Dabei war sie in ihrer Wortwahl nicht zimperlich.«

»Scheiße«, sagte Manne und fühlte, wie er Kopfschmerzen bekam. Konnte das wirklich sein?

»Wir müssen sie also noch mal ins LKA kommen lassen, Wiebke und Christian übernehmen die neuerliche Befragung heute. Es ist zwar nicht so, dass sie uns direkt angelogen hat, aber sie hätte es erwähnen müssen.«

Im Rückspiegel begegnete Manne Caros besorgtem Blick. Sie dachte wahrscheinlich das Gleiche wie er. Christian war das Arschloch des Teams. Er würde Tine eine harte Zeit bescheren. Nicht, dass sie noch etwas gestand, was sie gar nicht getan hatte.

»Ich muss sagen, dass ich auch ein bisschen überrascht bin, dass sie so unaufrichtig war. Eigentlich hatte ich gedacht, wir hätten ein gutes Gespräch gehabt. Aber man kann den Menschen ja nur vor den Kopf schauen, das ist ein generelles Problem bei uns, nicht wahr?«

Ja, dachte Manne. Sehr wahr.

»Ich kann nicht glauben, dass sie etwas damit zu tun hat«, sagte Caro und seufzte. »Aber wenn, dann war sie es nicht allein, richtig?«

»Auf keinen Fall«, sagte Carsten. »Du hast Svenja ja gehört, außerdem muss man sich die beiden Frauen nur anschauen, um zu wissen, dass es unrealistisch ist. Tine Reichelt wiegt vielleicht knapp sechzig Kilo und ist auch viel kleiner als Hanneke Klein. Für sie spricht auch, dass ihre Fingerabdrücke bis jetzt nur auf dem Stil der Hacke nachgewiesen werden konnten, nicht im Haus der Mieraus. Außerdem weist ihr Körper keinerlei Verletzungen auf, dabei ist davon auszugehen, dass Hanneke sich gewehrt hat; wir haben ja auch fremdes Blut am Tatort gefunden, das wir weder einem von uns noch den Mieraus haben zuordnen können. Außerdem: Warum hätten die Täter ihr sonst die Fingernägel abschneiden sollen? Aber du weißt so gut wie ich, dass das weiche Fakten sind, Manne. Im Zweifel wird ihr das nichts nützen, wenn wir nicht noch mehr finden.«

Manne atmete aus. Er war unsagbar froh, dass Jan Lohmeyer im Krankenstand war und keine Schnitte in dieser Ermittlung hatte. Bei ihm hätte Tine ganz sicher verloren. »Das heißt, wir ermitteln weiter in alle Richtungen?«, fragte er, und Carsten nickte.

»Natürlich, ich bin ja nicht verrückt. Auch wenn das Opfer tot ist, geht es hier noch um viel mehr Leben. Aber wir haben Durchsuchungsbeschlüsse für Tines Wohnung und Laube. Wir werden ihr Auto beschlagnahmen und der KT übergeben. Die Kollegen sind schon unterwegs. Es kann auch sein, dass wir Tine vorerst in Gewahrsam nehmen müssen.«

Manne schloss für einen Moment die Augen. Während sie hier sprachen, hatte sich die Maschinerie in Bewegung gesetzt. Seine

Tine in der U-Haft in Moabit. Keine schöne Vorstellung. Sich selbst hätte er es ja noch zugetraut, doch sonst wollte er niemanden dort sehen, der ihm nahestand. Aber alles, was sie tun konnten, war, weiter zu ermitteln. Mit voller Kraft.

»Fahren wir da jetzt auch hin?«, fragte er und wusste nicht, welche Antwort er hören wollte. Wünschte er sich, bei der Durchsuchung von Tines Privaträumen anwesend zu sein? Oder lieber gerade nicht?

Doch Carsten schüttelte sowieso den Kopf. »Nein, wir haben heute andere Pläne. Und das liegt daran, dass noch mehr passiert ist. Severin Freund war erfolgreich, das Rote Rathaus hat die Aufzeichnungen von Donnerstagabend freigegeben. Sie werden im LKA gerade ausgewertet, es ist uferlos. Unsere Spezialisten sitzen dran. Außerdem wird Freund heute Vormittag aus der Charité entlassen und hat zugestimmt, mit uns gemeinsam zu Leberecht zu fahren und Kleins Unterlagen zu sichten. Das halte ich persönlich für sehr wichtig. Und auch wenn es da wohl Meinungsverschiedenheiten gab, kann uns die Senatskanzlei das nicht untersagen, solange wir die Erkenntnisse nur im Rahmen unserer Ermittlungen verwenden. Leberecht ist auch einverstanden.«

»Und warum fahren wir dann aus der Stadt raus?«, fragte Caro irritiert. Sie hatte die Konfekttüte zurückgefordert und kaute mit Genuss auf einer Handvoll Süßigkeiten herum. Sie brauchte definitiv kein Mittel gegen Sodbrennen mit nach London zu nehmen. Ihr Magen war mit Teflon ausgekleidet.

Carsten lächelte. »Weil uns heute früh ein Anruf erreicht hat. Man hat höchst wahrscheinlich Kleins Auto gefunden.«

Caro hustete, und auch Manne war überrascht.

»Was? Wo?«, wollte Caro wissen.

»Auf dem Gelände von Schloss Dammsmühle«, antwortete Carsten.

Das war nicht weit von ihrer Anlage entfernt. Manne schluckte.

»Ist das nicht verlassen?«, fragte Caro, doch Manne schüttelte den Kopf.

»Angeblich soll es jetzt wieder instand gesetzt werden. Aber das glaub ich erst, wenn ich es sehe. Und da steht das Auto rum? Einfach so?«

»Nicht einfach so, sondern völlig ausgebrannt«, erwiderte Carsten. »Wahrscheinlich haben es auch andere Leute schon beim Spazierengehen gesehen, aber auf dem Gelände ist so viel Vandalismus passiert in den letzten Jahren, dass die Anwohner wohl kaum zweimal hinschauen. Der Baustellenleiter hat es heute Morgen entdeckt. Die Arbeiten stocken, aber er fährt hin und wieder vorbei, um nach dem Rechten zu sehen.«

Carsten setzte den Blinker und verließ die Stadtautobahn auf Höhe ihrer Kleingartenanlage, um weiter Richtung Wandlitz zu fahren. Ganz in der Nähe waren sie während ihres letzten großen Falles mehrmals gewesen. Hier hatte die Witwe des Opfers gelebt. Zwischendurch war Manne überhaupt nicht mehr in der Ecke gewesen. Schon komisch.

»Es ist so krass, wie schnell man aus der Stadt draußen ist«, bemerkte Caro mit Blick aus dem Fenster. »Berlin franst gar nicht richtig aus, so wie andere Großstädte.«

»Wir waren schon immer eine Insel in Brandenburg«, bemerkte Manne. »Und da ist bekanntlich nix.«

»Außer schöne Natur«, ergänzte Carsten. »Ich fahre viel raus, wenn ich mal Zeit habe. Mit dem Rad oder der ganzen Familie. Ich mag die Wälder.«

»Im Herbst kann man tolle Pilze finden«, sagte Manne nickend.

»Das musst du mir beibringen!«, forderte Caro direkt. »Ich hätte total Angst, mich zu vergiften.«

»Es gibt überall Stellen, an denen du deinen Fund prüfen lassen kannst, um sicherzugehen, dass keine Giftpilze darunter sind«, sagte Manne. »Aber ich kann euch gerne mal mitnehmen.«

»Hm«, machte Caro und schaute in die Bäume, die an ihrem Autofenster vorbeizogen. »Wenn ich so drüber nachdenke, ist mir das Meer vielleicht doch lieber. Die Märchen, die in dunklen Wäldern spielen, habe ich nicht vergessen«, murmelte sie. »Und Hanneke werde ich auch nicht mehr vergessen.«

Manne wusste, was sie meinte. Seitdem er die Leiche im Dunkeln am Baum hatte stehen sehen, war er auch wieder eher geneigt, an böse Hexen zu glauben. Wölfe gab es in den Wäldern um Schönwalde ja schon seit ein paar Jahren.

Sie bogen in die Schlossstraße ein, und schon bald kam das weiße Türmchen in Sicht, das das schöne, verfallene Gebäude so unverwechselbar machte. Manne erinnerte das Schloss immer ein bisschen an ein Kloster. Früher war er hier manchmal gewesen, als noch Konzerte auf dem Gelände stattgefunden hatten, doch das war Jahre her. Er wunderte sich wie so oft darüber, wie heruntergekommen hier alles war. Das war schon heftig. Der große Teich vor dem Schloss, den sie nun umrundeten, leuchtete grasgrün vor lauter Algen, und das Schloss selbst wurde von einem Baugerüst nur notdürftig vor Eindringlingen geschützt.

Carsten fuhr einen eleganten Bogen und kam direkt neben einem Jeep zum Stehen, in dem ein Mann saß und telefonierte. Sie stiegen aus.

Es war ein herrlicher, sonniger Vormittag, und doch strahlte das Schloss etwas Unheimliches aus. Manne fröstelte. Vielleicht lag das aber auch nur an dem, was Caro vorhin gesagt hatte.

Der Mann im Jeep winkte und bedeutete ihnen, dass er noch kurz zu Ende sprechen musste. Die drei Ermittler vertraten sich die Beine.

»Ich hatte keine Ahnung, dass es so was Abgerocktes hier oben gibt«, sagte Carsten und betrachtete staunend die heruntergekommene Fassade, die noch erahnen ließ, wie das Schloss früher einmal ausgesehen hatte.

»In Brandenburg gibt es extrem viele Lost Places«, sagte Caro, die sich ebenfalls fasziniert umsah. »Aber hier war ich auch noch nie. Es ist echt speziell. So mitten im Nirgendwo. Ich glaube allerdings, dass Greta mit ihrer Waldkita hier in der Nähe öfter mal war.«

»Entschuldigung, das Gespräch musste ich gerade führen«, sagte der Mann, der aus dem Jeep stieg, und Manne wandte sich ihm zu.

»Rolf Bohmann, ich bin Baustellenleiter hier. Sie sind vom LKA?«

Carsten, Caro und Manne nickten.

»Na, dann kommen Sie mal mit.«

Er führte die drei einmal um das Gebäude herum. Dabei stellte Manne erstaunt fest, dass ein Gutteil der Fassade bereits in neuem Glanz erstrahlte.

»Wow«, hörte er Caro sagen. »Das sieht ja toll aus.«

Der Bauleiter grinste breit und nickte. »Ja, wir geben uns Mühe. Ich liebe diese Baustelle. Der kleine See, der Wald und mittendrin dieses Schmuckstück. Tiere kommen uns auch immer mal wieder besuchen. Die sind bestimmt nicht so glücklich mit uns, aber wir versuchen, sie nicht allzu sehr zu stören.«

Bohmann ging mit ausladenden Schritten voraus und führte sie ein ganzes Stück vom Schloss weg über das Gelände und in den Wald. Sobald sie die Baumkante passiert hatten, sah Manne das Wrack.

»Dahinten«, sagte Rolf Bohmann nun auch und zeigte auf das Auto. »Jemand hat versucht, es abzudecken, aber der Erfolg hält sich in Grenzen.«

»Ist ja auch ein stromlinienförmiges Auto«, bemerkte Carsten. »Oder war.«

Manne trat näher heran. Das Wrack war völlig ausgebrannt. An der Motorhaube konnte man noch erkennen, dass es sich um einen Mercedes handelte, aber viel mehr auch nicht. »Wie kommen Sie darauf, dass es sich um Hanneke Kleins Fahrzeug handeln könnte?«, fragte er den Bauleiter, und der zuckte die Schultern.

»Das bin ich gar nicht. Ich habe den Fund der Polizei gemeldet, weil ich gelesen habe, dass nach dem Auto der toten Frau gefahndet wird. Dort hat man mich gebeten, ein paar Fotos einzuschicken, und das Modell passt wohl.«

Carsten nickte. »Ja, unsere Fahrzeugspezialisten haben das bestätigt. Von dem Auto sind nicht viele hier in Berlin zugelassen, das Modell ist noch nicht lange auf dem Markt. Die Nummernschilder wurden entfernt. Die Verdeckungsversuche und die Tatsache, dass es hier kein Unfallschaden gewesen sein kann, machen es ziemlich wahrscheinlich, dass es sich um Hanneke Kleins Wagen handelt.«

Der Kommissar kratzte sich am Kopf.

»Wie lange werden Sie noch vor Ort sein?«

Bohmann winkte ab. »So lange, wie Sie mich brauchen. Ich schreibe die Überstunden auf.«

»Gut, danke. Wir werden Kollegen von der Kriminaltechnik bitten, den Wagen abzuschleppen und sich die Umgebung vorzunehmen. Es wäre nett, wenn Sie hier warten könnten, bis sie eintreffen. Dann kommen sie aber auch allein zurecht.«

Bohmann versprach es.

Als sie wieder im Auto saßen, knurrte Mannes Magen so laut, dass die anderen beiden es ebenfalls hörten.

»Besteht die Chance auf ein Mittagessen?«, fragte er vorsichtig, und Carsten zögerte.

»Wir haben eigentlich keine Zeit für so was. Ich habe Nachricht erhalten, dass Severin Freund vor einer Viertelstunde aus der Charité entlassen wurde. Seine Schutzbeamtin fährt ihn gerade nach Hause.«

»Weißt du, wofür du wirklich keine Zeit hast?«, schaltete Caro sich ein. »Wegen Nährstoffmangels umzukippen. Du hast doch seit Tagen nichts Richtiges mehr gegessen, oder?«

Carsten grinste schief.

»Und während wir essen, können wir ja auch arbeiten.«

»Wir dürfen in der Öffentlichkeit nicht über den Fall sprechen.«

Caro schnaubte und verdrehte die Augen. »Das Café im Alten Bahnhof ist zauberhaft und liegt direkt auf dem Weg. Lassen wir dem armen Severin Freund wenigstens noch Zeit, sich frisch zu machen und umzuziehen, bis wir ihn wieder abholen.«

Carsten zögerte noch immer, doch da knurrte Mannes Magen erneut, und er lachte.

»Schon gut, schon gut. Aber wir beeilen uns, in Ordnung?«

»In Ordnung«, sagten Manne und Caro wie aus einem Mund.

Das Café im Alten Bahnhof war tatsächlich genau nach Mannes Geschmack. Rustikal und liebevoll eingerichtet mit einer beachtlichen Auswahl an hausgemachten Kuchen und Torten, aber auch Quiches und Suppen konnte man hier bekommen.

Wegen des schönen Wetters saßen die wenigen Gäste alle draußen, und auch die drei Ermittler suchten sich einen Tisch vor dem ehemaligen Bahnhofsgebäude. Sie hatten Glück, einen zu finden, der etwas abseits stand. Im Vorbeigehen fiel Mannes Blick auf ein Exemplar der *Morgenpost*, das zusammengefaltet neben der leeren Kaffeetasse eines Gastes lag, und er zuckte zusammen, als er Hanneke Kleins Gesicht auf der Titelseite sah. Manne war zwar im Grunde seines Herzens ein technikkritischer Mensch, aber die Digitalisierung brachte eindeutig den Vorteil, nicht mehr an jeder Ecke mit den Schlagzeilen der Boulevard-Medien konfrontiert zu sein. Das vermisste er nicht. Über Hannekes Foto konnte er drei Wörter lesen: *Mafia-Schlächter* und *Idyll.* Du lieber Himmel.

Manne bestellte sich eine Kartoffelsuppe und ein Stück Erdbeerkuchen mit Schlagsahne. Eigentlich hatte er sich am selben

Morgen vor dem Spiegel noch geschworen, bis zu Jonas' Hochzeit wenigstens auf solche Dinge wie Schlagsahne zu verzichten, aber wenn man die Sache realistisch betrachtete, würde er wohl in einer Woche sowieso nicht mehr nennenswert an Gewicht verlieren können.

Caro bestellte sich ein Stück Spinat-Quiche, und Carsten ließ sich nach langem Hin und Her von Caro überzeugen, dass ein Salatteller für ihn wohl das Beste wäre: »Ehrlich, Carsten, du brauchst Vitamine, Eiweiß und ein paar Kohlehydrate. Es hilft niemandem, wenn du irgendwann umkippst.«

Auf Carstens gebrummeltes »Wer bist du? Meine Mutter?« hatte sie nur mit Achselzucken und einem Lächeln reagiert.

Während Manne sich an dem idyllischen Örtchen umschaute, dachte er nicht zum ersten Mal, dass es ein Glück war, Caro bei sich zu haben. Weil ihre Tochter Greta eine Zeit lang nur im Fahrradanhänger gut geschlafen hatte, kannte Caro gefühlt jedes Café in Berlin und Umgebung, und auch mit Restaurants und Biergärten kannte sie sich bestens aus. Er selbst war zwar schon oft durch das beschauliche Wandlitz gefahren, hatte das Café aber noch nie bemerkt. Ein Jammer. Er kam sicher nicht zum letzten Mal.

Caro zog ihr Notizbuch hervor und begann, darin herumzublättern. Dann runzelte sie die Stirn und sah Carsten an. »Was hat es jetzt eigentlich gebracht, hier rauszufahren?«

Manne hätte beinahe laut losgelacht. Sosehr er Carsten in den letzten Tagen schätzen gelernt hatte, er fragte sich dasselbe.

Der LKAler kratzte sich am Kopf und seufzte. »Nicht viel. Aber ich wollte sichergehen, bevor wir die KT hinschicken. Der Fall bindet ganz schön viele Ressourcen, und ich habe Angst, einen Fehler zu machen.«

Manne nickte. Er verstand, was der junge Kommissar meinte. Carsten musste unter gewaltigem Druck stehen. Nicht nur das Ergebnis der Ermittlungen war entscheidend. Auf dem Weg zum Erfolg sollte man auch so selten wie möglich nach links und rechts ausscheren.

»Aber immerhin wissen wir jetzt sicher, dass der Täter nicht allein gewesen sein kann«, sagte Manne daher versöhnlich. »Oder dass es zumindest immer unwahrscheinlicher wird.«

»Und sie müssen Ortskenntnisse haben«, fügte Caro hinzu. »Also kommen sie wahrscheinlich aus dem Norden der Stadt, oder? Das Schlossgelände war insofern ideal, um das Auto loszuwerden, als es gut zu erreichen ist, aber trotzdem völlig verlassen. Keine Nachbarn. Vielleicht wusste derjenige auch, dass die Baumaßnahmen gerade ruhen. Weil er hier immer mit seinem Hund spazieren geht oder was weiß ich.«

»Beziehungsweise diejenige«, mahnte Carsten. »Denk dran, Tine ist noch nicht aus dem Rennen.«

Caro schoss Carsten einen finsteren Blick zu, nickte aber.

Das Essen kam, und Manne merkte, wie hungrig er die ganze Zeit gewesen war. Die Kartoffelsuppe war genau das, was er gebraucht hatte. Es war zwar angenehm hier draußen in der Sonne, und er war es ja auch gewohnt, draußen zu sein, trotzdem fröstelte er gerade ein wenig. Vielleicht auch, weil der Schlaf momentan so viel zu kurz kam.

Der junge Kriminalkommissar schien mit seinem Salat weniger glücklich zu sein. Er hatte Mühe, die großen Blätter zu bändigen, und begann nach einer Weile, sich die Stücke gebratenes Huhn und Gemüse auf das dazu gereichte Graubrot zu schichten.

Nachdem sie alle ein paar Sekunden lang schweigend ihr Essen genossen hatten, vibrierte Carstens Telefon. Er überflog die Nachricht und runzelte die Stirn.

»Wiebke schreibt ... die Kollegen haben die Handydaten von Hannekes Telefon ausgewertet. Es hat das letzte Mal aus Tempelhof gesendet. Donnerstagnacht. Daraufhin sind sie los, die Gegend abzusuchen, und haben tatsächlich die Handtasche gefunden. Nahe der Autobahn am Südgelände. Es ist alles noch drin.«

»Wie meinst du, alles?«

»Bargeld, Handy, sogar ihr Hausschlüssel«, las Carsten kauend vor. »Das ist interessant.«

»Lass dir unbedingt ein Foto vom Schlüsselbund schicken«, sagte Manne. »Leberecht meinte doch, Hanneke hätte den Schlüssel für Mieraus Haus an ihrem eigenen Schlüsselbund gehabt.«

Carsten nickte und fing an zu tippen, während Caro mit nachdenklicher Miene kaute. »Das ist doch eigenartig«, murmelte sie. »Was macht die Tasche in Tempelhof? Ich meine: Das liegt überhaupt nicht auf dem Weg von Mitte nach Pankow.«

»Das ist allerdings wahr«, nickte Manne. »Der Fall ist total versprengt.«

»Wir haben unsere Kolonie als Auffindeort und Ort, an dem ihr die zweiten Wunden zugefügt wurden«, begann Caro aufzuzählen. »Das Stadtparlament, wo man sie zuletzt lebend gesehen hat, das Haus ihrer Nachbarn, wo sie gestorben ist, und jetzt Tempelhof, wo ihre Handtasche gefunden wurde. Aber gut, die kann auch vom Täter nach Hannekes Tod entsorgt worden sein.«

Carsten schüttelte den Kopf. »Laut Funkzellenabfrage lag sie da schon eine Weile. Aber Wiebke schreibt, dass Hannekes Handy am Donnerstagabend gegen 23 Uhr in einer Funkzelle in Dahlem eingeloggt war. Was erklärt, wie die Handtasche nach Tempelhof kommt.«

»Also mir erklärt es das nicht«, sagte Manne, schob seinen Suppenteller von sich weg und machte sich über den Erdbeerkuchen her.

»Nun, sie hatte wohl noch etwas im Süden der Stadt zu erledigen«, gab Carsten zurück.

»Aber was?«, fragte Caro nachdenklich und schob sich die Salatgarnitur in den Mund. Sie war der einzige Mensch, den Manne kannte, der tatsächlich diese Verlegenheitsvitamine vom Tellerrand zu sich nahm. »Ich meine: Leberecht hat gesagt, dass sie nach solchen Tagen sehr erschöpft war und einfach nur noch nach Hause wollte, um dort ein bisschen zu lesen. Was ich ehrlich gesagt gut nachvollziehen kann. Warum fährt man dann ans andere Ende der Stadt?«

»Und warum nehmen die Täter Hannes Auto und lassen es nicht in Pankow stehen?«, fragte Manne. Natürlich konnte auch das tausend Gründe haben, aber die Täter hatten offenbar auch ein eigenes Auto, sonst wären sie wohl vom Schloss nicht mehr weggekommen. Gut, man konnte auch laufen, aber wie wahrscheinlich war das?

»Okay, wollen wir mal eine Ablaufhypothese erstellen?«, fragte Carsten, und Caro nickte eifrig.

»Ich fang mal an«, sagte Manne. Im Laufe der Jahre hatte er sich angewöhnt, den Anfang zu machen und dann zuzuhören, weil ihm solche Hypothesen immer schwerfielen.

»Hanneke fährt nach der letzten Sitzung zu einer Verabredung im Süden der Stadt. Da sie weder ihrem Partner noch ihrem Assistenten von dieser Verabredung erzählt hat, ist davon auszugehen, dass sie eventuell heikel war. Was, wie ich anmerken möchte, von unserer Anlage weg zeigt.« Letzteres war ihm aufgefallen, während er noch sprach, und es stimmte. Sie hatten keine Vereinsmitglieder, die in Steglitz, Zehlendorf oder sonst irgendwo südlich von Mitte wohnten. Und es war eine Erleichterung für ihn, dass die anderen beiden nickten.

»Da ist was dran«, sagte Carsten und schenkte Manne ein kleines Lächeln. Caro grinste.

»Wir haben ja die abgebrochene Klinge an der Haustür der Mieraus gefunden. Ein Beweis dafür, dass jemand hinter ihr her war, würde ich denken. Also sagen wir, das Gespräch lief aus dem Ruder. Es kam zum Streit, vielleicht gab es schon in Dahlem Handgreiflichkeiten. Hanne floh in ihr Auto und fuhr los nach Norden.«

„Auf der Autobahn merkte sie, dass sie verfolgt wurde und …«, Carsten zögerte, »warf ihre Handtasche aus dem Fenster. Warum das?«

Manne zuckte die Achseln. »Vielleicht findet das Team etwas in der Tasche, das es erklärt. Oder sie wollte dem Verfolger keinen Zugang zu ihrem Haus ermöglichen. Ihrem Büro oder dem Abgeordnetenhaus.«

»Das könnte eine Erklärung sein. Wenn Leberecht bestätigt, dass es sich um Hannes Schlüsselbund minus der Nachbarschlüssel handelt, dann ist sie wirklich sehr überlegt vorgegangen.« Er schaute auf. »Und genau deshalb kann ich jetzt hier keine Sekunde länger sitzen. Denn da Leberecht unterwegs war und die beiden keine Kinder hatten, wollte sie ja keine Menschen durch ihr Verhalten schützen, sondern …«

»Informationen«, sagte Caro und kritzelte hektisch ein paar Notizen in ihr Buch.

Carsten nickte. »Genau. Oder Vermögenswerte. Davon gibt es in dem Haus ja wahrlich genug. Der Täter kann die Tasche nicht aus dem Fenster geworfen haben, das gibt das Bewegungsprofil nicht her. Außerdem hätte er wohl vorher das Handy wenigstens ausgemacht und sich das Bargeld genommen, oder?«

»Na ja. Er … oder sie … hat auch das Handtuch in der Spüle zurückgelassen«, warf Caro ein und winkte der netten Bedienung, dass sie zahlen wollten.

»Das spricht nicht für einen durch und durch bedachten Täter. Außerdem hätte er sich wohl kaum die Mühe gemacht, den Schlüssel vom Bund zu trennen«, sagte Manne.

»Oder gerade«, hielt Carsten dagegen. »Um noch einmal zurückzukehren und sauber zu machen.«

»Dann hätte er aber auch das Handtuch aus der Spüle entfernt, würde ich jetzt mal schätzen.«

»Stimmt«, sagte Manne. »Aber das können wir offenlassen. Wichtig ist, dass Hanne nicht auf direktem Weg nach Pankow gefahren ist. Wahrscheinlich ist der Täter ihr nicht die ganze Zeit gefolgt, auch wenn man das nicht ausschließen kann, sondern in Dahlem ist irgendwas passiert. Kann man den Radius denn genauer eingrenzen?«, fragte Manne.

Carsten, der gerade die Rechnung überflog und dann dreißig Euro auf den Tisch legte, nickte. »Das Team ist dran. Darauf müssen wir jetzt hoffen. Das LKA lädt ein, sattelt die Hühner. Ich habe das Gefühl, wir müssen jetzt schnell sein.«

Ja, dieses Gefühl hatte Manne allerdings auch.

KAPITEL 24

Severin Freund stand schon an der Straße und wartete auf sie, eine Beamtin von der Schutzpolizei schräg hinter sich. Er wohnte ganz bei Caro in der Nähe, und sie wunderte sich, dass sie ihm noch nie begegnet war. Denn eigentlich war der Florakiez eine Nachbarschaft, in der man einander kannte, jedenfalls vom Sehen. Freund war ein auffallend schmaler und kleiner Mann; doch vielleicht machte ihn das im Ganzen ja gerade so unauffällig.

»Will der nicht, dass wir seine Wohnung sehen?«, fragte Manne verwirrt, als er ihn vor seinem Hauseingang entdeckte, doch Carsten schüttelte den Kopf.

»Ich habe ihm geschrieben, dass wir es eilig haben.«

»Weiß Leberecht auch schon, dass wir kommen?«, wollte Caro wissen.

Carsten nickte. »Ja, er weiß Bescheid.«

»Freund hätte ja auch laufen können«, sagte Caro gedankenverloren. »Das ist doch direkt da hinten.«

Carsten hob die Brauen. »Er ist eines der prominentesten Gesichter in diesem Fall. Vergesst nicht, dass er seit Jahren die Eminenz im Hintergrund ist. Der Büroleiter. Auf Pressekonferenzen war auch er oft zu sehen, auch sein Bild geht jetzt durch die Medien. Wenn es nach mir geht, dann läuft er so wenig durch die Gegend, wie es irgendwie geht.«

Freund umrundete das Auto und setzte sich auf die Rückbank neben Caro. Die Polizistin winkte Carsten zu, der das Fahrerfenster herunterließ.

»Soll ich hier warten?«, fragte sie.

Carsten schüttelte den Kopf. »Das kann dauern. Ich gebe Bescheid, wenn ich absehen kann, dass wir ihn zurückbringen. Dann kannst du wiederkommen oder einen Kollegen schicken.«

Die Beamtin nickte und tippte sich an die Mütze. Caro sah, wie Freund ihr ein schmales Lächeln schenkte.

»Wie geht es Ihnen?«, fragte Caro, und der Assistent machte eine Bewegung, die ein Mittelding war aus Schulterzucken und Kopfschütteln.

»Ach«, sagte er. »Ich weiß auch nicht. Aber es ist gut, jetzt wenigstens was zu tun zu bekommen.«

Das konnte sich Caro sehr gut vorstellen.

Leberecht öffnete ihnen die Tür, noch bevor sie klingeln konnten, und umarmte Severin Freund recht ungelenk, dann führte er sie ohne viele Worte zum Büro seiner toten Lebensgefährtin.

Im Vorbeigehen erhaschte Caro einen Blick durch die Wohnzimmertür und sah zwei Teenager, eine grau gekleidete Frau und einen Mann, der auf der Terrasse telefonierend auf und ab ging. Sie fand es seltsam, jede der fremden Personen in diesem Raum zuordnen zu können.

»Fühlen Sie sich wie zu Hause«, sagte Leberecht und deutete etwas steif auf ein kleines Beistelltischchen neben der Tür, auf dem ein Teller mit belegten Broten, eine Karaffe Wasser sowie einige Gläser standen. »Das Ganze wird ja wohl ein bisschen dauern, deshalb hat meine Nichte Ihnen ein paar Brote geschmiert. Die beiden Kinder wissen auch nicht wirklich, wohin mit sich.«

Caro lächelte den Mann an, und Carsten zog sein Handy aus der Tasche.

»Vielen Dank«, sagte er. »Wir wollen Sie nicht zu lange von Ihrem Besuch fernhalten, Herr Freund unterstützt uns ja. Aber ich möchte Ihnen persönlich sagen, dass Hannekes Handtasche heute Morgen gefunden wurde.«

Leberecht hielt in seiner Bewegung inne, und Caro fiel auf, dass seine Finger leicht zu zittern begannen. »Wo?«, fragte er nur.

Carsten sah den Mann eindringlich an, als er antwortete: »In Tempelhof.«

Leberecht war überrascht. »Wie kommt sie denn dahin?«

»Das wissen wir auch noch nicht«, antwortete der Kriminalkommissar. »Aber wir haben die Handydaten ausgewertet und können ziemlich sicher sagen, dass Hanneke selbst am Donnerstagabend dort noch langgefahren ist. Genauer gesagt nach Dahlem.«

»Dahlem?«, echote Leberecht, und Carsten nickte.

»Das ist ja am anderen Ende der Stadt!«

»Sie haben dort nicht zufällig Freunde oder Verwandte?«, wollte Caro wissen. Es war nicht abwegig, immerhin sammelte sich dort das alte Berliner Geld. Instinktiv hätte sie den Feinkost-Unternehmer auch eher in Dahlem verortet als in Pankow. Doch Jörn Leberecht schüttelte den Kopf.

»Nein, wir sind alle hier oben. Allerdings wohnen viele Politiker in Dahlem. Es ist nicht auszuschließen, dass Hanne dorthin gefahren ist, um noch etwas zu holen oder so. Akten vielleicht. Oder um mit einem Kollegen zu sprechen.«

»Das würde nicht ganz passen«, sagte Manne nachdenklich. »Sie war da nur ungefähr eine halbe Stunde. Nicht lange genug für beispielsweise ein Abendessen, aber länger, als es dauern würde, einfach nur was abzuholen.«

Carsten wandte sich an Freund. »Fällt Ihnen etwas zu Dahlem ein?«

Caro sah, dass der Assistent mit den Kiefermuskeln mahlte, doch er schüttelte den Kopf. Sie hätte wetten können, dass ihm sehr wohl etwas zu Dahlem einfiel.

Sie tauschte einen kurzen Blick mit Manne, dessen Stirn in skeptischen Falten lag. Er glaubte ihm auch nicht.

»Nein«, sagte Freund langsam. »Aber wir können natürlich in ihren Kontakten nachsehen.«

Carsten nickte und zückte sein Handy. »Eines noch, Herr Leberecht, dann lassen wir Sie in Ruhe.« Er tippte auf dem Bildschirm herum und hielt ihn dann dem Mann hin. »Erkennen Sie diesen Schlüsselbund?«

»Ja, natürlich. Das ist der von Hanne. Den Anhänger habe ich ihr mal auf Rügen gekauft.«

Caro wusste, was er meinte, denn sie kannte das Foto schon. An dem großen Schlüsselbund baumelte ein hübscher Anker an einem breiten Lederband.

»Ist er vollständig?«, fragte Carsten, und Leberecht schüttelte den Kopf.

»Nein, die Schlüssel zum Haus unserer Nachbarn fehlen. Sie hatte sie an einem separaten Ring.«

Es war also so, wie sie es sich schon gedacht hatten.

Carsten nickte ernst. »Vielen Dank. Wir werden uns dann jetzt im Büro umsehen.«

Er drehte sich, um das Siegel zu brechen, das er zwei Tage zuvor am Büro angebracht hatte, um zu verhindern, dass Leberecht oder jemand anderes Unterlagen verschwinden ließ.

Eigentlich wäre das das Zeichen für Leberecht gewesen, zu gehen, doch er blieb wie angewurzelt stehen. Kopfschüttelnd, augenscheinlich in Gedanken.

»Hier in Berlin hat sich eine Katastrophe abgespielt«, sagte er leise. »Was muss sie nur für Ängste gehabt haben, während ich auf einer Messe in New York City Wein verkostet habe?« Der Mann schaute auf, und sein Blick traf den Caros. »Das werde ich mir niemals verzeihen.«

»Sie hatten keine Ahnung«, erwiderte Caro, um die richtigen Worte bemüht. »Woher hätten Sie wissen sollen, was sich hier abspielte?«

»Ich weiß«, sagte Jörn mit einem traurigen Lächeln. »Trotzdem.«

Endlich wandte er sich zum Gehen. Caro atmete aus und folgte den anderen in den großen, hellen Büroraum.

»Hier sieht es ja fast so aus wie bei dir!«, entfuhr es ihr, als sie die großen Regale voller Bücher und Aktenordner sah, die an dreien der vier Wände standen. Manne nickte. Er hatte die Hände in die Hüften gestemmt und sah sich in dem modernen Raum um.

Mannes Vorstandsbüro in der Kleingartenanlage war genauso mit Papier vollgestopft. Aber hier war alles vom Feinsten und genau nach ihrem Geschmack – im Gegensatz zu dem ihres Kollegen, der nichts für Eiermann, USM und Co. übrig hatte.

Sie standen zu viert auf dem großen Teppich in der Mitte des Raumes und waren für einen Moment ganz still. Man hatte das Gefühl, dass der Geist der toten Frau in diesem Raum besonders präsent war. Ein halb gefülltes Wasserglas stand neben einer Tasse mit Teerand auf dem Schreibtisch. Jörn Leberecht würde in den kommenden Wochen wieder und wieder über die Echos von Hannes Leben stolpern. Es kam Caro irgendwie tröstlich und grausam zugleich vor, dass die Toten alles Irdische zurückließen.

»Also, was suchen wir?«, fragte Severin Freund, nahm seine Brille ab und putzte sie.

»Sie wissen, dass wir einen Durchsuchungsbeschluss für diesen Raum haben«, sagte Carsten, und der Assistent nickte.

»Wir können und werden uns also so viel wie möglich ansehen, aber wenn wir das einfach Regal für Regal tun, sind wir Weihnachten noch nicht fertig und verpassen vielleicht sogar die Spur, die uns zum Mörder führen würde. Deshalb sind wir auf Sie angewiesen. Spielen Sie bitte den Navigator für uns. Geben Sie uns erst mal eine große Führung und sagen Sie uns dann, was aus Ihrer Sicht für uns interessant sein könnte und warum.«

Severin nickte erneut und holte tief Luft. »Wenn es um Informationen geht, sind Sie hier besser aufgehoben als bei uns im Stadtteilbüro«, setzte er an. »Denn hier lagert auch, was andere nicht sehen durften, sowie Hannekes private Unterlagen.«

Er zeigte an die Wand rechts von ihnen. »Das ist alles dort zu finden. Steuerunterlagen, Scheidungsunterlagen, so was wie Arztrechnungen, Versicherungen, Kaufverträge und so weiter. Was man eben so abheftet. Vor Kopf das große Regal beinhaltet alles, was in der aktuellen Legislaturperiode an Arbeit angefallen ist.«

Caro riss die Augen auf. »Das ist *nur*, was gerade aktuell ist?«, fragte sie mit Blick auf die vielen, vielen Meter Aktenordner ungläubig. Bei näherem Hinsehen stellte sie fest, dass in die Ordnerrücken jeweils ein kleiner Bär geprägt worden war.

Severin Freund lächelte dünn. »Politik ist eine Papierschlacht. So ist es leider. Anträge, Korrespondenz, Gutachten, Stellungnahmen, Ausschussarbeit. Es ist uferlos. Und das meiste davon wahrscheinlich völlig irrelevant. An der linken Wand findet sich hauptsächlich Literatur, Erinnerungsstücke und so weiter. Das können wir wohl erst mal auslassen.«

Carsten ging ein paar Schritte bis zum Schreibtisch und klappte dort Hannekes Laptop auf. »Haben Sie das Passwort?«, fragte er Severin.

Dieser zögerte. »Haben Sie auch einen Durchsuchungsbeschluss für den Rechner?«

»Nein, aber den brauche ich auch nicht«, gab Carsten ruhig zurück. »Er befindet sich in diesem Büro, und ich kann und werde ihn beschlagnahmen. Unsere Computerspezialisten werden das Passwort herausfinden, das kann je nach Komplexität ein paar Stunden in Anspruch nehmen. Kostbare Zeit, die vergeht. Also. Haben Sie das Passwort?«

»Ich …« Der Mann rang mit sich, so extrem, dass es Caro fast schon physisch unangenehm wurde.

»Ich denke schon«, sagte er dann und trat neben Carsten. »Wenn sie es nicht geändert hat.«

Freund tippte etwas ein, und kurz darauf hörte Caro Carsten glucksen. »Zzzz?«, fragte er ungläubig.

»Es ist so gut oder so schlecht wie jedes andere Passwort«, gab Freund beleidigt zurück.

Caro warf Carsten einen warnenden Blick zu. Der brachte sein Gesicht schnell wieder unter Kontrolle und nickte. »Natürlich, haben Sie vielen Dank.« Er deutete auf den Schreibtischstuhl. »Darf ich?«

Freund machte dem Kommissar widerwillig Platz, wobei er aussah, als wollte er ihn am liebsten anknurren. Er verteidigte die Sachen seiner Freundin.

»Wie Sie sich vielleicht vorstellen können, suchen wir ganz besonders nach Misstönen«, sagte Caro jetzt, weil sie das Gefühl hatte, Freund bräuchte noch genauere Anweisungen. »Wer Ihrer Freundin das angetan hat, der hegte einen Groll gegen sie. Einen ganz persönlichen Groll. Natürlich haben wir die Mitglieder des Kleingartenvereins besonders im Visier, doch der Tatort und Hannekes Bewegungsprofil zeigen eher vom Verein weg.«

Freund nickte. Doch er bewegte sich immer noch nicht.

»Sie können Sie nicht mehr beschützen, indem Sie schweigen, das haben Sie doch selbst gesagt«, raunte Caro. »Und Sie sollten sich jetzt nicht in falsche Loyalität verstricken. Was immer hier in diesem Raum besprochen wird, bleibt erst mal unter uns. Darauf haben Sie unser Wort.«

Der Assistent nickte erneut und gab sich einen Ruck. »Sie haben recht«, sagte er. »Wer hilft mir?«

»Ich«, sagte Manne. »Dann können Sie mir gleich mal die Studien vom Naturschutzbund und die Bodenanalysen raussuchen.«

Caro schmunzelte und wandte sich den Regalen mit privaten Unterlagen zu. Es waren viele, doch sie wusste, wonach sie suchen wollte. Denn ein Satz, den Mikkel Klein gesagt hatte, ließ sie nicht mehr los. Dass das Kinderthema für Hanneke schmerzhaft gewesen sei, warum auch immer.

Vielleicht lag es daran, dass sie eine Frau war, doch dieser Satz klang seitdem in Caro nach. Wahrscheinlich war das überhaupt nicht fallrelevant, aber sie wollte es einfach wissen. Vielleicht auch, um dem Opfer näherzukommen. Um mehr über Hanneke Klein in Erfahrung zu bringen.

Caro lernte so einiges über die Frau in den nächsten Stunden, bekam sie aber trotzdem kaum zu greifen. Was sie hier durchsah, war größtenteils sehr uninteressant. Steuererklärungen, die sie zur Seite legte, um sie vom LKA überprüfen und mit den Kontobewegungen der Politikerin abgleichen zu lassen. So isoliert konnte man da nicht viel herauslesen.

Rechnungen und Papiere – Gebrauchsanweisungen und Versicherungen. Caro las mit einiger Verwirrung, dass Hanneke Klein relativ viel Geld für eine Kunstversicherung zahlte, und erinnerte sich an das Bild im Wohnzimmer über dem Kamin. Sie überflog die versicherten Gegenstände und stellte erstaunt fest, dass sich im Haus Wertobjekte für fast eine Million Euro befanden.

»Hanneke war Kunstliebhaberin?«, fragte sie Severin, der neben Carsten saß und ihm half, die Mails auf dem Computer zu sichten. Er sah auf und lächelte leicht.

»O ja. Fanatikerin würde ich sogar sagen. Und das fing schon früh an. Während andere im Studium Geld für Partys und Kleidung ausgaben, hing sie gerne an der Kunsthochschule ab und kaufte Objekte und Bilder günstig von Studenten. Vorher redete sie mit den Professoren und versuchte abzuschätzen, von wem man sich etwas versprechen durfte in der Zukunft. Hanne sagte immer, Kunstobjekte seien Aktien in schön. Ich habe das immer ein bisschen belächelt. Bis sie das erste Mal recht hatte. Dann war ich nur noch neidisch.«

Caro nickte und dachte nach. Vielleicht hatte es noch einen anderen Grund gehabt, dass Hanneke in der Tatnacht in das Haus der Mieraus geflohen war und nicht in ihr eigenes Zuhause. Vielleicht hatte sie auch ihre Kunst schützen wollen. Nervenstark war sie so oder so gewesen.

»Die Versicherungssumme ist gewaltig«, sagte Caro und hielt die Police hoch. »Aber das hat sie nicht für die Sachen gezahlt?«

Freund schüttelte den Kopf. »Nein. Meistens nicht. Nur manchmal, aber dann hat sie vorher etwas gut verkauft. Sie verdiente zwar nicht schlecht als Abgeordnete, aber auch wieder nicht so gut. Das Haus hier gehört Jörn. Die Kunst gehörte Hanneke.« Er setzte eine säuerliche Miene auf. »Und macht ihn jetzt noch reicher, als er sowieso schon ist, falls sie kein Testament gemacht hat.«

»Sie wissen von keinem Testament?«, fragte Manne, und Freund schüttelte den Kopf.

»Nein. Ich weiß auch nicht, ob sie mit mir darüber gesprochen hätte.«

»Wieso nicht?«, wollte Caro wissen. »Sie waren doch ihr bester Freund!«

Severin Freund lächelte Caro an. »Die wenigsten Menschen sprechen gerne über den Tod. Oder nicht? Wenn überhaupt, dann weiß Anna etwas.«

»Anna?«, fragten Caro und Carsten im Chor.

»Anna von Baden«, gab Freund zurück. So selbstverständlich, als würde er übers Wetter sprechen. »Ihre Anwältin.«

Manne atmete tief durch. »Und warum hören wir diesen Namen jetzt gerade zum ersten Mal?«

Der Assistent presste die Lippen aufeinander. »Ich dachte, Sie hätten diese Information schon aus anderer Quelle.«

Carsten tippte auf dem Computer herum und fragte dann: »Ist sie das?«

Freund nickte.

»Entschuldigt mich bitte einen Moment.« Carsten stand auf und verließ das Büro, augenscheinlich, um mit Frau von Baden zu sprechen. Manne und Caro tauschten einen Blick und wandten sich wieder ihren Regalreihen zu.

Nach einer kurzen Pause fragte Manne: »Gab es außer unserer gesamten Anlage sonst noch Leute in Pankow, die einen Groll gegen Hanneke gehegt haben könnten? Aufgrund ihrer Arbeit?«

Severin Freund legte die Stirn in Falten. »Nun. So große Projekte dauern immer ewig, bevor überhaupt losgelegt werden kann. Aber Hanneke hat sich sehr für die Verdichtung von Prenzlauer Berg eingesetzt. Dort gab es früher noch einen Haufen halblegaler Klubs und etliche Baulücken.«

Caro erinnerte sich nur zu gut. An plüschige Sessel und wackelige Metalltreppen, feuchte Keller und verstopfte Toiletten. Und an die beste Zeit ihres Lebens.

»Ja«, sagte sie deshalb ein bisschen spitz. »Daran kann ich mich noch gut erinnern. Die Zeiten sind ja leider vorbei.«

Der Klub der Republik, das Icon, der Magnet Club. Alle futsch. Sie selbst war auf einigen Closing-Partys gewesen und hatte auf Politiker und Investoren geschimpft, die das zu verantworten hatten. Es war nicht schwer, sich auszumalen, wie sich die Betreiber gefühlt haben mussten.

Severin Freund musterte sie abschätzig.

»Die Hygiene- und Brandschutzbedingungen in diesen Klubs waren zum Teil eine absolute Vollkatastrophe. Außerdem wurde die Wohnungsknappheit in diesem Teil der Stadt immer offenkundiger. Hanneke hat sich für den Wohnungsbau eingesetzt und musste dafür ganz schön einstecken. Als das Betty Ford auf der Kopenhagener Straße schließen musste, haben uns Betreiber und Freunde des Klubs die Bürofassade beschmiert und die Fensterscheiben eingeschlagen.«

»Wann war das?«, wollte Manne wissen, dessen Augen schon die Ordnerrücken absuchten.

»Das ist lange her«, sagte Freund. »Zehn Jahre oder noch mehr. Die Unterlagen sind bestimmt im Archiv. Ich kann Sie Ihnen raussuchen.«

»Wissen Sie noch, wie der Betreiber hieß?«

»Hießen. Es war ein Pärchen, und die beiden vergesse ich so schnell wohl nicht. Markus und Daniela Hofer.«

Caro notierte sich die Namen. Es konnte nicht schaden, mit den beiden zu sprechen. Manne setzte sich an den Computer und tippte die Namen ins Suchfeld des Browsers, dann ging er auf Bildersuche.

Hannekes Assistent schaute ihm dabei über die Schulter und tippte irgendwann auf den Bildschirm. »Da. Das sind sie.«

Caro trat ebenfalls hinter Manne, als der auf das Foto klickte. »Sie haben jetzt offenbar ein veganes Café in Prenzlauer Berg.«

Caro klopfte ihrem Kollegen auf die Schulter. »Na, das ist doch Musik in unseren Ohren, oder?«

»Gibt es so was wie vegane Schlagsahne?«, fragte Manne, und Caro nickte.

»Fällt Ihnen sonst noch was ein?«, wollte er wissen, doch Severin schüttelte den Kopf.

»Auf Anhieb nicht, nein.«

»Anna von Baden ist im Urlaub und kommt erst heute Abend zurück.« Carsten trat wieder ins Zimmer und sah säuerlich aus. »Wir sind um acht verabredet.«

»Sehen Sie, dann wäre es auch egal gewesen, früher von ihr zu erfahren«, bemerkte Severin, und Caro musste ihm da recht geben.

»Man fragt sich ja, ob jeder Anwalt im Urlaub geblieben wäre angesichts des barbarischen Tods einer Mandantin«, murmelte Carsten leise. »Aber hey, was weiß ich schon?«

Caro schmunzelte und wandte sich wieder den Aktenordnern zu. Die Stunden zogen sich wie Kaugummi, und sie fragte sich, wie manche Leute freiwillig in Behörden und der Buchhaltung arbeiten konnten. Es fiel ihr immer schwerer, sich auf die Papiere vor sich zu konzentrieren und sie in wichtig oder unwichtig einzuteilen. Die Zahlen und Buchstaben verschwammen zunehmend vor ihren Augen. Wenn sie das richtig mitbekam, ging es Manne nicht viel besser. Nur Carsten schien auf dem Computer fündig zu werden. Hanneke hatte offenbar einige Drohmails erhalten, die er den Kollegen zur Überprüfung weiterleitete. Und es gab auch diverse Nachrichten, die als sexuelle Belästigung angesehen werden konnten. Caro schauderte. Wenn man als Frau nur ein winziges Maß an Öffentlichkeit hatte, kam man um solche Nachrichten offenbar nicht mehr herum. Eine Freundin von ihr war als Expertin für frühkindliche Entwicklung mal in einem großen Fernsehformat aufgetreten und dann von einem sehr hartnäckigen Fußfetischisten online verfolgt worden. Absurd. Da konnte sie ja fast froh sein, bisher nur die Kunstversicherung gefunden zu haben. Allerdings suchte sie etwas ganz anderes.

Viele medizinische Unterlagen gab es nicht. Nur Abrechnungen von der Krankenkasse und eine Krankenhausrechnung aus Thailand sowie zahlreiche Zahnarztabrechnungen, was ihr wieder einmal vor Augen führte, dass ihr Mann das falsche medizinische Feld gewählt hatte. Warum durften Zahnärzte so verdammt viel Kohle verlangen?

Es war so wenig, dass Hanneke keinen eigenen Ordner für diese Dinge hatte, sondern sie in den allgemeinen Ordnern mit Jahreszahlen auf dem Rücken abgeheftet hatte. Zusammen mit anderen Singularitäten.

Schließlich stieß sie tatsächlich auf etwas, das ihre Aufmerksamkeit forderte. Die Rechnung eines gynäkologischen Versorgungszentrums für eine vor acht Jahren vorgenommene Sterilisation. Damit hatte Caro nicht gerechnet. Die Rechnung befand sich in einer Klarsichtfolie, und Caro holte sie heraus. Angeheftet waren ein Anamnesebogen in Kopie sowie mehrere Ultraschallbilder. An einem stand der Vermerk: *Verwachsungen an der Gebärmutter. Vermtl. Geburtsverletzung von zurückl. Entbdg.*

Sie konnte nicht glauben, was sie da las. Mit zittrigen Fingern blätterte sie weiter und überflog den Anamnesebogen. Und da stand es dann tatsächlich: *Anzahl der Geburten: 1.*

»Sie hat ein Kind bekommen!«, rief Caro in den Raum hinein und hatte sofort die Aufmerksamkeit aller drei Männer.

»Das wüsste ich«, bemerkte Severin Freund mit leicht gehobenen Brauen trocken.

In diesem Moment hätte Caro ihm am liebsten eine Ohrfeige verpasst. »Offensichtlich nicht«, sagte sie und hielt Manne das Blatt hin.

»Hm«, machte der, als er es überflogen hatte. »Das ist interessant, klar.« Er gab das Blatt an Carsten weiter, der die Stirn runzelte.

»Mikkel hat doch gesagt, dass Kinder für sie immer ein emotionales Thema waren.«

Caro nickte heftig, und Carsten zeigte auf Severin Freund. »Und Sie meinten eben, über den Tod haben Sie nicht mit Ihrer Freundin gesprochen.«

Auch Freund nickte.

»Aber von einem Kind haben wir noch nie was gehört«, fuhr Carsten fort und sah in die Runde. »Wiebke und Christian haben mit Hannekes Ex-Mann gesprochen, der sehr kooperativ und sehr kinderlos ist. Also liegt insgesamt die Vermutung nahe, dass Hanneke eine traumatische Fehlgeburt hatte. Nicht mehr und nicht weniger.«

Caro biss sich auf die Lippe. Es stimmte natürlich. Das war die nächstliegende Erklärung. Sie fotografierte die Unterlagen des Versorgungszentrums und tütete sie wieder ein.

»So langsam sind wir durch, denke ich«, sagte Carsten nach einer weiteren Ewigkeit. »Zumindest fürs Erste. Ich hatte mir mehr erhofft, aber so ist das manchmal. Den Rest dürfen sich die anderen anschauen.«

Sie packten ein, was sie für wichtig hielten, und verabschiedeten sich. Kurze Zeit später verließen sie gemeinsam mit Severin Freund wieder das Haus.

KAPITEL 25

Hier drin war alles bunt. Bunter, als ein Raum in Mannes Vorstellung sein konnte oder sein sollte. Ihm kribbelten schon die Augen.

Sie saßen im veganen Café Empathy Revolution in der Nähe des Helmholtzplatzes und warteten darauf, dass Markus und Daniela Hofer die letzten Gäste verabschiedeten, die sich festgeplappert hatten.

Das Betreiberpaar war genauso bunt wie die Einrichtung des Ladens; er konnte nicht glauben, dass ihm dieses Café zuvor nie aufgefallen war, eigentlich sprang es einem buchstäblich ins Auge. Wahrscheinlich hatte Mannes Unterbewusstsein diese Reizüberflutung jedes Mal herausgefiltert, um ihn zu schützen.

Allerdings waren die Stühle gemütlich, die Musik nicht zu laut und der Duft, der in der Luft hing, absolut köstlich. Bei den Torten und Kuchen in der Glasvitrine handelte es sich um kunterbunte Kunstwerke, und Manne hatte schnell begriffen, dass die Farben, und nicht etwa das Vegane, das Alleinstellungsmerkmal des Ladens waren.

Endlich klingelte die Glocke über der Tür ein letztes Mal, und Daniela schloss direkt hinter den Gästen ab und drehte das Schild um.

»Liebe Güte, die hatten einen Liter Laberwasser intus. Tut mir leid«, sagte sie in Richtung des Tisches, an dem Manne, Caro und Carsten saßen. Carsten winkte müde ab, doch Manne entging nicht, dass seine Knie unterm Tisch die ganze Zeit nervös wippten. So viel Anspannung konnte nicht gesund sein.

»Wir sind gleich bei euch. Ihr habt doch bestimmt auch Hunger!«, rief sie ihnen zu und verschwand in der Küche.

Kurze Zeit später tauchten ihr Mann, der eine beachtliche Menge Metall im Gesicht und an den Ohren trug, und sie wieder auf, mit einem Tablett, Tellern und Besteck bewaffnet. Sie fingen an, alles auf einen großen Ecktisch direkt am Fenster zu stellen.

»Wir sind am Verhungern und haben noch genug Reste für alle«, verkündete die volltätowierte Frau fröhlich und machte eine einladende Geste. »Kommt. Gleichzeitig essen und sprechen ist meine Superkraft.«

Caro grinste, und auch Manne musste lächeln. Das Berlinerisch der Frau war so breit und ihr Lachen dermaßen ansteckend, dass es gar nicht anders ging.

Auf der karierten Tischdecke standen bald ein Topf mit irgendeinem Eintopf und eine Schüssel mit Kartoffelpüree, sowie diverse Gläser und Schüsseln mit verschiedensten Sachen.

»Gulasch mit Kartoffelstampf«, sagte die Frau und zeigte auf beides. »Bulgursalat mit Minze, Falafel mit Hummus, grüne Erbsensuppe und Schokomousse. Wenn ihr Kuchen wollt, hole ich euch auch gerne was aus der Theke.«

»Vielen Dank, das ist nicht nötig«, sagte Carsten, während er sich umständlich auf einen Stuhl fädelte, und Manne hätte ihn am liebsten gehauen. Über die Notwendigkeit von Kuchen entschied er eigentlich gern selbst. Doch er dachte erneut an Jonas' Hochzeit und biss sich auf die Zunge.

»Nehmt euch selbst, ja?«, sagte Markus, der sich gerade den Teller mit Kartoffelpüree belud, und Manne war belustigt von der Tatsache, dass die beiden ermittelnde Beamte vom LKA einfach so duzten. Autorität schien die beiden Hofers überhaupt nicht zu beeindrucken.

Manne nahm sich ebenfalls Kartoffelpüree und Gulasch. In der Paprikasoße schwammen flache, braune Stücke, die genauso aussahen wie Fleisch, und Manne stellte nach dem Probieren erstaunt fest, dass sie auch so schmeckten. Okay, das war schon faszinierend.

»Ihr seid wegen der Klein hier, richtig?«, fragte Daniela Hofer, nachdem sie die Turnschuhe abgestreift hatte und mit einem wohligen Seufzer die Füße auf die Sitzbank zog, die an zwei Seiten des Tisches Stühle ersetzte.

»Richtig«, sagte Manne verwundert. »Woher wissen Sie das?«

»Wir haben uns schon gedacht, dass früher oder später jemand vorbeikommen würde«, sagte Markus. »Wegen dem, was 2010 passiert ist, mussten wir damit rechnen.«

»Sie haben das Stadtteilbüro von Hanneke Klein verwüstet«, stellte Carsten fest, der sich ein Einmachglas mit grüner Suppe herangezogen hatte. Schon wieder Essen in Einmachgläsern. Manche Dinge würde Manne wohl nie verstehen. Aber er verstand auch nicht, wie man sich von all den schönen Dingen auf diesem Tisch ausgerechnet das Grünste aussuchen konnte.

»Na ja, verwüstet.« Markus Hofer legte kauend den Kopf schief. »Wir haben unserem Ärger Luft gemacht, sagen wir mal so.«

»Und die Fensterscheiben eingeschmissen«, erwiderte Manne.

»Und *Bonzen-Hure* an die Fassade geschmiert«, ergänzte Caro liebenswürdig.

Daniela verzog peinlich berührt das Gesicht. »Nicht meine Glanzleistung«, sagte sie. »Aber ich war so wütend.«

»Kann ich verstehen«, sagte Caro. »Die Betty war ein toller Klub.«

Manne hob die Brauen. Natürlich. Caro kannte nicht nur jedes Restaurant und Café in der ganzen Stadt, sondern auch jeden Klub. Die beiden Frauen tauschten ein Lächeln aus. Er wusste manchmal noch immer nicht, was er von Caros Art der Gesprächsführung halten sollte. Sie war sehr schnell vertraulich mit den Leuten, mitfühlend und extrem nah dran. Noch vor einem Jahr hatte ihn das sehr gestört, er hatte es für unprofessionell befunden. So hatte er selbst es jedenfalls in seiner Ausbildung nicht gelernt. Doch im Laufe der Zeit hatte er festgestellt, dass sie mit ihrer Art oft erfolgreich war. Viele Leute vertrauten sich eher Caro an als ihm, was bestimmt auch damit zu tun hatte, dass sie wie eine Bekannte wirkte und nicht wie eine Ermittlerin.

»Wir sind für den Schaden aufgekommen.« Markus Hofer legte seine Stirn in Falten. »Dabei hätten wir eigentlich von der Stadt einen Ausgleich bekommen müssen für unsere Verluste.«

»Warum?«, wollte Manne wissen. »Was haben Sie denn verloren?«

»Die Stadt hat uns nur den Zeitwert der verbauten Einrichtung des Klubs ersetzt. Den Rest mussten wir versuchen, so loszuwerden. Zum Glück haben ein paar Stammgäste die Möbel gekauft, aber Verlust haben wir trotzdem gemacht. In der Gastro laufen Verträge immer bis zum Jahresende. Wir haben noch Versicherungen gezahlt, da gab es den Laden nicht mehr, mussten Strafzahlungen an unsere Lieferanten leisten, weil wir von jetzt auf gleich keine Ware mehr abgenommen haben, mussten bereits gekaufte Tickets für unsere Veranstaltungen zurückerstatten und unseren Anwalt bezahlen, der bis zum Schluss versucht hat, den Erhalt unserer Betty Ford zu erkämpfen. Es waren mehrere Zehntausend Euro. Am Schluss.«

Manne musste an ihre Kleingartenanlage denken und schluckte. Genauso würde es am Ende der Saison für sie alle kommen. Die Stadt würde nur den Zeitwert der Lauben ersetzen. Und der war verschwindend gering, völlig egal, was sie im Laufe der Jahre getan hatten, um die Häuschen in Schuss zu halten. Es würde bei keinem wirklich für ein neues Gartenhäuschen reichen. Maximal für einen Aufstellschuppen. Er nickte und zog sich ein kleines Einmachglas mit einer Schokoladenmousse heran, die von einer winzigen Schlagsahnehaube gekrönt war. Schon der erste Löffel war köstlich. Da konnte man glatt über die Einrichtung hinwegsehen.

Daniela zeigte um sich. »Dieses Café hier konnten wir nur aufmachen, weil meine Mutter vor zwei Jahren verstorben ist und mir einiges hinterlassen hat. Wir haben also einen verdammt hohen Preis für den Neustart gezahlt, wenn man so will.« Die Frau verzog das Gesicht, und ihr Mann rieb ihr mit der flachen Hand beruhigend über den Rücken.

»Ohne die Erbschaft wären wir aus den Schulden auch nie wieder rausgekommen.«

»Sie haben wirklich ganz schön Federn gelassen«, sagte Caro, und die beiden nickten.

»Trotzdem haben wir natürlich die Reinigung der Fassade gezahlt und die Fensterscheiben ersetzt«, sagte Daniela. »Und uns bei Hanneke Klein entschuldigt, auch wenn mir das sehr schwergefallen ist. Eigentlich hätte ich ihr am liebsten den Hals umgedreht.«

»Das mit den Schulden ist wirklich ein herber Schlag, das kann ich mir vorstellen«, bemerkte Carsten über seine Suppe gebeugt, doch Daniela schüttelte den Kopf.

»Das war es gar nicht. Geld kommt und geht, und auch wenn es leichter ist mit, so bewegen wir uns jetzt nicht in einem sehr materialistischen Umfeld. Unsere Wohnung kostet nur eine geringe Miete, das … das war es nicht, was uns so verletzt hat. Sie hat uns den Klub weggenommen. Unsere Betty war unser Leben. Unser Baby.« Sie lächelte ihren Mann an, und der legte ihre Hand an die Lippen und küsste sie. »Ein Kind der Liebe. Gehegt und gepflegt. Wir hatten so großartige Veranstaltungen, so tolle Gäste. Sieben Jahre lief das Ding reibungslos, und alle waren glücklich.«

Markus hob kauend die Hand. »Auch das Ordnungsamt war glücklich. Die kamen regelmäßig und waren immer zufrieden. Dann gab es Interessenten für das Grundstück, und plötzlich fanden sie angebliche Mängel in der Küche und beim Brandschutz und was weiß ich nicht, wo.«

Seine Frau nickte. Manne sah, dass ihr Tränen in die Augen schossen. »Das Ganze war abgekartet, wir fühlten uns so machtlos. Hilflos. Dass die uns einfach unser Lebenswerk wegnehmen können. Und uns dafür noch durch den Dreck ziehen. Ich …«

Nun rannen ihr tatsächlich Tränen über die Wangen, und sie lehnte den Kopf an die Schulter ihres Mannes.

»Wissen Sie, da hatte sich so viel angestaut. Und Hanneke Klein hatte uns immer wieder abgebügelt. Uns ist schon klar, dass sie nicht allein verantwortlich war, aber sie war das Gesicht unserer persönlichen Katastrophe. Wir haben Monate um die Betty gekämpft und doch verloren. An dem Tag, an dem die Bagger kamen, konnten wir einfach nicht mehr. Der Druck musste irgendwo hin.«

Manne kratzte das Gläschen aus und fragte sich, wie unhöflich es wohl wäre, sich noch eines zu nehmen. Bis jetzt zeigte keiner großes Interesse an dem Nachtisch. Er schob das leere Glas in einem unbeobachteten Moment zu Caro hinüber und zog langsam ein volles zu sich.

»Glauben Sie wirklich, dass die Sache mit dem Ordnungsamt abgesprochen war?«, fragte Manne, und Daniela Hofer nickte heftig.

»Wie gesagt, wir hatten den Klub sieben Jahre. Wir haben dort nicht nur Getränke verkauft, sondern auch kleine Speisen. Buletten, Chili, Nachos mit Käse, wenn wir Kinoabende hatten. Es war immer alles in Ordnung, bei jeder Überprüfung gab es mindestens ein ›befriedigend‹. Und selbst, wenn mal was gewesen wäre! Normalerweise gibt der Prüfer bei der Begehung Hinweise, damit man sofort nachbessern kann. Selbst die grottigsten Läden dürfen geöffnet bleiben, auch wenn das Ergebnis mangelhaft war. Dann kommt das Ganze auf die Webseite des Ordnungsamtes, und irgendwann schaut wieder jemand vorbei, um zu gucken, ob die Ratte denn jetzt immer noch in der Fritteuse schwimmt oder nicht.«

Manne schüttelte sich bei der Vorstellung, doch er nickte. »Mein

Sohn hat mir die Webseite mal gezeigt«, sagte er. »Viele Restaurants fallen durch, haben aber weiter täglich geöffnet. Offenbar ist man da sehr kulant.«

Markus Hofer schlug mit der flachen Hand auf den Tisch. »Eben. Aber was war bei uns? Plötzlich schlagen drei Kontrolleure bei uns im Klub auf, und kurze Zeit später flattert ein Protokoll angeblicher Mängel ins Haus, das länger ist als jede Klopapierrolle. Rein zufällig sickert was zum *Tagesspiegel* durch, und wir werden öffentlich als Ekelklub gedemütigt. Komischer Zufall, oder? Und das war erst der Anfang.«

»Was meinen Sie damit?«, wollte Carsten wissen, der sich nun auch ein Gläschen Nachtisch angelte. Gut. Dann wirkte Manne nicht mehr ganz so gierig.

Die Wirtin zuckte traurig die Schultern. »Das kennt man doch, oder? Sie wollten, dass wir freiwillig das Feld räumen. Dann hätten sie uns gar nichts mehr zahlen müssen. Dass wir einknicken. Womit sie nicht gerechnet haben, waren die Treue unserer Stammgäste und unsere Widerborstigkeit.«

Sie lächelt. »Wir haben einen Tag der offenen Tür veranstaltet und allen unseren Klub gezeigt. Wir konnten sogar einen Prüfer vom Ordnungsamt in Eberswalde dazu bewegen, sich bei uns umzusehen. Der *Tagesspiegel* war auch hier. Alle konnten sehen, dass es bei uns sauber und sicher ist, und unsere Replik wurde im *Tagesspiegel* abgedruckt. Doch ab da ging es erst richtig los. Sie erhöhten einfach den Druck. Wir hatten plötzlich kein Wasser mehr. Dann keinen Strom. Dann war das Grundstück plötzlich abgesperrt und so weiter und so weiter.«

»Und hinter alldem vermuten Sie Hanneke Klein?«, fragte Caro mit gerunzelter Stirn.

Markus Hofer schüttelte den Kopf. »Das mit dem Ordnungsamt ist bestimmt auf ihrem Mist gewachsen, den Rest haben wir eher der Baufirma zugeordnet, die ein luxuriöses Mehrfamilienhaus auf das Grundstück setzen wollte. Aber ich will nicht ausschließen, dass die Klein den Leuten wertvolle Tipps zum Umgang mit widerspenstigen Hippies gegeben hat.«

Das konnte Manne auch nicht ausschließen. »Und glauben Sie, dass Sie und Ihr Klub ein Einzelfall waren?«, wollte er wissen.

Daniela Hofer musterte ihn forschend. »Sie sind doch der Vorsitzende des Kleingartenvereins, den sie zum Abriss freigegeben hat, oder?«

Manne nickte.

»Dann können Sie sich die Frage doch selbst beantworten, oder nicht?«

Er dachte an die Gutachten, die nicht weitergegeben worden waren, und lächelte bitter. »Das kann ich wohl. Leider.«

»Sprechen wir doch mal Tacheles«, sagte Carsten und putzte sich den Mund mit einer Serviette ab. »Wo waren Sie letzte Woche von Donnerstagabend bis Freitagnachmittag?«

Markus Hofers Mundwinkel zuckten. »Es ist schon schräg, so was tatsächlich mal gefragt zu werden. Voll der Tatort-Moment. Aber bitte: Am Donnerstag hatten wir Dinner Night. Das machen wir einmal im Monat mit verschiedenen Themen. Man kann sich die Karten dafür vorher reservieren, der Abend geht von acht bis elf. Letzten Donnerstag waren wir ausgebucht, was bedeutet, wir hatten fünfundzwanzig Gäste sowie eine Küchenhilfe und zwei Servicekräfte hier im Laden. Wir servieren fünf Gänge in den drei Stunden. Die Fotos von vergangenem Donnerstag sind auf Instagram zu finden, wir können Ihnen auch eine Liste unserer Gäste sowie den Kontakt zu unseren Angestellten zur Verfügung stellen. Nachdem um halb zwölf die letzten endlich draußen waren, mussten wir noch die Küche machen. Ich schätze, es war halb zwei, oder?«

Seine Frau nickte. »Ja, zwanzig vor, glaube ich. Da sind wir dann endlich nach Hause und ins Bett gefallen. Freitagmorgen fühlten wir uns, als hätte uns ein Laster überfahren. Aber um neun haben wir den Laden wieder aufgemacht. Reicht Ihnen das?«

Der Kriminalkommissar nickte. »Selbstverständlich. Wir notieren die Kontakte zur Überprüfung aber gern«, sagte er.

Daniela schlang ihre über und über tätowierten Arme um ihre Beine. Was sie wie ein kleines Mädchen dasitzen ließ.

»Wir haben niemanden umgebracht«, sagte sie leise, und Manne hielt ihren Blick.

»Sie hätten ein gutes Motiv gehabt«, sagte Carsten recht ungerührt. »Und Sie hassten Hanneke Klein.«

»Quatsch«, entgegnete Markus überraschend heftig. »Wir hassen doch keine Menschen. Wir hassen das System. Wenn wir jeden umbringen würden, der das System repräsentiert, hätten wir verdammt viel zu tun.« Er zeigte auf die Dessertgläschen. »Und Sie dann vielleicht der Einfachheit halber mit Schokomousse vergiftet. Schmeckt es Ihnen eigentlich?«

»Es war alles ganz köstlich«, antwortete Manne wahrheitsgetreu. »Vielen Dank für Ihre Bewirtung.«

»Gern geschehen«, sagte Daniela mit einem kleinen Lächeln. »Und ich hoffe, wenn Sie das nächste Mal kommen, dass Sie dann privat hier sind.«

KAPITEL 26

Ach, das ist alles so furchtbar!« Anne von Baden ließ sich schwer in ihren Bürostuhl fallen und seufzte theatralisch. »Ein absoluter Albtraum.«

Hanneke Kleins Anwältin war die vielleicht exaltierteste Person, der Caro je über den Weg gelaufen war. Pompös, so lautete das Wort, das ihr sofort in den Kopf geschossen war, als die Juristin ihnen die Tür geöffnet hatte.

Die untersetzte, kleine Frau war eine echte Erscheinung. Sie hatte wirklich alles unternommen, um nicht übersehen zu werden. Die schneeweißen Haare trug sie kurz, aber hoch geföhnt, ihre riesige schwarze Brille zierten funkelnde Kristalle, der rote Lippenstift rief die Feuerwehr und ihr gemusterter Samtblazer sah aus, als wäre er ein reinkarnierter Perserteppich.

Die Kanzlei war nicht weniger überfrachtet. Ein Ensemble aus Stuck und riesigen Flügeltüren, ausladenden, bunten Polstersesseln und üppig blühenden Blumen. Jedes Detail verriet, dass die Chefin eine offensichtliche Schwäche für Gold, bunte und funkelnde Dinge hatte. Caros Geschmack war das absolut nicht, aber die Räume würden ihr im Gedächtnis bleiben, genauso wie die Anwältin.

»Vielen Dank, dass Sie sich die Zeit für uns nehmen«, sagte Carsten freundlich. »Sie müssen erschöpft von der Reise sein.«

Frau von Baden winkte ab. »Riesenjetlag und ein Berg schlimmer Neuigkeiten. Das ist genau der Cocktail, den ich brauche, um die nächsten Tage nicht schlafen zu können. Zwei Wochen Seychellen haben ihren Preis, ich sag's Ihnen – und damit meine ich nicht die kleinen Zahlen auf meiner Rechnung. So oder so hätten Sie mich heute Abend hier angetroffen.«

Sie blickte von einem zum anderen. »Wie weit sind Sie denn, wenn ich fragen darf?«

»Dazu können wir wirklich keine Angaben machen«, antwortete Carsten. »Aber wir haben viel in Erfahrung gebracht.«

»Hm«, brummte die Frau unzufrieden. »Ich hoffe wirklich, Sie können bald jemanden verhaften. Hanne und ich kannten uns sehr lange. Seit dem Studium. Ihr Tod lässt mir keine Ruhe.«

»Uns auch nicht, da seien Sie versichert«, sagte Caro, und Anne von Baden warf ihr einen Blick zu, als würde sie sie zum ersten Mal überhaupt wahrnehmen.

»Sie waren mit Hanne befreundet?«, fragte Caro schnell, weil ihr dieser Blick unangenehm war.

»Das habe ich nicht gesagt«, entgegnete die Anwältin schneidend.

Caro hätte am liebsten die Augen verdreht. Immer diese schreckliche Erbsenzählerei. Das war echt eine Berufskrankheit und einer der Hauptgründe, warum sie es vermied, sich mit Eikes bestem Freund Jonathan und dessen Frau Sophie zu treffen.

»Wir haben zusammen studiert und konnten uns nicht leiden«, klärte die Juristin sie nun auf. »Aber ich war schon immer sehr gut in dem, was ich tat, und Hanne war eine kluge Frau. Als ich Anwältin in eigener Kanzlei wurde, kam sie auf mich zu. Sie wusste genau, dass sie von mir immer nur Ehrlichkeit erwarten durfte. Weil ich nicht durch die Brille der Freundschaft auf sie und ihre Belange schauen würde, sondern durch die der loyalen Juristin.«

Die Frau schaute an die Decke und dachte eine Weile nach. »Keine Ahnung, ob ich sagen würde, dass ich sie zuletzt mochte. Aber wir haben einander geschätzt, und ich habe mich an sie gewöhnt.«

»Warum sind Sie denn nicht miteinander ausgekommen?«, wollte Manne wissen, doch Caro konnte es sich schon denken.

Wenn Hanneke Klein kaltes Wasser gewesen war, dann war Anne von Baden eine Feuersbrunst.

»Ach, sie war so eine merkwürdige Spaßbremse«, sagte die Anwältin und machte eine wegwerfende Handbewegung. »Wie eine Nonne. Sie und Severin sind durch die Uni mit der Ernsthaftigkeit von Totengräbern. Ich hatte gerne meinen Spaß.« Sie deutete mit großer Geste auf ihr Büro. »Ich war auch immer zielstrebig, so ist es nicht. Sonst wäre ich jetzt nicht hier. Aber ich wollte das Studium auch mit meinen Freunden genießen. Wir kamen alle aus wohlhabenden Elternhäusern, genau wie Hanneke, doch im Gegensatz zu uns hatte sie nicht das Bedürfnis, Enge und Strenge erst mal abzustreifen. Sie hat uns missbilligt, und das haben wir wiederum missbilligt.«

Sie zuckte die Schultern. »Ich kann aber nicht ausschließen, dass wir fürchterlich arrogant waren und ich bei Hanne besonders kratzbürstig wurde, weil sie im Grund genommen recht hatte mit ihrer Ablehnung. Wir waren jung. Jedenfalls habe ich mich anfangs gewundert, dass sie zu mir gekommen ist. Aber ich habe mich auch geschmeichelt gefühlt. Sie war damals schon als Politikerin tätig und hat andere nachgezogen. Hannes Loyalität verdanke ich einen Teil meines Erfolges. So viel ist sicher.«

»Wofür hat Hanneke denn überhaupt eine Anwältin gebraucht?«, fragte Caro nun. »Ich habe zum Beispiel keine.«

Von Baden lächelte. »Nun, das ist ziemlich unvernünftig, oder nicht? Wenn mal was ist, wissen Sie nicht, an wen sie sich wenden können.«

Caro rutschte auf ihrem Stuhl hin und her. Was sollte denn sein?

»Wir sind mittlerweile eine Großkanzlei und decken so gut wie jedes Rechtsgebiet ab. Weil Hanne so eine Kunstliebhaberin war, habe ich mich ins Kunstrecht reingefuchst und betreue jetzt auch große Museen bei wichtigen Transaktionen. Kunstwerke sind Unikate und deshalb von unschätzbarem Wert. Und damit meine ich wirklich unschätzbar. Verkäufe dieser Art wollen juristisch gut begleitet sein, damit es nachher nicht zum Streit kommt. Dann haben wir uns noch um Mahnungen gekümmert, wenn mal was war. Schadensersatz einmal, als ihr jemand ins Auto gefahren ist. Sie ist ein paarmal von wütenden Bürgern verklagt worden, das konnten wir dann aber außergerichtlich regeln. So was eben.«

»Wir würden gerne wissen, ob Hanneke ein Testament gemacht hat.«

Die Anwältin lachte, lehnte sich in ihrem Stuhl zurück und verschränkte die Hände vor dem Bauch. »Eins? Sie hat mindestens dreißig gemacht, das hat mich mit am meisten auf Trab gehalten. Bei jedem neuen Kunstwerk musste das Ding aktualisiert werden. Aber wir waren einer Meinung, dass es sinnvoll und notwendig ist. Also ja, sie hat ein Testament.«

»Können Sie uns auch sagen, was drinsteht?«

Die Juristin nahm einen Bleistift zur Hand und tippte damit auf die Schreibtischunterlage vor sich. »Ein Testament ist ein sehr privates Dokument. Und ihres war sehr gut ausgearbeitet. Es gibt viele Begünstigte.«

»Wenn es Ihnen damit besser geht, kann ich den Staatsanwalt bitten, Sie von Ihrer Schweigepflicht zu entbinden«, sagte Carsten.

Die Anwältin winkte ab. »Das wäre Humbug. Es gibt ja niemanden mehr, der durch die Schweigepflicht geschützt wird. Jedenfalls niemanden, den ich vertrete. Und wenn es eröffnet ist, kann es sowieso jeder einsehen.«

Sie blickte an ihre stuckverzierte Decke. »Ich werde Ihnen jetzt auch nichts allzu Geheimes verraten, wenn ich Ihnen sage, dass Hannekes Bruder den Hauptteil erben wird. Jörn ist reich genug, ihm sind vor allem ideelle Stücke zugedacht, aber auch einige Kunstwerke. Ihren Freunden und nahestehenden Kollegen hat sie auch Einzelstücke vermacht, da ist es aber nicht nötig, ins Detail zu gehen, denke ich.«

Carsten nickte. »Von welchen Summen sprechen wir?«

Die Anwältin lehnte sich zurück. »So genau kann ich das nicht sagen, ich kenne ihren Kontostand ja nicht. Aber ich weiß, dass Jörn es rundheraus abgelehnt hat, von Hanneke Miete oder so etwas zu nehmen. Sie hat die Urlaube bezahlt, aber auf mehr wollte er sich nicht einlassen. Und Hanneke war kein Mensch, der für sich selbst Luxusgüter angehäuft hat. Sie hat nicht übermäßig viel Geld für Kleidung ausgegeben, zum Essen wurde sie sowieso meist eingeladen dank ihrer Position. Sie hat ihr Geld in Kunst, aber auch in Wertpapieren angelegt, und so sind im Laufe der Jahre sicherlich allein in Geldwert mehrere Hunderttausend zusammengekommen. Die Kunstwerke noch on top. Genaueren Überblick habe ich allerdings noch nicht, da muss ich mich jetzt dransetzen.«

Caro fühlte, wie ihr der Schweiß ausbrach. Mehrere Hunderttausend Euro plus eine Million in Kunst waren nicht nur eine Menge Geld, sondern auch ein hervorragendes Mordmotiv. Hatten sie Mikkel Klein überhaupt schon richtig überprüft? Ein Alibi wie das seine konnte man sich schließlich auch kaufen, vor allem von jemandem, der einen heiß findet. Oder? Ließ sich die Dating-App manipulieren? Wenn es vorher so abgesprochen gewesen war, sicherlich.

»Weiß Mikkel, dass er erben wird?«, fragte Carsten jetzt und sprach damit genau die Frage aus, die Caro am meisten umtrieb.

Die nachgezogenen Brauen von Badens hoben sich belustigt. »Nun, soweit ich weiß, ist er nicht dumm. Wenn er es nicht weiß, dann wird er es sich denken. Immerhin ist klar, dass Hanne ihren Jörn zwar liebte, aber sicherlich keine Notwendigkeit darin sah, ihn und seine Familie noch reicher zu machen, als sie es ohnehin schon sind. Und Kinder hatte Hanne keine.«

»Sie hatte aber eine Entbindung«, warf Caro ein.

Die Anwältin starrte sie an, als hätte sie den Verstand verloren. »Bitte?«

»In ihren medizinischen Akten habe ich einen Hinweis darauf gefunden. Als sie sich hat sterilisieren lassen, wurde das entsprechend vermerkt.«

Von Baden winkte ab. »Eine Fehlgeburt vielleicht. Oder der Arzt hat sich vertan, in solchen Kliniken herrscht ja Massenabfertigung.«

»Gut«, sagte Carsten und stand auf. »Vielen Dank, dass Sie sich die Zeit genommen und uns erleuchtet haben. Sie haben uns sehr geholfen.«

Die Anwältin lächelte. »Wenn Sie noch Fragen haben, Sie wissen ja, wo Sie mich finden. Hier in meiner Kanzlei – begraben unter einem Aktenberg.«

Als sie auf die Chausseestraße traten, mussten sie feststellen, dass es angefangen hatte zu regnen. Die hellen Lichter der Stadtmitte spiegelten sich auf dem nassen Asphalt und ließen alles wie in einem Fernsehkrimi wirken. Jetzt sah es gerade so aus, wie sich die meisten Menschen Berlin vorstellen.

»Gehen wir was trinken?«, fragte Carsten und rieb sich müde die Stirn. »Ich muss das alles erst noch sortieren, bevor ich nach Hause kann.« Manne und Caro nickten.

Doch es war gar nicht so einfach, in der Ecke etwas zum Einkehren zu finden. Hier gab es Coffeeshops und Delis – logisch, waren hier ja vor allem Büros und ein paar Ministerien zu finden. Erst nachdem sie eine Weile relativ ziellos durch den Nieselregen gestapft waren, erinnerte sich Caro an das hippe Brauhaus, in dem sie mal mit ein paar Kollegen aus der Modefirma zur Weihnachtsfeier eingekehrt war, und lotste sie dorthin.

Weil sie wusste, dass so moderne, große Läden nichts für Manne waren, hielt sie ihm mit den Worten »Ich weiß, du magst es nicht, aber es gibt Pizza und Bier« die Tür auf, um Gemoser vorzubeugen.

Das Brauhaus war gerammelt voll, aber sie hatten Glück und ergatterten eine der Nischen im Diner-Stil links neben der Bar. Die gepolsterten Sofalehnen waren so hoch, dass sie auch als Trennwand zur Nachbarnische fungierten. Das Gemurmel in dem Laden ermöglichte ihnen zusätzlich, sich frei und offen zu unterhalten.

Manne warf einen Blick auf die Getränkekarte und murmelte: »IPA, Helles, Kellerbier. Was ist saures Bier?« Er ließ die Karte sinken. »Gibt's hier kein Schulti?«

Carsten grinste und nahm ihm die Karte aus der Hand. »Ich bestelle für uns.«

Sie orderten Pizza, Wein und Bier sowie ein paar Knabbereien und erlaubten es sich zum ersten Mal an diesem Tag so richtig, die Beine auszustrecken. Es war kurz nach zehn.

»Wieder ein Tag zu Ende, und wirklich zufrieden bin ich nicht«, grummelte Carsten, nachdem er den ersten Schluck Bier genommen hatte. »Wir haben heute viel erfahren, aber die Informationen weisen in tausend verschiedene Richtungen.« Er stellte das Getränk wieder ab. »Ah, Manne. Das habe ich ganz vergessen: Das Team hat die Handydaten von Christine Reichelt ausgewertet. Die stützen ihre Aussage, dass sie den ganzen Abend zu Hause war. Ihr Handy hat sich zumindest nicht bewegt.«

»Das ist doch mal eine gute Nachricht!«, rief Caro aus, und auch Manne schien erleichtert.

»Es ist nur ein Indiz«, mahnte Carsten. »Aber es weist von ihr weg.«

»Genauso wie der Taschenfund und das Bewegungsprofil von Hanne«, ergänzte Manne.

»Oder eine Erbschaft in Millionenhöhe«, schob Caro hinterher. Das Geld ging ihr nicht mehr aus dem Kopf.

»Wir haben Mikkel überprüft. Seine Geschichte stimmt.«

»Das Alibi könnte er sich beschafft haben«, hielt Caro dagegen, und Carsten nickte.

»Das könnte sein. Allerdings trifft das auf jedes Alibi zu, das nicht mit einer Kamera gefilmt wurde. Aber es passt insgesamt nicht zum Bild der Tat, dass es Mikkel war. Geld hin oder her. Hanne war in Panik, Donnerstagnacht. Zu Recht. Sie wäre wohl kaum vor ihrem Bruder geflohen.«

»Und warum hätte sie sich in das Haus der Mieraus zurückziehen sollen?«, fragte Manne noch. »Mikkel kennt ja ihr Büro und hat auch jederzeit die Möglichkeit, da reinzukommen.«

»Vielleicht hat er einen Schlüssel für Leberechts Haus und sie wollte sich so in Sicherheit bringen?«

»Insgesamt wenig plausibel«, sagte Manne.

Caro schnaubte. »Fällt dir was Besseres ein?«

»Nein. Aber das heißt noch lange nicht, dass ich in der Gegend herumspinne.«

»Wie soll man denn auf Ideen kommen, ohne rumzuspinnen?«

»Schöne Ideen hast du«, gab Manne zurück. »Eine abstruser als die andere.«

Die Pizza kam und beendete ihre kleine Kabbelei. Erst, als ihr der Duft in die Nase stieg, merkte Caro, wie hungrig sie war. Merkwürdig, sie hatten am frühen Abend erst gut und üppig gegessen. Nun bereute sie, nur zwei Pizzen für sie alle bestellt zu haben.

Nachdem sie eine Weile schweigend gegessen hatten, fragte Caro, an Carsten gewandt: »Haben deine Kollegen auf den Videos irgendwas entdecken können?«

Der schüttelte den Kopf. »Nein. Die Aufzeichnungen sind eine Katastrophe, die Qualität ist sehr schlecht. Offenbar hat die Stadt kein Geld für neue Kameras. Es ist fraglich, ob die überhaupt zu was gut sind.«

»Und hat die Kriminaltechnik etwas über das Haar verlauten lassen, das sie gefunden haben?«

Carsten rieb sich durch das müde Gesicht und winkte ab. »Das war gar kein Haar, sondern irgendwas Synthetisches. Veit meint, es könnte von einer Perücke stammen. Vielleicht hat sich der Mörder maskiert, um nicht erkannt zu werden.«

»Also auch vollkommen nutzlos.« Caro seufzte.

»Das meinte ich ja vorhin, als ich sagte, wie unzufrieden ich bin«, bemerkte Carsten. »Wir kommen nicht wirklich voran. Zwar erfahren wir viel, aber die Sachen bringen uns nicht weiter.«

Caro nickte und schob sich ein Stück heiße Pizza in den Mund. Ziegenkäse und Pinienkerne. Himmlisch.

»Zu schade, dass es kein geheimes Kind gibt«, sagte sie kauend. »*Das* würde mit Sicherheit helfen.«

Die beiden Männer lachten und prosteten ihr zu. Caro lehnte sich im Sofa zurück und betrachtete nachdenklich kauend den nassen Bürgersteig.

»Was ist mit Severin Freund?«, fragte sie. »Hattet ihr auch das Gefühl, dass er uns irgendwas verschweigt?«

»Allerdings«, sagte Carsten grimmig. »Severin Freund ist noch nicht aus dem Rennen.«

KAPITEL 27

Der Tag war komplett verkorkst, dabei war es noch nicht einmal neun Uhr. Manne lief mit einer Tasse Kaffee in der Hand durch den Garten und suchte seine Nerven. Die hatte er im Laufe der letzten dreißig Minuten nämlich irgendwo hier verloren.

Abwesend bewunderte er den Tau, der sich auf Blätter und Spinnennetze gelegt hatte. Ein wirklich hübscher Anblick. Manne wäre in diesem Moment gern selbst eine kleine Spinne gewesen, die an nichts weiter dachte als an die Frage, wann ihr endlich eine fette Fliege ins Netz gehen würde.

Normalerweise war er im Frühjahr morgens um diese Uhrzeit noch nicht im Garten. Kam vielleicht um zehn, wenn die Sonne alles schon ein bisschen getrocknet und aufgewärmt hatte. Wenn die Füße nicht mehr nass wurden und man den Boden gut bearbeiten konnte. Aber heute war sowieso alles anders.

Momentan war er allein. Petra war zu Hause und suchte panisch ihre besten Kleidungsstücke zusammen, Caro befand sich auf dem Weg hierher. Er hatte sie mit einer SMS in den Garten beordert, weil er die Dinge, die er sehr früh an diesem Morgen telefonisch erfahren hatte, ganz sicher nicht auch telefonisch weitergeben wollte. So etwas besprach man persönlich. Außerdem brauchte er Caro hier. Denn sie würden Besuch bekommen.

Er konnte es einfach nicht glauben.

Und dann sah es hier auch noch ziemlich wüst aus. Der Garten war der Jahreszeit entsprechend kahl, nur die Frühbeete waren bestückt, und die Staudenbeete erwachten gerade in Teilen aus dem Winterschlaf. Hier und da sah man ein paar Schneeglöckchen oder Osterglocken, die aus dem Blättermatsch spitzten. Wirklich schön war es in der Harmonie gerade nicht.

Das Quietschen seines Gartentörchens holte ihn aus den Gedanken. Caro kam abgehetzt den langen Weg zu seiner Laube herauf und rief: »Sag mal, spannender kannst du es auch nicht machen, oder? Wenn du mir nicht sofort sagst, was los ist, schütte ich dir meinen Kaffee über, comprende?«

Zur Untermauerung ihrer Drohung hielt sie ihren enormen To-go-Becher hoch, in dem locker ein halber Liter Heißgetränk Platz hatte.

Manne hatte im Geiste zigmal durchgespielt, wie er das jetzt sagen wollte, aber zu einem befriedigenden Ergebnis war er bis dato nicht gekommen. Und jetzt stand Caro vor ihm und hatte, passend zum drohenden Kaffeebecher, die rechte Braue fragend erhoben, also machte er es besser kurz und schmerzlos: »Ich habe eine schlechte und eine schlechte Nachricht.«

Caro ließ den Kaffeebecher sinken. Ihre Gesichtszüge spannten sich an. »Was ist passiert?«, fragte sie.

Manne seufzte. »Wir arbeiten nicht mehr am Fall Hanneke Klein.«

»Was?« Caro riss die Augen auf und schnappte hörbar nach Luft. »Wie bitte … bitte? Aber warum?«

Tja, wenn Manne das mal so genau wüsste. »Ehrlich gesagt habe ich keine Ahnung«, antwortete er wahrheitsgemäß.

»Aber Carsten muss doch irgendwas gesagt haben!«

Er schüttelte den Kopf. »Mit Carsten habe ich gar nicht gesprochen. Es war der Oberstaatsanwalt höchstselbst, der mich heute Morgen um acht angerufen hat. Als erste Amtshandlung des Tages.«

»Der Oberstaatsanwalt?«

Manne nickte. »Clemens Burgwächter. Er hat sich kurz gefasst, um es diplomatisch auszudrücken. Wir sind nicht mehr Teil des Teams.«

Caro schüttelte den Kopf. »Das kann ich nicht glauben. Das

geht nicht.« Sie stellte den Becher auf einen großen Stein und zog ihr Handy aus der Tasche. »Ich rufe Carsten an.«

»Das habe ich natürlich auch schon versucht. Er geht nicht ans Telefon«, gab Manne zurück. »Vielleicht hast du ja mehr Glück.«

Er beobachtete, wie Caro das Handy ans Ohr hielt und mit gerunzelter Stirn lauschte. Zwar hoffte er, dass sie tatsächlich mehr Glück haben würde als er, doch im Stillen zweifelte Manne daran.

»Mailbox«, sagte Caro dann auch nach einer Weile und legte frustriert auf. »Manne, das können die doch nicht machen, oder? Ich meine, das geht doch nicht!«

»Natürlich können sie das.« Er lachte freudlos. »Wir haben nur einen Beratervertrag, den das LKA gestellt hat. Sie haben jederzeit das Recht, diesen Vertrag zu kündigen.«

»Aber warum sollten sie? Wir haben uns doch korrekt verhalten. Und geackert wie blöde!«

»Es kann tausend Gründe geben«, gab er achselzuckend zurück. »Internes Kompetenzgerangel halte ich für am wahrscheinlichsten. Oder sie haben entschieden, uns abzustoßen, weil Tine unter Verdacht geraten ist und sie einen Konflikt oder einen Skandal fürchten. Oder sie haben schlicht keine Verwendung mehr für uns, weil in Sachen Kleingartenanlage alles dokumentiert ist. Alle Aussagen aufgenommen, alle Hinweise zusammengetragen. Es kann auch sein, dass jemand aus dem Team gepetzt hat, dass wir nur mit Carsten herumfahren. Böse Zungen könnten da schnell sagen, er gäbe uns eine Zusatzausbildung. Für umme.«

»Aber wir sind so weit gekommen!«, rief Caro, nun ein bisschen verzweifelt. »Und wir waren nützlich, verdammt!«

Ihr war anzusehen, wie frustriert sie war, und Manne konnte es ihr nicht verdenken. Auch ihn hatte die Nachricht heute Morgen kalt erwischt, allerdings verschwendete er weniger Gedanken daran, warum der Beschluss so und nicht anders gefällt worden war. In seinen vielen aktiven Jahren bei der Polizei hatte er einige Entscheidungen mitbekommen, die er nicht hatte nachvollziehen können. Gerade wenn die Fälle hochkarätig waren, standen die Ermittler unter einem enormen Druck, und es kam zu teils hitzigen Diskussionen über eigentlich Unwichtiges. Das war ärgerlich, aber ganz und gar nicht ungewöhnlich.

»Wir waren sehr nützlich, Caro«, sagte er mit einem Lächeln und tätschelte ihre Schulter. »Aber im Gegensatz zu den Beamten sind wir nun mal entbehrlich. Und eignen uns hervorragend als Sündenböcke. Ich hoffe nur, dass wir nicht als solche in der Öffentlichkeit herhalten müssen. Wegen Behinderung der Ermittlungen oder so was.«

Caro schnaubte unzufrieden und nahm einen Schluck aus ihrem Kaffeebecher.

»Au, verdammt!«, zischte sie und sog die Wangen ein. »Jetzt habe ich mich verbrannt.« Verärgert ließ sie ihren Blick durch den Garten schweifen. »Von Carsten hätte ich mehr erwartet. Dass er es uns wenigstens persönlich sagt, anstatt sich jetzt tot zu stellen.«

Ja, das war auch der Punkt, der am meisten an Manne nagte. Immerhin waren sie in den vergangenen Tagen doch sehr eng zusammengewachsen, hatten gestern Abend noch gemeinsam gegessen, ihre Gedanken und Pizza geteilt. Und heute ging er nicht ans Telefon.

»Wahrscheinlich ist es ihm zu unangenehm. Oder er wurde auch aus dem Fall gekickt, das wäre eine Möglichkeit. Dann badet er jetzt bestimmt in einer großen Wanne Selbstmitleid und hat das Handy ausgeschaltet.«

Caro nickte. »Stimmt schon. Vielleicht ruft er ja später noch an oder kommt vorbei. Wir haben auch noch einige Unterlagen hier, die müsste zumindest einer vom LKA abholen. Die Fotos, die ich gestern gemacht habe, habe ich ihm auch noch nicht geschickt. Das habe ich heute Nacht, als ich heimkam, vergessen.«

»Er wird sich schon noch melden«, sagte Manne und hoffte, dass er damit recht behielt.

Caro sah ihn an und lächelte. »Immerhin kannst du dich jetzt wieder voll und ganz auf deine Rolle als Vater des Bräutigams bei einer indischen Hochzeit konzentrieren.«

Manne lachte. »Das ist wirklich ein Pluspunkt. Und ich kann Petra beistehen, die nachts ständig aufwacht, geplagt von der Angst, irgendwas Wichtiges vergessen zu haben. Malas Mutter hilft da überhaupt nicht. Ms Kumari ruft jeden Tag an und redet auf Petra ein.«

»Familie heiratet man mit«, sagte Caro und stupste ihn mit dem Ellbogen an.

»Hm. Ich bin nicht bös drum, dass diese spezielle Familie nicht um die Ecke wohnt.«

Seine Kollegin grinste, doch dann schien ihr etwas einzufallen, und ihr Gesicht wurde wieder ernst. »Du hast von zwei schlechten Nachrichten gesprochen. Was ist die zweite?«

Manne kniff seufzend die Augen zusammen. Wenn der erste Anruf heute früh schon unglaublich gewesen war, so war der zweite nicht weniger surreal.

»Der Australier kommt. Mit seiner Frau.«

Es kam selten vor, aber jetzt war Caro sprachlos. Sie stand vor ihm, starrte ihn an und versuchte ganz offensichtlich zu verarbeiten, was er ihr gerade eröffnet hatte. Dabei klappte ihr Mund immer wieder auf und zu. Hilflos, wie bei einem Fisch auf dem Trockenen.

»Ist das dein Ernst?«, fragte sie schließlich, und ihre Stimme überschlug sich dabei.

Manne nickte. »Voll und ganz. Leider.«

Sie zwickte sich in die Nasenwurzel. »Der australische Multimilliardär, dessen neueste Idee eine Fabrik hier auf diesem Gelände ist …«, sie zeigte in Richtung Rasen, »kommt hierher?« Noch einmal stieß sie ihren Finger nach unten, um ihren Standpunkt zu unterstreichen.

»So ist es.«

»Zu uns. In unsere Kleingartenanlage.«

»Exakt.«

»Und du bist sicher, dass du mich nicht verarschst?«

»Leider ja.«

Caro pfiff durch die Zähne. »Wahnsinn. Das ist komplett verrückt.«

Manne nickte. Es war auch so ziemlich das Letzte, mit dem er gerechnet hätte. Wenn ihm jemand die Ankunft einer Alien-Delegation oder die Existenz eines Einhorns vermeldet hätte, hätte ihn das vermutlich weniger kalt erwischt.

»Wann?«, fragte sie nun endlich, und Manne schaute auf die Uhr.

»So in einer Stunde«, sagte er und lächelte leicht. »Wenn sie denn pünktlich sind.«

»Was?« Caros Schrei war so schrill, dass Manne vor Schreck heftig zusammenzuckte. »Okay, schön. Jetzt weiß ich, dass du mich doch verarschst.«

»Tue ich nicht«, gab Manne kopfschüttelnd zurück. »Ich verspreche es dir. Mr Canbys Assistentin hat heute früh angerufen, um mich über seine Ankunft zu informieren. Er sei ohnehin in Europa unterwegs und wolle sich ein Bild von der Lage machen, nach dem Mord. Sie meinte, er sei immer so spontan und wir sollten uns keine Umstände machen. So oder so ähnlich. Sie hat so schnell gesprochen, dass ich nicht alles verstanden habe.«

Caro atmete einmal tief durch und sah ihn dann lange an. »Und warum, Manfred Nowak, kannst du mir nicht wenigstens *das* am Telefon sagen, damit ich mich ein bisschen vorbereiten kann?«

»Worauf denn vorbereiten?«

Caros Miene verfinsterte sich in atemberaubender Geschwindigkeit. Mit ihrer freien Hand gestikulierte sie einmal von Kopf bis Fuß an sich herab. »Sieh mich doch an, verdammt. Manne, wenn ich gewusst hätte, dass ich Milliardären begegne, dann hätte ich wenigstens vorher geduscht oder mir die Haare gewaschen. Ich sehe aus, als käme ich geradewegs aus dem Bett!« Sie runzelte die Stirn. »Was so ziemlich der Wahrheit entspricht.«

Manne musterte seine Kollegin und verstand den Gefühlsausbruch nicht. »Du siehst doch gut aus! Du siehst immer gut aus!«

Caro lachte ungläubig, dann boxte sie ihn gegen die Schulter. »Ach Manne …«, sagte sie verzweifelt und schaute auf die Uhr. »Wenn ich jetzt noch mal heimfahre, schaffe ich es nicht rechtzeitig zurück.«

»Und wenn du uns das hier allein machen lässt, dann drehe ich dir den Hals um. Ich kann doch nicht gut mit so Leuten.«

»Und ich erst recht nicht!«, kam Petras Stimme vom Gartenweg. Sie hielt zwei große Kleidersäcke in der Hand und atmete schwer. Manne schwante Übles.

»Jedenfalls nicht, wenn ich wütend bin«, schob Petra noch nach und drückte Manne einen Kuss auf die Wange. Sie roch sehr gut und hatte sich aufgebrezelt. Die Haare waren frisch geföhnt und sie hatte Make-up aufgelegt, was sie für einen normalen Gartentag niemals tun würde. Ach, sie sah einfach schön aus.

Er zeigte auf den Kleidersack. »Da ist jetzt aber nicht mein Anzug drin, oder?«

»Was soll da sonst drin sein?«, fragte seine Frau spitz zurück. »Eine Leiche?«

»Haha. Und was ziehst du an?«

»Den Hosenanzug, den ich immer bei der Zeugnisvergabe trage.«

Oje. Sie meinte es wirklich ernst. Manne hatte gedacht, dass sie ihm vielleicht eine gute Jeans und einen Pullover oder so etwas mitbringen würde. Aber einen Anzug? Er konnte doch nicht in einem Anzug über die Anlage laufen, verflucht!

»Kannst du mir mal verraten, warum du dich in Schale wirfst für einen Typen, auf den du sauer bist?«

»Nur weil man sauer ist, muss man noch lange nicht unhöflich sein.« Sie drückte ihm einen der beiden Kleidersäcke fester als nötig in die Hand. »Jetzt beeil dich. Was, wenn sie zu früh sind?«

Manne bezweifelte zwar, dass reiche Australier die Neigung hatten, zu früh zu kommen, doch er hielt sich lieber zurück. Petras Zorn wurde zwar selten entflammt, brannte dann aber umso heftiger. Es war besser, ihn nicht auf sich zu ziehen.

Das schien auch Caro zu ahnen, die schon wieder bestürzt an sich herabsah und gerade dabei war, lose Fäden aus ihrem Jeansmantel zu zupfen. Ihre Blicke trafen sich, und Manne lächelte entschuldigend.

»Kann ich vielleicht schnell noch bei euch duschen?«, fragte Caro, aber Manne schüttelte den Kopf.

»Das Wasser ist doch noch nicht angestellt.«

»Richtig.« Caro nickte grimmig. »Da war ja was.«

Petra musterte seine Kollegin eingehend und sagte dann: »Aber eine Bürste, Haarspray und Deo sind immer im Bad.«

»Stimmt. Bei mir auch!«, gab Caro zurück. »Ich geh mal rüber und mach mich ein bisschen präsentabel.«

KAPITEL 28

Sie hatte Eike angerufen und liebte ihn sehr dafür, dass er sofort gekommen war. Er hatte in der Praxis heute die Buchhaltung erledigen wollen, insofern traf es sich ganz gut. Zwar hatte er ihr keine Klamotten mehr mitbringen können, doch allein seine Anwesenheit machte alles besser.

Ihr Mann hatte die unbeschwert sonnige Ausstrahlung eines Surfers, etwas, das sie von Anfang an sehr geliebt hatte. Außerdem war er in Wohlstand aufgewachsen und wurde diesen Stallgeruch auch nie ganz los, egal, wie sehr er sich bemühte. Insgesamt, vermutete Caro, müsste er sich mit einem australischen Milliardär prächtig verstehen.

»Kommst du da auch irgendwann mal wieder raus?«, hörte sie die Stimme ihres Mannes jetzt durch die Badezimmertür fragen und straffte die Schultern. Tatsächlich hatte sie sich hier drin verschanzt, weil ihr zwischendurch immer wieder die Tränen gekommen waren. Nicht wegen des Gartens, sondern weil man ihnen einfach so den Fall weggenommen hatte. Sie waren vom LKA rausgekegelt worden, ohne ein weiteres Wort. Einfach so. Caro hasste es, kein Mitspracherecht in der Sache zu haben. Sie war doch keine Spielfigur! Auch sie empfand ein Gefühl der Verantwortung gegenüber Hanneke Klein und ihrer Familie. Auch sie sah abends, wenn sie im Bett lag, Bilder des toten Körpers vor sich, egal, ob ihre Augen offen oder geschlossen waren. Niemals würde sie diesen Anblick vergessen. Und jetzt durfte sie nicht einmal daran arbeiten, dass der Frau Gerechtigkeit widerfuhr. Die Namen der Täter würde sie wohl irgendwann aus der Zeitung erfahren. Hoffentlich bald.

»Komm jetzt«, drängelte Eike. »Der Australier wird schon nicht beißen. Ich bin doch nicht extra hergekommen, um jetzt im Kalten zu stehen und eine Tür anzustarren.«

Halb belustigt, halb genervt entriegelte Caro die Badezimmertür und trat in die angrenzende Küche.

»Warum nicht? Es ist eine sehr hübsche Tür!«

Eike betrachtete das schmale Türblatt, das eigentlich eine Schranktür aus dem Baumarkt war und den Bohrlöchern nach zu urteilen schon diverse Griffe überlebt hatte.

»Zauberhaft«, sagte er trocken und steckte sich etwas in den Mund.

»Was isst du da?«, wollte Caro wissen, und Eike zuckte die Schultern.

»Im Schrank war noch Müsli.«

»Das ist vom letzten Jahr!«, rief Caro aus.

Ihr Mann grinste. »Ich bin von vor achtunddreißig Jahren«, sagte er und küsste sie. »Und ich bin auch noch frisch.«

Caro kicherte. »Hör auf!« Sie lehnte sich an seine Brust und ließ sich von ihm in den Arm nehmen.

»Tut mir leid, dass sie euch den Fall weggenommen haben«, sagte Eike, und Caro drückte ihren Mann fest an sich.

»Ich kann einfach nicht glauben, dass sie uns so fallen lassen«, murmelte sie in sein Hemd. »Das ist einfach nur schäbig.«

»Dieser Fall ist wahrscheinlich zu wichtig. Da geht es gar nicht mehr um euch. Sondern um Macht und Prestige.«

Caro presste die Lippen aufeinander. »Und es geht nicht mal mehr um Hanneke. Die Person, um die es eigentlich gehen sollte.«

Sie ließ Eike los, zog ihr Handy aus der Tasche und wählte noch einmal Carstens Nummer. Wieder nur Mailbox. Allmählich wurde sie nervös. »Wo bist du, Blume?«, murmelte sie und schickte ihm die fünfte Textnachricht in Folge.

»Komm.« Eike zupfte an ihrem Ärmel. »Wir müssen los.«

Manne im Anzug. Schon das zweite Mal innerhalb einer Woche kam sie in den Genuss dieses seltenen Anblicks. Wenigstens passte ihm dieses Exemplar wie angegossen, im Gegensatz zu dem Zweiteiler, den er sich von einem LKA-Beamten für die Pressekonferenz hatte leihen müssen.

Doch Caro sah, wie unwohl sich Manne trotzdem fühlte, und konnte es ihm nicht verdenken. Seine guten Schuhe versanken im matschigen Boden des Parkplatzes, auf dem das kleine Empfangskomitee angespannt auf die Gäste wartete, und er wirkte maximal verkleidet.

Neben Manne, Petra, Eike und ihr war auch Schmittchen anwesend, der Vorsitzende des Bezirksverbandes der Kleingärtner Pankow. Er trug eine graue Cordhose zu Hemd, Cardigan und einem Trenchcoat. Zwar war dieser Aufzug maximal altbacken, aber noch lange nicht so unpassend wie die Outfits von Petra und Manne. Wobei: Eike und sie bildeten das andere Ende des Kleidungsspektrums, was ebenfalls kaum dem Anlass angemessen war. Schmittchen war somit von ihnen allen am besten gekleidet. Gut. Es gab wohl für alles ein erstes Mal.

Sie sprachen wenig, während sie warteten. Der Mann war unpünktlich, was nicht weiter verwunderlich war. Wenn man so reich war wie Christian Colby, spielte Pünktlichkeit nur noch eine untergeordnete Rolle.

Doch schließlich kamen drei schwarze Limousinen die Auffahrt heruntergerollt, und Caro fühlte, wie Eike ihre Hand ganz fest drückte. Dabei war sie gar nicht aufgeregt, sondern mit ihren Gedanken noch immer im LKA. Und bei der Frau, der sie die wahrscheinlich absurdeste Situation ihres bisherigen Lebens zu verdanken hatte.

Der Tross kam zum Stehen, und Caro musste heftig an sich halten, als der Fond des mittleren Wagens aufging und ein Mann in Boxershorts, T-Shirt und Sneaker aus dem Auto stieg. Caro erkannte den CEO. Colbys Frau trug Jeans und einen schicken, aber nicht zu schicken bunten Strickpullover mit V-Ausschnitt. Ähnlich wie sie. Ihre Blicke trafen sich, und Caro lächelte erleichtert.

Der arme Manne!

Sie konnte sehen, dass er die Unterlagen, die er übergeben wollte, wie ein kleines Kind an die Brust drückte, während Schmittchen »Welcome to our Schrebergartenanlage« sagte und dem Paar entgegenschritt wie Politiker bei einem Staatsbesuch.

»Wo ist die versteckte Kamera?«, flüsterte Eike, und Caro musste all ihre Willenskraft aufbringen, um nicht loszuprusten. Das hier war wirklich urkomisch.

Nacheinander begrüßten alle das Unternehmerpaar, das irritierend freundlich und sympathisch wirkte. Die beiden braun gebrannten Australier lächelten breit und versuchten sich sogar an ein paar Brocken Deutsch. Sie wirkten einfach wie normale Touristen.

Petra beherrschte die Sprache hervorragend, da sie vor ihrer Tätigkeit als Schulleiterin Gymnasiallehrerin für Englisch und Geschichte gewesen war. Sie übernahm souverän die Führung, und Manne reihte sich nur allzu dankbar mit Schmittchen dahinter ein.

Links und rechts staksten in gebührendem Abstand vier Sicherheitsleute durch das Gras, das neben den schmalen Wegen der Anlage wuchs. Sie hatten sich nicht vorgestellt und trugen ebenfalls Anzüge. Vielleicht fühlte sich Manne durch ihre Anwesenheit ja etwas besser. So von Anzugträger zu Anzugträger.

Petra plauderte gelöst und so souverän mit den Eheleuten, als hätte sie nie etwas anderes gemacht, und Caro konnte nur staunen. Mannes Frau erklärte die Geschichte von Kleingartenanlagen und ihrer Harmonie, erzählte von der deutschen Teilung und schüttelte die englischen Namen einiger Blumensorten so lässig aus dem

Ärmel, dass sich Caro maximal unzulänglich vorkam. Sie kannte zum Teil nicht mal die deutschen Namen der Gewächse.

Das Unternehmerpaar jedenfalls war verzückt, zumindest taten sie so. Begeisterungsfähig wie kleine Kinder. Caro wusste nicht, was sie erwartet hatte, das aber ganz sicher nicht, so viel stand fest. Sie war derart von der Situation eingenommen, dass sie erst gar nicht registrierte, als ihr Telefon in der Handtasche brummte.

Hektisch zog sie es heraus. Vielleicht war es ja Carsten! Doch die Nummer auf dem Display war ihr unbekannt.

Sie warf dem Sicherheitsmann, der links neben ihr lief, einen entschuldigenden Blick zu und ließ sich zurückfallen. Manne bemerkte es und verzog ungehalten das Gesicht, doch das kümmerte sie nicht. Schließlich war sie auch noch Mutter, und es konnte immer etwas mit Greta sein. Anrufe unbekannter Nummern machten sie nervös.

»Von Ribbek?«

»Caro?«, hörte sie eine Frauenstimme gedämpft am anderen Ende fragen, die sie kannte, aber nicht zuordnen konnte. »Hier ist Wiebke. Vom LKA.«

Wiebke. Natürlich! Die junge Beamtin. Sie klang gar nicht gut. Nervös. Caros Nackenhaare stellten sich auf.

»Hallo Wiebke. Was ist denn los?«

»Pass auf, ich hab nicht viel Zeit«, sagte Wiebke, und Caro hörte, dass sie sich in einem Raum befand, in dem es ziemlich hallte.

»Ich habe mich auf der Toilette eingeschlossen, um dich anzurufen. Lohmeyer ist zurück. Burgwächter hat ihn wieder eingesetzt, einfach so. Der Fall sei zu wichtig, um ihn von einem Grünschnabel bearbeiten zu lassen oder so.«

Caro nickte. »Ah, das erklärt zumindest etwas. Wir sind auch rausgeworfen worden.«

»Ja, das tut mir auch sehr leid, aber deshalb rufe ich nicht an«, sagte Wiebke. Ihre Stimme klang gepresst.

»Warum dann?« Caro fühlte, wie sich ihr Puls beschleunigte. Etwas stimmte hier nicht.

»Hat einer von euch beiden heute schon mit Carsten gesprochen?«

»Nein. Wir haben ihn nicht erreicht. Warum?«

»Aber ihr wart gestern noch zusammen?«

»Ja, bis halb zehn ungefähr. Dann sind wir alle nach Hause gefahren. Warum?«

»Weil er verschwunden ist«, sagte Wiebke. Sie sprach jetzt sehr schnell und flüsterte fast. Caro musste sich anstrengen, sie zu verstehen.

»Carsten ist nicht nach Hause gekommen. Seine Frau hat angerufen, sie macht sich Sorgen. Er hat ihr gestern Abend kurz vor zehn noch geschrieben, dass sie nicht auf ihn warten soll, deshalb hat sie erst heute Morgen bemerkt, dass er gar nicht zu Hause war. Die Mail, dass Lohmeyer die Ermittlungen übernimmt, ging gestern Abend noch raus an alle, um zehn nach elf. Ich habe sie gelesen, als ich heute Nacht aufgestanden bin, um auf die Toilette zu gehen. Carsten hätte heute Morgen zur Arbeit erscheinen müssen, denn er ist zwar nicht mehr der leitende Ermittler, aber sehr wohl noch Teil des Teams. Aber er ist nicht hier.«

Caro fühlte, wie ihr kalt wurde. Was war da los?

»Lohmeyer nimmt das nicht ernst. Er meint, Carsten hätte seinen Frust in Alkohol ertränkt und würde sich jetzt zu sehr schämen oder seinen Rausch irgendwo ausschlafen. Aber das glaube ich nicht.«

»Ich auch nicht«, sagte Caro und beobachtete die Gruppe, die sich langsam den Hauptweg hoch in Richtung Vereinsheim vorarbeitete. Manne drehte sich immer wieder nach ihr um, genauso wie ihr Mann.

»Ich mache mir Sorgen um ihn. Es sieht ihm nicht ähnlich, sich einfach so rauszuziehen. Und seine Frau sagt, er sei noch nie ohne

Ankündigung über Nacht weggeblieben. Die beiden haben einen kleinen Sohn! So was macht man doch nicht. Seine Frau konnte den Kleinen heute früh nur mit Mühe zur Kita bringen, weil Carsten mit dem Auto unterwegs ist.«

»Richtig.« Caro dachte an den Kindersitz, den sie im dunklen Skoda entdeckt hatte.

»Wisst ihr vielleicht, wo er sein könnte?«, fragte Wiebke und klang regelrecht verzweifelt. Caro schüttelte den Kopf, dann fiel ihr ein, dass die andere sie ja gar nicht sehen konnte.

»Nein, auf Anhieb nicht, aber … Gott, Wiebke. Das macht mir Angst.«

»Mir auch. Da verschwindet bei einem so brutalen Mordfall der Ermittlungsleiter, und keiner denkt sich was dabei! Ich habe schon so viel rumgenervt, wie ich konnte. Doch die haben hier alle die Nase voll von mir. Gerade bereiten sie nämlich eine zweite Pressekonferenz vor.«

Caro schnaubte. »Als gäbe es sonst nichts zu tun.«

»Ja, eben. Caro, bitte, denkt nach, ob er was gesagt hat, wo er hinwollte. Und vielleicht könnt ihr euch auch dort in der Gegend umschauen, in der ihr gestern unterwegs wart?«

»Natürlich. Wir haben ja jetzt frei. Soll ich dich anrufen, wenn ich was habe?«

»Nein, schreib mir. Wenn ich dabei erwischt werde, wie ich mit euch telefoniere, reißt mir Lohmeyer den Kopf ab und steckt ihn vor dem Präsidium auf einen Spieß.«

Caro lächelte nervös. »Wie geht's ihm denn?«

»Er sieht schlecht aus, aber er ist zu allem bereit. Nachfragen zu seiner Gesundheit blockt er einfach ab. Du, ich muss Schluss machen. Meldet euch, wenn euch was einfällt oder ihr was findet. Wenn er hier bei uns auftaucht, lasse ich es dich wissen.«

Mit diesen Worten legte sie auf, und Caro steckte das Handy wieder ein. Das war gar nicht gut. Ihre Augen wanderten fast automatisch zu dem Birkenwäldchen, in dem sie ein paar Tage zuvor Hannekes Leiche gefunden hatten, und ihre Nackenhaare stellten sich auf. Wenn man genau hinsah, konnte man das Flatterband der Polizei durch die Bäume sehen.

Wusste Carsten etwas, das er nicht mit ihnen geteilt hatte? War er in Gefahr?

Die anderen hatten den Hauptweg am oberen Ende in Richtung Harmonie 2 verlassen, und Caro hechtete ihnen hinterher, wobei sie die Australier zum Teufel wünschte. Wie schlecht konnte Timing eigentlich sein?

KAPITEL 29

Manne hörte sie, noch bevor er sie sah. Caro riss die Tür zum Vereinsheim und der dazugehörigen Kneipe so heftig auf, dass sie gegen die Wand prallte. Er verschüttete vor Schreck das Bier, das er gerade für Christian Colby zapfte, und griff verärgert nach einem neuen Glas. Was war denn jetzt schon wieder los?

Als er sie näher betrachtete, wurde Manne nervös. Caro wirkte abgehetzt, ihre Jeans war am unteren Rand völlig verschmutzt, ihre Wangen waren gerötet. Sie lächelte Petra kurz zu, die sich immer noch mit Bravour um die illustren Gäste kümmerte, und kam dann zu Manne hinter die Theke.

»Wiebke hat angerufen«, berichtete sie ohne große Umschweife. »Carsten ist verschwunden.«

Manne verschüttete das zweite Bier. Das durfte doch nicht wahr sein!

»Wie, verschwunden?«, fragte er.

Im Flüsterton berichtete Caro Manne alles, was die Kriminalbeamtin am Telefon gesagt hatte. Währenddessen lief das dritte Bierglas in Mannes Hand komplett mit Schaum voll.

»Das darf doch nicht …«

Caro nahm ihm das Glas aus der Hand. »Lass mich«, forderte sie, und Manne trat bereitwillig zur Seite.

»Wieso trinken die um diese Uhrzeit eigentlich schon Bier?«, raunte Caro und zapfte vollkommen souverän ein Schulti mit hübscher Krone.

»Er hat die Kneipe gesehen und gesagt, dass er das Bier gerne probieren würde.«

»Soweit ich weiß, sind Australier nicht zimperlich«, sagte Caro und zapfte ein zweites Bier. »Aber vor elf? Das ist schon krass.«

Manne schnappte sich ein Tablett und stellte die Gläser darauf. »Schätze, wenn man so richtig reich ist, ist das auch egal.«

Er wollte gerade in Richtung des Tisches gehen, da hielt ihn Caro am Handgelenk fest. »Was machen wir denn jetzt?«, fragte sie, und in ihrem Blick lag etwas Flehendes.

»Wir überleben erst mal das hier. Dann sehen wir weiter. Colby hat was von einem Anschlusstermin gesagt, lange kann es nicht mehr dauern.«

Jedenfalls hoffte Manne, dass es nicht mehr lange dauerte. Caro war nicht begeistert, doch sie ließ sein Handgelenk los und nickte. Dann schüttete sie ein paar Nüsse in eine Schale und folgte ihm.

Es war schon fast familiär, dieses Beisammensein mit den Australiern. Manne verstand zwar noch immer nicht, wozu diese Indoor-Gärten gut sein sollten, aber unsympathisch waren ihm die Menschen nicht, die den Untergang ihrer Kleingartenanlage, die Ms Colby die ganze Zeit als *charming* bezeichnete, überhaupt erst verursacht hatten. Sie schien von allem verzückt zu sein, das man ihr zeigte, und Manne kam nicht umhin, sich geschmeichelt zu fühlen. Dabei war es ja noch nicht mal richtig Frühling. So viel Begeisterung für ihre Kleingartenanlage, zumal die kahle im März, war ihm noch nie zuvor entgegengeschlagen.

Es war seltsam. Vor dem Mord an Hanneke Klein hatte er sowohl für die Politikerin als auch für den Unternehmer nur Verachtung übriggehabt. Die da oben, wir hier unten und so weiter. Aber jetzt konnte er das nicht mehr so eindeutig sagen. Zur toten Hanneke hatte er eine Verbindung aufgebaut, von ihrer Familie und den Freunden ganz zu schweigen. Auch wenn er viele ihrer Ansichten nicht teilte, so hatten die Ermittlungen diese Menschen doch sehr greifbar für ihn gemacht.

Und hier mit den Colbys zu sitzen und mit ihnen über die Gärten zu plaudern, bei einem viel zu frühen Bier und Erdnüssen, hatte irgendwie auch etwas Heilsames, der ganzen Katastrophe zum

Trotz. Es war nicht immer nur schwarz oder weiß, das Leben war komplizierter. Manne überraschte, dass ihn das noch immer überraschte.

Nach einiger Zeit kamen sie auf den Mord und auf Hanneke zu sprechen. Der Investor und seine Frau hörten sich die Neuigkeiten in Sachen Naturschutz und Bodenproben mit ernsten Mienen an und versprachen schließlich, sich die Unterlagen, die Manne ihnen übergab, übersetzen zu lassen und genau zu prüfen.

Zwar ahnte er, dass es nur Lippenbekenntnisse waren, dennoch fühlte es sich gut an. Nun hatten sie wirklich alles getan, was sie konnten.

Das Gespräch dauerte länger und länger, die Unternehmer hatten tausend Fragen. Und Manne merkte, wie Caro immer ungeduldiger wurde. Er selbst war auch nervös. Entweder, weil es sich auf ihn übertrug oder weil er sich selbst Sorgen um Carsten machte. In den vergangenen Tagen war der Kriminalkommissar so etwas wie ein Freund für Caro und ihn geworden.

Gemeinsam besichtigten sie noch das Birkenwäldchen, das an diesem Frühlingsmorgen beinahe unschuldig gewirkt hätte, wenn das Flatterband der Polizei nicht gewesen wäre. Die Colbys standen eine Weile schweigend da, die Hände zum Gebet verschränkt, und Manne wusste nicht, wohin mit seinen eigenen Händen. Schließlich verschränkte er sie ebenso. Er war nicht religiös, aber diese Geste hatte etwas Tröstliches.

Als Christian Colby und seine Frau Shannon schließlich wieder in ihre Limousine stiegen, um weiter zum Bürgermeister zu fahren, hatte Manne auf seltsame Weise seinen Frieden mit ihnen gemacht.

»Das lief doch gar nicht mal so schlecht«, sagte Petra und lächelte breit, als sich der Wagen in Bewegung setzte. »Jetzt machen wir uns erst mal einen Kaffee.«

Manne legte den Arm um seine Frau und drückte sie fest an

sich. »Du warst umwerfend. Ohne dich wären wir alle verloren gewesen.«

»Allerdings«, bekräftigte Schmittchen mit einem Lächeln. »Ich habe so gut wie kein Wort verstanden.«

»Es wird sich wahrscheinlich nichts ändern, aber wir haben es immerhin versucht. Und das ist die Hauptsache«, sagte Petra.

»Das habt ihr. Ich werde mich jetzt verabschieden und oben den Bus nehmen. Vielen Dank für die Mühe und die Einladung, Petra und Manfred.«

Schmittchen nickte Eike und Caro steif zu, und die lächelte freundlich, aber ein bisschen irritiert, zurück. Manne schmunzelte. Man bekam den Besenstil nicht aus Schmittchen heraus. Auch eine Caro von Ribbek nicht.

Sie gingen in Richtung Vereinsheim, und Caro schloss zu ihnen auf. »Willst du dich nicht noch umziehen?«, fragte sie Manne mit hochgezogener Braue. Er hatte zwischenzeitig fast vergessen, dass er seinen albernen Anzug trug.

Er dachte kurz darüber nach, entschied sich aber dagegen.

»Ist nicht nötig. Zum Denken muss ich mich nicht umziehen.«

Seine Frau warf ihm einen alarmierten Seitenblick zu. »Worüber musst du denn nachdenken?«, fragte sie.

»Carsten ist verschwunden«, antwortete Manne, und Petra schlug sich entsetzt die Hand vor den Mund.

»Und das sagst du mir erst jetzt?« Ihr Blick flackerte zu Caro. »Der Anruf?«

Caro nickte.

»Und was passiert jetzt?«

Manne zuckte die Schultern. »Lohmeyer und Konsorten denken, Carsten hat sich einfach nur verkrochen.«

»Und denkst du das auch?«, fragte Petra. Manne schüttelte den Kopf.

»Nein.«

Sie schwiegen eine Weile. Dann sagte Petra, nicht ohne Stolz: »Und ihr zwei werdet es nicht dabei belassen, oder?«

»Nein. Nein, das werden wir nicht.«

Kurze Zeit später saßen Caro und er wieder in der Kneipe. Da dort das Wasser ganzjährig floss, hatten sie sich einen Kaffee machen können. Was auch gut war, Manne brummte der Schädel von allem, was an diesem Vormittag passiert war.

Eike und Petra hatten sich verabschiedet und sie allein gelassen, wofür er sehr dankbar war. Die beiden hatten keinen tiefen Einblick in den Fall und wären jetzt keine große Hilfe.

Er hatte gleich ein komisches Gefühl dabei verspürt, so abgesägt zu werden, ohne ein einziges Wort von Carsten. So hätte er den jungen Beamten gar nicht eingeschätzt. Und er konnte nicht fassen, dass Lohmeyer die Sorgen der Ehefrau einfach ignorierte. Gut, ganz unwahrscheinlich war es nicht, dass Carsten nach ihrem Treffen auf dem Weg zum Auto die Mail gelesen und seinen Frust in Alkohol ertränkt hatte. Aber selbst, wenn er sich im Anschluss irgendwo in Mitte ein Hotelzimmer genommen hätte – mittlerweile war es Mittag. Er hätte sich doch zumindest bei seiner Familie gemeldet. Nein, das Ganze fühlte sich überhaupt nicht gut an. Wo steckte Carsten Blume?

»Und was sollen wir jetzt machen?«, fragte Caro und knabberte nervös an ihren Nagelbetten herum.

»Keine Ahnung!« Manne drehte die Kaffeetasse in der Hand. »Wir können nach Mitte fahren und ihn suchen.«

»Das ist ja uferlos«, gab Caro zurück und runzelte die Stirn. »Ich hab eine Idee!«, rief Caro und fummelte ihr Handy aus der Tasche. »Wir veröffentlichen ein Foto von ihm auf unserem Instagram-Kanal!«

Manne hielt sie zurück.

»Untersteh dich!«, rief er und schickte sich an, ihr das Gerät aus der Hand zu nehmen. Caro brachte es schnell aus seiner Reichweite.

»Was denn? Wir haben mittlerweile fast zwanzigtausend Follower. Und bei Thorsten Wiese hat es auch funktioniert. Was wäre also falsch daran, zu fragen, ob ihn jemand gesehen hat?"

„Carsten ist nicht irgendwer, Caro. Er ist der ehemalige ermittelnde Beamte im Mordfall Hanneke Klein. Wenn die Presse davon Wind bekommt, und bei so einem Account wie unserem wird sie das schnell, dann rammt uns Lohmeyer ungespitzt in den Boden. Und du darfst auch nicht vergessen: Wenn Carsten in Gefahr ist, was wir natürlich nicht hoffen, dann kann so eine Nachricht der Grund sein, den Abzug zu drücken.«

Caro wurde blass und ließ das Handy sinken. »Du hast recht«, sagte sie. »Das können wir nicht riskieren.«

»Wir sind zwar aus dem Fall raus, aber noch weiß das niemand. Den Schaden, den wir durch unbedachte Handlungen verursachen könnten, können wir nicht mal ansatzweise ermessen.«

»Aber was sollen wir denn sonst machen?« Caro wirkte regelrecht verzweifelt, und Manne verstand sie so gut. Von Fällen in der Zeitung zu lesen, war das eine. Etwas anderes war es, in einem Fall als Detektive zu ermitteln. Und etwas völlig anderes war ihre aktuelle Situation: erst alle Möglichkeiten der Ermittlung zu haben, ganz tief in einen Fall einzutauchen und von jetzt auf gleich mit gebundenen Händen dazustehen.

Noch bevor Manne irgendetwas Schlaues erwidern konnte, zuckte Caro zusammen. Ihr Handy hatte angefangen zu vibrieren. Sie schaute mit gerunzelter Stirn auf das Display und sagte: »Schon wieder eine Nummer, die ich nicht kenne.« Sie nahm den Anruf an.

»Von Ribbek? Ah, Sie sind es, Herr Klein. Ist es in Ordnung, wenn ich Sie auf Lautsprecher schalte?«

Caro legte ihr Handy auf die Tischplatte und drückte auf den kreisrunden Lautsprecher auf ihrem Display. »So, jetzt kann Manne Sie ebenfalls hören!«

»Hallo Herr Nowak!«, ertönte die freundliche Stimme des Essener Politikers, und Manne unterdrückte den dämlichen Impuls, in Richtung des Telefons zu winken.

»Guten Tag, Herr Klein«, sagte er stattdessen. »Schön, von Ihnen zu hören.«

»Ja, ich wollte mich nur noch mal melden, bevor ich gleich nach Essen zurückfahre, und mich erkundigen, ob mit Ihrem Kollegen alles in Ordnung ist.«

Manne und Caro schauten einander überrascht an.

»Wieso sollte es nicht?«, fragte Caro schnell. Manne sah, dass sie die Fingernägel ihrer einen Hand in den Rücken der anderen grub, um die Anspannung ein wenig im Zaum zu halten.

»Nun, er hat mich gestern spätabends angerufen, weil ihm noch etwas eingefallen war.«

Manne nickte ungeduldig. »Was wollte Carsten denn von Ihnen wissen?«, kam Caro ihm zuvor.

»Nur, wann und wo genau ich geboren bin.«

Manne verstand nur Bahnhof, doch Caro begann, nervös auf ihrem Stuhl herumzurutschen. Sie wäre eindeutig keine gute Kandidatin für eine Gameshow.

»Und?«, fragte sie.

»Na, ich habe ihm gesagt, dass ich am 12. Dezember 1985 auf dem braunen Cordsofa meiner Eltern zur Welt gekommen bin. In Essen-Rüttenscheid.«

Manne runzelte die Stirn. Wie meinte er das denn mit dem Sofa?

Caro schaltete schneller als er. »Sie waren eine Hausgeburt?«, fragte sie dermaßen alarmiert, dass sich ihre Stimme ein wenig überschlug.

»Wieso reagieren alle Leute so heftig darauf? Ihr Kollege war auch ganz aus dem Häuschen. Ja, ich war eine Hausgeburt. Es ging wohl alles recht schnell, zu schnell, um noch ins Krankenhaus zu fahren. Das hat mir meine Mutter jedenfalls immer erzählt.«

»Das heißt, Carsten war auch überrascht?«, fragte Manne angespannt.

»Na ja, es schien ihn jedenfalls sehr zu interessieren. Er wirkte irgendwie aufgewühlt, auch wenn ich mir nicht erklären kann, warum. Danach hat er sehr schnell aufgelegt. Sein Verhalten kam mir merkwürdig vor, deshalb wollte ich noch mal bei ihm nachhaken. Aber er …«

»Geht nicht ans Telefon«, sagte Caro.

»Genau. Bei Ihnen auch nicht?« Hannekes Bruder klang verdutzt.

»Nein, schon den ganzen Morgen nicht«, bestätigte Manne. »Hören Sie, Mikkel. Müssen Sie wirklich schon zurück nach Essen?«

»Ja, es ist viel liegen geblieben in den letzten Tagen, und ich habe ein paar wichtige Termine. Warum?«

»Ich hätte Sie gerne noch in der Nähe gewusst, aber wir verstehen das natürlich«, sagte Manne. »Sie sind ja auch nicht aus der Welt.«

»Mikkel, können Sie vielleicht zu Hause nachsehen, ob Sie noch Unterlagen von dieser Hausgeburt haben?«, fragte Caro.

Hannes Bruder schwieg kurz, dann sagte er zögernd: »Gut, das kann ich machen, aber ich verstehe nicht, inwiefern meine Geburt beim Tod meiner Schwester eine Rolle spielen könnte.«

Das verstand Manne allerdings auch nicht.

»Ich würde nur gerne etwas ausschließen«, erklärte Caro vage, und Mikkel Klein versprach, nachzusehen. Sie verabschiedeten sich.

Kaum hatte Caro das Gespräch beendet, sprang sie von ihrem

Stuhl auf, als hätte sie etwas gestochen, und rief: »Eine Hausgeburt, Manne. Eine Haus-ge-burt!!«

Er starrte sie an, während sie nervös im Schankraum der Gaststätte umherlief und vor sich hin murmelte.

»Natürlich«, raunte sie. »Es passt alles zusammen. Gott, wie konnte ich nur so blöd sein. Ich muss Wiebke anrufen. Nein. Ich muss Freund anrufen. Gott.« Sie fuhr sich nervös mit den Fingern durchs blonde, lange Haar, das bereits in alle Richtungen abstand. In diesem Moment sah sie aus, als wäre sie vollkommen wahnsinnig geworden.

»Caro«, sagte Manne irgendwann und brachte sie so wenigstens dazu, für einen Augenblick stehen zu bleiben.

»Könntest du mir bitte mal erklären, was da in deinem Kopf gerade vor sich geht?«

»Hast du es denn nicht begriffen, Manne?«

Wie gern hätte er jetzt einen bissigen Kommentar losgelassen, doch er nahm sich zusammen und schüttelte stattdessen nur den Kopf.

»Hanneke Klein war nicht Mikkels Schwester«, sagte sie und schlug sich die Hand vor die Stirn. »Gott, wie konnte ich nur so blöd sein. Wie konnten *wir* so blind sein?«

»Caro, sprich zu mir in ganzen Sätzen!«, forderte Manne genervt. Redete er hier mit seiner Kollegin oder mit dem Orakel von Delphi?

Caro wandte sich ihm zu und stützte sich mit den Fäusten direkt vor ihm auf der Tischplatte ab. Dann sagte sie ganz langsam: »Sie war seine Mutter.«

KAPITEL 30

Caro konnte es nicht fassen. Warum hatte sie da nicht vorher dran gedacht? Warum hatte niemand vorher daran gedacht? Ein Altersunterschied von achtzehn Jahren zwischen den einzigen beiden Kindern. Eine extrem enge Bindung. Diese Ähnlichkeit!

»Ich muss zugeben, es passt alles zusammen«, murmelte Manne. Er sah sie an. »Wir haben deine Entdeckung mit der Geburt abgetan, dabei hätten wir genauer hinschauen sollen.«

»Ich habe auch nicht genug genervt, eure Erklärung war ja schlüssig.«

»Aber hätte sie so eine späte Fehlgeburt gehabt, dann hätten Jörn und Mikkel das doch gewusst. So ein Trauma prägt schließlich Frauen und Familien.« Manne sah so gequält aus, wie sie sich fühlte.

»Carsten hat gestern Abend die Mail vom LKA gelesen und wollte diese eine Sache noch klären, bevor er den Fall abgibt. Wahrscheinlich hat es in seinem Hinterkopf auch gearbeitet«, sagte Caro, und ihre Anspannung wuchs von Minute zu Minute. »Und jetzt ist er weg. Scheiße, warum hat er uns denn nicht angerufen?«

Manne sah sie mit flehender Miene an. »Kannst du dich nicht mal hinsetzen?«, fragte er, doch sie schüttelte den Kopf.

»Auf gar keinen Fall. Dann werde ich wahnsinnig. Wenn Hanne Mikkels Mutter ist und wir jetzt einfach mal davon ausgehen, dass Carsten in Gefahr ist, dann hat er eine Erkenntnis gehabt, die uns noch fehlt. Nämlich wie diese Tatsache mit ihrem Tod zusammenhängt.«

»Na ja, sie hat ihre Mutterschaft geheim gehalten, seit fast vierzig Jahren«, bemerkte Manne. »Dafür muss es ja einen Grund geben.«

Plötzlich kam Caro eine Idee. »Ich habe mal gelesen, dass die Deutschen sich eher scheiden lassen, als ihre Bank zu wechseln«, sagte sie und zog ihr Handy hervor. Sie tippte eine Kurznachricht an Wiebke.

»Worauf willst du hinaus?«, fragte Manne, doch da klingelte auch schon Caros Telefon. Sie nahm den Anruf an und stellte auf Lautsprecher.

»Ich bin gerade allein unterwegs, deshalb kann ich schnell anrufen«, sagte Wiebke. »Habt ihr was Neues?« Die Stimme der jungen Beamtin auf der anderen Seite der Leitung war angespannt, und Caro war froh, dass sie wenigstens noch eine Verbindung ins LKA hatten.

»Jein«, antwortete sie. »Wir haben eine Theorie.«

»Schieß los!«

»Mikkel Klein. Carsten hat ihn gestern Abend kurz nach zehn noch angerufen, um ihn zu fragen, wann und wo genau er geboren wurde.«

»Das steht doch im Internet«, gab Wiebke irritiert zurück.

Caro wedelte ungeduldig mit der Hand. »Darum geht es nicht, hör zu. Mikkel hat Carsten erzählt, dass er eine Hausgeburt war, woraufhin Carsten regelrecht ausgeflippt ist und aufgelegt hat.«

»Hm«, machte Wiebke. »Das verstehe ich jetzt nicht.«

»Tja, wir schon. Unsere Theorie ist, dass Hanne nicht Mikkels Schwester war, sondern seine Mutter.«

»Aber … wa… Moment. Wie kommt ihr denn darauf?«

Caro schüttelte irritiert den Kopf. Für ausufernde Diskussionen hatten sie keine Zeit, das spürte sie genau.

»Das kann ich jetzt nicht so schnell erklären. Hast du meine Nachricht gelesen?«

»Ja, habe ich. Und du hast recht. Es gibt seit Kontoeröffnung monatlich eine Zahlung. Die Höhe variiert leicht, es wurde mit der Zeit immer mehr. Zuletzt waren es zweitausend Euro. Im Laufe der Zeit sind umgerechnet über siebenhunderttausend Euro geflossen. Das Konto besteht seit ziemlich genau dreißig Jahren.«

Caro ballte die Hände zu Fäusten. »Und woher kommt das Geld?«

»Wir wissen es nicht.« Sie hielt kurz inne. »Also, es kommt von einem Offshore-Konto. Aus Singapur.«

Caro reckte triumphierend die Faust in die Höhe. »Aha!«, rief sie aus. Das Ganze ergab nach und nach ein Bild.

»Und was haltet ihr davon?«, wollte Manne wissen.

Wenn Wiebke irritiert darüber war, dass er mithörte, dann ließ sie es sich nicht anmerken. »Wir gehen entweder davon aus, dass sie von jemandem großzügig bedacht wurde, damit sie ihm politische Vorteile verschaffen kann. Oder, was wahrscheinlicher ist, dass sie bei ihren Kunstgeschäften sehr viel Geld verdient und es im Ausland geparkt hat, um es nicht versteuern zu müssen. Sie hat damals schon mit Kunst gehandelt und ein gutes Händchen bewiesen. Wir haben in der Szene ermittelt, sie ist hochgeachtet, aber einige Sammler hegen einen Groll, weil sie sich bei Hanneke verzockt haben.«

Caro nickte. Gut, diese Theorie war auch nicht ganz abwegig.

Wiebke fuhr fort: »Was vielleicht für eure These spricht, ist die Tatsache, dass Hanne Mikkel auch jeden Monat Geld überwiesen hat, seit er achtzehn Jahre alt war. Aber die beiden kommen aus einfachen Verhältnissen, es ist also nicht komplett außergewöhnlich, dass sie ihren Bruder unterstützt. Der wäre für mich auch ein heißer Kandidat, aber sein Alibi sitzt wie eine Eins.«

»Er war es nicht. Aber der Mord wurde wegen ihm begangen, da bin ich mir sicher«, sagte Caro.

Am anderen Ende der Leitung seufzte Wiebke. »Ehrlich gesagt klingt das wie ein verzweifelter Versuch, von eurer Freundin abzulenken.«

Caro atmete tief durch. Es fiel ihr zunehmend schwerer, ruhig

zu bleiben. Verstanden die denn alle nicht, worum es hier ging?
»Ist es nicht. Das verspreche ich dir. Kannst du es bitte mit Lohmeyer besprechen?«

»Er steht mächtig unter Druck und gibt den an uns weiter. Aber ich kann es versuchen«, antwortete die Beamtin, aber Caro hörte genau heraus, dass sie es ganz sicher nicht versuchen würde.

»Danke«, murmelte Caro und legte auf. »Für nichts«, schob sie murmelnd hinterher, während sie das Telefon sinken ließ.

»Wir sind nicht aufs LKA angewiesen«, sagte Manne, und Caro hob überrascht die Brauen. Ihr Kollege lächelte. »Schließlich haben wir immer noch ...«

»Severin Freund«, ergänzte Caro und schnappte sich ihre Handtasche. »Ich weiß. Los geht's!«

Noch im Gehen zog Manne das Handy aus der Tasche und ging seine Adressliste durch. »Scheiße, hast du die Nummer von der Beamtin, die bei Freund Wache geschoben hat?«

Caro schüttelte den Kopf. »Wir können nur hoffen, dass noch nicht überall durchgesickert ist, dass wir mit dem Fall nichts mehr zu tun haben. Außerdem wird Freund doch wohl noch Besuch empfangen dürfen, wenn er möchte, oder?«

Während der kurzen Fahrt durch Pankow fand Caro es mal wieder ungeheuerlich, dass das Leben keine Vorspultaste hatte. Es ging auf die Mittagszeit zu, ihr Magen knurrte vernehmlich und je weiter sie in die Stadt vordrangen, desto langsamer kamen sie voran. Sie wünschte sich ein Blaulicht. So sehr. Eines, das man beim Fahren aufs Autodach pappen konnte wie in alten Polizeiserien.

Manne sagte kaum etwas, sie sah bloß, dass seine Kiefermuskeln arbeiteten.

»Dieser verdammte Lohmeyer«, murmelte er lediglich in regelmäßigen Abständen, und Caro konnte ihm da nur beipflichten. Carstens Absetzung war bestimmt auf dem Mist dieses miesepetrigen Kommissars gewachsen. Die Mail hatte Carsten offensichtlich leichtsinnig handeln lassen. Er hatte in diesem Fall alles gegeben, hatte kaum geschlafen, kaum gegessen. Und dann nahm man ihm die Zügel einfach so aus der Hand. Dabei hatte er sich, zumindest aus Caros Sicht, überhaupt nichts zuschulden kommen lassen. Sie waren jeden Tag bis spätabends im Einsatz gewesen.

»Es ist ihm völlig egal, wo Carsten ist«, sagte Caro, und Manne nickte.

»Der hält sich nur an die Vorschriften. Und die Vorschriften besagen, dass ein erwachsener Mensch im Vollbesitz seiner geistigen Kräfte seinen Aufenthaltsort selbst bestimmen kann. Handlungsbedarf besteht erst bei konkreter Gefahrenlage. Und ein Mann, der nach einer Demütigung nicht nach Hause kommt, befindet sich nicht in einer solchen Gefahrenlage. Punkt.«

»Und eine Frau, der das Mordwerkzeug gehört und bei der blutige Handschuhe gefunden werden, ist automatisch auch die Mörderin«, ergänzte Caro.

»Die Hacke war nicht das Mordwerkzeug. Mit ihr wurde Leichenschändung begangen. Wohl, um uns die Sache anzuhängen. Oder Tine vielmehr, auch wenn ich bezweifle, dass es um sie persönlich ging. Eigentlich liegt das komplett auf der Hand.«

Caro lachte bitter. »Ja, eigentlich. Für Leute mit gesundem Menschenverstand.«

Manne parkte direkt vor Freunds Haus im absoluten Halteverbot. Allein das war ein Zeichen dafür, wie nervös ihr Kollege war. Bei Manne sah man das nie so direkt. Man musste auf die kleinen Zeichen achten.

Vor dem Haus stand niemand, der ihnen bekannt vorkam, und sie wurden auch nicht aufgehalten, als sie auf die Klingel drückten. So weit, so gut.

Hannekes Assistent war überrascht, betätigte aber sofort den Türöffner, als er hörte, dass sie es waren.

»Warum haben Sie nicht angerufen?«, fragte er, als sie ein wenig außer Atem in seiner Wohnung im vierten Stock ankamen. »Und warum haben Sie nicht den Aufzug genommen?«

»Warum haben Sie uns nicht gesagt, dass es einen Aufzug gibt?«, fragte Manne zurück und schob sich an dem schmalen Mann vorbei in dessen Wohnung. »Sind Sie allein?«

»Sehr höflich, Herr Nowak«, antwortete der Assistent schmallippig und machte den Weg für Caro frei, wobei er säuerlich »Kommen Sie doch herein, Frau von Ribbeck. Tun Sie sich keinen Zwang an« sagte. Dann wandte er sich wieder an Manne.

»Ja, ich bin allein. Die Herrschaften vom LKA sind unten auf der Straße vor meinem Haus. Solange ich sehe, dass sie da sind, reicht mir das.«

Hanneke Kleins Assistent wohnte so, wie Caro es sich in ihren Träumen immer schon ausgemalt hatte. In einer großzügigen, stuckverzierten und lichtdurchfluteten Altbauwohnung mit alten Kachelöfen, honiggelben Holzböden und modernen Möbeln. Doch leider war sie nicht hier, um sich umzusehen, was jammerschade war.

Daher sagte sie ohne Umschweife: »Wir wissen, dass Mikkel Hannes Sohn ist. Nicht ihr Bruder.«

Eine Weile hingen die Worte im Raum wie eine Rauchwolke, so präsent, als könnte man sie mit den Händen greifen. Dann ließ sich Freund ungelenk auf einen Sessel fallen. Er sah aus, als hätte ihn der Blitz getroffen.

»Aber woher … woher wissen Sie das?«, fragte er und griff sich ans Herz. Himmel, der würde doch jetzt keinen Herzinfarkt kriegen, oder?

»Also ist es wahr?«, fragte Manne streng, der sich auf dem links vom Sessel stehenden Sofa niedergelassen hatte.

»Sie sagten doch, Sie wissen es«, wandte er sich an Caro. »Dann muss es ja wahr sein, oder?«

»Ersparen Sie uns bitte die Spitzfindigkeiten«, bat Manne müde.

»Wir sind in Eile. Unser Kollege Carsten Blume ist verschwunden. Seit gestern Abend wie vom Erdboden verschluckt. Und zwar nachdem er in Erfahrung gebracht hat, dass Mikkel Hannekes Sohn ist. Und deshalb brauchen wir jetzt Ihre Hilfe.«

»Severin, wer ist Mikkels Vater?«, übernahm Caro und sah den schmalen Mann eindringlich an. Sie hatte sich entschieden, die Höflichkeit in den Wind zu schlagen, in der Hoffnung, ihn so vielleicht besser zu erreichen.

Freund zog sich immer weiter in den Sessel zurück, als wollte er zwischen den Polstern verschwinden. »Das ist doch … also … Ich kann doch nicht …«

»Sie wissen es also«, stellte Manne fest, und Severin Freund tat ihr fast schon ein bisschen leid. Er war solchen Fragen schlicht nicht gewachsen. Überhaupt schien er Druck nicht gewachsen zu sein.

»Hören Sie, das ist vertraulich«, sagte er jetzt. »Höchst intim. Hanne hat es ihr Leben lang für sich behalten und ich werde jetzt nicht …«

Caro sah, wie alle Farbe aus dem Gesicht des Mannes wich und ihm bei der bloßen Vorstellung, das Geheimnis zu lüften, die Hände zitterten.

»Sie haben Angst. Das wissen wir ja«, sagte sie. »Aber Sie waren nicht ehrlich, was die Gründe Ihrer Angst betrifft.«

Severin Freund wirkte kurz, als wollte er widersprechen, dann nickte er.

»Die Sache mit dem Nervenzusammenbruch. Der Polizeischutz. Das hatte überhaupt nichts mit Politik zu tun. Es hatte nie etwas mit Politik zu tun.«

»Da irren Sie sich«, antwortete Severin mit einem grimmigen Lächeln. »Es hat alles mit Politik zu tun.«

»Aber Sie wussten von Anfang an, wer Hanneke umgebracht hat, oder? Deshalb haben Sie solch eine Angst, oder nicht? Weil Sie wissen, mit wem wir es hier zu tun haben.«

»Ich weiß es nicht«, hielt Freund dagegen. »Wenn ich es wüsste, hätte ich es schon längst gesagt. Ich bin doch nicht blöd. Vor Leuten, die im Gefängnis sitzen, muss man schließlich auch keine Angst haben.«

»Jetzt hören Sie schon auf«, sagte Manne. »Hier geht es um Menschenleben. Haben Sie das immer noch nicht kapiert?«

Der schmale Mann presste wieder die Lippen aufeinander und verschränkte die Arme.

Caro setzte sich auf den Fußhocker, der zu Freunds Sessel gehörte, und sah ihn direkt an. »Ich verstehe, dass Sie Angst haben. Aber da draußen vor Ihrem Haus stehen gut ausgebildete Beamte, die Sie jederzeit heraufbitten dürfen. Mikkel hingegen schützt niemand.«

Freund blickte erschrocken auf, und auch Manne schien überrascht, doch Caro sprach einfach weiter. »Wenn Mikkel Klein der Schlüssel zu diesem Fall ist, dann ist er vielleicht auch in Gefahr. Haben Sie darüber schon mal nachgedacht? Und er ist völlig ahnungslos. Ich wette, das ist Ihnen nicht egal. Sie kennen Mikkel. Und Sie wissen, dass er Hannes Ein und Alles war.«

Caro sah, wie sich Freunds Augen mit Tränen füllten. Also sprach sie weiter. »Wenn Mikkel etwas zustößt, dann werden Sie sich das nicht verzeihen, das verspreche ich Ihnen. Und Sie wissen, Hanne hätte Ihnen das auch nicht verziehen.«

»Die Leute vom LKA sagen, es war höchstwahrscheinlich jemand aus Ihrer Kleingartenanlage«, entgegnete Freund trotzig und leicht anklagend. »Dass es Beweise gibt.«

»Und Sie haben so viel Angst vor einem Kleingärtner, dass Sie auf Polizeischutz bestehen?«, fragte Manne. »Im Ernst?«

»Hören Sie«, versuchte es Caro noch einmal, weil sie das Gefühl hatte, einen besseren Draht zu ihm zu haben. »Niemand wird je erfahren, dass wir hier waren und mit Ihnen gesprochen haben. Ich gebe Ihnen mein Wort darauf. Ich werde jetzt einen Namen in den Raum werfen und Sie müssen nur nicken oder den Kopf schütteln.« Sie holte tief Luft. Caro wusste zwar, dass sie sich damit sehr weit aus dem Fenster lehnte, aber zu verlieren gab es hier nicht viel.

»Dr. Markus König.«

Severin Freund starrte Caro ein paar Sekunden an. Dann fing er an zu lachen. Es war das erste Mal, dass sie diesen Mann lachen sah, und dass er den Nerv hatte, es jetzt zu tun, machte sie wütend. Hier verstrich wertvolle Zeit, und wieder konnte sie nichts tun, um die Sache zu beschleunigen.

Freund schüttelte den Kopf. »Sie haben eine fürchterliche Menschenkenntnis, hat Ihnen das schon mal jemand gesagt?«

Caro wusste, dass es in dieser Situation besser war, den Mund zu halten, auch wenn es ihr schwerfiel.

»Markus ist ein guter Mensch«, sagte Severin Freund jetzt wieder sehr ernst. Es schien ihm wichtig zu sein, er hielt Caros Blick. »Er hat Hanne geholfen, als sich niemand für sie interessiert hat. Hat sie mit aufgebaut. Markus hat Hanne sehr gerngehabt und hätte ihr nie ein Haar gekrümmt. Auch, wenn sie politisch nicht immer einer Meinung waren und sich ihre Wege nach einer Weile getrennt haben, hat Hanne ihn immer nur in guter Erinnerung gehabt und hochgehalten. Wenn sie sich auf Veranstaltungen gesehen haben, dann war die Zugewandtheit der beiden mit den Händen zu greifen. Markus hätte ihr nie ein Haar gekrümmt, und er ist ganz sicher auch nicht Mikkels Vater. Denn er hat kein Interesse an Frauen.«

Severin Freund seufzte, dann faltete er die Hände. »Aber er hat sich bestimmt verantwortlich gefühlt für das, was passiert ist. Denn ohne Markus hätte Hanne wohl niemals *ihn* kennengelernt.«

Caros Herz klopfte schneller. »Wen?«, fragte sie leise und grub ihre Fingernägel in den Handballen, weil sie nicht wusste, wohin mit ihrer Anspannung. Es wurde langsam zur Gewohnheit.

»Ralf Lüttke«, sagte Freund schließlich, und hinter sich hörte Caro Manne scharf Luft holen. Ihr sagte der Name gar nichts.

»Der ehemalige Außenminister der BRD?«, fragte er, und Severin Freund nickte.

»Genau der.«

Caro schwirrte der Kopf. Das wurde immer abenteuerlicher. Aber die Geschichten, die so absurd waren, dass man sie sich nicht ausdenken konnte, waren meistens wahr.

»Lüttke ist Mikkels Vater?«, fragte sie.

Freund hob abwehrend die Hände. »Hören Sie. Ich glaube nur, dass er es ist. Hanne hat es mir nie gesagt, ihre Verschwiegenheit war absolut. Das war ein Geheimnis, das sie nicht einmal mir anvertrauen wollte, und sie hatte sicher ihre Gründe. Aber die beiden haben sich kennengelernt, als Hanne noch Praktikantin bei Markus war. Und als vor Kurzem durch die Presse ging, dass Lüttke schwerkrank ist, hat das Hanne sehr getroffen. Seitdem war sie nervöser, fahriger, und wirkte besorgt.«

Caro tippte auf ihrem Handy herum. Tatsächlich fand sie einen wenige Wochen alten Artikel, der sich um die ernste Erkrankung des ehemaligen Politikers drehte. Und plötzlich fiel ihr etwas ein.

»Mikkel hat berichtet, dass Hanne ihn in letzter Zeit damit genervt hatte, zu seinen Vorsorgeuntersuchungen zu gehen. Einen Check-up zu machen«, sagte sie und runzelte die Stirn. »Lüttke hat Chorea Huntington. Eine Erbkrankheit.«

Sie sah auf. »Wissen Sie, wo er wohnt?«

Freund schüttelte den Kopf. »Bedaure. Damit kann ich leider nicht dienen.«

Caro schnellte aus ihrem Sitz hoch. »Okay, danke. Machen Sie sich keine Mühe, wir finden selbst hinaus.«

KAPITEL 31

»Okay, was jetzt? Wasjetztwasjetztwasjetzt?« Caro trippelte vor Mannes Auto herum, als müsste sie aufs Klo.

»Caro, kannst du bitte mal stillhalten? So kann ich überhaupt nicht nachdenken.«

»Das geht nicht, ich bin zu nervös«, gab sie zurück.

Manne nahm sie am Arm und zog sie mit sich. »Dann gehen wir eben eine Runde, so ist das ja nicht auszuhalten!«

»Aber nicht zu weit vom Auto weg!«, forderte Caro. »Wir müssen doch gleich losfahren.«

»Natürlich nicht«, gab Manne ungeduldig zurück. »Aber wenn hier wirklich Leute vom LKA stehen, möchte ich auch nicht alles hier mit dir ausdiskutieren.«

»Das stimmt natürlich«, gab Caro zu und zog ihr Handy aus der Tasche. Im Laufen steckte sie die Nase in ihr Telefon. »Lüttke hat nach seinem Ausscheiden aus der Politik ein privates Sicherheitsunternehmen gegründet. Sie sichern Immobilien von Promis und Superreichen. Bestimmt auch sein eigenes Haus. Na, hervorragend. Auch bei der Berlinale oder anderen Events werden vor allem seine Leute gebucht. Außerdem mischt seine Familie im Immobiliensektor kräftig mit. Na, das kommt uns ja bekannt vor.«

»Du kannst nicht zufällig rausfinden, wo er wohnt?«, fragte Manne, obwohl er da nicht viel Hoffnung hatte.

Caro starrte wütend auf das Display, als würde sie das Gerät dazu zwingen wollen, Lüttkes Geheimnisse preiszugeben.

»Ha!«, rief sie irgendwann und blieb abrupt stehen. Sie hielt Manne das Gerät unter die Nase.

Es war ein älterer Artikel einer Berliner Boulevardzeitung, der Lüttkes endgültiges Ausscheiden aus der Politik behandelte. Darüber prangte ein Foto des stadtbekannten Mannes, der sich schon damals, vor fünf Jahren, auf einen Stock stützen musste, flankiert von einer Frau und zwei jungen Männern.

»Lüttke mit seiner Frau Silvia und den Söhnen Conrad und Ferdinand vor seiner Villa in Dahlem.«

Caro deutete darauf. »Dahlem! Siehst du! In der Tatnacht ist Hanneke nach Dahlem gefahren.«

»Ich sehe das, Caro. Aber er ist auch schon ein alter Mann und zudem sehr krank. Er kommt als Mörder nicht infrage.«

»Aber er hat zwei Söhne«, hielt sie dagegen.

Manne nickte. »Das sehe ich auch. Bleibt allerdings zu klären, wie Carsten auf ihn gekommen ist, falls er wirklich bei Lüttke ist.«

»Na ja, vielleicht …« Caro ließ den Satz in der Luft hängen und tippte wieder auf ihrem Handy herum. Irgendwann blickte sie wieder auf und deutete auf den Falafelladen, vor dem sie standen: »Ich muss mal kurz telefonieren, du holst uns was zu essen. Wer weiß, wie lang dieser Tag noch wird. Für mich ohne Zwiebeln und mit Mangosoße«, sagte sie.

Allein beim Gedanken an Essen knurrte Mannes Magen. Zwar war er auch nervös und ungeduldig, aber länger als ein paar Minuten würde es wohl nicht dauern, dort schnell etwas zu holen.

Also betrat er den Laden, in dem es köstlich roch, und betrachtete die kleine Auslage mit Salaten und Soßen. Da er schon lange keine Falafel oder so etwas mehr gegessen hatte, bestellte er der Einfachheit halber zweimal das Gleiche.

Durch die große Fensterscheibe sah er dabei zu, wie Caro wild gestikulierend telefonierte und dabei auf dem Gehweg hin und her lief. Es musste anstrengend sein, nicht stillhalten zu können. Andererseits verbrannte Caro so wahrscheinlich die Unmengen Kalorien, die sie täglich zu sich nahm. Und ihr Gehirn war genauso fix wie ihre Extremitäten, das hatte er mittlerweile gelernt. Manchmal fragte er sich insgeheim, ob sie besser wurde mit der Zeit oder er selbst schlicht immer älter. Oder ob er sich einfach nur an sie gewöhnt hatte und sich deshalb seltener über sie aufregte. Wahrscheinlich von allem etwas.

Es war merkwürdig, in dem gut besuchten Laden zu stehen, in dem sich viele Leute tummelten, hier ihre Mittagspause verbrachten oder sich etwas zum Mitnehmen bestellten. Hinterm Tresen waren drei Leute damit beschäftigt, die Bestellungen abzuarbeiten, ihre Hände genauso fix wie die Caros. Alle waren gut gelaunt, tauschten Neuigkeiten und Belangloses aus. Hier und da meinte Manne, Hannekes Namen zu hören.

Die Türglocke klingelte, und Caro betrat den Laden.

»Ich habe König erreicht«, raunte sie in sein Ohr, und er hob die Brauen.

»Wie?«

»Er hat eine Webseite«, erklärte Caro. »Da steht eine Telefonnummer drauf. So einfach.«

»Erstaunlich«, sagte Manne. »Und?«

»Wir sind genau auf der richtigen Spur. Carsten hat auch ihn gestern Abend angerufen und befragt. Zu Hanne und einer möglichen Schwangerschaft und so weiter.«

Einer der jungen Männer hinter dem Tresen hielt Manne eine Tüte vor die Nase und wünschte ihm grinsend einen guten Tag. Er nahm sie an sich und verließ mit Caro beinahe fluchtartig das Restaurant.

Manne reichte Caro eine der langen, dicken Alurollen und schämte sich für den ganzen Müll, den sie verursachten. Eigentlich hätten sie die Rollen auch so auf die Hand nehmen können. Er wickelte das warme Brot aus und nahm einen Bissen. Himmel, es tat gut, etwas zu essen.

»Und? Was hat König gesagt?«, fragte er kauend und nahm gleich den nächsten Bissen hinterher.

»Wir haben ja nur kurz gesprochen. Tatsächlich hat er nie genau gewusst, was gelaufen ist, aber Hanneke hat ihr Praktikum kurz nach dem Zusammentreffen mit Lüttke abrupt beendet und ist zurück nach Essen. Er hat damals vermutet, das junge Mädchen hätte Heimweh gehabt, und hat sie, wenn auch mit Bedauern, gehen lassen. Über zwei Jahre hat er nichts von ihr gehört, doch dann hat sie sich gemeldet und um eine zweite Chance gebeten, die er ihr erst nicht geben wollte. Er war auf der politischen Leiter aufgestiegen und wollte keine unzuverlässige junge Frau in seinem Team. Dann hat ihn Lüttke persönlich angerufen und darum gebeten, sie bei sich einzustellen. Deshalb hat er vermutet, dass Lüttke damals nicht ganz unschuldig an Hannekes plötzlicher Abreise war und etwas wiedergutmachen wollte. So hat er sich ausgedrückt. Offenbar hat er zwei und zwei zusammengezählt.«

Manne nickte. »So langsam setzt sich hier das Puzzle ebenfalls zusammen.« Er sah sie an. »Gut. Fahren wir nach Dahlem. Im schlimmsten Fall haben wir umsonst einen Ausflug in den Süden der Stadt gemacht. Das LKA macht sein Ding, wir machen unsres. Aber wir gehen kein Risiko ein.«

»Natürlich nicht«, sagte Caro, und Manne nickte.

»Wir haben nur noch ein Problem.« Seine Kollegin blieb stehen und verzog das Gesicht. »Dahlem ist groß. Wir haben überhaupt keine Ahnung, wo Lüttke lebt. Und im Telefonbuch steht er nicht.«

Manne grinste. »Ich habe da eine Idee. Hast du Bargeld?«

Caro öffnete ihre Handtasche und kramte ihre Geldbörse hervor. Nach kurzem Blick ins Innere sagte sie: »Siebzig. Warum?«

Manne hatte noch fünfzig Euro einstecken, das hatte er beim Bezahlen im Falafelladen gesehen. Hundertzwanzig Euro. Müsste ja reichen.

»Wir fahren zu Leberechts Haus. Wetten, dass die Journalisten dort wissen, wo Lüttke wohnt?«

Caro lächelte, in ihrem rechten Mundwinkel klebte Mangosoße.

»Und wenn wir ihnen die Exklusivrechte an unserer Story versprechen, müssen wir bestimmt nicht so viel ausgeben.«

Manne öffnete die Wagentür. »Wir werden sehen. Hoffentlich sind da überhaupt noch welche.«

Es waren mehr als nur »welche« da. Die Gehsteige im Majakowskiring wimmelten nur so von Journalisten. Auch einige Kamerateams waren vor Ort. Manne fluchte. So viel Trubel konnte nur eines bedeuten: Es war etwas passiert.

»Caro, könntest du …«, doch sie war schon dabei, ihr Handy zu befragen.

»Lohmeyer hat eine Pressekonferenz gegeben.« Ihre Augen flogen über den Text. »Verhaftet ist noch niemand … na, na, na, Umfeld der Kleingartenanlage bla, bla … Zusammenarbeit mit der Detektei Nowak und Partner beendet.«

Sie verzog das Gesicht. »Na toll. Jetzt wissen alle, dass wir offiziell raus sind.«

Manne stöhnte. »Das Timing kommt echt direkt aus der Hölle, wir können jetzt auf keinen Fall aus dem Auto steigen.«

Caro biss die Zähne aufeinander, ihre Kiefermuskeln arbeiteten auf Hochtouren.

»Doch. Können wir«, sagte sie schließlich und riss die Beifahrertür auf.

»Wer hat Lust auf ein Exklusivinterview mit uns?«, schrie sie aus voller Kehle, und Manne wünschte sich von ganzem Herzen, niemals geboren worden zu sein.

Sofort kam Bewegung in die Menge. Die Auslöser klickten, und sogar ein paar Kameraleute drehten sich zu ihnen um. Manne konnte nur beten, dass die nicht gerade live sendeten.

Eine junge Frau kam mit einem Kollegen angejoggt und riss dabei die Hand in die Luft.

»*Tagesspiegel!*«, rief sie, und Caro nickte.

»Steigt ein, aber schnell.«

Ohne viel Federlesens ließen sich die beiden auf der Rückbank nieder. Caro drehte sich zu ihnen um.

»Marah Hausmann«, stellte sich die junge Frau vor, ihr Kollege sagte: »Nico Pohl.«

»Freut mich. Also passt auf, es geht um Folgendes. Wie ihr euch denken könnt, sind das LKA und wir unterschiedlicher Auffassung, was die Ermittlungsrichtung in dem Fall angeht. Wir haben unsere eigene Theorie und möchten die gerne zumindest überprüfen. Dafür brauchen wir die Privatadresse von Ralf Lüttke, dem ehemaligen Außenminister.«

Die beiden Journalisten tauschten einen erstaunten Blick. »Lüttke? Wa… ich dachte, hier geht es um ein Interview.«

»Das bekommt ihr auch. Aber erst, wenn wir bei Lüttke waren.«

»So läuft das nicht«, sagte Nico Pohl und hatte seine Hand schon wieder am Türgriff.

»Hört mal«, schaltete Manne sich ein. »Carsten Blume ist verschwunden. Wir wissen nicht, wo er ist, niemand erreicht ihn mehr. Auch nicht seine Frau. Wir machen uns Sorgen, dass ihm etwas passiert sein könnte, okay?«

»Der ehemalige Leiter der Soko Birkenwäldchen?«, fragte Marah interessiert, und Manne nickte. Nico ließ den Türgriff wieder los.

»Das dürft ihr auf keinen Fall bringen. Das LKA wird alles dementieren. Sie gehen davon aus, dass Blume einfach nur beleidigt irgendwo seine Wunden leckt, aber wir kennen ihn. Wenn wir richtig liegen, habt ihr die Story des Jahres. Wenn wir falsch liegen, dann könnt ihr uns in der Luft zerreißen. Beides keine so schlechte Sache, oder?« Manne hob erwartungsvoll die Brauen.

»Eure Kollegen berichten alle nur dasselbe«, sagte Caro und zeigte auf die Straße, wo die Berichterstattung weiterging, aber immer wieder neugierige bis feindselige Blicke in Richtung von Mannes altem Toyota abgefeuert wurden.

»Ihr hingegen habt jetzt die Chance auf was Besonderes.«

Der Journalist nickte, und die beiden zogen synchron ihre Handys aus den Taschen. Offenbar tauschten sie sich in Kurznachrichten aus, damit Manne und Caro nicht mitbekamen, worüber sie sprachen.

Schließlich sagte die junge Frau: »Okay. Wir wissen, wo Lüttke wohnt, und lotsen euch hin.«

Manne schüttelte heftig den Kopf. »Auf keinen Fall. Ihr gebt uns die Adresse, und wir melden uns bei euch.«

»Nein«, gab Marah Hausmann zurück. »Und wir können euch versichern, dass keiner unserer Kollegen hier vor Ort anders handeln würde. Das ist der Deal mit dem *Tagesspiegel.* Wir kommen mit. Take it or leave it.«

Manne konnte nicht glauben, was hier gerade vor sich ging. Konnten die das wirklich ernst meinen? Da die beiden Reporter gerade die Sicherheitsgurte zückten und sich anschnallten, blieb kaum Raum für Zweifel.

Caro schaute ihn auffordernd an. »Du hast sie gehört, Manne. Worauf wartest du noch?«

Genervt und ein bisschen sauer drehte er den Zündschlüssel im Schloss herum. Es gefiel ihm gar nicht, zwei Grünschnäbel, darüber hinaus noch von der Presse, in seinem Auto sitzen zu haben. Aber er sah auch ein, dass er kaum eine Wahl hatte. Vor allem jetzt nicht mehr, wo ihm Caro auch noch in den Rücken gefallen war. »Schon gut. Aber ihr tut, was wir euch sagen.«

»Jaja«, antwortete Marah Hausmann vom Rücksitz, und Manne hörte ihr Augenrollen förmlich. Die beiden tippten wie wild auf ihren Telefonen herum. Wahrscheinlich sagten sie in der Redaktion Bescheid. Himmel. Das hier fühlte sich gerade an wie die größte Dummheit in seinem bisherigen Leben.

KAPITEL 32

Je weiter sie nach Süden gekommen waren, desto nervöser war Caro geworden. Drei- oder viermal hatte sie den Inhalt ihrer Handtasche gecheckt und ihr Pfefferspray sowie den Elektroschocker in die äußere Seitentasche geräumt, um jederzeit schnell ranzukommen, falls es nötig wurde.

Mittlerweile war es halb zwei, und sie kurvten hinter dem Campus der FU in Dahlem herum. Seit gestern Abend hatte niemand mehr mit Carsten gesprochen. Jede Minute, die verstrich, war eine Minute zu viel, das spürte sie. Und so schweigsam und angespannt, wie Manne war, fühlte er es bestimmt auch.

Ihr war ebenfalls nicht ganz wohl dabei, die beiden Journalisten dabeizuhaben, sie sagte sich aber, dass die zwei erwachsen waren und wissen mussten, was sie taten.

Hier unten wimmelte es geradezu von herrschaftlichen Villen und prächtigen Einfamilienhäusern. Sie fuhren gerade langsam durch eine schmale Seitenstraße, als Marah sagte: »Das ist es. Die Nummer 38.«

Manne und Caro sahen es beinahe gleichzeitig, und Caro wurde heiß und kalt. »Da steht sein Auto«, stellte sie mit hohler Stimme fest. Manne nickte. Jetzt gab es keinen Zweifel mehr. Carsten war hier.

Der Standort deckte sich auch mit der Funkzellenabfrage von Hannekes Handy. In der Nacht ihres Todes war sie in dieser Gegend gewesen.

Sie sah Manne an. »Sollen wir Lohmeyer Bescheid geben?«, fragte Caro.

Ihr Kollege legte den Kopf schief. »Der hat gerade öffentlich verkünden lassen, dass sie Spuren nachgehen, die in unseren Verein führen. Du glaubst doch nicht im Ernst, dass er auf uns hören würde.«

»Aber wir hatten schon zweimal recht. Zwei Mal. Er ist ein Arsch, aber doch nicht blöd. Und Carstens Auto steht hier«, hielt Caro dagegen.

»Du kannst ja Wiebke informieren. Schick ihr ein Foto vom Auto und den Standort«, sagte Manne. »Dann müssen sie jemanden schicken.«

Caro schluckte. Sie betrachtete das gedrungene Haus mit den bauchigen Türmen, das sich hinter einen hohen, dunklen Metallzaun duckte. Ihr war nicht wohl dabei. Sie fuhren an Carstens Skoda vorbei, und der Anblick des Kindersitzes versetzte Caro einen Stich. Carsten hat einen kleinen Sohn, dachte sie. Er wird sehnsüchtig erwartet. Er muss sicher nach Hause kommen.

»Wir können doch jetzt nicht einfach hier rumhocken«, sagte Caro leise und fühlte, wie ihr Tränen in die Augen schossen. »Wir müssen was tun!«

»Vielleicht sitzt Carsten auch gerade nur gemütlich auf dem Sofa und lässt sich eine Geschichte erzählen. Das hier sind geachtete Leute, nicht irgendwelche Kriminellen«, raunte Manne zurück.

»Seit zwölf Stunden?«, fragte Caro ungläubig, und Manne verzog das Gesicht.

»Wir wissen nicht, wie lange er schon hier ist.«

Er parkte seinen Wagen einige Parklücken hinter Carstens Auto.

»Ich kann ja mal aussteigen und klingeln«, schlug Marah vor. »Und wenn jemand aufmacht, frage ich einfach.«

Ohne eine Antwort abzuwarten, öffnete sie die Wagentür, schlenderte zum Gartentor und drückte auf die Klingel. Nachdem sie ein paar Sekunden gewartet hatte, drückte sie ein zweites Mal, dann zuckte sie die Schultern und kam zurück.

»Keine Reaktion«, sagte sie. »Aber die Kamera über dem Tor ist angegangen.«

Caros Blick schnellte zum Zaun, doch die Journalistin lächelte.

»Mach dir keine Gedanken. Das Ding ist fest auf den Bereich vor der Klingel gerichtet. Bis hierher reicht der Radius nicht.«

»Also müssen wir wohl warten, bis einer rauskommt oder reingeht«, seufzte Nico und zog einen Laptop aus seinem Rucksack, den er zwischen die Füße gestellt hatte. »Die letzten Tage verbringe ich nur noch mit Warten. Hoffentlich lohnt es sich diesmal wenigstens.«

Caro tauschte einen kurzen Blick mit Manne. Sie für ihren Teil wusste nicht, worauf sie eigentlich hoffen sollte.

War Carsten wirklich da drin? Was machte er dort? Ging es ihm gut? Warum war sein Handy ausgeschaltet?

Es fühlte sich schrecklich an, zu warten. Stunden vergingen, in denen kaum einer von ihnen etwas sagte. Auch vom LKA war weder etwas zu sehen noch zu hören. Zwischendurch hätte Caro fast vergessen, dass sie die Journalisten vom *Tagesspiegel* dabeihatten, die sich trotz wiederholter Nachfrage standhaft weigerten, das Auto zu verlassen und ihrer Wege zu gehen. Sie wollten dabei sein, wenn etwas passierte. Natürlich wollten sie das. Mittlerweile war es dunkel geworden. Sie fror leicht, war müde und hungrig. Und sie hatte Angst. Was trieben die dort drin? Warum passierte nichts? Wieso kam Carsten nicht heraus?

Auf einmal traf sie Mannes Ellbogen zwischen den Rippen, und sie schreckte hoch. Offenbar war sie kurz eingenickt.

»Wa…?«, fragte sie, doch Manne bedeutete ihr, still zu sein, und zeigte dann auf die Haustür der Lüttkes. Ein Mann mittleren Alters schloss gerade hinter sich ab. Dann lief er durch den Garten und öffnete das Tor.

»Das ist einer von den Söhnen«, murmelte Nico. »Constantin, glaube ich.«

»Wenn überhaupt, dann Conrad«, gab Caro zurück und sah im

Rückspiegel, dass Marah lächelte und Nico säuerlich den Mund verzog.

Lüttke überquerte die Straße und drückte auf eine Autofernbedienung, woraufhin Carstens Skoda zweimal blinkte.

Spätestens jetzt war sie hellwach. »Hey, was macht der denn mit Carstens Autoschlüsseln?«, fragte sie. »Manne, da stimmt was nicht.«

Lüttke junior parkte aus, blieb aber mitten auf der Straße mit laufendem Motor stehen. Im nächsten Augenblick ging das große, weiße Garagentor des Hauses auf.

»Alle Mann runter!«, zischte Manne, und sie duckten sich, so gut sie konnten, was in dem kleinen Auto gar nicht so leicht war. Vor allem für Manne selbst nicht, der wegen des Lenkrads nirgendwohin konnte und deshalb versuchte, sich hinter ihr zu verbergen. Caro hörte das Auto an ihnen vorbeifahren und lugte vorsichtig hinter der Konsole hervor. Ein großer, schwarzer Mercedes folgte dem Skoda.

Manne ließ den Wagen an. Er sah sehr besorgt aus. »Hast du noch die Nummer von meinem alten Kollegen Martin?«

Caro nickte.

»Ruf ihn an. Erklär ihm, was los ist, und schick ihm einen Standort. Er soll sich ein paar Leute nehmen und kommen. Auf das LKA können wir uns offensichtlich nicht verlassen.«

»Das kann von Pankow aber dauern«, sagte Caro zweifelnd.

»Aber er wird dir glauben und keine Fragen stellen. Manche Polizisten machen ihren Job nämlich wirklich noch, um Menschen zu schützen. Martin gehört dazu.«

Tatsächlich stellte Mannes alter Kollege keine Fragen und versprach, mit ein paar guten Leuten zu ihnen zu stoßen. Immerhin war das Schicksal ihnen so weit hold, dass sie sich auf der Stadtautobahn wieder Richtung Norden bewegten. Auf Martin zu, nicht von ihm weg. Caro tauschte Handynummern mit den Journalisten, die mittlerweile auch ziemlich angespannt wirkten. Spätestens seit dem Gespräch mit Martin war ihnen wohl klar, worum es hier wirklich ging. Caro konnte es nicht ändern. Schließlich hatte sie Martin ja erklären müssen, warum die Sache so dringend war.

Sie versuchte sich abzulenken, indem sie so viel wie möglich über die Familie Lüttke in Erfahrung brachte. Die beiden Brüder schienen mittlerweile die Geschicke der verschiedenen Firmen zu lenken. Conrad, der ältere, leitete die Immobilienfirma, während der jüngere namens Ferdinand sich um die Sicherheitsfirma kümmerte, der es aber zunehmend schlechter zu gehen schien. Im letzten Jahr hatten sie ein Drittel der Belegschaft entlassen müssen.

Caro klickte sich gerade bei der Immobilienfirma durch die Galerie der laufenden Projekte, als sie innehielt. Das Bauwerk auf einem der Bilder kam ihr verdammt bekannt vor.

»Scheiße, Manne!«, rief sie aus und schlug sich gegen die Stirn. »Schloss Dammsmühle!«

»Was ist damit?«

»Lüttke ist der Bauträger. Sie machen die Sanierung.«

»Scheiße«, sagte Manne und umklammerte das Lenkrad noch fester. »Wenn sie da hinfahren, haben wir keine Chance, nicht entdeckt zu werden.«

»Was ist denn in Dammsmühle?«, wollte Nico wissen.

»Dort haben wir das ausgebrannte Auto von Hanneke Klein gefunden«, antwortete Manne grimmig. »Was bedeutet, dass wir ihren Mördern auf den Fersen sind. Alles andere wäre schon ein sehr großer Zufall.«

»Und dass Carsten in großer Gefahr ist. Manne, was, wenn er noch im Haus ist und wir gerade von ihm wegfahren?«

Doch Manne schüttelte nur den Kopf. Caro biss sich auf die Unterlippe, bis sie Blut schmeckte. Konnte das nicht schneller gehen? Konnten sie nicht irgendwann endlich mal ankommen? Die Spannung würde sie noch zerreißen. Was, wenn die Brüder unterwegs waren, das Auto zu entsorgen, und Carsten längst tot war? Jetzt bereute sie, die Falafel gegessen zu haben. Beim Gedanken an Hannekes Leiche drehte sich ihr wieder der Magen um.

Sie fuhren in Reinickendorf unweit des Kurt-Schumacher-Platzes von der Autobahn ab und folgten den beiden Wagen in ein Industriegebiet. Hier oben gab es einige Firmen, Supermärkte und anderes Gewerbe. Aber zwischendrin immer wieder auch ein paar Wohnhäuser. Caro fragte sich, wie das wohl war. Zwar irgendwie in der Stadt zu wohnen, aber dann zwischen solchen Gebäuden. Nah dran am Zentrum von Reinickendorf und gleichzeitig in einer Gegend, in der am Wochenende und abends kaum jemand unterwegs war. Sie wollte hier jedenfalls nicht leben.

Doch anscheinend gab es Menschen, die anderer Auffassung waren. Sie fuhren an vier Baustellen vorbei, an denen offenbar Wohnhäuser aus dem Boden gestampft wurden. Moderne Townhouses für Familien, wie sie überall in der Stadt auf jede freie Fläche gesetzt wurden.

Manne hielt großen Abstand zum Lüttke-Mercedes, um nicht aufzufallen. Es waren nicht mehr viele Leute unterwegs. Deshalb hätten sie es beinahe verpasst, als die beiden Autos abbogen und in eine Tiefgarage fuhren. Es war ein Wohngebäude, das ansonsten aber verlassen wirkte. Vermutlich eine Baustelle kurz vor dem Bezug. Das Gittertor fuhr schon wieder herunter, als sie unten ankamen.

»Verdammt«, flüsterte Caro. »Und was jetzt?«

»Entweder sie wollen hier nur nach dem Rechten sehen, oder sie haben etwas ganz anderes vor.«

»Wieso sollten sie mit Carstens Auto fahren, wenn sie nur nach dem Rechten sehen wollen?«

Manne nickte grimmig und sah sie dann lange an. »Was denkst du? Wollen wir auf Martin warten?«

Caro presste die Lippen aufeinander und schüttelte den Kopf.

Sie konnten Carsten nicht länger alleinlassen. Etwas sagte ihr, dass er dort drin war. Und in Gefahr.

»Das geht nicht, Manne. Wir haben schon viel zu lange gewartet«, sagte sie, und er nickte erneut.

»Was hast du dabei?«

»Pfefferspray. Meine Taschenlampe. Einen Elektroschocker.«

»Gut, dann gehen wir wenigstens nicht mit leeren Händen.«

»Wir kommen mit!«, meldeten Marah und Nico sich vom Rücksitz, doch Manne schüttelte heftig den Kopf.

»Den Teufel werdet ihr tun! Wir können nicht auf euch aufpassen, und außerdem müsst ihr unserem Kollegen sagen, wo wir sind, wenn er kommt.« Er warf den beiden Journalisten strenge Blicke zu. »Im Zweifel seid ihr unsere Lebensversicherung. Setzt das bitte nicht aufs Spiel. Ihr bekommt die Story exklusiv. So oder so. Bringt euch nicht unnötig in Gefahr.«

Nico nickte, er hatte bereits wieder den Laptop auf dem Schoß und tippte etwas in seine Tastatur. Marah hingegen wirkte unzufrieden.

»Ich fasse zusammen: Ihr verdächtigt also Lüttke oder seine Söhne des Mordes an Hanneke Klein und glaubt, er hat euren Kollegen vom LKA in seiner Gewalt«, murmelte Nico. »Wie hieß er noch gleich?«

»Carsten Blume«, antwortete Caro. »Und ja, das hast du sehr schön zusammengefasst.«

»Das ist irre.« Der junge Journalist schüttelte lachend den Kopf, und Caro fragte sich, ob er ihr nicht glaubte oder ob er sich so über die abgefahrene Story freute. Aber im Grunde war das auch egal.

Sie parkten in der Parallelstraße außer Sichtweite der Baustelle. Als hätten sie sich abgesprochen, öffneten sie gleichzeitig ihre Autotüren.

Es war beunruhigend, auf das große, dunkle Gebäude zuzugehen. So leise sie konnten, schlichen sie um das Grundstück herum.

An der Rückseite war alles mit Bauzäunen abgesperrt und verlassen. Sie wollte da nicht rein, aber sie musste.

Der Boden war matschig, sie versanken tief darin. Sofort fühlte sie, wie ihre Füße kalt und nass wurden. Caro verzichtete darauf, ihre Taschenlampe anzuschalten, damit sie nicht entdeckt wurden, doch die Straßenlaternen gaben nur funzeliges Licht ab, und so stießen sie mehrfach gegen herumstehendes Gerät, und mehr als einmal fragte sich Caro, ob der Lärm, den sie dabei machten, nicht sowieso dafür sorgen würde, dass sie entdeckt wurden. Vor allem Manne machte das schlechte Licht zu schaffen, doch natürlich war er mal wieder zu stur, etwas zu sagen.

»Nimm wenigstens dein Handy«, flüsterte Caro irgendwann. »Sonst wecken wir noch die ganze Nachbarschaft auf.«

Manne brummte ungehalten, doch er fügte sich, und von da an kamen sie ein wenig leiser voran.

Sie fanden eine Stelle, an der der Bauzaun nur lose in einem Betonfuß steckte. Die meisten Baustellen hatten so eine Schwachstelle, weil immer wieder Material herangeschafft werden musste und natürlich die Mitarbeiter auch rein- und rauskommen mussten. Sie konnten nur hoffen, dass auch das Gebäude eine solche Schwachstelle haben würde.

Die Fenster waren bereits eingesetzt worden, die waren also keine Option. Sie rüttelten nacheinander an den Eingangstüren, doch die waren allesamt verschlossen. Über einen schmalen Durchgang, der wahrscheinlich für Radfahrer gedacht war, damit sie komfortabel zu den zukünftigen Fahrradständern gelangen konnten, betraten sie einen großen Innenhof, der in Zukunft wahrscheinlich Gärten, Bänke und einen Spielplatz beherbergen würde, momentan aber nur eine matschige Brache war. Auch hier befanden sich überall Balkone und zukünftige Terrassen – und sie hatten Glück.

»Da ist nur angelehnt«, flüsterte Caro und deutete zu einer großen Glastür links von ihnen.

Manne nickte. »Wahrscheinlich haben sie den Estrich gegossen und wollten ihn trocknen lassen«, sagte er nach einem Blick in den großen Raum. »Hoffen wir mal, dass er mittlerweile trocken ist.«

Als Manne die Tür aufstieß, schlug ihnen der Geruch von frischem Baumaterial entgegen. Caro mochte diesen Geruch sehr. Warum, wusste sie selbst nicht so genau.

»Ich gehe vor«, flüsterte Manne. »Du zählst bis zehn. Dann kommst du nach.«

»Manne«, jammerte Caro. Sie wollte ihm widersprechen, doch da war er auch schon verschwunden. Dieser verflixte Kavalier. Er sah im Dunkeln doch gar nichts.

Im nächsten Augenblick hörte sie einen dumpfen Schlag, gefolgt von einem Schaben und etwas, das sich wie Schnaufen anhörte. War er jetzt wieder gegen etwas getreten?

Sie hatte den Fuß bereits in der Tür, als sie etwas hörte, was ihr das Blut in den Adern gefrieren ließ.

»Bist du allein?«, fragte eine kalte Männerstimme, und Caro suchte Schutz hinter einer Palette mit Zementsäcken. Sie machte sich so klein wie möglich und musste sich die Faust in den Mund stecken, um nicht zu schreien.

Als sie Manne mit erstickter Stimme etwas sagen hörte, schossen ihr Tränen in die Augen.

»Wo ist deine kleine Freundin?«, fragte der Mann.

»Die ist nicht mitgekommen. Ihre kleine Tochter ist krank.«

Schritte erklangen und kamen immer näher. Caro fummelte so leise, wie sie konnte, das Pfefferspray aus ihrer Handtasche. Als sie es umklammerte, merkte sie, dass ihre Handflächen klatschnass waren.

Der Mann ging ein paar Schritte über den matschigen Hof, dann hörte Caro, wie die Terrassentür mit einem Knall geschlossen wurde.

Sie atmete zittrig aus. Scheiße. Was sollte sie jetzt tun?

KAPITEL 33

Sein rechter Arm brannte wie Feuer. Der Mann hatte ihm das Messer bis zum Schaft hineingerammt. Alles war voller Blut. Warm und glitschig rann es über seine Hand und tropfte auf den frisch gegossenen Boden. Diese Spuren würden sich nicht so leicht beseitigen lassen.

Conrad Lüttke hatte ihm die Arme hinter dem Rücken mit einem Kabelbinder fixiert und zerrte ihn jetzt hinter sich her durch das dunkle Gebäude. Manne stolperte mehr, als dass er ging, und war zu geschockt, um Schmerzen zu empfinden, aber seine Gliedmaßen funktionierten trotzdem nicht so richtig.

Er war heilfroh, dass Lüttke Caro nicht entdeckt hatte, und war sogar ein bisschen stolz auf sie. Offenbar hatte sie schnell reagiert und war ausnahmsweise mal nicht ihren Impulsen gefolgt. Wenn sie klug war, wartete sie jetzt darauf, dass Martin eintraf, und überließ dem dann die Arbeit. Bis dahin musste Manne durchhalten. Das würde schon klappen, versuchte er sich zu beruhigen. Es konnte ja nicht mehr allzu lange dauern.

Doch die grimmige, entschlossene Miene des Mannes gefiel ihm nicht. Trotz der schlechten Lichtverhältnisse konnte Manne die Anspannung auf seinem verzerrten Gesicht sehen. Den starren Blick. Er fühlte die Finger, die sich wie Stahlzangen um seinen unversehrten Oberarm gelegt hatten.

Manne wurde mehrere Treppen hinabgezerrt, bis sie schließlich durch eine Metalltür in einen hell erleuchteten Raum kamen. Mehrere Baustellenstrahler standen hier verteilt, Kabel zogen sich über den Boden, und in der Mitte des Raumes sah er eine große, rechteckige Aussparung. Wahrscheinlich befanden sie sich im zukünftigen Schwimmbad.

An der Kopfseite des Beckens hatte Ferdinand, der jüngere Bruder auf einem Klappstuhl gesessen, von dem er in dem Moment aufsprang, als Conrad mit Manne hereinkam.

Auf dem Boden an eine Wand gelehnt entdeckte Manne Carsten. Mit geschlossenen Augen, gefesselt und geknebelt, aber eindeutig noch am Leben. Bei seinem Anblick war Manne erleichtert und geschockt zugleich. Carstens Gesicht sah schlimm aus. Geschwollen und an einigen Stellen blutverkrustet. Sie hatten ihn übel zugerichtet.

»Ich hab doch gewusst, dass er es ist«, sagte Conrad mit schnarrender Stimme.

Ferdinand betrachtete Manne mit aufgerissenen Augen. »Scheiße, Conni. Noch einer? Du hast doch gesagt, der da wäre alleine!«

Ferdinand zeigte auf Carsten, und Conrad verzog grimmig das Gesicht. »Hab ich auch gedacht. Aber mir ist das schäbige Auto vor unserem Haus heute Nachmittag schon aufgefallen. Ich wollte auf Nummer sicher gehen, und jetzt haben wir den Schlamassel.«

Carsten hatte mittlerweile die Augen aufgeschlagen und blickte Manne müde an. Seine Augäpfel waren blutunterlaufen und tränenfeucht, es schien ihm schwerzufallen, Manne zu fixieren.

Sie haben ihn unter Drogen gesetzt, schoss es Manne durch den Kopf. Falls das stimmte, war es für Carsten vielleicht eine Gnade, all das nicht richtig mitzubekommen. Es bedeutete aber auch, dass er keine Hilfe sein würde, sollte es Manne gelingen, die Situation zu drehen. Was ohnehin unwahrscheinlich war.

Conrad Lüttke ging zu einem Klapptisch, und Manne sah zu seinem großen Entsetzen, wie sich der Mann an den Gürtel fasste und eine Pistole herauszog, die er Manne mit einem Grinsen zeigte. Natürlich. Carsten hatte seine Dienstwaffe ja bei sich getragen.

»Wenn Sie die haben, warum mussten Sie mich dann verletzen?«, richtete Manne das erste Mal das Wort an den älteren Bruder, doch der zuckte die Achseln.

»Ich habe noch nie mit so was geschossen und wollte nicht, dass etwas schiefgeht.« Er lächelte. »Wir haben gerade erst die Fenster einsetzen lassen.«

»Verstehe«, sagte Manne. »Und was haben Sie jetzt vor?«

»Na, was glauben Sie denn?«

Lüttke trat zu seinem Bruder, der ein paar Schritte zurückwich. Es war offenkundig, dass Ferdinand Angst vor Conrad hatte. Große Angst.

»Das kann doch nicht dein Ernst sein!«, schimpfte Conrad und zog seinem jüngeren Bruder sichtlich ungehalten den Schal vom Hals. »Herrgott, Ferdinand. Reiß dich gefälligst zusammen.«

Ferdinand schluckte, dann nickte er und nahm den Schal entgegen, den sein Bruder ihm hinhielt, offenbar verwirrt, weil er nicht wusste, was er jetzt damit anstellen sollte.

»Ich habe keine Lust, mich mit dem da zu unterhalten.« Conrad zeigte auf Manne. »Du etwa?«

Der jüngere Lüttke schüttelte den Kopf und wenige Augenblicke später hatte er Manne mit dem Schal geknebelt.

Er führte ihn am Arm zur Wand, an der auch Carsten lehnte, wobei Manne auffiel, dass er ihn längst nicht so hart anfasste, wie sein Bruder es getan hatte. Auch nahm er wahr, dass Ferdinands Hände zitterten.

Manne setzte sich bereitwillig neben Carsten und versuchte, ihn mit den Augen anzulächeln, doch er hatte keine Ahnung, ob ihm das gelang.

Conrad zog ein Päckchen Zigaretten aus seiner Sakkotasche und zündete sich eine an. Nachdenklich schritt er die Längsseite des Pools ab und schaute immer wieder in das Becken, als denke er intensiv über etwas nach.

»Was machen wir jetzt?«, fragte Ferdinand Lüttke. »Hier können sie ja schlecht bleiben!«

»Da irrst du dich, Brüderchen.« Conrad blies Rauch in den

kühlen Raum. Dann zeigte er auf das Becken. »Dieses Schwimmbecken ist zu tief. Das kriegen wir so bei der Bauaufsicht niemals durch. Wenn wir keinen Bademeister anstellen wollen, müssen wir es flacher machen. So um einen Meter, würde ich sagen. Damit noch die kleinste Pissnelke drin stehen kann.«

Er schenkte seinem Bruder ein kaltes Lächeln. »Und das am besten so schnell wie möglich. Nächste Woche kommt der Fliesenleger.«

Manne wurde schlecht. Er begriff noch vor dem jüngeren Lüttke, was Conrad vorhatte.

»Du willst sie einzementieren?«, fragte Ferdinand da ungläubig, und Manne kämpfte gegen den Würgereiz. Er versuchte, tief und gleichmäßig durch die Nase ein- und auszuatmen und wünschte fast, die Brüder hätten ihm auch etwas in die Ohren gestopft. Auf keinen Fall wollte er weiter zuhören. Doch er hatte keine Wahl.

Wenn er sich jetzt übergab, war er verloren, das ahnte er. Manne starrte an die Decke und versuchte, sich auf die Kabelenden zu konzentrieren, die aus zahlreichen Löchern im Beton auf ihn herabschauten.

»Dann sind sie weg, oder nicht? Hätten wir mit Hanneke auch machen sollen. Das hätte uns einiges erspart. Das ganze Säubern der Leiche, das Fingernägelschneiden, das Theater mit der Hacke, ihren Klamotten, unseren Klamotten … Alles nur, weil wir nicht wussten, was wir mit ihr anstellen sollen. Dabei ist es doch eigentlich ganz einfach. Spurlos und geruchlos.«

»Conni, du willst doch nicht …«

Der Ältere wirbelte auf dem Absatz herum. »Und was sollen wir deiner Meinung nach sonst mit ihnen machen? Sie einfach laufen lassen?«, fragte er. »Das sind Polizisten, Ferdinand, verstehst du das?«

»Er ist kein Polizist«, sagte der Jüngere und zeigte auf Manne. Sein Bruder schnaubte.

»Es sind Berufsschnüffler, okay? Wenn wir sie freilassen, war alles umsonst, kapierst du das?«

»Aber wir können doch nicht noch zwei Menschen töten. Das ist Wahnsinn!«

Conrad schnippte seine Zigarette in das betonierte Becken und packte seinen jüngeren Bruder am Kragen. Er schüttelte ihn sogar ein wenig.

»Jetzt reiß dich zusammen und tu, was ich dir sage. Du hast der Familie schon genug Probleme gemacht, ich lasse nicht zu, dass du jetzt den Schwanz einziehst. Hast du mich verstanden? Du hängst sowieso schon genauso tief drin wie ich. Und hättest du das beschissene Handtuch nicht in der Spüle vergessen, dann wären die uns vielleicht nie auf die Schliche gekommen. Du hast den Kommissar im Fernsehen doch gehört! Sie ermitteln in dem Schrebergarten, genau so, wie *ich* es geplant habe. Oder wer hatte die Idee, auf der Webseite des Vereins nach Parzellen der Vorstandsmitglieder zu suchen? Wer hatte den Einfall mit der Hacke?« Conrad hatte sich so in Rage geredet, dass seine Nasenflügel bebten.

Er starrte seinen Bruder an, dann wurde sein Blick weicher und er legte einen Arm um den Jüngeren.

»Schau mal. Dieser Blume ist allein bei uns aufgeschlagen, das war unser großes Glück. So konnten wir schnell reagieren. Dass Papa um halb elf noch jemanden erreicht hat, war noch mal Glück. Zwei, drei Anrufe und zack, war Blume kein Ermittlungsleiter mehr. Ferdinand, das LKA kennt uns. Die pinkeln uns doch nicht ans Bein, Papa am wenigsten. Nach außen wirkt es einfach, als hätte sich die beleidigte Leberwurst verkrochen, weil man ihr die Ermittlungen weggenommen hat. Gut, vielleicht hat der hier«, er zeigte auf Manne, »noch zwei und zwei zusammengezählt, aber die anderen haben uns bis jetzt in Ruhe gelassen. Wir lassen die beiden Typen noch verschwinden, lassen die Autos verschwinden und dann ist es vorbei. Niemand wird uns mehr belästigen. Hanneke ist tot und hat ihr Geheimnis mit ins Grab genommen. Und die beiden können auch nicht mehr reden. Noch diese eine Sache und fertig.« Er drückte die Schulter des Jüngeren. »Versprochen.«

Ferdinand nickte benommen, und Manne dachte, wie absurd das Ganze doch war. Hier standen zwei Männer aus bestem Haus und versuchten, durch mehrfachen Mord die Existenz ihres Halbbruders zu vertuschen.

Geld und Einfluss schützten am Ende vor gar nichts. Im Gegenteil.

»Aber wir können sie doch nicht einfach einzementieren«, raunte Ferdinand.

Manne lief es kalt den Rücken hinab. Vor ziemlich genau einem Jahr war er schon einmal in einer lebensbedrohlichen Situation gewesen, und er versuchte, diesmal nicht an Petra zu denken. Nicht an Jonas oder sein kleines Enkelkind in Malas Bauch. Daran, was sein Tod für die Hochzeit der beiden und für den Start in ein Familienleben bedeuten würde. Da. Jetzt dachte er doch an sie. Ihm kamen die Tränen.

Er versuchte, sich zu beruhigen. Beton musste erst angerührt werden. Für einen Meter brauchte man eine ganze Menge. Das würde dauern. Bis dahin war Martin längst hier. Aber es half nichts. Die Tränen liefen, und als er den Blick hob, sah er in Conrad Lüttkes kaltes, fast schon angewidertes Gesicht.

»Stimmt«, sagte er. »Dann erschießen wir sie, bevor wir sie einmauern. Ist gnädiger. Der hier heult ja jetzt schon, und ich ertrage heulende Männer nicht. Außerdem haben sie nur ihren Job gemacht.«

Conrad zerrte ihn auf die Füße und bis zum Rand des Pools, wo er ihm einen heftigen Stoß verpasste. »Augen auf bei der Berufswahl, kann ich da nur sagen«, rief Lüttke und lachte laut über seinen eigenen Scherz.

Manne kam hart auf der Seite auf, weil er sich mit den gefesselten Händen nicht abfangen konnte. Irgendwo in seinem Körper knackte es. Wahrscheinlich hatte er sich ein paar Rippen gebrochen. Es gelang ihm gerade so, sich wegzurollen, bevor auch Carsten mit einem ekelhaft dumpfen Geräusch neben ihm ins Becken knallte.

In diesem Moment wurde Manne klar, was Conrad Lüttke war. Ein Sadist. Das hier, so verstand Manne, machte ihm wirklich Spaß.

Deshalb ahnte er auch, was als Nächstes passieren würde, noch bevor es geschah. Conrad hielt seinem Bruder Carstens entsicherte Waffe hin.

Der nahm sie mit zitternden Fingern entgegen und schoss sofort. Manne hatte das Gefühl, als würde die Welt stehen bleiben. Nach allem, was er gesehen hatte, hätte er nicht gedacht, dass dieser Mann überhaupt schießen würde. Er schrie und fühlte, dass seine Blase sich entleert hatte vor lauter Furcht.

Wenn das Baby erst da ist, wird es Petra über meinen Tod hinweghelfen. Sie kann zu Jonas und Mala ziehen. Egal wohin. Ganz bestimmt. Scheiße, er konnte doch jetzt nicht sterben. Er wurde Opa!

»Du musst schon hinschauen, verdammt!«, hörte er Conrad Lüttke brüllen. »Gib schon her. Wir haben nicht endlos Munition.«

Manne kniff die Augen zusammen. Mehr konnte er nicht tun. Er konnte überhaupt nichts tun.

»Wollen Sie wirklich vor den Augen einer ganzen Stadt einen weiteren Mord begehen?«, ertönte da eine Frauenstimme, und Manne vergaß für einen Moment, zu atmen. Er öffnete die Augen wieder. Die Lüttkes waren ein Stück vom Beckenrand zurückgetreten, und er konnte nur gerade so erkennen, wie sich die beiden Köpfe verwirrt im ganzen Raum umsahen.

»Wir senden live über den Instagram- und Facebook-Kanal des

Tagesspiegel«, erklang die Stimme erneut, und Conrad Lüttke schoss in die Decke. Offenbar hatte er den Eindruck, die Stimme käme von oben. Eines der Oberlichter, die den Raum mit Tageslicht versorgen sollten, splitterte.

»Es ist zu spät«, rief Marah laut, und Manne traute sich das erste Mal, wieder Luft zu holen.

»Wir haben die letzten Minuten gefilmt und gestreamt. Sie können sich nicht mehr verstecken, Conrad Lüttke. Machen Sie es nicht noch schlimmer und legen Sie die Waffe weg.«

»Da kann ich mich der jungen Frau nur anschließen!«, erklang eine weitere Stimme, nun aus Richtung der Tür. Manne kannte sie. Er kannte sie gut. Martin. Tränen der Erleichterung rannen seine Schläfen hinab. In dem Moment hätte er das ganze Becken füllen können. Manne konnte seinen Freund zwar nicht sehen, doch er hörte, wie eine Tür aufgestoßen wurde, hörte mehrere Paar Stiefel, die sich über den Fußboden schoben. Jetzt waren sicher mehr als nur eine Waffe auf Conrad Lüttke gerichtet, der noch immer am Rand des Schwimmbeckens neben seinem Bruder stand.

»Legen Sie die Waffe weg, Junge. Es ist vorbei.«

Conrads Hand zuckte. Und wieder wusste Manne, was er vorhatte. Wie in einem Film, den er schon ein paarmal gesehen hatte.

»Ich geh nicht in den Knast«, sagte er grimmig und hielt sich die Waffe an die Kehle.

»Conni, nicht!«

Ferdinand Lüttke schlug seinem Bruder gegen die Hand, die die Waffe hielt. Ein weiterer Schuss zerriss den Raum, und Conrad Lüttke ging zu Boden.

Doch er schien nicht tot zu sein, denn im nächsten Moment hörte Manne: »Da hast du einmal im Leben Eier. Ausgerechnet jetzt.« Auf die Worte folgte ein gurgelndes, feucht klingendes Lachen.

Manne hörte Tumult und ein Handgemenge, schließlich Martins Stimme, die die beiden für verhaftet erklärte.

Endlich tauchte das vertraute Gesicht seines Freundes am Beckenrand auf. Martin sah mitgenommen aus. Er lächelte, doch Manne entging nicht, dass seinem alten Kumpel Tränen in den Augen standen.

»Holt sie da raus. Aber schnell!«

KAPITEL 34

Es hatte angefangen zu regnen, und sie hatten ihr Lager einfach in einer der großen Erdgeschosswohnungen aufgeschlagen. Caro saß auf einer groben Decke, um die Schultern die schwere Jacke, die ihr einer von Martins Männern gegeben hatte, und einen Becher Kaffee in der Hand. Mit geschlossenen Augen lehnte sie sich an die Wand und genoss die Tatsache, dass sie davongekommen waren. Mal wieder und nur um Haaresbreite. Auch wenn sie selbst nicht in unmittelbarer Gefahr gewesen war, fühlte sie sich, als wäre sie selbst dem Tod von der Schippe gesprungen. Was hätte sie getan, wenn dieser Conrad Manne erschossen hätte? Wie hätte sie Petra gegenübertreten sollen? Wie weiterleben? Fragen, auf die sie zum Glück keine Antwort finden musste.

Manne, Carsten und Conrad Lüttke wurden draußen erstversorgt. Natürlich hatte sie versucht, zu Manne vorzudringen, doch er war von den Sanitätern und von Martins Leuten abgeschirmt worden, und so hatte sie sich schließlich brav hier in die Ecke setzen lassen.

Marah und Nico waren draußen und berichteten live, sie warteten auf ihre Kollegen. In wenigen Minuten würde es hier zugehen wie in einem Taubenschlag. Doch jetzt noch nicht. Noch herrschte Ruhe.

Die beiden hatten nicht geblufft. Sie hatten wirklich via Instagram gestreamt, was hier vor sich gegangen war. Caro wurde schlecht bei dem Gedanken, dass sie in Kauf genommen hatten, eventuell einen Mord live ins Internet zu übertragen. Doch so gab es für die beiden Männer keine Ausflüchte mehr. Keine Macht, kein Einfluss und kein Geld der Welt konnte den Brüdern jetzt noch helfen. Und das war gut so.

»Frau von Ribbek?«

Caro öffnete die Augen und schaute auf blank polierte Schuhe mit dreckverkrusteten Sohlen. Ah. Die Eliteeinheit war eingetroffen.

»Was wollen Sie?«, fragte sie, ohne den Blick zu heben.

»Geht es Ihnen gut?«, fragte Hauptkommissar Jan Lohmeyer, und Caro zuckte die Schultern.

»Ich lebe noch. Also geht es mir den Umständen entsprechend gut, würde ich sagen.«

»Schön, ich würde gerne mit Ihnen reden.«

Nun sah Caro doch auf. Und schaute in ein Gesicht, das von Sorge und Erschöpfung zwar gezeichnet war, aber dadurch nicht weniger streng wirkte, im Gegenteil.

Sie erhob sich, weil sie dieses Gespräch ganz sicher nicht im Sitzen führen wollte. Was sie mehr Mühe kostete, als angemessen war. Ihre Beine zitterten. Das passierte, wenn das Adrenalin abebbte. Eigentlich wollte sie nur noch schlafen.

Caro schob sich mehr an der Wand hoch, als dass sie sich wirklich aufrichtete, und verschränkte die Arme.

»Die Antwort auf Ihre Fragen lautet: Nein«, sagte sie und staunte selbst darüber, wie gelassen sie dabei klang.

»Aber Sie wissen doch noch gar nicht …«

»Nein, ich werde nicht behaupten, als Teil Ihres Teams gehandelt zu haben. Nein, ich werde mich nicht zurückhalten, wenn ich gefragt werde, warum ich Martin und nicht Sie angerufen habe. Nein, ich werde nicht so tun, als hätten Sie von allem nichts gewusst, als hätten Sie keine Anrufe und keine Nachrichten unsererseits ignoriert. Nein, ich werde nicht verschweigen, dass ich unseren Rauswurf und Carstens Absetzung als Leiter der Soko für ein abgekartetes Spiel halte, das beinahe zwei Menschen das Leben gekostet hat. Nein, ich werde Ihnen nicht verzeihen, dass Sie schon wieder auf dem richtigen Auge blind waren. Und nein, ich werde mich nicht davon überzeugen lassen, dass Sie der geeignete Mann für Ihren Posten sind. Ganz sicher werde ich nicht helfen, andere Menschen davon zu überzeugen.«

Lohmeyer betrachtete sie eine Weile aus funkelnden, dunklen Augen. Sie konnte ihm ansehen, wie wütend er war. Doch ob auf sich selbst oder auf sie oder gleich auf die ganze Welt, konnte sie nicht sagen.

»Jetzt habe ich eine Frage für Sie«, sagte Caro. »Wo waren Sie? Warum sind Sie nicht gekommen, als ich Wiebke das Foto von Carstens Auto geschickt habe? Was zur Hölle hat Sie dazu bewogen, einfach nicht zu reagieren?«

Der Kommissar seufzte, und zum ersten Mal bröckelte seine Miene sichtlich.

»Ich dachte, diesmal hätten Sie sich verrannt. Und Carsten gleich mit. Wir wussten, dass zwei Journalisten vom *Tagesspiegel* bei Ihnen sind, also dachte ich, wenn die live berichten, dass Sie drei ohne Ermittlungsauftrag und vollkommen haltlos eine der einflussreichsten Familien der Stadt belästigen, dann …«

»Dann könnten Sie live dabei zusehen, wie sowohl Carstens als auch unsere Karrieren enden«, sagte Caro. Eigentlich spuckte sie es mehr, als sie es sagte. Die Wut, die sie in sich brodeln fühlte, war unbeschreiblich.

Man musste Lohmeyer zugutehalten, dass er ihrem Blick nicht auswich, als er nickte.

»Ist Ihnen eigentlich klar, dass Lüttke senior selbst dafür gesorgt hat, dass Sie wieder eingesetzt werden?«

Jetzt hatte sie ihn kalt erwischt, das war ihm deutlich anzusehen.

»Offenbar hat er Sie für weniger kompetent als Carsten gehalten. Zu Recht, wie sich herausgestellt hat. Sie haben genau das getan, was von Ihnen erwartet wurde, nämlich überhaupt nichts.«

Lohmeyer schluckte. »Das erklärt so einiges.«

»Nicht wahr?«, fragte Caro voller Genugtuung. »Und statt uns zu vertrauen, können Sie sich jetzt ansehen, wie Ihre eigene Karriere endet. Und um ein Haar auch zwei Menschenleben. Die Videos werden viral gehen, es wird sicherlich bundesweit berichtet werden. Viel Erfolg beim Aufarbeiten ihrer Schuld.«

Lohmeyer schluckte und schwieg eine Weile. Er setzte immer wieder an, schien allerdings nicht die richtigen Worte zu finden. Caro war das egal. Jetzt konnte er sich so viel Zeit lassen, wie er wollte.

»Ich habe Sie unterschätzt, Frau von Ribbek«, sagte er schließlich.

Caro nickte. »Und das nicht zum ersten Mal. Ich bin es leid, von Ihnen geringgeschätzt zu werden, Kommissar Lohmeyer. Wenn das einmal passiert, kann das noch ein Versehen sein. Aber das glaube ich schon lange nicht mehr. Ihre Geringschätzung hat Methode. Und auch wenn mir sehr leidtut, dass Sie krank sind, und ich für Sie hoffe, dass Sie bald genesen, wünsche ich mir doch, dass Ihnen Ihre Arroganz jetzt endlich auf die Füße fällt. Denn Sie sind kein guter Polizist. Und ich will Sie nie wieder sehen.«

»Gut gebrüllt, Löwe!« Manne erschien im Türrahmen. Ramponiert und in einem Rollstuhl, doch sein Lächeln machte das fast wieder wett. Er trug einen dicken Verband am Oberarm und eine Haube aus Mull um den Kopf. Martin schob den Rollstuhl, und ihm war anzusehen, dass er sich sein Grinsen nur mit Mühe verkneifen konnte. Das hier war auch seine Sternstunde. So viel war allen klar.

»Du gehst jetzt am besten draußen ein paar Interviews geben«, sagte Manne an seinen Freund gewandt. »Wir kommen gleich. Ich fühle mich heute ausgesprochen fotogen.«

Caro konnte nicht anders. Sie prustete los und warf sich Manne so vorsichtig wie möglich in die Arme. Noch während sie ihn festhielt, kippte das Lachen in ein Schluchzen, doch das war auch schon egal. Sie lachte und weinte gleichzeitig. Das musste ihr auch erst mal einer nachmachen.

»Kommen Sie mit, Herr Lohmeyer«, hörte sie Martin sagen. »Es ist wie beim Pflasterabreißen. Besser, man bringt es schnell hinter sich.«

»Das könnte Ihnen so passen«, knurrte der Kriminalkommissar, folgte Martin aber aus dem Raum.

Manne schob Caro auf Armeslänge von sich und musterte sie. »Du hast mir das Leben gerettet, Caro.«

Sie schüttelte den Kopf und schniefte. »Ich hätte dir fast nicht das Leben gerettet«, sagte sie, und ihr wurde wieder ganz anders bei der Vorstellung, was gewesen wäre, wenn sie nur eine Minute später gekommen wären.

Manne wollte nichts davon hören. »Du hast blitzschnell reagiert und das Richtige getan. Und das, ohne dich unnötig selbst in Gefahr zu begeben. Genau so und nicht anders handelt eine gute Ermittlerin.«

Caro fühlte, dass ihr Gesicht ganz warm wurde. So viel Lob aus seinem Mund war sie nun wirklich nicht gewohnt. Doch sie nahm es gern.

»Du hast die beiden Journalisten geholt?«, fragte er, und sie nickte.

»Sie kamen mir, ehrlich gesagt, schon entgegen. Natürlich sind sie nicht im Auto geblieben, wie du gesagt hast.«

»Natürlich nicht«, sagte Manne und verzog das Gesicht. »Niemand hört auf mich, das bin ich schon gewohnt.«

»Das war auch gut so, denn ohne Nico wären wir hier nicht mehr reingekommen. Der hat eine der Terrassentüren aufgetreten.«

»Hab ich gar nicht gehört.«

»Wahrscheinlich wart ihr zu weit unten. Zum Glück. Das war meine größte Sorge. So mussten wir euch allerdings noch finden.

Wir haben euch nämlich auch nicht gehört, und das Gebäude ist riesig. Es war pures Glück, dass wir uns für den Keller entschieden haben.«

»Und Instinkt wahrscheinlich auch«, gab Manne zu bedenken. »Die wenigsten Verbrecher orientieren sich nach oben. Dahin, wo viele Fenster sind.«

»Das war auch eine Überlegung, ja.« Caro sah ihn an und drückte seine Hand. »Mensch, Manne.« Sie dachte einen Moment nach, dann sagte sie: »Tut mir echt leid, dass das jetzt die ganze Stadt gesehen hat.«

Ihr Kollege verzog peinlich berührt das Gesicht. Caro konnte sich vorstellen, was in ihm vorging.

»Marah hat aber vor allem auf die Brüder gehalten. Der Zoom war jetzt nicht so dolle, man hat euch beide kaum erkannt und sonst auch nicht viel. Ehrlich.«

Manne winkte ab. »Schon gut. Wenn mir das irgendwann vielleicht peinlich ist, dann ist es eben so. Den Preis zahl ich gerne. Gerade ist es mir sowieso egal.« Er schaute an sich herab und verzog das Gesicht. Erst jetzt bemerkte Caro, dass er von der Hüfte abwärts in einem der Ganzkörper-Papieranzüge der Spurensicherung steckte.

Sie bückte sich nach der Decke, auf der sie gesessen hatte, und legte sie Manne über die Beine.

»Hast du Petra schon angerufen?«, fragte sie, und er nickte.

»Du Eike?«

»Ja. Er ist total durch den Wind.«

»Manches wird leichter«, seufzte Manne. »Anderes bleibt schwer.«

»Weißt du, wie es Carsten geht?«

»Er ist ganz schön mitgenommen. Mehrere Rippen gebrochen, so wie ich auch. Cuts im Gesicht, ob innere Organe betroffen sind, konnten die Sanitäter jetzt noch nicht sagen. Sie nehmen ihn mit in die Charité. Die Brüder haben ihm irgendwas gegeben, er steht völlig neben sich.«

Caro seufzte. »Vielleicht ist er froh darüber. Im Nachhinein. Und Conrad?«

»Conrad Lüttke hat sich einen Teil des Unterkiefers weggeschossen. Er kommt auch erst mal ins Krankenhaus. Der Himmel weiß, wann er prozessfähig wird.«

»Geschieht ihm recht. Der Typ war mir von allen Mördern, die uns bisher begegnet sind, mit Abstand der Gruseligste.«

»Allerdings.« Manne griff nach ihrer Hand und drückte sie. Er schaute sie forschend an. »Sollen wir?«

Caro atmete noch einmal tief durch und lächelte. »Aber klar. Ich fühle mich heute nämlich auch besonders fotogen.«

Sie drehte den Rollstuhl um und schob ihn in den Flur. Noch bevor sie ganz aus dem Raum waren, fingen die Polizisten ringsherum schon an, zu applaudieren.

KAPITEL 35

Allmählich wünschte ich, ich hätte Lohmeyer nicht so harsch abgewiesen«, sagte Caro und hielt ihre Nase in die Sonne. Sie saßen auf Mannes Terrasse und tranken heißen Pfefferminztee mit Honig und Zitrone. Seit Caros Kindheit war dieser Tee ein Heilmittel gegen fast alle Leiden von Körper und Seele. An diesem Samstag würde das Wasser wieder angestellt werden, und allmählich freute sie sich auf die kommende Saison. Die Tulpen, Krokusse und Osterglocken blühten, die Frühbeete wurden bestückt. Jetzt ging es wieder richtig los.

Drei Tage waren seit der Verhaftung der Brüder vergangen, und allmählich begriff auch ihr Körper, dass es vorbei war. In der vergangenen Nacht hatte sie endlich mal wieder richtig geschlafen, ihre Schultern waren nicht mehr so steif und ihr Kiefer schmerzte weniger stark vom Zähneknirschen.

Manne war dagegen noch deutlich ramponierter. Er hatte zwei gebrochene Rippen und trotz der Schmerzmittel oft Probleme. Weil er kaum laufen konnte, hatte Petra ihm einen Rollstuhl besorgt und für London ebenfalls schon einen organisiert. In Malas Familie gab es wohl nichts, was es nicht gab. Caro hatte Manne allerdings im Verdacht, es gar nicht schlecht zu finden, auf der Hochzeit für Tänze nicht zur Verfügung zu stehen.

Sein Gesicht schillerte in den buntesten Farben, was in ein paar Tagen, wenn sie in den Flieger steigen würden, ebenfalls noch nicht behoben sein würde. Und an seinem Hinterkopf fehlte ein Büschel Haare, dort, wo die Platzwunde genäht worden war. Von dem Verband an seinem Oberarm ganz abgesehen. Er hatte Glück im Unglück gehabt, der Stich hatte keine wichtigen Muskeln oder Bänder durchtrennt, aber so einiges perforiert.

Trotz alledem war Manne in den vergangenen Tagen oft besser gelaunt gewesen als sie. Er schien auf eine merkwürdige Art mit sich im Reinen zu sein, ganz im Gegensatz zu seiner Laune zu Beginn ihrer Ermittlungen.

Natürlich hatte das damit zu tun, dass das Baugenehmigungsverfahren für die Indoor-Gardening-Fabrik erst einmal auf Eis lag, bis die zurückgehaltenen Gutachten bewertet waren. Fürs Erste war die Harmonie außer Gefahr, das Verfahren ruhte. Das australische Ehepaar hatte es sich außerdem nicht nehmen lassen, Manne und Caro jeweils einen ihrer Prototypen zuzuschicken und sich noch einmal für den Besuch in der »*charming* Kleingartenanlage« zu bedanken. Es gab also begründete Hoffnung, dass der Verein doch noch an Ort und Stelle bleiben durfte. Und das war gut.

»Du meinst, weil du das Gespräch, das uns bevorsteht, nicht führen willst? Weil du das lieber Lohmeyer überlassen würdest?« Manne nahm einen Schluck aus seiner dampfenden Tasse. Dabei sah er sie mit so freundlicher Nachsicht an, dass sie ihn am liebsten gehauen hätte.

»Hast du etwa Lust drauf?«, fragte sie und begann, kleine Fäden aus der roten Tischdecke zu zupfen.

»Sagen wir so: Ich möchte das Gespräch führen, auch wenn ich weiß, dass es unangenehm wird. Dafür haben wir das alles doch gemacht, oder? Dafür haben wir ermittelt. Es ist die Wahrheit. Und jede Wahrheit, egal wie hässlich, ist besser als die Lüge, davon bin ich überzeugt. Und ich bin wirklich erleichtert, dass Lohmeyer uns dabei nicht reinreden kann.«

»Schon«, sagte Caro und seufzte. Immer wieder kehrten ihre Gedanken zurück zur Vernehmung der beiden Brüder. Wie sich das Puzzle, das sie in weiten Teilen schon gelöst hatten, endgültig zusammengesetzt hatte. Mit Schaudern erinnerte sie sich an die stockenden Worte des jüngeren und die verwaschenen, teils gespuckten Aussagen des älteren Bruders.

»Ich meine ja nur, ich wünschte, Carsten könnte bei uns sein«, fuhr Caro fort. »Dass wir auf ihn hätten warten können.«

»Ich auch. Aber es geht nicht.«

Caro nickte.

Manne und sie hatten ihren Kollegen am Abend vorher im Krankenhaus gesehen. Da bei Manne ohnehin noch einmal ein Verbandswechsel angestanden hatte, hatte sie ihn hingefahren und anschließend die Gelegenheit zu einem kurzen Besuch genutzt.

Carsten hatte es am schlimmsten erwischt. Er war fast 24 Stunden in der Gewalt der Brüder gewesen und heftig zusammengeschlagen worden. Conrad Lüttke hatte ihn mit Medikamenten seines schwerkranken Vaters betäubt und dann mehr als einmal seine gesamte Wut an Carsten ausgelassen. Ihr Freund hatte einen Milzriss und innere Blutungen erlitten, es würde eine ganze Weile dauern, bis er wieder würde arbeiten können. Caro war gespannt, ob er in seine alte Abteilung zurückkehren würde, nach allem, was passiert war.

Die Gesichter von Carstens Frau und seinem Sohn würde Caro so schnell nicht vergessen. Sie waren beiden gestern Abend kurz begegnet.

Sie fröstelte, zog die Füße auf den Stuhl und schlang die Arme um ihre Knie. »Am liebsten würde ich heute schon nach London fliegen«, murmelte sie. »Für ein paar Tage was anderes sehen und nicht mehr an den Fall denken.«

Manne lächelte. »Wenn wir das Gespräch hinter uns haben, wird es leichter. Versprochen.«

Caro nickte, auch wenn sie nicht überzeugt war.

Ihr Herz zog sich zusammen, als sie wenig später einen Haarschopf über der Hecke aufblitzen sahen und sich kurz darauf Mikkel Klein lächelnd durch das schmale Gartentor schob.

»Bitte verzeihen Sie, dass ich nicht aufstehe. Ich bin ein bisschen ramponiert«, sagte Manne zur Begrüßung lächelnd. »Und vielen Dank, dass Sie den Weg auf sich genommen haben.«

»Jetzt machen Sie sich nicht lächerlich. Ich stehe tief in Ihrer Schuld. Wenn ich das richtig verstanden habe, ist es nur Ihnen zu verdanken, dass die Mörder meiner Schwester jetzt hinter Gitter sitzen.«

Manne nickte, und Caro lächelte.

»Uns und Carsten Blume. Er ist leider zu schwer verletzt, um heute bei uns zu sein, lässt Ihnen aber Grüße ausrichten.«

Mikkel zog sich einen Stuhl heran und setzte eine besorgte Miene auf. »Meine Güte. Das wusste ich gar nicht. Klingt übel.«

»Ja, aber ohne Sie wäre er vermutlich gar nicht mehr am Leben. Und wahrscheinlich hätten wir den entscheidenden Hinweis ebenfalls übersehen«, sagte Manne. Er zog eine vorher bereitgestellte Tasse heran und goss Tee aus der Kanne hinein.

»Wenn man es genau nimmt, dann wären die Mörder von Hanneke ohne Sie niemals überführt worden.«

Mikkel runzelte die Stirn. »Das verstehe ich nicht. Was für ein entscheidender Hinweis denn? Seit Tagen versuche ich, mir auf die ganze Sache einen Reim zu machen, aber ich bekomme es einfach nicht sortiert.«

Manne und Caro tauschten einen Blick.

»Nun, genau darüber wollen wir persönlich mit Ihnen sprechen«, sagte Caro vorsichtig. »Es ist kompliziert. Und es wird wehtun.«

»Das letzte Mal hat das ein Zahnarzt zu mir gesagt.« Mikkel schmunzelte halbherzig und nahm einen Schluck Tee.

»Also, spucken Sie es schon aus. Was könnte denn schlimmer sein als der Tod meiner Schwester?«

»Nichts, natürlich«, sagte Manne so ruhig, dass Caro ihn nur bewundern musste. Sie selbst knetete ihre verschwitzten Hände im Schoß so heftig, dass es Mikkel noch zusätzlich nervös machen musste.

»Aber Hanneke war nicht Ihre Schwester. Sondern Ihre Mutter.«

Jetzt war es raus. Caro hatte das Gefühl, dass alles für einen Moment ganz still wurde. Mikkel Klein jedenfalls gab keinen Laut von sich. Er bewegte sich nicht mal.

Der junge Politiker starrte Manne nur an. Fassungslos, aber auch begreifend. Man konnte förmlich sehen, wie sein Gehirn all die Hinweise, die es über die Jahre bekommen hatte, hervorkramte und zusammensetzte. Sein Mund öffnete sich leicht, und irgendwann räusperte er sich.

»Sind Sie sicher?«

Manne nickte.

»Und das …« Mikkel räusperte sich erneut, seine Stimme war brüchig und rau. »Das hat etwas mit dem Fall zu tun? Mit dem Tod meiner … mit dem Mord?«

»Es hat alles damit zu tun.«

Mikkel schüttelte den Kopf. Dann nahm er noch einen Schluck Tee. »Der ist aber gut«, sagte er. »Was ist das?«

Caro lächelte. »Pfefferminz mit Zitrone und Honig. Der Liebeskummertee meiner Mama.«

Hannes Sohn nickte. »Da wäre ich nie draufgekommen.« Dann hob er den Kopf und sah erst Caro und dann Manne an. »Erzählen Sie«, forderte er.

»Sie wissen doch sicher, dass Ihre Mutter schon in der Oberstufe ein Sommerpraktikum bei Markus König in der Kanzlei gemacht hat«, begann Manne, wurde aber sofort von Mikkel unterbrochen, der die Hand hob und dabei ein Gesicht machte, als hätte er starke Kopfschmerzen.

»Können Sie bitte einfach Hanneke sagen? Oder Hanne. Die Sache mit … mit meiner Mutter. Das wird noch ein bisschen … dauern, bis ich das verstanden habe. Okay?«

Manne nickte und Caro übernahm.

»Bei diesem Praktikum hat Hanne viele interessante und wichtige Leute kennengelernt. Es muss sehr aufregend gewesen sein, so jung hier in Berlin. Sie hat sich mächtig ins Zeug gelegt, hat Markus König imponiert, der sie bei seiner eigenen Familie aufgenommen hat für die Zeit des Praktikums.«

»Ja, dieses Praktikum hat in ihr den Wunsch reifen lassen, Jura zu studieren und vielleicht später in die Politik zu gehen«, sagte Mikkel und lächelte so, wie Menschen lächeln, die sich an etwas Schönes erinnern.

»Auf einer Party in Königs Kanzlei lernte sie damals auch Ihren leiblichen Vater kennen«, sagte Caro behutsam. Es gelang ihr nicht, Mikkel anzusehen, während sie sprach. »Er war – oder vielmehr ist – ein mächtiger Mann und fand schnell Gefallen an Hanne. An ihrer raschen Auffassungsgabe und auch an ihrer Art, schon in so jungen Jahren ihren Standpunkt zu vertreten. Das hat ihm imponiert und … nun. Es hat ihn auch angezogen.«

»Woher wissen Sie das?«, fragte Mikkel, und Caro verzog das Gesicht.

»Wir haben mit ihm gesprochen. Gestern.«

Noch so eine Erinnerung, die sie am liebsten aus ihrem Gedächtnis tilgen würde. Ralf Lüttke war ein Mann, der selbst noch im Rollstuhl, auf den er mittlerweile angewiesen war, einschüchternd wirkte. Einer, der Widerworte weder gewohnt noch zu akzeptieren bereit war. Schon nach wenigen Minuten Gespräch war klar gewesen, wie die Söhne hatten werden können, was sie heute waren. Martin, der die Verhöre geführt hatte, hatte Conrad und Ferdinand Lüttke intern nur noch »das Arschloch und der Feigling«, genannt. Und auch, wenn das zu kurz griff, brachte es die beiden doch unangenehm auf den Punkt. Und ließ mehr als nur vage Rückschlüsse auf den Charakter des Vaters zu.

Mikkel nickte und bedeutete ihr, weiterzuerzählen.

»Nun, auf dieser Party kam es zu … Geschlechtsverkehr«, sagte sie steif. »Und zwischen den Zeilen war deutlich zu lesen, dass der nicht einvernehmlich stattfand.«

Mikkel schloss die Augen. »Ich bin also aus einer Vergewaltigung entstanden?«, fragte er, und Caro atmete tief durch.

»Davon müssen Sie ausgehen«, ergänzte Manne. »Wie gesagt: Ihr Erzeuger war ein mächtiger Mann. Er ist heute noch Furcht einflößend, und Hanne war nur ein Teenager. Selbst, wenn sie sich nicht körperlich gewehrt hat, allein das Machtgefälle reicht aus, um die Einvernehmlichkeit hier infrage zu stellen.«

Caro war dankbar, dass er das so kompetent in Worte gefasst hatte. »Alles, was danach passiert ist, deutet ebenfalls darauf hin«, fuhr sie fort. »Hanne ist nach der Party nämlich sofort abgereist. Sie hat der Familie König damals nicht gesagt, wieso, und Markus König war stinksauer auf das Mädchen. Hanne ist nach Hause gefahren und hat sich erst mal in Essen verkrochen. Und neun Monate später wurden Sie geboren. Per Hausgeburt.«

Mikkel riss die Augen auf. »Natürlich! Jetzt verstehe ich, warum Sie das so in Wallung gebracht hat!«

Caro nickte. »Es war der Dominostein, der uns gefehlt hat, um alles ins Rollen zu bringen. Früher gab es noch keine so regelmäßigen Vorsorgeuntersuchungen für Schwangere. Hanne und ihre Mutter müssen sich abgesprochen haben, vielleicht war eine Hebamme mit im Boot. Fakt ist, dass Ihre Großeltern als Eltern in die Geburtsurkunde eingetragen wurden. Und damit war die Täuschung perfekt. Ihre Großeltern konnten sie aufziehen; so ein Nesthäkchen, ein Nachzügler, kommt schon manchmal vor. Wahrscheinlich haben die Leute auch nicht zu viele Fragen gestellt.«

Mikkel nickte. »Jetzt wird mir einiges klar. Hanne hat mich durch die Schule und durchs Studium geschleift. Sie hat mich immer unterstützt, auch finanziell. Viele meiner Freunde haben sich gewundert über die enge Bindung zwischen meiner älteren

Schwester und mir. Wir haben das alle auf den Altersunterschied zwischen uns geschoben.« Er nahm noch einen Schluck Tee. »Das ist doch verrückt. Und der … mein Erzeuger?«

»Der wusste lange gar nichts von seinem Glück. Erst als Hanne nach drei Jahren zurück nach Berlin kam und wieder angefangen hat, bei Markus König zu arbeiten, hat sie ihn konfrontiert. Und er war gar nicht begeistert.«

»Das habe ich mir gedacht.« Mikkel faltete die Hände, als wollte er ein Gebet sprechen, und atmete ein paarmal tief durch. »Wer ist es? Sie müssen es mir so oder so sagen. Also können wir es auch hinter uns bringen, oder?«

Manne nickte. »Wir wollten Ihnen Zeit geben, erst mal den einen Schrecken zu verdauen, bevor wir zum nächsten kommen.«

»Wer ist es?« Mikkels Kiefermuskeln arbeiteten auf Hochtouren, seine Hände waren so fest ineinander verschränkt, dass die Knöchel weiß hervortraten.

»Ralf Lüttke«, sagte Caro schnell, weil sie wollte, dass dieser Moment der Anspannung vorbeiging.

Mikkels Augen wurden groß wie Golfbälle. »Der ehemalige Außenminister?«

Caro nickte. »Eben dieser.«

»Das kann nicht … ich meine … das …« Mikkel vergrub sein Gesicht in den Händen und stieß einen fast schon unheimlichen Laut aus.

Caro verstand, was in ihm vorging. Seine ganze Welt brach ihm unter den Füßen weg. Schon zum zweiten Mal innerhalb von zehn Tagen. Wie sich das anfühlen mochte, wollte sie sich nicht einmal vorstellen.

»Wollen wir eine Pause machen?«, fragte sie vorsichtig, doch Mikkel winkte ab. Dann hob er den Kopf und murmelte: »Conrad und Ferdinand L. Die Mörder. Conrad und Ferdinand L. Das sind seine Söhne, richtig?«

Caro nickte. Was für ein Albtraum.

»Meine Brüder«, murmelte er fassungslos. »Meine …«

»Ihre Halbbrüder«, sagte Manne mit fester Stimme, und Caro war froh, dass wenigstens einer die Nerven behielt. Sie selbst litt gerade zu sehr mit, um noch richtig geradeaus denken zu können.

»Aber nur auf dem Papier«, fuhr Manne fort. »Sie haben nichts mit den beiden gemein.«

»Aber warum? Und warum jetzt? Nach all der Zeit?«

»Nun. Das ist tatsächlich eine wichtige Frage. Denn nach anfänglichen Schwierigkeiten sind Lüttke und Hanneke zu einem Arrangement gekommen, das beiden Seiten genützt hat. Als ich davon gehört habe, wurde mir endgültig klar, was für einen kühlen Kopf Hanneke hatte. Sie hat mit Lüttke abgesprochen, die Wahrheit auch vor Ihnen für sich zu behalten und auch ihre Eltern dazu zu verpflichten. Im Gegenzug hat Lüttke monatlich eine bestimmte Summe gezahlt, die Hanne zum Großteil für Sie und Ihre Ausbildung zur Seite gelegt hat. Im Laufe der Zeit haben die beiden sogar immer mal wieder zusammengearbeitet. Lüttke hat nach seinem Ausstieg aus der Politik mit Immobilien gehandelt beziehungsweise sie auch gebaut, Hanne hat einiges in der Richtung angeschoben. Auch wenn sie wohl traurig darüber war, Ihnen nicht die Wahrheit sagen zu können, schienen alle von der Absprache zu profitieren. Und Ihnen ging es immer gut. Doch dann wurde Lüttke krank.«

Mikkel nickte. »Stimmt. Davon habe ich gehört«, sagte er. »Was war das noch gleich?«

Caro schluckte. Gleich fiel der dritte Hammer.

»Chorea Huntington«, sagte sie. »Das ist eine schwere Erbkrankheit, die unheilbar ist und schließlich zum Tod führt.«

Mikkel verstand sofort. »Hanne hat sich Sorgen gemacht, dass ich die Krankheit haben könnte. Deshalb hat sie mich so genervt mit den Vorsorgeuntersuchungen. Hat mich gefragt, wie es mir geht, und war so komisch besorgt die ganze Zeit.«

Caro nickte. »Das war bestimmt der Hintergrund. Sie wollte, dass Sie wissen, dass Sie die Krankheit möglicherweise geerbt haben. Dass Sie entscheiden können, ob Sie sich testen lassen. Und vor allem natürlich, dass Sie die Krankheit nicht unbewusst selbst an Ihre Kinder weitergeben, sollten Sie welche wollen.«

»Natürlich wollte sie das.« Mikkel ballte die Hände zu Fäusten. Caro konnte sehen, wie es in ihm arbeitete. Wie er wütend wurde. »Und das ist doch verdammt noch mal auch nicht zu viel verlangt, oder? Das ist doch ein normaler, nachvollziehbarer menschlicher Wunsch, gesunder Menschenverstand! Und kein Grund, einen anderen umzubringen.«

Manne nickte. »Das würde ich sofort unterschreiben, Lüttkes Söhne, vor allem der ältere, Conrad, sahen das aber ganz anders. Sie wollten den guten Ruf der Familie nicht beschmutzen, hatten Angst, Sie könnten einen Teil vom Erbe des Vaters haben wollen oder gar der Presse Ihre Geschichte verkaufen. Lüttke selbst wollte auch nichts davon wissen. Er ist ein Patriarch, und obwohl die Krankheit bei ihm schon weit fortgeschritten ist, ist er noch klaren Verstandes. Hanne hat es erst mit Vernunft versucht, dann hat sie selbst angefangen, den Lüttkes zu drohen. Deshalb hatte sie irgendwann auch Hausverbot, die Lüttkes haben sie nicht mehr ins Haus gelassen.«

Mikkel starrte Manne nur an. Caro verstand ihn so gut. Für das, was er hier gerade erfuhr, gab es einfach keine Worte mehr.

»Für ihren letzten Besuch hat Hanne sich sogar verkleidet. Sie hat eine Perücke aufgesetzt, um erst mal nicht erkannt zu werden. Lüttkes haben eine Kamera überm Tor. Sie hat sich als Journalistin ausgegeben und wurde eingelassen. Kaum war sie drin, hat sie den Lüttkes auch schon eröffnet, dass sie auf jeden Fall mit Ihnen sprechen wird und dass sie auch mit der Presse sprechen würde, falls nötig. Ganz gleich, was die Lüttkes davon hielten. Das war wohl der Moment, in dem Conrad Lüttke den Entschluss gefasst hat, sie zu töten. Als sie das Haus verließ, ist er ihr gefolgt.«

»Verdammt, Hanne.« Mikkel schüttelte den Kopf. »Sie hätte es mir auch einfach im Vertrauen sagen können. Wenn ich gewusst hätte, dass sie in Gefahr ist, dann hätte ich doch den Mund gehalten. Ganz sicher. Aber sie hätte das natürlich nie gemacht. Immer mit Rückgrat, immer mit offenem Visier.«

»Sie wollte fair sein«, sagte Caro sanft, und Mikkel lachte bitter.

»Es hat ihr nicht viel gebracht, oder?« Er schüttelte den Kopf. »War es etwa fair, sie zu vergewaltigen? War es fair, sie unter Druck zu setzen? Ist es fair, was hier gerade passiert? Ich komme her und denke noch, ich bin der Sohn von Walter und Irmtraud Klein aus Essen. Und jetzt weiß ich, ich bin der Sohn meiner Schwester und des ehemaligen Außenministers der gottverdammten Bundesrepublik Deutschland, entstanden durch eine Vergewaltigung und potenziell todkrank. Und meine einzigen noch lebenden Verwandten, mit denen ich vielleicht über all das sprechen könnte, haben leider meine Mutter umgebracht. Das ist doch irre.« Er zeigte mit dem Finger auf Manne. »Sie sollten die Filmrechte an dieser Geschichte verkaufen. Bringt bestimmt eine Menge Geld, so absurd, wie sie ist.«

»Wenn überhaupt, dann verkaufen *Sie* diese Geschichte«, sagte Manne freundlich. »Sie gehört nämlich ganz allein Ihnen. Auch wenn ich fürchte, dass die Wahrheit so oder so spätestens während des Gerichtsprozesses ans Licht kommen wird.«

Mikkel stöhnte. »Auch das noch. Vielleicht sollte ich auswandern.«

»Vielleicht sollten Sie das«, sagte Caro und lächelte. »Sie werden bald ein ziemlich wohlhabender Mann sein.«

»Ich würde lieber darauf verzichten«, gab Mikkel bitter zurück, und Caro nickte.

»Das glaube ich Ihnen sofort«, sagte sie. »Aber auch das hat Hanne aus Liebe zu Ihnen geregelt. So wie das alles für mich auch, neben einer unglaublichen Kriminalgeschichte, eine Geschichte über die Liebe ist.«

»Ach ja?« Mikkel nahm noch einen Schluck Tee. Er wirkte in diesem Moment sehr verloren. Traurig und kaputt.

»Ja. Überlegen Sie doch mal. Hanne hat Sie bekommen, weil sie es wollte. Mit achtzehn und trotz der widrigen Umstände. Hat Ihnen einen Namen gegeben und sich immer um Sie gesorgt. Sie ist zwar weggegangen, aber nur, weil sie wusste, dass es Ihnen gut geht. Sie hat Anteil an Ihrem Leben genommen, einem mächtigen Mann immer wieder die Stirn geboten und alles getan, damit Sie finanziell versorgt sind. Und am Ende war sie bereit, nicht nur Lüttkes Ruf zu schaden, sondern auch ihrem eigenen. Wenn sie alles ans Licht gebracht hätte, dann hätte das auch für sie selbst heftige Konsequenzen gehabt. Doch sie wäre dazu bereit gewesen.«

Caro sah Mikkel an. »Ich sage es Ihnen ganz ehrlich: Ich habe Hanneke wirklich nicht gemocht. Für das, was sie mit unserer Anlage vorhatte. Für diese kühle Haltung. Dass sie uns einfach all das hier wegnehmen wollte.« Caro machte eine ausladende Geste.

»Dann tat sie mir leid. Wir gehörten zu den ersten Menschen, die sie tot gesehen haben, und ich kann Ihnen sagen, dass ich diesen Anblick niemals vergessen werde. Doch je länger wir ermittelt haben, desto mehr Bezug habe ich zu ihr bekommen. Ich habe angefangen, sie wirklich zu respektieren. Und für ihren Mut und ihre Geradlinigkeit und ihre Standfestigkeit zu bewundern. Vielleicht war nicht alles richtig, was sie getan hat. Sie war keine Heilige. Aber sie war eine intelligente Frau, die von ihren Freunden geschätzt wurde und alles riskiert hat für das Kind, das sie liebte. Mir imponiert das sehr.«

»Wenn Sie das so sagen, dann klingt Hanne wie eine Heldin«, sagte Mikkel.

»So weit würde ich für mich jetzt nicht gehen«, sagte Caro und lächelte. »Aber Sie ja vielleicht.«

Mikkel nickte. Dann schwiegen sie eine Weile.

Schließlich räusperte Manne sich. »Der Vollständigkeit halber möchte ich noch sagen, dass Ferdinand Lüttke nichts mit dem Mord an Hanne zu tun hatte. Er stand schon von Kindesbeinen an unter Conrads Fuchtel. Er hat seinem Bruder lediglich geholfen, die Leiche zu bewegen. Und auch das mit großem Widerwillen. Er hat außerdem bis zum Schluss versucht, seinen Bruder davon abzuhalten, uns zu töten. Nicht sehr effektiv und auch nicht sehr kraftvoll, leider. Aber ich finde trotzdem, Sie sollten das wissen.«

»Danke«, sagte Mikkel. »Ich werde es mir merken.« Er legte den Kopf in den Nacken und schaute in den Himmel hinauf.

»Familie ist doch was Seltsames«, murmelte er und fuhr sich mit der flachen Hand durchs Gesicht. »Kann ich den Baum sehen? Wo sie gefunden wurde?«

Caro nickte und stand auf. »Natürlich. Ich bringe Sie hin.«

KAPITEL 36

Es war kalt und regnerisch an diesem Samstag, und er war froh, dass er keinen Sari tragen musste. Manne wollte sich nicht vorstellen, wie sehr die Frauen gerade froren. Die prächtigen, farbenfrohen Gewänder waren eindeutig für Hochzeiten im warmen Indien gedacht, nicht für Aprilwetter in London. Ihm war in seinem langen Hemd ja schon kalt.

Die letzten Tage waren an ihm vorbeigeflogen, komplett beherrscht von einer Petra im Organisationswahn und einem Farbenrausch.

Jetzt stand sie neben ihm in ihrem grünen Sari und hielt seine Hand, und Manne war erfüllt von einer Mischung aus Stolz und Aufregung und Wehmut.

Es war so weit. Jonas heiratete. Und er war bereits vor der eigentlichen Feier pappsatt und müde. Aber vielleicht war das auch ganz gut so.

Obwohl sein gesamter Oberkörper höllisch schmerzte, wollte er jetzt nicht im Rollstuhl sitzen. Auf dem machte es sich Greta mittlerweile bequem, die schon die letzten Tage großen Gefallen daran gefunden hatte, mit dem Ding herumzufahren. Wahlweise allein oder auf Mannes Schoß. Es war entzückend mitanzusehen, wie das kleine Mädchen im knallpinken Sari auf dem Hof vor der Festlocation auf und ab fuhr. Sie brachte damit viele Gesichter zum Schmunzeln und Caro zur Verzweiflung, die ganz nervös war und ständig Angst hatte, sich zu blamieren. Dabei sah sie höchstwahrscheinlich keinen der Anwesenden jemals wieder.

Manne selbst war so zufrieden wie ewig nicht. Er wusste nicht, ob das an der neuerlichen Nahtoderfahrung lag oder an der Tatsache, dass sie Lohmeyer ans Bein gepinkelt hatten, oder daran, dass er Großvater wurde. Vielleicht war es alles gleichzeitig. Auf jeden Fall ging es ihm prächtig.

Und obwohl er sich die ganze Zeit davor gefürchtet hatte, ging es ihm selbst hier bei Malas indischer Familie prächtig. Manne genoss es, Zaungast bei den zahlreichen unterschiedlichen Bräuchen und Ritualen zu sein, die das Brautpaar durchlebte. Jonas dabei zu beobachten machte ihn stolz. Wie sein Sohn versuchte, alles genau zu beachten und seine Schwiegereltern zufriedenzustellen, rührte ihn.

Die Hochzeit würde insgesamt drei Tage dauern, und Manne stellte sich vor, dass man sich danach wirklich sehr verheiratet fühlte. Für sich selbst hätte er es nicht gewollt, dabei zu sein war aber einfach nur schön. Er plauderte in seinem schrecklichen Englisch mit jedem und besonders gern mit Malas Onkel, der Ermittler bei Scotland Yard war. Bei diesen Unterhaltungen war Caro nie weit, die zum Glück viel übersetzen konnte. Und gerade genoss er den Anblick der bunten Saris und wundervollen Blumen, die überall auf dem Gelände der eigentlich recht kargen Festhalle dem regnerischen London trotzten.

Vielleicht war seine unerschütterlich gute Stimmung auch dem Umstand geschuldet, dass er gefesselt und geknebelt und mit nasser Hose auf dem Grund einer Grube gelegen hatte, während die Bilder live auf dem Kanal einer der größten Tageszeitungen Deutschlands liefen, und er trotzdem als einer der Helden im Fall Klein gefeiert wurde. Er war verwundbar gewesen, und niemand hatte das ausgeschlachtet. Manne hatte gelernt, loszulassen.

Kontrolle, so wusste er spätestens jetzt, war nur eine Illusion. Diese Erkenntnis hatte auch etwas Schönes.

»So viele Blumen«, hörte er Caro neben sich sagen. »Ich wünschte, in meinem Garten wäre es nur halb so schön wie hier auf diesem Hof.«

Manne lachte auf und verzog im selben Moment das Gesicht. Es tat immer noch höllisch weh.

»Das wird schon. Wenn wir zurück sind, nehmen wir uns mal euer Staudenbeet vor.«

Caro lächelte und wollte gerade etwas sagen, wurde aber von einem lauten »Oooooooohhhhh!« unterbrochen.

Das konnte nur eines bedeuten: Es ging los.

Und tatsächlich hörte er jetzt auch das Geräusch von Pferdehufen auf Asphalt und sah im nächsten Moment ein weißes, reich geschmücktes Pferd am Ende des Spaliers auftauchen, für das er sich extra hingestellt hatte. Es war einer der Höhepunkte der Zeremonie. Jonas ritt in einem prächtigen Gewand auf dem Rücken eines Pferdes zu seiner Braut.

»Er sieht aus wie ein Prinz!«, flüsterte Greta, und Manne lächelte.

»Vielleicht ist er ja einer«, sagte er, da sprang Greta verzückt aus dem Rollstuhl, der einem in zweiter Reihe stehenden Herrn auf die Füße fuhr, woraufhin Caro aus dem Spalier ausbrach, um sich wortreich zu entschuldigen, und mehr Unruhe verursachte als ihre Tochter zuvor. Manne würde ihr das in einem passenden Moment aufs Brot schmieren. Später.

Als Jonas an seiner Familie vorbeiritt und Manne zuzwinkerte, hatte er wirklich das Gefühl, vor Stolz platzen zu müssen. Es kam ihm gar nicht mehr komisch vor, dass Jonas auf einem Pferd saß. Hätte ihm das vor einem Jahr jemand gesagt, er hätte es nie im Leben geglaubt. Doch das galt für so manches.

Plötzlich schoss ihm noch einmal durch den Kopf, was Mikkel Klein am Ende ihres Treffens gesagt hatte.

Familie ist etwas Seltsames.

Und es stimmte. Sie war seltsam. Chaotisch. Manchmal sogar gefährlich. Immer fundamental. Doch in Mannes Fall vor allem eines: seltsam wundervoll.

Wie Feuer und Gießwasser

Mona Nikolay

AMSEL, DROSSEL, TOT UND STARR

SCHREBERGARTENKRIMI

In der Vorzeigekolonie Rosenthal brennt die Hütte – im wahrsten Sinne des Wortes. Die Laube des chronisch unbeliebten Vorstandsmitglieds Maik Reuter ist in Flammen aufgegangen, und die Kleingärtner löschen mit allem, was sie in die Finger bekommen können: Teichwasser, Poolwasser, Feuerlöscher – vielleicht sogar Bier. Als der Rauch sich lichtet, wird schnell klar, dass es sich hier um mehr als nur einen Brand handelt: Es liegt nämlich jemand sehr tot in der Laube. Wie gut, dass der Vorsitzende Schmittchen Manne und Caro zu Hilfe gerufen hat. Kommissar Lohmeyer vom LKA Berlin ist darüber allerdings not amused und verweigert eine Zusammenarbeit. Tja. Sein Pech!

Unkraut vergeht nicht!

Mona Nikolay

ROSENKOHL UND TOTE BETE

SCHREBERGARTENKRIMI

Vorfreude auf das neue Gartenjahr? Von wegen! Manne Nowak, Ex-Polizist und Vorsitzender der Berliner Kleingartenanlage »Harmonie e.V.«, kann es nicht fassen. Die neuen Nachbarn von Parzelle 9, Eike und Caro von Ribbek, haben vom Gärtnern ganz offensichtlich keine Ahnung. Und zu den ersten Grillwürstchen des Jahres wollen sie Manne einen Quinoasalat andrehen! Dann wird in ihrem Gemüsebeet eine Leiche entdeckt. Weil die Polizei den Falschen verdächtigt – nämlich Manne –, macht er sich mit Caro selbst auf die Suche nach dem Mörder, was sie nicht nur einmal quer durch die Schrebergarten-Anlage, sondern auch durch die deutsch-deutsche Geschichte führt …